駱以軍◎著

西夏旅館

下冊

西夏旅館 下

目次

Room01-25 上冊目次

Room 26 神龕

你像新死的鬼魂
看著已不置身其中的那座城

後來召妓的次數多了他竟有種弄混了自己存在感的慌張，彷彿背叛大街上那些穿著衣裝雙足直立行走的同類，自己悄悄地進行某種退化成蛇或蜥蜴等爬蟲類，長時間讓身體處在一種趴臥橫躺狀態的「物種蛻變」幻覺。

那是一個奇異的處所，像看守文明廢墟的神龕。在十七樓的高空，鋁框斑鏽，鏡面結滿蟲屍鳥屎的整片暗色玻璃窗，可以眺望河對岸燈火輝煌、你不在裡面的夜景。你像新死的鬼魂，未敢下決心飛翔遠去，在這樣的視距看著你已不置身其中那座城。

這是這個加工區年代久遠的大樓頂層。腳下，狹仄的街道塞擠了這一帶居民盛滿淹流而出的繁華夢想。當然有屈臣氏眼鏡行鐘錶行 **Hang Ten** 的徐若瑄看板豪華牛排館少女流行服飾，或是騎樓滷味攤蔥餅攤甜不辣攤明晃晃的鹵素燈和光影夾縫間人形舞蹈的白煙。大樓稱之爲「廣場」，一樓入口站著一個穿髒汙警衛制服的缺牙老人，電扶梯發出馬達皮帶疲憊運轉的重複咔啦咔啦聲響，電玩店裡黑圈眼袋像視覺系藝人的少年，五根手指如演奏琴鍵在格鬥遊戲的幾個按鍵上快速彈跳……這一場，多麼像一兩百年後，某一座「古代場景」的電影文化城裡的機械蠟像館，栩栩如生，卻又說不出的荒涼寂寞。

十七樓這間老舊汽車旅館，空蕩蕩的陰暗走道，兩列房門像假日人去樓空的學生宿舍。走道盡頭的櫃檯，坐著一個盯著小電視看大愛台的媽媽桑。房間裡，從髒汙的布沙發，潮濕床褥，貼木床頭櫃上的老式按鍵燈光音響或空調之控制面板，全帶著一種布滿黴菌的氣味。他不知道女人爲何約他到這樣一個亂像廉價妓女和嫖客交易的怪地方碰面，最終又沒有出現，在等待的前一小時焦慮迷惑的情緒逐漸沉澱之後，他反而在這懸浮高空的破舊房間裡，恢復到少年時期習以爲常的孤獨和調皮，頭抵窗面看著下界，像一個燈塔看守人。

現在，在這個絕對孤獨的處所，懸浮在高空上的一個小密室裡，他熟悉的那個王國又逐漸矗立長出，將他包圍。像活在空蕩蕩的抽屜裡一樣，那陳舊的、寒酸的、廉價到讓進來這兒偷歡溫存的狗男女們，一點點除了性交之外較浪漫感性的幻覺都吝於附加的貧乏房間，他爲這整件事像公園油漆剝落的鏽鐵椅子，或壁紙撕去後面裸露的水漬壁癌，這樣宿命的醜惡悲慘本質感到想哭。

他乾嚎了幾聲，卻哭不出來，體液像被深井底下更乾涸的裂土沙礫吸光，如何也叫喚不到眼眶和鼻腔來。

他在那昏暗日光燈照的房間自顧自轉起電視。那天的頭條是一個毒蟲在自家豪宅的庭院裡種大麻被逮，警方按通聯紀錄順藤摸瓜追出七、八個當紅藝人曾向這傢伙買毒品，於是向這些或是收視率超高的男諧星主持人或是常因性格火爆或與企業家乾爹進出賓館上狗仔雜誌封面的辣妹女星或是知名製作人發出拘票。連轉幾個新聞台，全是這些浮華世界（和他所在的世界相反的另一個世界）的幸運人兒，從車上推門下來，被記者簇擁，鎂光燈曝閃，拉拉帥氣的皮夾克領，面帶神祕微笑，慢動作走進警局的特寫。正面，咔嚓，側面，咔嚓，眼神炯炯看向鏡頭，咔嚓，唇角的小白星沫，咔嚓。像《賭神》裡的周潤發，他快轉著遙控器，最後又停在卡通台。

卡通台正演著一隻叫「Keroro 軍曹」的綠色青蛙。它是從遙遠銀河的K隆星派來攻占地球的先遣小隊的隊長。所謂的小隊，不過就是它的手下：一隻叫 Giroro 的紅色青蛙伍長（它是一個臉上有疤，身上始終掛著重武器和彈鏈的男子漢）；一隻叫 Tamama 的黑色青蛙二等兵，它的軍階最低，但降落地球時寄宿到一超級富小姐家（相比之下，隊長 Keroro 寄宿的日向家只是有一個母親一對中學生姊弟的單親家庭）；一隻叫 Kururu，類似科技兵或通信兵的黃色青蛙；好像還有一隻因爲總被遺忘，終於脫離他們小隊，變成獨行忍者的藍青蛙……

那隻叫 Keroro 的軍曹根本是個廢材，它的外星人隊員們似乎被這困蟄於「藍星」（就是地球啦），混跡於「藍星人」家庭中之命運弄得意氣消沉，仍苦思征服這星球的戰略。但Keroro軍曹卻像一隻家庭寵物，每天在日向家拖地洗碗洗衣服，空閑下來便躺在沙發看一些垃圾節目，並且沉迷於收藏、組裝「鋼彈模型」。他不斷想出各種「作戰計畫」來唬弄他的小隊成員——包括慶典時僞裝成攤販打工、開忍者學校、聖誕節的攻擊行動——其實只爲了撈錢買新出品的鋼彈模型。

他一個人在房間裡看得哈哈大笑。

他記得小時候，家裡有一本怪書，書名叫《家庭魔術二六九種》。封面好像是一家人的客廳，爸爸媽媽倚靠著坐在沙發上，臉上掛著怪異的笑容，看著前景兩個男孩一個女孩，跪坐在地板變魔術，好像是其中一個男孩拿著手帕變出一顆小木盒裡的紅蘋果。這本書似乎和那些什麼《家庭醫藥百科》、《朱自清全集》一樣，像幽靈一樣會移換出現在家裡的任何角落：客廳的茶几、裁縫車上、神龕香案下的餐桌，甚至廁所馬桶水箱蓋上。許多年皆如此，似乎那是少數幾本他們家反覆閱讀的知識來源，每一個人的隨手書。

有一些內容他熟到可以默背，長大以後才發現那些「魔術」的祕技簡直荒誕不經，像是寫書人自己憑空胡亂編造。事實上，他和家人們翻來覆去讀這本書，似乎也沒有人某次提議我們來按書上寫的試試變個魔術吧。那本書的內容究竟是被當作什麼東西來閱讀呢？笑話集嗎？科學新知？還是謎語大全？或者有某種鬼氣森森的元素類似《聊齋誌異》這樣半文半言的鬼故事？

他記得有一則叫〈牆上跑馬〉，那有點近乎巫術或陰陽五行奇門遁甲之類的乩術了吧？但那裡頭卻一本正經寫著：

用紙剪作馬形，捉壁虎一個，粘在馬背。然後放在牆上，則飛馳的去了。不過不能剪得太大，因爲過於大了恐怕壁虎負著有些力不勝任的緣故。

有一則叫〈家雞變鳳〉：

把一斤餘的墨魚一尾，去腸，將硫黃末放在魚腹内，密封在鐵器内。秋天五日，冬天一星期，取出。將這個藥餵給雞吃，則毛漸落，另外生出彩色的鳳毛來。

還有〈逃難隱形〉、〈令人相思〉。

「古人有隱身的方法，往往以爲是妄談，其實確有其事。先於五月五日，取蝦蟆陰乾。製成了灰。在元旦日初出，適被烏雲遮晦時，急將所製的灰吞服。假使遇有急難時，你只要藏身暗的地方，暴徒就無法尋到你了。」

「凡是丈夫在外，多時沒有回家，那麼你的太太要怎樣的記惦著你？假使要他激起思家的念頭，祇要以雌雄喜鵲的腦，炙乾後研末。託她丈夫認識的友人，在丙寅日將此末暗放在酒中，服了這個酒，於是興起了他的歸家的思想了。」

這一切到底是眞是假？似乎在他少年懵懂的時光，就被家裡這一本怪書，充滿遐想引導到一個可以用詭異技術操作、扭曲眞實世界的奇異暗室裡。那些髒髒的、罕見的、曬乾的動物內臟、屍體，在精確的節氣時辰，調和沒有地方在賣的礦石，就可以點石爲金、知人死期、飛鳥墮地。

那種陰慘邪惡的氣氛讓他對尚未理解、經歷的世界，充滿了一種荒涼的喜感。

他聽過這些故事，有一個妓女告訴他：曾有一位男人，是個熟客，有一天帶著一個老式黑皮箱，喝得醉醺醺來。皮箱打開，是一襲發黃的新娘白紗禮服。裙裾沒有曳地，但像魚尾縫上了蕾絲和針織繡花這種緞面材質的白紗，從皮箱內翻出的瞬間，會給人一種變魔術把小手帕蓬地擴張成一片亮眼銀煙的輝煌印象。但細看局部，則像年代久遠的象牙在那垢白上密布淺色的黴斑。男人叫她換上新娘服，然後跪著哭泣摟緊她。

那像是……喪偶的父親要乖順的大女兒穿上母親青春正茂的嫁衣，然後充滿亂倫張力地跪在那荒煙蔓草時光隧道封閉的入口前嚎啕。

我們該從哪個門進去？這間旅館。

女孩一進門，先向他要了約定的錢，便自個兒走到床側脫起靴子和牛仔短裙。他看著她彎腰褪脫身上衣物的側影，突然浮現一種父親的情感。他說，等一下，我們先抱一下吧。啊？女孩抬頭看他一眼，一秒鐘的疑惑，便順從地站起和他相擁。在那草率和敷衍中帶有一種自由意志跑來幹這行的，對嫖客的賤蔑。他幾乎可以想像完事後她坐在「馬伕」駕駛座旁叼菸打呵欠地說：遇到個老男人，想幹又想找溫存，還先來個「抱抱」呢。一種疲憊的暗色總如影隨形跟著他想像她走出這傖俗旅社後所有置身其中的畫面：她坐在皮條客的破車上在那繁華的街道夜色裡穿梭，換不同的旅社不同樓層的走廊，有時在麥當勞買一只漢堡撕開那蠟紙嚼著，有時等皮條客在公路旁的檳榔攤買菸時，和那些比她幼齒穿著比她像雞的濃妝小鬼們毫無物傷其類情感互相瞪視……

女孩非常年輕，抱在懷裡時比想像中來得矮小。他突然聞到一股得了癩癬病的動物騷臭味，那臭味如此強烈，從鼻孔直鑽入腦門立刻像煮沸的柏油黏附不去。一開始他想那不會是從她陰部發出的惡臭吧？那臭味……如果她走進麥當勞或便利超商，肯定會引起騷動所有人掩鼻側目吧？他爲她害臊起來，難道是那一身與街上年輕女孩無異的廉價短裙或小外套，竟和睡溝洞揀垃圾吃的流浪漢一樣，從沒洗過？還是……更糟的畫面……前一個客人是變態，要求小便在她那張瞌睡連連的臉上頭髮上？

那個濃郁臭味弄得他心神不寧。女孩說，好了，抱夠久了吧？可以了吧？

他提議她去洗個澡。女孩說，喔，洗澡，好哇。那你要不要我幫你洗？他說不必，妳來之前我洗過了。女孩剝光衣服後，他發現她有一對極漂亮的乳房，緊繃成球狀，乳蒂像男人的那樣小。這是一具年輕的身體。但他的欲望和感傷又被她不知從身體哪部位發出的惡臭、她那一口爛牙，或她講話時口音模糊的粗俗感給挫敗著。

女孩在浴廁搓洗身子時他不止一次跑去站在門框處觀看。整件事一點色情淌蕩也無。他怕她意識到他只是不放心她有確實清洗與否，便裝出副有偷窺癖色情中年人的模糊，站在那兒吸著菸。

女孩又問了一次，怎麼樣，你要不要洗？

他說不必，他說我抽根菸。他覺得那像發油發餿便當或像水溝爛渣的臭味，像菇蕈的孢絲在他腦額葉裡鬚莖攀走。他說，妳是大陸來的？她停下蓮蓬，好像這是極嚴重的指控，回頭說：才不是，我是台灣的啦。

後來他們相擁抱在床上時，他又問了一次，妳是哪裡人？台中，她說。她有一雙梅豔芳那樣的翻梢眼，似乎是黑眼球的色素混濁的關係。近距離看時總像吸毒恍神或不耐煩什麼的神氣。

他說，妳眞年輕。

她說，哦。

他說，來台北賺錢，存夠了回去開店？

她說嗯，是吧。

他插入的時候，發現她的陰道超乎想像的小，這給他很大的刺激。像小時候某一次假日偷翻進學校音樂教室，用腳踩踏那被調得很緊的風琴踏板。一種和他的身體漂離分開卻確實屬於他的末端被緊緊箍住。他想：原來年輕女孩身體是這樣的感覺。

旋轉。旋轉。再旋轉。

後來召妓的次數多了，他難免有種弄混了自己存在感的慌張。因爲刻意記下的，反而是和生張熟魏那些不同面容、口音、年紀、豐腴或乾瘦的女孩們，裸裎在旅館房間床榻上的畫面。那眞的讓他有種背叛大街上那些穿著衣裝雙足直立行走的同類，似乎自己悄悄地進行某種退化成蛇或蜥蜴等爬行類，長時間讓身體處在一種趴臥橫躺狀態的「物種蛻變」幻覺。他有一搭沒一搭地和那些躺在身旁的妓女們閒扯。大部分時候，他發現她們對他也有種，在火車站或旅館大廳遇見萍水相逢之陌生人，無利無害無負擔主要是消磨時間排遣寂寞的親切。

有一次他遇到一個女孩，她說話的方式讓他想起遙遠年代收音機裡播報新聞的女聲，各音階的抑揚頓挫精準得像一台教堂管風琴。先生，很榮幸能爲您服務，敝姓申，申請的申，您可以稱呼我小文，現在讓我們放輕鬆，來，請您寬寬衣，我替您按摩服務……

妳是大陸來的吧？脫光了衣服他趴在床上任她跨騎在背上按摩時，他忍不住問。

哦，不，先生，我是台灣的，我父親是外省人，但我是在台灣出生長大的。

（和我一樣。）

怪不得說話像穿著潛水衣在深海下一樣不眞實。因爲……因爲我們都被封禁在一個巨大玻璃櫥窗包圍的水族館走道，或是默片的觀眾席，所以我們的語言是純淨的化石語言。即使最後淪爲嫖客和妓女打炮這種悲慘關係，仍是充滿敬語、捲舌音、進退合宜的官話……

您啊您啊。府上哪裡。您好氣派。哪裡哪裡。客氣了客氣了。嗳呀您眞是風度翩翩。哪兒話您才是氣質脫俗，如空谷幽蘭……

妳是哪裡人？

我爸爸是山東人，我媽是貴州人。

所以妳是在眷村長大？

哦不，先生，我是在花蓮長大，我父親不是軍人。我出生時他年紀就很大了。我哥哥姊姊年紀都大我很多，我還是小孩兒的時候，他們好像都是大人都有自己的家庭和小孩了。

所以妳父親到底是做什麼的？

我也不知道吔，先生，他神祕兮兮的，他在做什麼也不給我們知道，家裡從來也沒人提。按說他年紀也很大了，可是我從小到大，他每天還是出門上班，定時回家。

這可怪了，難不成妳父親是情報員？

我不知道吔？他很怪，什麼也不肯多說。我猜我哥哥姊姊或許知道他是做什麼的，可是他們也從來不提。我父親好像也從來沒有朋友或同事來我們家裡。反正我是那家裡唯一的小孩兒……也許他眞的是情報員噢。

陰暗的、諱測莫深的遷移者，把可能招禍的觸鬚、刺棘、稜突、花紋盡皆藏起，隱形，他們的後代亦被捂匿成一枚枚的卵形人。

女孩說起她無有朋友，沒和家人住，家裡沒裝電視，不看報、不看雜誌。

那麼，妳平常……（沒說出口的是，除了來這些陰暗旅館房間陪男人上床之外）……都做些什麼？

管風琴的簧管嗚嗚奏。我養了一隻牧羊犬。我就是牠的僕人。牠很文靜，心眼恁多，我啊，拂逆了牠，牠就給我臉色看喔……

牠是女孩？

是女孩。叫娜娜。

文靜的女孩和文靜的狗。

這件事確實像個盒子把他一個人關在裡面。四百擊。逃學的男孩獨自一人坐在遊樂場的旋轉房子裡。那些假房間。假的窗子假衣櫥假床假梳妝檯（雖然他可以從鏡子看見自己）假電視假冰箱……。只等遊樂場員工按下鈕，警鈴一響那整個房間就會上下顛倒地旋轉。當然他靜止不動坐在那以輪軸支住的座椅。他在走進這個房間之前，不只一次聽過同伴講起在這樣的幽祕房間裡發生的香豔情事，那些抽動或專注的細節，那些香汗淋漓或崩潰後的陌生胴體在那之後會告白的身世。

但他現在孤零零地待在這間四面掐金錯銀，一種暗紅近棕色調的藤蔓或番蓮花圖紋細節（從壁紙、床罩、床旁一張躺椅的布面、檯燈燈罩）的房間等待的時候他抽了至少五、六根菸，他用房間裡的紙杯、便利超商買的冰塊和小瓶裝馬蹄氏威士忌調了一杯像小學保健室雙氧水那樣味道的酒，仰喉一口喝光。糟的是他覺得自己神經質地充滿尿意。他跑了幾趟廁所，最後一次乾脆坐在馬桶上似乎才將膀胱裡的積水排盡。

女人又打了一次手機給他，問了房號，說會打來確定，似乎是一套防止被警員釣魚的程序。一會兒總機小姐打來，說先生有電話說要找您，語氣裡帶有一種為他把關的義憤。他慌忙說是的，請轉進來。也許是他的幻覺，他覺得電話那頭女孩愣了一晌，才說好，然後把電話切斷。

現在她知道我是個嫖妓者了。樓下櫃檯的那幾個女孩一定都知道三〇四房那個傢伙在房裡召妓了。但電話接著響起，女人的聲音充滿一種像遊戲通關後的歡樂（他可以想像在這棟蟻巢般的Hotel裡清理客人床褥和殘餘穢物的女中們，在職業所需睜一隻眼閉一隻眼和那些穿廊入戶的落單妓女們，之間的互憎張力）。唔，女人說，這樣就沒問題了，你等我一會就到。

他悲傷地看著這個假房間，由各角落的燈泡打光描出室內的輪廓，卻沒有一盞燈超過三十燭光，這使得整個空間瀰散著一種暈黃晦暗的情調。有點像神祕教派的地下室聚會所（哦，當然是人去樓空的時候），有點像博物館的原始人展區無人參觀的午後，那種空盪黑魅，卻又帶著空調冰冷乾燥的虛假感。

他轉開電視，又是那隻侵略地球的青蛙Keroro軍曹。

他認眞盯著那螢幕裡誇張胡鬧，間不容喘一波接一波痙攣爆笑的綠色紅色黑色藍色黃色外星青蛙們，慢慢終於理解：這個世界最好笑的殘酷喜劇就在這裡了。還有什麼比你看著一群侏儒小人拿著玩具武器，坐困愁城卻一臉正經聚在你家地下室開會「如何侵略地球」更讓人安心、放鬆地笑？像動輒屠城，取敵人上將首級如探囊的將軍，寬容地看著扮成敵將的倡優賣力耍白痴。像小孩圍著戲弄缺腿折鬚的蟈蟈。所有事物原本巨大或讓人心生敬畏恐懼的那一面，全像市場裡濕滑的章魚被魚販翻轉成內臟古怪滑稽的形狀。男子漢戴上胸罩，同伴們互相毆打對方乃至臉孔變形，原想靠賣紅豆糕癱瘓地球經濟卻因機器故障拼命生產出滯銷而堆疊成山的甜食……所有的、陰暗、自卑、權力的傲慢、單戀的痛苦，全部成爲同伴們施虐而後擠出更多「黑暗笑聲」的核燃料。其中有一隻叫 Dororo 的淡藍色青蛙，是唯一沒有進入其它小隊成員那種康康舞般集體傾倒痴傻的喜劇演員處境但他卻總是像影子被其它隊員遺志。這種「總是被遺忘」的創傷，魔術般地成爲他的專屬笑點。譬如說，所有的小隊隊員集合在它們的祕密基地開「侵略藍星會議」而照例忘了它，它滿懷屈辱與傷害地出現。其它外星青蛙正忘神地口吐音頻「共鳴」。他猶豫半晌，說：「好吧，我也加入大家的『共鳴』。」一張口，其它人說「今天就到此爲止咯」，便各自解散。

那沒什麼好笑的，至少「被遺忘」這件事的本質。但不知爲何他又是一個人在旅館裡哈哈大笑。他記得他小時候，有一個常在他夢中出現的奇裝異服老人曾告訴他：「在我們的國度，每一件事情皆以相反的形式去呈現。」

那麼，什麼事情是好笑的呢？

突然門鈴叮咚一聲響了響。是那個女人來了。

在這本書裡，或是在他的故事裡，也許因爲「旅館」暗示的空間限囿，使得人物的邂逅或出場亮相，總有一種門打開造成的戲劇效果：密室的女人，走廊上的男人；房間裡的男人，門外的女人；侵犯者或是豔遇；某個特別的房號，房裡的長期住客總帶著神祕的故事；迷霧莊園、古堡謀殺案、色情大酒店、白色旅店……這難免暗藏著反高潮的陷阱，就像那些舞台過於簡潔單調的小劇場，畫框裡總只有一個男人加一個女人。他們要不就拚命獨白各說各話，要不就其中一人是被害妄想症者東張西望跑來跑去，要不就互相毆擊，或是脫光衣服展演一些動物性的色情、羞辱、拒斥、相濡以沫……我們總是期望過高：過氣的女演員、三十年後重逢的舊情人、亂倫的兄妹、從屬祕密機構早已被裁撤消失的失聯情報員、仍喬張作致，愛擺排場卻難掩酸腐臭味的流亡將軍，被人以爲早已死去卻重回故里的異鄉人……

於是，門打開的那一瞬，我們早已被那層層陰影裡纍聚的稠狀懸逗情感，弄得筋疲力竭了。

他的第一個印象是：這是個一點也不性感的女人——可能從她少女時期，一路到中學、出社會，她絕對是個鮮少讓周遭男人引發遐想的平凡女人——但因爲做了這個行業，便說服，哦不，催眠，自己是個性感尤物。她穿了一襲白色小洋裝，戴著墨鏡，提著一只灰白色硬殼皮包……整體予人一種陳舊的，那種小鎮上診所老醫生沒嫁掉的老女兒，提著醫療袋出來替人打針的錯覺。

女人的第一句話：「把衣服脫掉。」

她說：「脫光。」

這便是我說的反高潮。也是所謂嫖妓者恆被隔阻在情色抒情祕境之外的悲劇。在旅館的密室裡，沒有一個應召妓女認爲她們拿錢被嫖，需要盡職地扮演一個情婦的角色。她們並不想讓嫖客銷魂蕩欲，只希望他們快快射精了事。這樣的密室默契注定了召妓的男人得把自己的心靈置放在永遠孤獨的境地。他們的身體確定在色情的專注中，但沒有一個經驗豐富的嫖客曾說出那種抽插動作如屠宰場輸送帶的屈辱感。那很像在和一隻海豹性交，濕潤的陰道成為一種尖銳與遲鈍相反感官混雜的焦點。除此之外，臉（或者說是五官）不見了，關節的曲折不見了，剩下一種動物腔體的圓潤感與搖晃的腔體內臟器碰撞擠出的嗚咽。所以他們總會用力抓握那些妓女的兩球乳房，以確定自己正進行著人的行為。

那是他的第一次召妓。整個過程像一場騙局，女人先替他按摩，然後在那暗室裡和他討價還價。那時他突然在一種確定了自己被遺棄的孤單情感裡，十分具體地憎恨他的妻子。那個過程中女人不斷地說自己通常不作這個的。她是專業按摩師。他聽她的口音，問她是中國哪個省份來的。她說江西。他說他去過那兒。女人稍微驚訝地說倒是第一次在這裡遇見去過江西的客人。他大概描述了一些他曾去過江西某座城市火車站附近的街景，似乎為了證明自己沒說謊。女人又談起自己的丈夫，說是這邊的社會邊緣人。他們的對話輕描淡寫，無有眞正傾訴或探聽對方身世之熱情。過程中女人且接了幾次手機，想是其他的嫖客在預約。因為她總是簡短地說：「我這邊在忙，請你晚一點打來。」

他幾乎想像和麵攤老闆娘或計程車師傅閒聊打屁那樣問她：現在的景氣，妳們生意怎麼樣？

他的沮喪像可調式控光，在一種無法挽回的逐漸陰鬱裡將他和女人吞沒。女人說她畏光，將房間燈關到只剩廊燈才肯摘下墨鏡。黑暗中她脫去衣物，只剩下老式的乳罩和大號的褲頭。其實黑暗裡他也對自己中年醜陋的身體稍感安心。女人仍繼續塗擦一些精油在他臀部替他按摩，並且叨絮用一種怪異的專業術語分析他的經絡內臟。她說先生你的身體可能眞的要注意了，看你的陰囊鬆垮垮的，這就是腎火太虛……她且埋怨說自己是專業做按摩的長期下來子宮就下垂了她和老公長期已沒做愛了眼睛也是因爲手指的工作過度才變壞了……他轉過身握住她的乳房，那比想像中來得碩大。女人仍在繼續說著。他心裡想：這實在太悲慘了吧？他像在討好她一樣。不論她神經質地說些什麼，他都裝出十分感興趣的樣子。哦，是嗎？那眞是……。但他的手指專注地解她那件阿婆胸罩背後至少十幾個釘釦。

就在這一切細節都像他少年時期夢境，朝著一個荒唐古怪的方向而去時（他怕他突然拋盔棄甲大笑起來），女人突然脫去內褲，說：「可以了。」就騎坐上他的腿胯前。

（啊，進去了？）

她用吸毒者擤鼻涕上翻白眼下巴翹起的奇怪神情，近距離在他眼前上下蹲跳。那使他驚訝地托住她的腰身低聲說慢一點慢一點……但女人突然就痙攣起來說，快些，快些，我已經來了……我高潮了……

他在一種困惑的情感下糊裡糊塗跟著射了精。女人說，哦，我已經來了三次了。這次他眞的笑了起來。不會吧……前後還不到三分鐘吔。如果這是所謂的「妓女假高潮」，那她也演得太敷衍太粗糙了吧？

他笑著說：「妳騙我。」但那竟像在撒嬌。

女人俐落地穿回衣服，剩下他愣愣裸身坐在床上。燈光大亮。女人像店家老闆娘被客人指控食物過期或挑揀瑕疵品時，氣勢洶洶地回辯：眞的，我眞的來了三次。我不是說我子宮下垂嗎？你還占便宜吔，你看我這樣高潮一次，出去走路腿都走不直，別的客人我就只能純按摩了……一邊把旅館裡的盒裝面紙、礦泉水，乃至浴室的便利牙刷、香皀，全搜進自己的提袋裡。

女人說：「帥哥，那我走嘍。」

女人說：「我這樣走掉，你不會太感傷吧？」

他坐在床沿穿褲子，這一切又彷彿有那麼點情人幽會分手時刻的味道了。他笑著說妳走吧。也許下次我再找妳。

他想：「我走不出去了吧？」

那個男人看著他說：「弟滴，阿叔跟你說……」近距離的一張臉，像他小時候一個台語歌星謝雷，鼻頭、顴頰、下巴皆肥厚多肉，紅通通如醉酒或如某種卡通化的、垂著袋囊的火雞，眼睛深情款款看著他：「男人出來玩，就要玩得盡興……」

他打斷他：「不要叫我弟滴，我有孩子了。你幾歲了？怎麼做我阿叔？我叫你大哥可以……」打了根菸給男人。

那人作出一個誇張的，像歌廳秀舞台上濃妝演員的表情，回頭看了身後那個中年老鴇。像在表達「哇，這個小哥上道噢，」「妳看看妳看看，我就說我們今天遇到了一個人才，」「這個年輕人妳看我眞喜歡他，可以做朋友的ㄋㄟ……」

他叼著菸，像個嚴苛的戲迷看著這一對發酸的男女如喑啞之人交換著眼神。後來他回想這整件事的前因後果，他之所以……，全因在那一瞬，他無比確定男人那時的眼神絕無一絲絲的譏誚或侮慢。也許那一刻男人眞的出現某種並非起於良知的感情，而是在他身上看見某種類近年輕時自己的氣味，一種惜才之情。

他說：「我們可以做朋友。」心裡悲傷地想，如果不是現在這種關係，我想打一炮，你們想誆我的錢，我還眞想和你喝兩杯聽你說說那些雞鳴狗盜人渣堆裡討生活的故事呢。

他說：「我這個人，不喜歡被騙。你對我好，把我當朋友，OK，我一定認你，我可以喊你大哥。但誰想害我，我會整死他，你信不信？」

男人又回頭對那老鴇作了個誇張表情，說：「弟滴，你不是警察ㄏㄡ？」

「廢話。我跟你說我是讀書人。」

「弟滴，你不是記者ㄏㄡ？阿叔也不喜歡被搞喔。」

他說：我發誓好不好？

不不不，祝你長命百歲，富貴萬年。

一種油滴態的懦弱與奉承包圍著他，男人那雙滑稽又感情豐富的眼，幾乎淚水汪汪了呢。弟滴，阿叔跟你說——

他又打斷他，不要叫我弟滴。卻被這種黏稠、老舊、帶著酸酪奶腥味的親熱方式給逗笑了。

一種平日在外頭拚搏，舉目無親的孤獨感疲憊地湧上。似乎男人眞是他某個不長進又好脾氣的窩囊廢叔叔……

「弟滴，你台北人對不？」

「怎麼樣？」

「阿叔也是台北人。我住松山吔啦。」

「爽查某擱要認鄉親是否？廢話少說，你們開什麼價錢？」

「爽快！一句話，我看弟滴你是玩家挑嘴的，阿叔替你找一個最最最標致吔，學生妹仔，十八歲，不滿意讓你打槍！你答應阿叔不搞變態的，兩個小時讓你像男主角演電影，幾炮都隨在你……」

「到底要多少？」

「一萬六，阿叔跟你說——」

幹令娘吔——他撈了菸盒和打火機站起身就走。弟滴——，弟滴——，男人和那老鴇哀嚎地拉住他。讓他吃驚的是，他真的被他們的力道硬生生拉扯坐回梳妝凳上。但他虎著臉，盡力不讓他們感受到他們的強弱關係掉進原始身體力量較勁的層次。重新打了根菸。

也不知道是不是作戲？男人和老鴇臉色慘白坐在床沿喘氣。唉喲弟滴，這夭壽，要驚死令阿叔ㄏㄡ——氣力這恁大，我看今日我們小姐要受罪嘍……

「八千。兩節。」才說出口他就後悔，眼前這對老傢伙頓時眉開眼笑，頰肉亂顫。「第一，」他說：「小姐要真的像你們講的那麼優。」頭鼓直搗，一臉相見恨晚。「第二，這對我是小錢。我再講一次，對我好，我把你當朋友；若是耍我，我認識的人會讓你們死得很難看——我滿意了，以後來這就找你們，我們可以做長久的……」

媽的，太入戲了。他把菸捺熄。忘了自己是來嫖妓的。居然和這兩個老江湖龜公鴇母玩起真的來了。

「弟滴，阿叔沒錯看人，一句話，阿叔和你做朋友做定了，下次來這找阿叔，阿叔請你喝酒唱歌。」眼袋下皸裂的紋路真的浮起淺淺的水痕，一閃一閃。那時，這個男人像一二三木頭人停止在那兒，叨叨絮絮地說著，阿叔跟你說實話，我想自殺ㄋㄟ。真的過不下去了。房子被拍賣了，以前阿叔開賓士的ㄋㄟ，現在也沒了。阿叔有一個後生，幹伱祖嬤去給人抓去關了。伊若是像你這麼人才，阿叔哪吔來賺這款錢……男人嘟嘟噥噥這些廢話的時候，他和那老鴇如幻夢蜃影，錄像裡的快轉之人。他站起身從皮夾抽出千元大鈔，一、二、三、四、五、六、七、八，對不對？老鴇點頭哈腰，對，對，我去看小姐馬上就來了。開門出去。他坐下點菸，男人仍眼神發直地說著。

——阿叔以前哪，就親像你做人同款，衫褲攏是名牌吔ㄋㄟ，Playboy，拉寇斯，還帶查某去日本香港迌迌ㄋㄟ。我去舞廳，小姐看到我攏搶著來撒ㄋㄞ咧，七八吔小姐，搶著來撒ㄋㄞ，講我沒良心，講我感情騙子，講我有了新人忘舊人……

——阿叔想嘜自殺ㄋㄟ，活成這樣，怎麼活？

走出旅館時，眼前的城市像金爐裡被烈焰吞噬的一整紮一整紮冥錢，黑色鑲金，線條歪曲醜陋。他發現兩個小時前在充分光照下那些遠遠近近的行人，他們的臉全變黑了。他先以爲是夜色將臨的關係，使那些男女全變成暗影。近看才發現那是他們本來的膚色。在這已近乎廢墟的往昔火車站周邊商圈的上空，一幢燒焦的摩天大樓像滅族巨人之墓碑挺立在暮色裡。這些皮膚黝黑的異鄉人充塞在華麗又汙穢的黃昏街景裡：泡沫紅茶館、彩券行、手機店、廉價的青少女服飾店、露天咖啡座、男孩們拎著啤酒，女孩們穿著俗麗的性感衣裙，他像闖進一群彩色羽毛禽鳥的求偶覓食棲地。他們用那種彩色玻璃珠般的眼睛直直望著他。

「全是一些休假的泰勞，喝醉了就鬧事，」他向一個小咖啡攤買三十五元咖啡時，老闆娘擠眉弄眼地對他說：「這一區現在全被他們占領了。一般在地人都不願往這裡來了。」

他像喝醉酒一樣滿身冷汗，歪歪跌跌地推門走進一間門面建築得像那些殖民地古蹟警察局或糧食局的大型網咖店。一個像金屬洋娃娃的美麗女孩替他登記了時間和檯號，遂帶他走進一間至少三四百台電腦和三四百個年齡只有他一半的小夥子們一排一排整齊坐著的房間，煙霧瀰漫，所有人的臉上都潑染著各自面前那方型畫框噴出的藍紫炫光。沒有人交談，他們全像一群腦殼裡的軟體物質被邪惡組織摘去的士兵，眼神純潔而茫然，靜靜地盯著螢幕裡用千萬個和他們一模一樣的傢伙的夢境結構而成的巨大夢境。他想：這感覺眞糟。像闖進了醫院的大型育嬰室。我只是……媽的在外頭走了半天，找不到一家可以歇腳的咖啡屋。

外頭全是那些靠坐在夾娃娃機、投籃機機台旁地上喝啤酒的泰勞。

這房間裡的人們全都是他的同類了吧？但他們全部、全部都夢遊般，在一個虛空的國度裡，建築城寨、訓練士兵、建造機器弓弩或殺不死的胄甲戰士，有金屬模仿禽鳥或蝙蝠翅翼的飛行載具……養精蓄銳，以待和妖魔異族一決死戰，將對方屠城，村落夷爲平地……

有一次，他在一個Vlog上，看到一個怪異的短片，標題是：「二百五十名美女同時脫光！」大約是下載自日本某個類似「火燄挑戰者」之類綜藝節目的噱頭。在一個類似他現在置身這個房間的密閉空間裡，二百五十個年輕女孩像兵馬俑那樣整齊排列站著，她們有的長得像「早安少女」那樣的甜美姑娘，有一看就是動員來的AV女優，有的則是厚唇塌鼻小眼的典型日本醜女，也有一個像女子高校裡那種專門在廁所毆打班上美女的魁梧熊女，悲慘地讓人不能理解爲何也湊興跑來一脫……每個女孩肯定都穿了她們各自最上鏡頭的衣服出門吧？「俺今天要去攝影棚錄影喔。」那個熊女肯定這樣啪啪折著指關節，對流著口水崇拜她的手下們這樣宣布。

畫面上聽不到現場收音，但每個女孩的表情皆肅穆而專注，可能在聽導播的倒數計秒。時間一到，所有的女孩們同時寬衣解帶，連攝影師都被這畫面的氣勢給震懾，鏡頭搖晃起來。二百五十個年輕女孩同一時刻在你面前寬衣解帶，這畫面即使不是香豔至極，至少也像 Discovery 裡草原上成千上萬朵花莖爲了迎風授花粉而顫晃裸露出雌蕊柱頭那樣感人……

但事實上，他盯著那怪異空間裡剝去了各式奶罩三角褲後立定站好的一具一具女體，突然胃部酸液翻湧，一種巨大的噁心感……

眞是醜陋……眞是醜陋……

有的瘦削女孩一看便是惡性減肥的厭食強迫症患者，胸前扁平貼著兩粒梅乾；另一些胖女孩則垂著兩隻麵粉袋般的大乳；手腳比例完全不對，大部分的裸體女孩們本能地用手遮住下體上方的黑色叢毛。也許女體本不該以這樣的形式這樣的視覺關係被看見。像屠宰場裡的牲口，哦不，他想，像電影裡曾見的納粹集中營場景。是哪個變態設計出這個讓上百個女孩們集體脫衣，然後乾澀彆扭排隊站著的點子？重點是，那一點也不色情，反倒有一種對人之存有尊嚴的羞辱和損毀……

那女孩關上門後，用一種像蝮蛇在落葉堆中移動的韻律，鬼鬼祟祟，探頭探腦地在那房間四處巡梭檢查：漆黑的電視螢幕、牆上的複製畫、大波浪狀的垂幔窗簾、床頭櫃。他問女孩在幹麼？怕偷拍啊，女孩說，把燈關上好嗎？他把燈關了，闇黑裡更有一種正跟一個邪惡的靈魂獨處的不愉快感。後來他才領會，那正是這個不得不爲金錢出賣肉體的女孩，每一次，在這樣闇黑密室裡，刻意營造讓她和那些姦汙她的男客們不痛快甚至莫名恥愧不安的尖銳感。

在一種古怪的靦腆情感中，他突然不願在這女孩面前裸裎自己的身子。有邪惡的事會發生。

不要搞變態噢。之前那個謝雷男人這樣親狎又哀愁地說。女孩摘去那副像辦公室老小姐的黑貓眼鏡，她的臉即使在暗室中仍可見布滿黑痣與雀斑。說不出是這張臉的那一部分讓他欲望全消。並不是醜，主要是那不是張妓女的臉，是那雙略突出像甲狀腺亢進病人特有的金魚眼嚒？還是鼻唇上從嘴到下頦的輪廓讓他想起某個曾讓他極不愉快的女人？國中時拿鞭子抽他的國文老師？還是小學時班上某個討厭的風紀股長？還是在一間通風不良光線昏暗的工廠地下室，某個一臉雞歪卻剋扣他置身其中的搬運工人薪水的女會計？

女孩褪去衣物，和那張獴貓般窄小的臉相比，她的腰身顯得臃腫。老舊的奶罩和三角褲。也許這麼不討人喜歡的氣氛，是因爲她的條件常被客人退貨吧（媽的那對唱作俱佳的龜公和老鴇）？女孩說：愣在那幹麼？趕快脫了衣服趕快幹！這間旅館不安全。

不安全？他警戒起來。

我學妹說這家有裝針孔，有在偷拍啦。

他媽的。他心裡咒罵著。身體裡面有一種從一堆稠液糊漿裡撈出一柄鋤頭往剛剛那紅著鼻頭一臉滑稽的男人額頭痛擊的實體晃動。當然也可能又是這個臭婊子作弄嫖客的慣技，讓你褪下褲頭的光屁股起雞皮疙瘩，讓你的睪丸發冷緊縮，讓你的海綿體鬆泡泡直硬不起來……

快什麼？他沉下嗓說，剛才不是跟他們說好兩節……

兩節？誰說的？他想起來了，女孩的臉之所以讓他不快，是因爲那眞像很久以前看的一部電影《侏羅紀公園》裡的傘蜥蜴。從不帶感情的臉頰後面，似乎是耳際沿線的陰影鼓脹出一種威脅性的，抽跳的肉囊……

他想說，算了，妳出去吧，我不想要了。女孩卻跪下剝他的牛仔褲皮帶，你是第一天出來混哦？被人家騙了啦，怎麼可能買兩節？這裡隨時有警察來臨檢。嘴含住他可憐兮兮萎縮得像蒟蒻的陰莖。

不成。他心裡想，我不想插入這樣一具充滿惡意的身體。他說等等，等等，像搶回什麼東西似地把自己濕答答的小泥鰍從那張臉上的嘴洞裡拔出。

怎麼了？女人擦著嘴邊的口水。

等一等，他說，我有點緊張，他和女孩一起坐在床沿。我們先聊聊天。

傘蜥蜴的眼白像拉霸水果盤賭博機那樣不可思議地朝內轉了幾轉。聊天？又是像蝮蛇那樣無聲而冰冷地把衣服套回。再巡了一次房裡各角落，這次他好整以暇地看著她作戲了，拿回梳妝檯上的菸叼著點了，也打了根菸給女孩。

你到底是做哪行的啊？

女孩支肘噴著煙。或許更習慣在這些密室裡和那些被她澆熄了性慾的男人們聊天吧。你不是警察來釣魚呵？

不是。妳跟剛剛那兩個人熟嗎？

才不熟咧，你以爲我是雞啊？我是做援交的。

我是做廚房的，把袖子抬起給他聞，哅，有沒有，油煙味？每天要在爐子前站十幾小時，我賺的是辛苦錢。哪像這個，躺下來，幹一幹，比一天的工錢多。

那妳又怎麼會跑來做這個？

好玩嘛。學妹介紹的，之前被我男朋友甩了。女孩給他看左手腕一道蜈蚣粗細、肉瘤翻起的疤。又向他討了根菸。

現在他們像在一間抽油煙機和瓦斯噴嘴轟轟巨響，烏煙瘴氣的餐廳廚房後門，歇工時站著哈啦了。

Room

27

騙術之城

接下來的戰爭場景，就全被李元昊那狡猾男童般的魔術手法給催眠了

詐術。以虛為實，弄假成真。

圖尼克說：李元昊的敘事黑洞即在此。

從他夢境中所有戰士皆在沒有影子沒有疼痛的戰爭魔術中死去之後，西夏終將成為一種在它自己的字典被歸類與流沙，謊言、謎、午睡之夢……同性質的事物。

它成了它本來所是的相反。

關於好水川之戰，我們在《宋西事案》裡讀到的戰爭場面簡直像黑澤明的《亂》或是梅爾吉勃遜的《英雄本色》。大戰揭序之前，烽煙四起，廷奏在京城和邊關間快馬來回。陝西經略安撫使韓琦主戰，副安撫史范仲淹曰不可。兩人有一番該出戰或該緩征的精采辯論，但這不是此處重點。總之，宋皇帝決定一戰，「自畿甸近都，配市驢乘軍需入關，道路壅塞，曉夜不絕」。配備了現代化武裝的宋騎兵調集數萬（據說宋軍研發一種由江南造紙司製造的「紙甲」，比鐵鎧堅韌難用槍尖戳入。且在韓范新式軍事訓練整頓之下，弓箭手、騎兵槍手、鐵鞭、鐵鐧、棍、雙劍、大斧、連枷……俱經過現代軍隊之分工與陣勢操練），與「種落散居，衣食自給，忽爾點集，並攻一

路」，所以實在弄不清楚確實數目的黨項羌兵，爲即將上演的沙漠曠野大戰各自聚集。

但是接下來的戰爭場景，就全被李元昊那狡猾男童般的魔術手法給催眠了。數萬宋騎兵隊的鎧甲撞擊配鞍聲，或腰際扁壺裡的貯水晃搖聲，集合成一種巨大的、迷惑的嗡嗡響。西夏人全不見了。宋軍部隊指揮是戰功彪炳的任福將軍，他帶著八千精兵，在好水川的谷地和堡砦間轉悠，彷彿闖進了一座陌生神靈巨大風琴的音箱。演奏不知何時會開始，或者取消了，但空氣中隱隱約約全是像人數遠超過他們的埋伏者低抑的呼吸聲。

他們在好水川北一處叫張家堡的地方，好不容易遇上一小支鬼鬼祟祟的西夏部隊，宋軍們掩襲而上，像爲了一吐這日夜顚倒如夢中倒著行走的恐慌與憤怒，把那數百西夏軍全斬首了，奪下了大批馬羊、槖駝和物資。

這當然不是個好的預兆。任福的心裡暗暗嘀咕著：小心哪，小心哪。但李元昊那引敵入夢境，在慢動作中殺戮獵物的神祕唐卡織毯已經展開。士兵們如醉如癡，心裡悲涼空盪座下馬蹄像踩著一種娘娘腔的繁瑣舞步。

攝影棚燈光大亮，對不起，是黎明時刻，原本鬼魅般纏著整個部隊的迷霧散去。他們發現方圓數里，在一片叫人發愁的黃沙和點綴其中的灰綠荊棘叢之間，數以百萬、非鬼非獸的黨項羌人散布集結著。

另一個版本是說，此刻宋軍前哨發現道路旁置放著一只巨大銀漆泥箱，謹密封蓋，裡面似乎有生物的動躍聲。士兵們驚疑不敢觸碰，裡面關著的是一群裸體的妖精女兒？會噴火的怪物？或是即將爆炸讓人血肉迸裂的火藥？

任福走到那只木箱前，寶劍電光一閃，如此戲劇性如此好萊塢，劈開的木箱裡數百隻哨鴿如喪禮撒向天際的白色冥錢嘩嘩嘩騰空而起。

接下來的大屠殺在好萊塢電影裡通常會出現幾分鐘的「音盲」——配樂、背景音、人馬廝殺、金屬穿透皮革沒入人體的銳響，或從人體喉嚨深處發出的哀嚎……全部消失——像某種祭壇演劇在人類終於犯下最恐怖、最不被神原諒故而最絕望孤獨之罪時，包括演員、觀眾、伴奏樂手、旁白者，全部會不自覺掉進一種肅穆的安靜之中。西夏羌兵從四面八方撲向任福和他穿著雪白紙鎧甲的宋騎兵。那個時代的感官經驗或無法如 Discovery 以一種奇怪距離的攝影角度，無比清晰凝視上百萬隻紅火蟻掩覆爬過一群來不及逃走的水牛，離開後只剩一架架晶亮的白色骨骸；或是亞馬遜河水季下，整群食人魚在短短整秒內讓失足跌入水中的斑馬瞬間消失。西夏部隊中有人豎著鮑老旗，左麾右麾，那整群餓極的獵食者便忽而掩襲左方忽而掩襲右方，像用斧頭鋸刀快意地凌遲一隻奄奄一息的大象。紙盔甲下的宋人，不論是挨聚的整體，或單獨各自的身體，皆被支解、切削、砍斷連結繫帶，血肉剁成爛泥。

所有的軍官在馬背上被標槍刺成怒張刺鬚的河豚。主帥任福，力戰，身被十餘創，揮四刃鐵簡，終於被一支長槍像鉤魚那樣穿過左頰，戳破喉頭而死。

這便是宋夏戰史經典的好水川之役。宋軍被屠一萬三千人，京師大震。

另一場以李元昊詭祕微笑的特寫臉部作爲淡出畫面背景的戰爭，是夏遼大戰。

一五二年冬十月，契丹主耶律眞宗親率十萬鐵騎出金肅城，兵分三路直搗西夏首府。遼樞密使將六萬兵馬與元昊戰於賀蘭山北，敗之。元昊見契丹兵漫野如天上彤雲覆蓋而來，請和，退師十里，請收叛黨以戲，且進方物。契丹主遣樞密副使拒絕，繼續進軍。

李元昊，比窯子裡的女人還善變，還識時務，還刁鑽難纏撒潑不成立刻媚態可掬，他換上遼國朝臣服，親率黨項三部以待罪。據說耶律眞宗在野戰臨時指揮部接見了他。貴族出身的遼皇帝看著西夏皇帝小丑般的服飾，三杯酒下肚，忍不住嘟嘟囔囔責備起這位背信忘義的對手兼妹婿。還賜了酒，婆婆媽媽地勸那整幅地圖只有他與耶律眞宗可稱爲梟雄的矮子好好重新做人。

頭腦未被慶功宴御賜馬奶酒和西夏人進獻的烤羊腿薰迷糊的樞密使蕭惠，席間潑冷水向皇帝進言，二十萬大軍難得動員進擊至此，宜加伐，不可許和。耶律眞宗陷於貴族出身的公子哥話說滿了即恥於收回的尷尬，猶豫難決已經賜酒給那元昊還搶白了他一頓，難不成食言再襲殺了。

元昊見勢頭不對，回營即退師三十里以後。如此像遼宋兩支軍隊踩狐步跳探戈，一退一進。如此三退，將近百里。每退便要夏兵將草原燒夷成荒地。二十萬大軍契丹兵馬這時也走進李元昊的魔幻夢境了。所有的馬無草料可吃，契丹軍人們在主子們開玩笑似的忽進忽停的夢遊中，疲憊、狐疑，又開心。

元昊遷延退師到國境深處，評估一下契丹大軍應已馬飢人疲，乃揮騎縱兵急攻遼營。遼軍大潰，遼駙馬被執。契丹主耶律眞宗僅以數騎親兵掩護而逃。死傷不計其數。這是李元昊在西夏建國戰爭史上的第二張笑臉。

另一場史載發生於李元昊建國初期的經典戰役是和吐蕃王唃廝囉的河湟之戰。

圖尼克說，我之所以在此插入描述這場與西夏、宋、遼乃至後來之金的典型大國和戰、對峙、縱橫、虛與蛇委、傾國動員……相比，規模小上許多，對象國力亦遠不及己的戰爭。主要是在這幅戰爭圖卷軸中，李元昊和他的幽靈騎兵團，遠征吐蕃貓牛城的路線，恰正與二百年後，西夏王國被蒙古鐵騎殲滅，黨項人遭屠殺滅種而有傳說中最後一支西夏騎兵倉皇往南出走的路徑神祕重疊；那也正是我祖父帶著我父親在一九四九年那次古怪、殘酷，離開「中國」之境的步行路線。

重要的是，這場戰爭，李元昊慘敗。他確在這個戰爭故事裡，秀出他讓人癡迷夢幻，哭笑不得的魔法騙術，沒想到這次的對手，是個比他還詐炮還下三濫的傢伙。吐蕃人稱「佛子」的唃廝囉，性格比元昊更陰鬱，因疑忌而虐殺親信比元昊還明快，對噶舉派藏祕佛經裡虛無神祕的宇宙時間觀理解得比元昊透徹，且他和他的子民長期活在一個較李元昊的興慶府海拔高上三、四千米，空氣稀薄許多的天空之城。

這場黨項人與吐蕃人在這座高原上「鏡中魔城」的圍城之戰，後來在吐蕃皇室壁畫中呈現而出的慘烈、壯麗、恐怖場景，可能遠超出如今日本大阪城中的「德川軍團大戰豐臣秀賴」壁畫數十倍。圖中圍城的、攀牆垣的、眼睛中箭而掩面痛苦狀的，或城下方對牆垛上發射燃火之箭的，已攀過牆垛和吐蕃士兵拿馬刀與藏刀互砍的西夏人，不知是吐蕃畫師之汙衊敵方心態，或確實因高原反應而使這些可憐的沙漠羌兵，在極高明的藏彩顏料的塡塗下，臉部全呈醬紫色，且形狀已變貌成半獅子半犛牛的動物邪靈。那像一場地獄之戰，天昏地暗，鬼哭神嚎，烈焰焚燒，神鬼戰士和未進化成人類的動物神各以千手舉眼花撩亂之法器互扔向對方之戰，或如分據畫面右上側與左下側的，「佛子」唃廝囉的頭頂光圈之佛陀造型與獠牙犄角怒目圓瞪的「阿修羅」元昊的戰爭。

圖尼克說，《宋史》上關於那場戰役著墨甚少，且因結局是元昊以他一貫施加於敵人的惡戲模式輸了，敘事上多少帶有一種幸災樂禍的成分。事實上，這場圍城之戰，初始是以元昊的西夏羌兵們，頭戴金鏤起雲盔、銀帖金鏤盔、皮革黑漆盔，灰色的眼珠露出犬隻成群包圍住獵物時的冷靜與耐性。根據出土史料，西夏軍以騎兵曠野運動戰爲強項，突襲、奇襲、鐵鷂子，且有一種安裝在駱駝背上的「旋風炮」轟擊平原上的人馬。但他們似乎並不擅長攻城。據說他們亦發展出一種，名爲「對壘」，一次可運載數百人登上敵方城牆之機械，可以想像絕不可能用在對貓牛城這樣需長途跋涉之遠征中。

那是李元昊第一次在他的男童式惡戲中感到莫名的焦慮與困惑。圍城的他的士兵們因相信他而無比安靜。空中那飾了華麗裝飾、裝了狼頭杜頂的西夏軍旗迎風獵獵。他們配著一種柳弓皮弦的穿甲箭，另有連發弩機，有火矢。攻城的時候（如今只剩用登雲梯了），他們可以用硫磺火燒城牆，待土方燒裂崩出大洞，他們便可蜂擁而進。當然他亦可以看見他們的貓頭鷹展翅頭盔被吐蕃人的天王鍾砸扁腦漿迸流，倒栽而下時，綴有流蘇和金屬葉片的護裙像發著銀光的蒲公英籽那樣打開，或吐蕃僧兵們把從波斯人那裡學來的「地獄之火」祕方——一種混雜了瀝青、硫磺、酥油渣、松木屑，和一種磷礦的高燃點燒夷彈——往攀牆的他們身上丟去，他們會在那熾亮帶著爆炸聲響的烈焰中，像魔術那樣縮小成烏鴉或某種發出尖叫的黑色膠狀物。

「妖術啊！妖術啊！」他們的士兵們用一種夢囈的聲音哭喊。那是李元昊第一次發現戰爭並未在他的夢中卻在另一人的夢中進行。一種煩躁的等待情緒在西夏兵中擴散著，「元昊的魔術該要出現了吧？」是的，之前他已用僞詐約和，騙了唃廝囉開城門，而連攻下青唐、宗哥、帶星嶺諸城。他想起那句古諺：「暗夜火鐮只打一次。」翻譯作白話就是火柴盒裡只剩一根火柴，所以必須用在最重要時刻。

他已經用了。那是在渡河湟圍城之初，西夏騎兵不善水性，李元昊派人先渡河，於淺處插上小旗，再讓大軍看著旗幟渡河。

戰史沒有記錄這場圍城之戰是如何進行，只短短幾句：「喚厮囉潛使人（將旗）移植深處。及大戰，元昊潰歸，士卒視幟而渡，溺死者十八九，虜獲甚眾。」鬼臉對鬼臉，惡童對惡童。像孫悟空與二郎神的變身鬥法，既調戲又殘虐。這三場大戰，似乎關鍵處全在李元昊那充滿創意與靈感的某個小動作：被目瞪口呆的敵方掀蓋振翅飛天的鴿子；百萬部隊像跳探戈一樣你退我進；或是一臉詐笑在河裡預插旗子讓大軍渡河，而結果是好水川那布滿曠野被風沙乾燥化的上萬具宋軍骷髏；或是貓牛城渡灘湟河面上漂浮著數萬具甲冑仍在但臉部朝下發白腫脹的西夏人屍體。

詐術。以虛爲實，弄假成眞。

圖尼克說：李元昊的敘事黑洞即在此。從他啓動了那幾場原該是人類戰爭，卻成爲他夢境中所有戰士皆在沒有影子沒有疼痛的魔術中死去之後，西夏終將成爲一種在它自己的字典被歸類與流沙、謊言、謎、午睡之夢……同性質的事物。

它成了它本來所是的相反。

在那樣的夜裡，圖尼克總在高燒中陷入那些不屬於他的夢境，彷彿有神祕的意志用油泵槍嘴把那些黑忽忽黏答答的夢境注入他的靈魂裡。在夢中，總是一大群和他長得一模一樣的小人兒，騎著馬匹槖駝，在炙熱沙漠中神出鬼沒。他們做著鬼臉，嘻嘻哈哈，和另一群穿著宋人士兵愁苦躲在城寨中的小人兒追逐騎射。他們燒村毀寨，把抓來的俘虜砍掉鼻子驅趕回邊界的那一邊。有時他們像小學生運動會那樣分工合作在罕見人跡的沙丘間建築佛塔。有時他們身裹銀甲頭戴毡帽，在洼矢如雨下的城牆邊攀爬雲梯，偶爾臉部被流矢穿個窟窿仰跌摔下。有時他們的王（長得也和圖尼克一樣）死了，他們會無比哀戚穿素衣白縞，向邊界這一邊的宋兵小人兒遞哀表。但第二天又喧鬧惡戲地騎馬控弦來攻打。偶爾他們之中有一小撮人會背叛這個群體，越過邊境向宋兵小人兒投降，但躲在城寨上的宋兵首領害怕那是僞詐奇襲，便不肯開城門。於是這一小撮背叛者會活生生在城牆下被追擊過來的他們的騎兵用鬼劍射死。

成爲你本來所是的相反，是怎樣的一種人生呢？

家羚說，圖尼克，我知道這個點子很屌，「西夏王朝」，如煙消逝的兩百年帝國。自己的（或是完全像鏡子把所有大宋朝的符號全顛倒相反）文字、服飾、髮型、瓷器、官制、祭祀儀式。然後蓬一下全部不見，只剩下那些被盜墓賊和中樂透般的俄國英國考古學家在歷史舞台換幕的空檔時光把所有經書寶物一搬而空的、被摘空了的卵巢那樣的空墓穴……

但是，有一些類比的程式設計我被搞混亂了吔。譬如說：那個獨立建國而致毀滅的西夏，在幾個大國間用狡計、變貌，移形換位，挑撥離間，忽稱臣忽尋釁的阿米巴草原部落，我隱約看出它像台灣。好，在這個模型裡，大宋朝是中華人民共和國吧？遼是美國吧？女眞人是日本吧？但黨項羌的貴族階層據說是由北方南遷的契丹人，這一部分是設定爲曾受日本教育具日本國民身分的老一輩台灣人或是第二代全部拿美國護照的國民黨外省高官集團，而在歷史的下半場，西夏的滅亡，是發生在草原崛起鐵木眞他的蒙古騎兵隊。這時候的類比，一直是你這個大敘事背後「滅族」恐懼的巨大陰影，不正是以穩定步伐增建航母艦隊、核潛艦隊，備建蘇愷二十七、殲十，發展可以將美國間諜衛星打掉的遠程導彈的現代化戰爭能力的人民解放軍？或是所有的經濟學者惘嚇的「磁吸效應」、「黑洞效應」，有一天將台灣經濟徹底蒸發掉的「大中華經濟巨獸」？這時的宋、金、遼皆被覆滅，後來連西夏的宿敵吐蕃也被摧毀。

但這個「蒙古大海嘯」，席捲了當時的全世界，不到五十年即分崩離析。你的滅絕敘事裡那些離散混入漢人社會的黨項人，是在明朝的國境內重新學習漢字、漢語、漢習俗，這是怎麼回事？還是我搞錯了，這個模型中的「蒙古」是把一切獨特文明皆淹沒的全球化？網路？麥當勞？好萊塢？LV和Gucci？NBA和職棒大聯盟？饒舌樂和街舞？西夏文字在這個虛擬世界是什麼意思？還有，你的那支「最後一支逃亡的西夏騎兵隊」，怎麼那麼像（根本就是）一九四九年國民黨潰敗，外省人的大逃亡？那麼，這時的「西夏」反而不是台灣，而是「外省人及其後裔」，那麼，台灣在此又成爲他們之後混跡隱身其中的「漢人社會」？這裡的漢人反而是台灣人，而外省人是西夏人，但改繁體字爲簡體字的是當今中國吔？你這個模型中的「西夏文字」是「鏡子的另一面」比漢字還要繁複難解的「繁繁體字」吧？這是怎麼一回事？

家羚說，我總是反覆揣摩那些說謊者藏在蛾翅被燭火燒焦發出爆裂聲油焦味那一瞬的輝煌熱情，他們是怎樣進入那變臉之瞬。把自己燒融、蠟滴結成另一個身分另一個角色的記憶。我像那些春宮畫藝匠在昏黃抖動的燭光裡，眼睛眨也不敢眨一下，精密將那些細微如最細葉脈如昆蟲肢體上鬚毛的白色裸體單鳳眼中國古代女人描繪在比一枚錢幣大不了多少的琉璃鼻煙壺上，我盯著新聞畫面上李聚寶李泰安那一對父子如何在全國二千萬人目視睽睽下變魔術。別忘了他們都是黨項人，老人李聚寶有著一雙和三十年前搶銀行大盜一樣的流浪老兵眼睛：漆黑、細瞇藏在顴骨和眉頭間溝渠縱橫的皺紋裡，像無心事的草食動物，不引人注意。然而他們是從殺人放火的戰亂中跑來這個大驚小怪的寂靜之島。當他的兩個兒子像擅用保護色的殺手蜥蜴匿蹤在人群裡，讓整個島的警騎團團轉地布下比美好萊塢電影的拆鐵軌讓火車翻覆並在那布置成大型災難的車廂裡將蛇毒注射進他們爲之投保了七千八百萬的越南新娘體內。這個老人，眼觀鼻鼻觀心，面無表情在那些年輕傻氣的女記者和攝影機前面優閒讀著《孫子兵法》，但他的小兒子已因被檢警踩到線索要求驗亡妻屍體的前夜上吊自殺。那個大兒子口嚼檳榔，一臉南國土生土長泹迌仔模樣，嘻皮笑臉，打菸給男記者，和女記者調情，整整一個月他們一家人的 Live 秀成爲全國七點收視率最高、所有人如癡如狂注視的偶像。

但是，人怎麼可能無中生有地發明出他自己呢？

家羚說，但是在我們這間無中生有的旅館裡，我從小到大聽到的，或者說他們刻意塞進我的腦袋裡的故事，全是一些「無中生有者勵志故事」：譬如么三〇八房那個老晉，他本來是抗日名將吉星文麾下的猛將，據說原本一臉坑窪、鷹勾鼻、銅鈴眼。腦袋左側凹陷一塊拳頭大的隕石坑，有人說是八二三那第一波「地獄之火」漫天炮彈如雨下時，其中飛濺的一塊滾燙砲彈碎片給鑿的。住進這兒的時候，與所有房客格格不入，性爆如焦炭，常在走廊嚷嚷，酒氣沖天。傳說那時美蘭嬤嬤還是個美人（圖尼克說：她現在還是），看不下去了，穿著駝毛絨拖鞋，千嬌百媚地走到么三〇八房前敲門下戰帖。戰什麼？巾幗不讓鬚眉，好男不跟女鬥。就此一樁：鬥酒，七十度的金門陳高，那晚老晉與美蘭嬤嬤對坐在大廳長几喝光了我們這間旅館窖藏的六十幾瓶白乾，那個場面據說鬼哭神嚎，兩個人的臉都腫得像河豚，鼻孔噴出來的揮發酒精有人在一旁點菸還發生氣爆。他倆算喝成個平手。因爲我生未逢其時，無法向你描述更多細節、重點呢，是這個老晉搖搖晃晃走回房，在洗手檯放水沖臉，據他後來回憶，那臉伸進水槽裡，就像灌滿水的豬膀胱，沉甸甸墜著，手托不住，千根針扎般刺癢，他醉糊塗了，用食指往臉窟窿處一戳。砰，整張臉眞如水氣球炸得酒水四濺，臉皮碎成片片黏在牆上、鏡上、天花板上……

那不死了？圖尼克說。

不，這人醉茫茫中機伶，把那軟呼呼要流出來的臉（或說裡面的臉），用兩手掌捂住，蹲下不敢亂動，這樣在浴廁待了一夜，第二天，么三〇八房門一開，嚇，大夥說是不是老咎喝掛了，哪來一個俊俏後生連夜趕來給他老爹奔喪。

完完全全換了一張細眉單鳳眼的傅粉笑臉。

圖尼克說，這是什麼胡說八道？

圖尼克想，她現在講話的方式，怎麼那麼像那些老頭子？完全不像那個睡意矇朧的純潔睡美人或是煙視媚行的酒精中毒洋娃娃？

家羚說，是的，我後來發現，所有爲我們準備的故事，全部不是關於「扮演」的故事，而是「變成」的故事。

哪吒的故事。他剜肉還父剖腸還母一縷怨靈如何借蓮蓬爲頭蓮花爲臉蓮藕爲手足蓮莖爲身荷葉爲股臀變成不死之身的故事。雷震子的故事，如何從一白面俊俏少年變成一烏鴉嘴河童臉背後有肉翅的醜怪。孫悟空變成仙桃的故事。蜘蛛精變成赤條條美人兒的故事。關雲長變成無頭厲鬼孤獨騎著赤兔馬騰雲駕霧找他的面如重棗之頭顱的故事。後來我的書架上多了一些製作精美的立體書，書頁翻開那些原本摺疊在一起的紙卡會層層支撐站起：一座立體城堡、一座有拱廊有希臘神廟遺址的花園、一座中世紀城市、一幅立體的清明上河圖，當然還有許多不同年代不同故事裡的立體旅館，變成巨大無比的愛麗絲，變成比老鼠還小的愛麗絲，變成青蛙的王子，變成屍體或半人半魚怪物的公主，變成豬的魔鬼、狼人、吸血鬼。變成永遠不會死的殭屍，除非你用木釘打進它的心臟。變成穿牆人、透明人、毛怪、史瑞克、哈比人。變成蟑螂、變成遊樂園驚奇屋裡的機械木偶。

在我們這個旅館裡，幾乎每一個房間都有一個「變成」的故事：「我是如何變成現在的這副模樣。」有一些老一輩的，在意識到自己將終其一生困居於這幢旅館，或因下意識對自己無法傳宗接代而深愧家鄉的父母，竟然集體變成雌雄同體的蚯蚓。他們的陰莖縮進腹內，下體變成像女人那樣的凹陷。一開始他們非常恐懼，羞辱地找同層樓其他男客幫忙將縮進去的陰莖用力拔出。但後來他們意識到這種變身成腔腸綱或環節綱之低等動物，是生物本能度過大遷移可能造成之集體種族滅絕而自然啓動的「生殖休眠」措施，遂安心認命於自己所變成的這個模樣。有一些人則在一起住進旅館的親人陸續死去後，得了畏寒症，變成無比怕冷的爬蟲類，這一類長輩的房間最惡心了，臭氣薰天，因爲他們即使在高溫炎夏，也不開空調，把自己裹在大棉被裡，屋裡像蛇的巢穴潮濕燠熱（對他們而言則如同睡在殯儀館冰庫裡），所有食物、垃圾、尿桶（他們通常會喝自己的尿以補虛寒）全偎擠在一塊兒發酵。你別以爲我胡扯。後來有個台大醫學院精神科教授，還曾寫了一本學術專著《文化精神醫學的贈物——從台灣到日本》，專門討論這些集體遷移者的縮陽與畏寒。

主要還是關於「變成」（而不是扮演）。

家羚說，你稍微留意，便會發現我們這一支遷移者後裔，不，我們這整幢旅館裡看似時光凍結的住客們，其實無比關注——簡直是神經質地迷戀——任何與「變態」有關連的知識：汙黑水溝中的肥蛆如何慢慢變黑長出覆滿細毛的細肢和薄翅的蒼蠅；蛹中的蠶如何從光滑的身軀變成裂繭而出時布滿鱗粉如蒼白枯葉的醜陋之蛾；蝌蚪那黑色晶瑩的卵囊身軀的何處細胞發出神祕訊息而突冒出小小後肢。當然這旅館裡的老人喜食某些「變化時刻」的象徵物也已是公開的祕密：那些敲開蛋殼連著不成形的喙爪羽翅和血跡蛋汁一同流成一灘的「鴨仔蛋」；那些豆腐皮上刻意培養一叢白毛一叢綠毛的黴菌菌落；那些發出腐敗惡臭卻用硝粉將腐敗暫停在一奇妙時刻而不致完全變黑長蛆的豬屍後腿；那些一肚子鼠崽來不及分娩的油炸母鼠；那些大型貓科動物臨死之瞬驚怒恐懼來不及充血完全勃起的陰莖軟骨……

有些文化人類學者聲稱這些專注於某些器官的病態貪食緣於中國人陰陽五行以食補氣的錯誤宇宙觀。他們卻沒留意到這些古怪食材的時間特質：即將變成完全不同的另一種東西的那個神祕時刻……

雖然在家羚那像女童故作純真盤腿坐在你面前說故事卻不經意讓你瞧見紗裙下沒穿底褲的模糊光暈；或是酒精在視網膜造成的搖晃魅影；或是該死的她點燃在屋子哪個角落而不斷從鼻孔鑽進腦前額葉的迷魂檀香……這一切讓她敘述的人臉全成了融化的蠟面具，動物全成了鮮豔流動的柏油，建築成了海市蜃樓，死亡變成類似嗑藥或性愛狂歡的戰慄；但是圖尼克仍揮之不去對眼前這女孩那種深烙於靈魂的演員氣質深抱戒心。

家羚說，從小我就被大人刻意地強押在那些「人正在變成不是他的那個東西」的場面前，讓我專注盯著不准把頭轉開，從中理解學習某些已無法靠語言傳遞的我這一族的宿命。我印象最早的是他們帶我到一間神壇，一個胸部、肚腩、下巴、胳膊全堆著層疊肥肉的白胖男人，卻穿著一件女人的桃紅綾肚兜，發出嬌嗲的幼童嗓音，眼睛翻白，口吐泡沫。他們說這是乩童，正被「三太子」上身，我那時忍不住被這粗糙的僞扮惹得哈哈大笑，身旁我母親卻將手指甲掐進我的手臂。那個胖子把那雙垂死駱駝的覷瞇之眼朝我轉來，童腔童調地說：「何方大膽愚民，本三太子巡駕在此，竟敢無禮。」那一刻我體內某一根神祕的琴弦突然顫抖了一下，彷彿我這一族人流浪者之歌在無數個類似場合的集體演奏。我翻身而起，以單指撐地倒立，口中喃喃念誦古老又遙遠的咒密經文。在圍觀大人們的驚呼聲中，我體內一個不屬於我的聲音像蜜油從倒張的口裡淌出，我對那假乩童說：

「吾乃三太子李哪吒本尊，何方妄詐之徒，在此僭冒本太子，招搖撞騙？」

人格解離症患者。家羚說。

我們這個時代，因爲對經驗的狂迷耽戀，卻又相信經驗可以毋需用單調、無聊、冗長的古典時代一個人一生只能獲得一、兩種經驗這種原始人方式取得。所得的經驗像百貨櫃架上一瓶一瓶的彩色維他命膠囊。於是我們像單細胞草履蟲或變形蟲，任何用乳頭滴管吸取滴進玻璃培養皿裡的彩色試劑皆可使我們變色，我們把嘴變成水蛭的吸盤，貼覆在無數別人經驗築成的蜂巢孔洞，把藏在每一框格裡經驗的白色幼蟲吸進我們肚子裡，擁有愈多他人經驗者便是這個新時代裡進化愈高等的人種。於是像唐璜、妓女、流浪藝人這些從前低賤的身分，因爲其總是處在和他人交換身世故事的狀態，所以翻身變成經驗世界的高等人種。

＊　＊　＊

那天晚上，旅館裡來了一個不速之客。他獨自坐在大廳酒吧用餐，奇怪的是他點的是一份「快樂兒童餐」，白瓷盤上堆著雞蛋沙拉球、薯條和猩紅的番茄醬、炸雞塊、一小份牛排，旁邊鋪著一枚色彩鮮豔像蠟製贗品的荷包蛋，在一截水煮玉蜀黍上頭還充滿遊樂場氣氛地插著一枝迷你美國五星旗。圖尼克發現：旅館所有的房客全躲回自己房間不出來了。原本從傍晚開始會湊聚在這大廳酒吧喝兩杯並和其他同伴爭執數十年同一話題的昔日舊事的老顧客們，甚至在舞池中央演奏黑人爵士樂那兩個薩克斯風樂手，全像被蒸發的幽靈消失無蹤。偌大一座旅館竟似空城，寂靜無比。大廳裡只聽見那唯一一個客人咀嚼雞塊或用刀叉切割牛排時，一些單調聲音的迴響。

圖尼克知道整幢旅館裡的這些老人，全在用一種刻意的靜默表達對這位客人的不歡迎。他那用髮蠟固定的西裝頭下的臉像一個感情受創的孩子，憤怒地把他的咀嚼聲像錘牆工人的動作一樣單調重複。在頭頂大廳夜間水晶吊燈昏濛卻明亮的光照下，他的影子竟像蓮花瓣在椅子下放射成好幾個。

在圖尼克房間這一層樓的走廊上，那些老人們像鼷鼠神經質探頭出洞穴那樣據站著自己的房門口竊竊私語。他們在那入夜後用怎樣瓦數的燈光皆無法穿透的黑暗裡，驚疑、憤怒、好奇、看好戲的情緒像下水道裡的激流，一個漩渦一個漩渦地混合著。

——這傢伙現在出現在這裡，是不是表示他的建國大業徹底破產了？

——早知有今天。

——他們還讓他進來幹什麼？明天早上我要去和經理說，如果這傢伙留下，我立刻搬出去。

——對，我們都搬出去，看這間旅館還經營得下去嗎？

——乾脆把這騙子關進一只玻璃櫃裡，放在大廳中央，每天表演「我如何在幾千萬人眼前讓東西不見」或是「我如何無中生有」……

他們談論他的語氣，像在說一個聲名狼藉喜用下三濫手法僞詐的魔術師。只是圖尼克知道，他們這廂愈說得口沫橫飛，樓下那個人浸浴在暗影之光的小木偶臉上的唇角弧度，便上彎得更厲害。有一個老人說，這傢伙並非第一次來這家旅館，據說當年那次神鬼莫測的槍擊懸案，他便是和他的夥伴（那個個性比他更火爆犀利的胖貴婦）在一群穿黑西裝的安全人員簇擁下大陣仗進駐旅館大廳，回憶這件事的口述者發誓從樓上這個角度看去，他肚腹部位完全沒有血跡，所有的人全靜默但手忙腳亂圍著那本來不應是主角的貴婦，似乎她眞的受了傷。這位魔術師，小木偶臉孔上的西裝頭，第一次散亂如雜草，他像個喝醉酒的傭懶丈夫，仰身躺靠在大廳的長沙發靠背。臉上帶著神祕的笑意。

約莫一小時後，這個口述者說，旅館裡聽見一聲用消音器壓低音爆的槍響。他相信那個畫面是這樣的：這個魔術師站在一堵牆角的側邊，整個人隱蔽於牆面之後，只露出他那後來成爲整齣懸案焦點的肚子。像精密手術（是的他先打了一針麻醉劑）計算了露出肚緣約幾公分，然後讓那之前挑選好的狙擊手持手槍貼著牆面，射擊那微露出現的白色肚皮。

當然這都是陳年芝麻爛帳了。圖尼克記得，當年那事件驟然發生時，各種謠言四處亂竄：什麼美國ＣＩＡ早就用間諜衛星掌握了當天在建築物內所有人究竟發生了什麼；後來宣布破案的暗殺者早在事發十天後被發現自殺於漁港的浮屍，屍體被魚網纏繞；警方追查提供作案槍枝的黑道角頭，也在一年後被人槍擊頭部死在自己家中；至於各方人物從國外找來那位充滿影星魅力的國際神探，在暗殺現場，大張旗鼓找了一些美國鑑識人員表演了紅外線光束彈道重建、槍手位置與被槍擊者中彈位置之角度模擬；擊發後彈殼落點之推算狙擊位置……最後卻以一篇模稜兩可充滿專家術語和「四個不知道」的鑑識報告不了了之地作結……

在某個意義上（圖尼克想：我這樣說話，好像在維基百科上留言的那些庶人歷史學家喔），那次魔術的成功，等於徹底宣判了這幢西夏旅館，在形上學意義的不存在。這也難怪旅館裡的老人們那麼痛恨此刻樓下那位無恥的（但你不得不佩服他）魔法師；因為如此一來，他們便在一種芝諾辯證邏輯的推論中，變成夢中的殘影，地窖內的鬼魂，或恐嚇孩子的恐怖故事裡始終是一團陰鬱模糊的灰霧。他成功地讓他的魔術站立在光天化日下不被蒸發的那一刻，這座海市蜃樓和裡面的住民們，便得立刻化成一縷青煙，退回他們的謊言國度。

就在這時，家羚出現了。她穿著一襲白紗洋裝，像從老祖母發黃照片中跑出來的鬼魂，從頭髮邊緣、臉龐、手臂，還有被那老式洋裝裹住的腰身，皆濛散著一層來自舊日記憶的霧光。事實上當她走下旅館挑高大廳的階梯來到一樓酒吧時，四周皆浮晃著衣櫃裡樟腦丸的強烈氣味。她走到那魔術師的身邊，並未冒昧和他同桌而是拉出他右側鄰桌一張椅子坐下。現在整個大廳酒吧就只有他們兩人了。連服務生都跑光了。他們四周每一張桌子上的一只小威士忌酒杯裡，都點著一枚卵形白蠟燭，那竟有種夜間墓園屬於無主之鬼的祭典的蒼涼氣氛。

家羚，她的雙眼像被銀幣封住的木乃伊，黑暗中熠熠發光，她的臉龐像螢光水母一樣透明，美極了。她知道整幢旅館的人都在他們倆看不到的各處角落窺看著他們。她幾乎可以聽見那像整幢建築的白蟻集體囓啃木頭梁柱或骨架的沙沙沙憤怒低語。

——叛徒。

——婊子。

——無恥。

甚至連美蘭嬷嬷都在那個整體裡面。啊他們恨不得搬出各自房間她母親在世時留給他們的紀念品——拿破崙XO、放唱盤的電唱機、一本精裝紅皮婦女家庭百科、一疊黃頁皇冠雜誌、一些鍋碗瓢盆，還有被蟑螂吃剩下一半的南僑水晶肥皀——從樓上往下扔，精準地把這女孩腦漿迸流擊殺在那個魔術師的腳邊。

但是此刻家羚卻意識到自己像一齣舞台劇上唯一的主角，光柱正打在她坐著的表演區，她即使保持十分鐘不開口說話，觀眾席下的整片人們也只能屏住呼吸，不敢出聲，那是所有女人在她們還是小女孩時便朝思暮想的夢境，她用一種年輕魔術師偶遇這一行頂尖大師時，充滿感情且畏敬的口吻，向那原本孤零零在此晚餐之人求教：

「總統先生，能否請問您，如果不從任何道德角度，僅以魔術的技術層面，您是如何做到，那瞞過了所有仇敵、鑑證專家、媒體，和現場整條街上萬人群的神奇把戲？」

他們對話的內容，圖尼克是後來家羚上樓進到他房間（是的，那時他扮演了她的保護者，否則她可能會被整幢旅館竄流的黑色怨念像瀝青一樣全身裹覆而窒息，或許從她到自己房間的這一段走廊，每間房門會打開輪流朝她的臉吐一口痰）才從她口中得知大概。

但是那個晚上，家羚在旅館樓下發生的那一幕（或如她所說的，不是「表演」而是「變成」），卻讓圖尼克不寒而慄地想起曾在一本偉大的小說中抄背下來的話：

但我們能想像這樣的出生嗎？想法是什麼，到底，夢想是什麼，不就是漂浮與漂流，以及這些栩栩如生的映像？其中映像最可怕。最可怕的就是站在外邊的幽冥當中，凝望一位身在燈火輝煌的房子裡的女人正對著一面窗子仔細端詳自己的臉，然後朝她丟石頭，打碎整面窗玻璃，然後看見窗子再度自行癒合，而這些她嘴巴喉嚨和頭髮的明亮碎片再度無瑕地成爲這位陌生而冷漠的女人。

關於家羚，如何像那個恐怖童話的東京藝妓懸絲傀儡，在神祕老人充滿愛意的手指下，栩栩如生讓每一個演出夜晚舞台下的觀眾神魂顚倒，對她那翩翩舞蹈於不可思議的豔異殘忍故事之風流身段充滿淫念幻想，最終卻在一滿月之夜，咬斷她的創造者，那位傀儡大師的喉嚨，吸乾他的生命，從一個關節會發出咔咔咔聲響的木頭假人，變成活生生的淫蕩妖姬。關於她如何在比訓練忍者刺客或宮廷歌妓還嚴格的童年教養中，突變成進化人種，咬斷創造她的臍帶，變成現在這個「永不受傷害之人」？

家羚說：「你知道他回答我什麼嗎？」

「什麼？」

「他引用了日本暗黑舞踏大師中嶋夏的話：『舞踏應當拒絕所有的形式主義、象徵主義以及用來表達我們生命力與自由度的所有意義。我所正在奮鬥爭取的，不是爲了邁向藝術，而是爲了邁向愛。』」

圖尼克說：「但我聽說這傢伙的書架上除了六法全書和《高等司法人員鑑定考古題庫》之外便一無所有，什麼時候他開始裝模作樣談起日本舞踏了？我想是恰好獨自晚餐無聊順手翻閱其他房客留在大廳酒吧的哪本書吧？」

「不，他對暗黑舞踏理解得非常深入。那絕非隨機摘引書中的句子，他談到那些自摩天大樓上用繩縛把身體綁成各種怪誕形態而緩緩下降的舞者；談到他們在舞台上宰殺活雞；談那些像地獄妖魔的白妝裸體；他提到暗黑舞踏中最重要的幾個元素：怪誕、變形、自我憤怒、自我虐待，一半是我一半是他者……這一切全和他那飽受爭議的政治風格吻合。」

「恭喜妳發掘了一位長期被人們忽視的偉大舞踏舞者。」

「不，圖尼克，你在使孩子氣。你知道嗎？他提到日本在江戶時期之前的歌舞伎演員：『他們既是神，卻也是犧牲受害的人；既是神聖的，卻也是骯髒的；既是來自一個更美好的世界的訪客，卻同時也是庶民原罪的承受者。』他們既是神的代理人，也同樣是人民的代罪羔羊；他們聚集淨化了原罪，甚至得把人們所厭惡的死亡表演出來。」

「我想起來了，他晚餐時無聊翻的書是那本蘇姍・克蘭著的舞蹈教科書，難怪我這幾個禮拜一直找不到，原來是忘在酒吧那了。」圖尼克說：「別管這個，但天啊，我不敢相信妳居然信這一套胡說八道。這和柬埔寨那砍了百萬人頭的屠夫有何差別？非洲那些白天穿掛滿勳章的將軍服晚上換上大巫師裝扮的部落元首有何差別？他們把那些被『活在現代時刻』這件事深深挫折的人群，催眠成一口充滿沸騰興奮感的大鍋子，然後他們這些大巫師，再以狂歡和粗俗的形式從他們集體變成的這口大鍋子裡蹦出來……妳居然要我相信這個？」

家羚嘆了口氣，說：「但是，他殺了人嗎？在他手上殺過一個人嗎？我們這間旅館裡許多房間裡的人曾誇耀的這一輩子殺過的真實的人，只怕比他的『暗黑舞踏』——或他們任何人說的『邪惡魔法師』——所召喚的暗黑怨念死者總數要多。噢我知道你要說什麼：那些每天抱著孩子割腕服農藥然後全家跳樓自殺的，那些田園荒蕪任令莊稼發霉廢耕而引爆瓦斯的，那些被損害的被羞辱的……那似乎是他的舞踏所召喚的黑暗代價。

「但是你知道我心裡在想什麼嗎？就如同我從小到大不斷問自己的問題：爲何我變成現在這個模樣？怪物，變形人，陰蒂剪去者，無感性能力無愛之人。每次的答案皆指向那個最初按藍圖所繪蓋出這幢西夏旅館的瘋子。這部分他和我們是一樣的。」

家羚說，我有時會無限眷戀懷想我所從出的那座城市。那座詐騙之城。語言、感情如同清晨河面薄霧一般美麗卻與真實逆反之城。人人皆熟習幻術且與之從容相處的魔法師之城。某些前朝老人曾痛心疾首指責全城人皆沉淪於一種耽愛謊言的虛無品格，但包括城市行政長官、大學教授、商行領袖、宗教頭子、不同部落互爲仇敵的政客們……此時卻不約而同群起反駁。他們認爲本城之人水乳交融相濡以沫地共存活一夢境與真實的灰稠狀邊境，或曰幻妄之境，恰可視爲某種較高心智之需求與投射。是要怎樣高度進化的文明，才可能如此僥倖如此因緣際會地發展出這樣一座比蛛網、蜂巢、蟻窩還要繁複精密的結構，且構建材料竟全是從所有成員腔體或靈魂吐出的謊言詐術？

是的，建築之美。不可思議的顛倒惑亂了視覺聽覺嗅覺慣性乃至人類渺小短暫心靈所發展出來的基礎數學、物理學、邏輯或精神醫學之演算。這樣從細部開始，朝一完全相反之境搭建的一座倒影之城，豈非神蹟？

譬如說，幾萬年後另一個文明的老實頭考古學家們，或用西夏時期烽火台的功能概念來比擬其時我們那座城裡，人們活在蛛網密布卻看不見的高頻電波網絡中，他們想像那包圍著城市的發射台高塔或如烽火台放送並傳遞全城人要求立即知道的消息。

——敵人來襲了。

——國王駕崩了。

——山洪爆發了，黃河決堤了。

——城南發生鼠患了。鼠疫正在大規模流行。

但他們大惑不解發現，我那座城的男女老少，人手一支小接收器，他們全在嘻嘻哈哈地傳遞謊言。他們名之爲手機的小金屬盒裡，時不時會出現一些「恭喜您中了特獎奧迪汽車詳情請撥○○八○○××××××」或「××銀行信用卡客服中心你有一筆八千元的卡費逾期未繳請儘速與我們聯絡」之訊息。他們暈暈陶陶，如癡如醉，只有一些屬於這城市邊緣畸零人的老人、文盲、孤寂單身女人或鰥夫，會被催眠般照著那閃著銀光透明蛛網的謊言之指示，把他們銀行裡可憐兮兮的戶頭存款轉帳到那神祕的不存在之祭壇作爲奉獻。有另一派社會人類學者認爲這些由謊言編織而成的訊息之網，其實是作爲這座城市如同免疫系統之巡邏白血球而存在：它們通過基礎謊言之測試，辨識這個群體裡的弱者、低能者、殘疾者，狙擊他們，摧毀他們，加速城市的健康代謝。

是的，詐騙在這座城裡，扮演著類似種族優生學汰選系統瓣膜或過濾器那樣的功能。它隱形而溶解在城市居民日常生活的每一角落，他們飲用的水、他們閱讀的雜誌、他們扭開的電視或車內收音機。那是一種極大規模，可能包括史坦尼斯拉夫斯基、葛羅托斯基、史特林堡這些表演藝術大師皆瞠目結舌的戲劇演出，角色隨時進入與離開，演員們互相像譫妄症者這一刻清楚意識他們正一字不差背誦著看不見的舞台詞，下一刻卻跌入應該屬於情感記憶練習課程的童年傷害或內心黑暗面。

在某一次被以爲是世界末日的地震後，人們在倒塌的樓房瓦礫廢墟中挖掘屍體，驚見折斷的梁柱中央，竟疊放著一只只原本用來盛沙拉油的灌沙鐵桶。那使得這僞詐之城的子民們更沉浸於一種類似活在底片世界的晦暗與模糊。原本他們以爲，謊言只被限制於玻璃瓶內的果醬那樣的意象：鮮豔、甜膩，一與眞實空氣接觸便招來蒼蠅，在太陽光下會融化成一攤廣告顏料般的紅色、黃色或橘色。但這些事件後，他們確定謊言已被打樁結構成固定不變（除非出現一場類似那地震規模的災疫：他們心中浮現的末日圖景其實是一場毀滅戰爭）的框格。謊言被固態化、工廠化、規格化了。原本即興創作僞詐之術的狂歡、鬼臉與激爽不見了。他們像車諾比核電廠爆炸的居民，某一天抬頭，發現天空出現一個從城市另一端矗立的灰雲巨人，它是如此痛苦於自己不斷的膨脹，且搖搖欲墜隨時地躺趴壓蓋整座城市。他們開始理解事物的初始與源頭。

家羚嘆口氣，在《夏綠蒂的網》這個故事裡，一開始主角是一隻快樂的小豬和牠的小主人——一個聽得懂農場所有動物們語言的小女孩。他們活在一個拉崗所謂的「鏡像世界」之中，無憂無慮愛與依賴如此完足飽滿、沒有傷害，萬物蓬勃生長，所有動物之間的關係像古老年代的大宅院，歲月靜好，你（哦不，是小豬）以爲自己和身邊的這些家人朋友就是一個天堂般的世界中心。一直到有一天，小豬隨小女孩和她的父親到集市看熱鬧，親眼目睹一匹匹等著交易的騾馬牠們眼神中的疲憊和哀傷，看見樹蔭下一身破絮的綿羊，看見那些卡車上一整群等待交易的豬隻，牠們喧鬧、愚蠢而絕望，小豬從其他動物隱晦閃爍的話語中知道這些豬隻的命運——那也將是牠的命運——送進屠宰場被尖刀割斷脖子。

這個理解把小豬原來生活其中那個世界的光給抽掉了。時間介入了。牠不再活在一個理所當然的靜止生活裡，而是倒數的死亡時刻，小女孩的身分也不再是近乎戀人的依賴同伴，只要小豬長大到人類覺得可以做成餐桌上的美食，小女孩便會把牠交給她父親，送到市集賣給他們的同類卻是牠的劊子手。

信任感一夕之間崩毀成塵粉。

這個傷心的、斷裂的時刻，小豬卻發現一件事，小女孩再聽不懂動物們的話了。牠也聽不懂小女孩對牠說的那些人類的語言。小女孩長大了，變成她所是的那個群體的一部分。慢慢地她也不大愛來農場裡溜躂了。其他的動物們有牠們各自的生老病死。小豬的成長——死亡時刻來臨變成一個惘惘的威脅，「預知死亡紀事」，那一天總要來臨，但沒有人有辦法改變。所以就變成一種懶洋洋的等待。

一直到小豬在穀倉認識一隻在梁柱間結網的蜘蛛夏綠蒂，牠是一隻害羞的母蜘蛛，牠成了小豬被小女孩遺棄之後唯一一個傾訴心事的朋友，總是小豬（這時牠是否變成一個憤世嫉俗的犬儒主義者）說著一些喪氣的話，對愛的懷疑，對不公義的屠殺的氣憤，對宿命論的反省……而夏綠蒂則安靜地聆聽。

那天終於來到，小豬被女孩和她的父親帶往市集，在牠的死亡命運即將來臨的前一夜，小豬意外地睡得非常安穩，模模糊糊聽見夏綠蒂在牠上面的「豬隻販賣集中所」的梁柱一角勤奮地工作。「原來她也混上車一道來了啊？」牠心如槁木，只在陷入全黑夢境前這樣想著。

第二天，小豬被一大群圍著牠的農人們發出驚嘆討論聲吵醒，牠照著他們豔羨的眼神抬頭發現牠的上方，晨曦中銀光閃閃一面蛛網，上面織出人類的文字：「這是一隻神奇的豬。」夏綠蒂不見了，只剩下她嘔心瀝血一整晚的藝術品。

市集的人們相信這是神蹟，小豬成了眾人爭相目睹的「神豬」，他們給牠頭戴花環，在街道遊行。這時女孩和她的父親也決定不賣小豬了，他們滿懷著擁有一隻「神奇的豬」的虛榮與驕傲載著小豬回家。

故事說完了。

家羚說，圖尼克，你知道這個故事裡最讓人傷心的是哪一段嗎？

哪一段？夏綠蒂吐光了蜘蛛絲救了小豬，然後自己死了？

不，不是那裡，是小女孩再也聽不懂動物們說話那時起。那之前，他倆是朋友，是戀人，那之後，小豬被拋棄至絕對的孤獨和恐懼之境。那時發生了什麼事？使她離開牠，加入了屠殺牠族類的那個族類，不再願意同情牠、理解牠。讓牠變回一隻徹頭徹尾的豬。

為什麼聽不懂了？

「現在！告訴我，妳眞正的身分是什麼？」

像剝開一層又一層的柚子皮，那布滿毛孔的綠色厚皮，手指陷入即如百歲老人的臉龐淫淫滲出刺鼻的組織液，然後撕去比日本女人和服還要繁文縟節的斜織橫錯白色纖維，當這些猥褻的白色薄膜被你耐性剝光（狼藉遍地真像單身派對哥們當作贈禮的高級妓女身上褪下的全部遮蔽織物：白色絲襪、白色吊帶、蟬翼薄紗、珍珠緞馬甲、馬甲的繫繩、像小女孩棉襪那麼小的一團絲絨三角褲、作爲禮物蝴蝶結的銀白髮帶），裸露出來的多汁肉瓣竟仍不是最內裡，還得像掰斷什麼魔女手指那樣把些海葵般輕顫的黃金光澤活物一瓣一瓣摘除……

圖尼克有一種不祥的預感，當他這樣一層一層地剝開眼前這魔女的假面——如川劇的「變臉」，笑嘻嘻的、猙獰的、淫欲的、紅色的、白色的、電藍色的、金色的、一低頭一反手就換了一張臉——會不會不敬畏這種魔術的懲罰即是那所以老套的神話恫嚇：你以爲你剝去的是畫皮是假面，結果它們即是可憐兮兮被允諾的本質，因爲如此薄而易撕，所以你誤以爲將它們全撕去後會出現一個無比堅實的內裡，即使是一具骷髏亦甘願。結果即如小孩在年初一好奇撕日曆，當印上日期的每一頁薄紙被次第撕去，一直到最後一頁也撕下時，剩下的只是一片空無。

圖尼克一邊拍打著家羚抵抗揮舞的手，一邊剝去（或是撕裂）她身上的衣衫。他咆哮著：「告訴我妳到底是一個什麼東西？」

那像是失控地在一場男女恍惚淫戲的性愛舞蹈中突然被惡靈附身，祭壇上的犧牲狂性大發把衣不蔽體的女巫手腳、頸脖扭斷，當眾血淋淋地大啖大嚼那仍在微弱哀號或抽搐的女體。但那只是圖尼克腦中的顛倒夢幻，他弄混了家羚和他最初的清純的小馬子，或是那只剩一顆頭顱的妻子。他涕泗滿面，把所有原本不屬於他的罪愆全弓著裸腰承擔了。在一片如金箔秋陽漫天落葉的混亂光影中，他聽見自己和家羚的喘息聲。似乎剪接師在一間密室裡同時從不同機器裡播放的音像分離。他同時和家羚進行著這如光劍支解的近距肉搏，同時聽她喉頭發出裁縫車呼嗤呼嗤的喘息。

圖尼克從初次在這旅館見到家羚，便覺得她整個人帶有一種櫥窗展示頂級鐘錶或鑽飾，予人自慚形穢的不愉快氣氛。他不確定是支撐著那種裝腔作勢的後面無限延伸的一個昂貴、講究、尋常人不得碰觸之綴滿懾人光芒細節的世界讓他難受；或是他隱約感受這對女孩後頭有一雙隱形的手，對她們進行過類似鐘錶或鑽石大師專注、嚴厲、精密、細微而近乎藝術的組裝、旋扭、替換零件、切割、磨砂或焊燒這一類違反人體或靈魂能承受之規訓？

後來他才確定，這女孩那某些時候像最高級的鑽石、皮草、紅酒，在電光一閃間可以創造出水銀流動的豪華之美，實在是緣自於她天生地、根本地缺乏之一種天賦：即感受他人痛苦之能力。

女孩像是電影《第五元素》那個摔進布魯斯威利未來計程車裡的女神。噢她的記憶體太龐大了。她被設計出來不是用來感受我們這些低等人種用漫長演化錯誤方程式或重複跳針的歷史謬劇黑膠唱片交換來的問號。她不是一個洋面下礁岩上寄生的海葵的其中一根觸鬚。她不體會片段時刻，以及只存在於片段時刻的感情模式。

嫉妒。激爽。失去至愛的痛苦。憤怒。羞恥。腎上腺素暈散的時刻。笑。引誘。想自殺。孤獨。種種種種。她的經驗是被用壓縮檔輸入的。

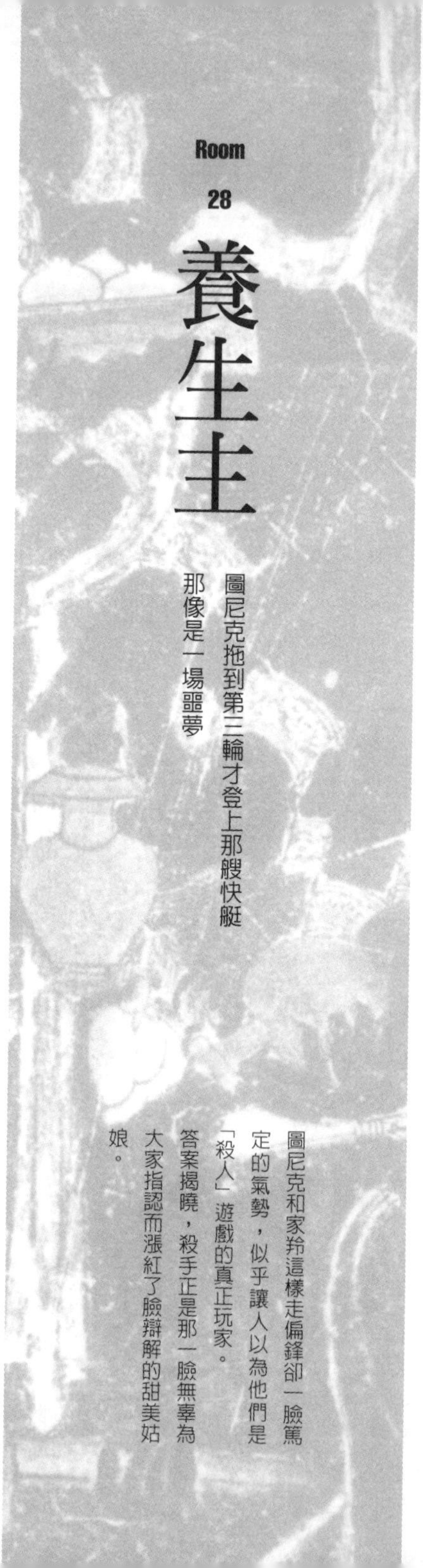

Room 28

養生主

圖尼克拖到第三輪才登上那艘快艇
那像是一場噩夢

圖尼克和家羚這樣走偏鋒卻一臉篤定的氣勢，似乎讓人以為他們是「殺人」遊戲的真正玩家。答案揭曉，殺手正是那一臉無辜為大家指認而漲紅了臉辯解的甜美姑娘。

圖尼克拖到第三輪才登上那艘快艇，其實他的腳踩踏在海水上兩艘大小船晃搖的潔白聚合酯船舷兩側時，便感到頭暈欲吐。女孩們興奮得很。家羚穿著一套桃紅綴金絲的高開衩短旗袍，大腿側露出絲襪上緣較深色的一截束帶，那使得像在白銀碎鑽之波光瀲灩中的她顯得出奇性感。家卉則穿著一套羅麗塔服，蕾絲喇叭瓣的袖口讓她像海洋女神有一種飛行的錯覺。家羚坐在駕駛座左側，家卉則和圖尼克坐在船後座。另一個空位坐著丹夫人。

那像是一場噩夢。或是放映電影的配聲帶比影像帶慢了好幾秒。圖尼克感覺到快艇飆射出去那一瞬他身體裡的內臟像新年教堂的百鐘齊鳴，噹噹噹噹地搖晃著，幾乎是同時，他聽見女人的尖叫割破了馬達聲和海浪拍打聲。

啊——啊——啊——

是他左側的丹夫人。丹夫人戴著墨鏡，頭間繫著鵝黃絲巾，全身穿著不知就是哪讓人不自在。她像是照著三十年前圖尼克小時候家裡客廳的婦女雜誌封面的那些時髦女性打扮自己。但因爲她是丹夫人，不要說這艘遊艇，之前在西夏旅館，所有的管理高層全出來迎接。「是丹夫人哪……」「果然本人比電視上還美……」這些穿著筆挺西裝的老世家子，太知道嘴上鬆緊拿捏調點小情讓丹夫人笑得花枝亂顫。丹夫人也愜意自在地讓自己成爲那唯一被男人們阿諛寵溺的女人，不，女孩。之前她還側躺在遊艇頂層甲板擺各種模特兒姿勢讓大家拍照。上快艇前她換上泳褲也是弄得全船雞飛狗跳人仰馬翻……

「誰偷了丹夫人的褲子？」

「誰偷了丹夫人的褲子？」

但圖尼克覺得丹夫人眞醜。她的衣服亂土的。她的身形若是個男人，有點像那種理平頭、矮壯形的蠅量級拳擊選手。事實上她的嘴角延伸到顴骨的臉頰小肌肉十分發達。她演說時你會畏敬那充滿力量的臉部肌肉的拉扯、糾擠、顫跳、旋轉……沒錯，丹夫人的嘴就像洗衣機的脫水馬達，可以強力地把我們這些黏答答的疲憊靈魂，像浸濕的衣服快速離心旋轉而至脫水乾燥……

船老大受到挑釁，把馬力推桿壓到底，快艇尖錐幾乎懸飛在空中，白色的水花濺飛上他們上方，像海底鬼魂爭相伸出手臂要將這快艇上的任何一人抓入湛藍的浪潮裡。但丹夫人像唱歌劇那樣飆高她的喉嚨：

「快！快！快！」「快！快！快！」

這已是丹夫人第三趟搭這快艇，而艇的極速就在這了，風壓使得圖尼克和家羚家卉的臉都像水球那樣凹陷。但丹夫人仍充滿勁頭地喊不夠快：

「快啊！快啊！開快點！」

圖尼克想，不只家羚家卉躲進那女性自覺挫敗的陰影裡，連那個船老大恐怕都充滿屈辱感。丹夫人像個有塑膠陰道永遠不知疲勞的叫床女戰士。快！快！快！圖尼克幻想著長長一列的精壯男人排隊騎上丹夫人打開的腿胯。但這一切和愛情或欲望無關。每個人都在丹夫人歌劇高揚的「快！快！快！」命令下奮力將臀部馬達調到最高檔，之後卻每人皆哭哭啼啼地離開……那張嘴，像布滿了乳突狀小顆粒，非常緊而有力的陰道，夾住並吞沒你探進去的任何事物。

快！快！快！

圖尼克忍不住轉臉對丹夫人說：「妳不要一直在那狂抽猛送好不好？」他不確定她聽見了沒。但她仍像壞掉的玩具，一直讓肚子裡的錄音機重複播放快！快！快！

丹夫人說：在莊子的《養生主》裡，有一個大家很熟悉的故事，叫做庖丁解牛。庖丁解牛時，他的手臂舞著，肩膀倚著，腳下踩著，膝蓋頂著，整個動作，「合於《桑林》之舞」，解剖一頭牛發出的聲音，「乃中《經首》之會」。刀鋒過處，那頭牛稀里嘩啦就解體了，「如土委地」。

丹夫人說：庖丁解牛，不是用眼睛去看，而是用心去領會了。透過厚厚的牛皮和牛毛，我完全知道牛骨骼的結構、肌理的走向、經絡的連接。這個時候，我就可以用刀子準確地進入它骨骼的縫隙，順著牛的自然結構去解牛。庖丁說：「以無厚入有間」。我這把刀用了十九年，還像新的一樣。

丹夫人說，如果我們人人能成爲這樣一個庖丁，如果我們的靈魂上也有這樣一把可以永遠鋒利的刀子，如果我們把迷失在大千世界的生活軌跡變成一整頭牛，如果我們能看到那些骨骼的縫隙，最終能夠準確地清理它、解清它，那麼，我們獲得的會是人生的高效率。

丹夫人說完時，瞄了身旁一個穿深色西裝戴白色絲手套的年輕男孩一眼，那傢伙像佈道大會帶動唱的助理，腳踩弓步，右手朝上，但手掌下翻，朝著全場聽眾做出一個扇形弧度，既像揮別又像撒種籽的虛空安撫動作。全場如癡如醉，掌聲如雷。

轟——轟——轟——

或許丹夫人已習慣於用她那張像水蛭般有強力肌肉的嘴，向著靜默的群體，叫喚出如海浪撞擊的瘋狂力量。

但那不是我預期聽見的故事啊，圖尼克想。在丹夫人旋風般出現在西夏旅館之前，他常在大堂咖啡屋遇見一些從丹夫人的國度逃亡出來的老人。他們有的年紀甚至比圖尼克還輕，但外形卻皆是如假包換的老人。像某些建築物內部的鋼筋結構早已被從每一細部打斷，他們兩眼無神，對靠近自己的陌生人充滿戒心。似乎曾在地獄目睹人類無法承受之悲慘景觀。圖尼克曾聽其中一人說過這樣的故事：他們曾在某個舉國人瘋狂的年代，每個人或多或少殺死過幾個和自己同齡的青年。他們互相鬥爭、糾集同黨，在大街公然放火、強劫、殺人、羞辱軟弱無能力反抗的老百姓。有一次，其中一掛人的領袖，把對方的領袖擄來他們的基地。小便在他頭上，用刀刃在他的身體各部位刺字，最後將這個敵人的肉（像庖丁解牛）在煎鍋上油炸，給幫派兄弟分食了。另一個版本是他們將那不幸落入手中的敵方頭頭，用托盤盛著，放進蒸爐。活活把那人蒸熟。那樣的死狀無比悲慘，死者全身發白浮脹成一塊巨大的鬆糕。臉上的眼睛鼻子嘴巴全湯湯水水地移位了。指甲也脫落乾淨、手掌腫泡成一團棉花糖般沒有掌紋沒有摺痕的可愛物事（像那些絨毛玩具去除威脅爪牙的肉食猛獸：熊、花豹、老虎、海獺……）。

他原先聽的盡是這樣的故事。

但是第二天當圖尼克再度走到那個海邊，海面像一大鍋藍色薄荷糖熬煮成的膏湯，一大片玻璃稜突的湛藍，上面零星漂著一些白泡沫。晴空萬里，完全沒有颱風的蹤影，烈日把礫石灘上的漂流木、巨樹根、拖鞋、炭堆、寶特瓶……全曬得乾枯扭曲或融化。他錯覺眼前一片大海也是沸騰滾燙的，包括他，似乎所有地表上的動植物無機物都被這酷熱邪惡的強大日照給蒸發成粉末狀，所有東西眼前的形狀都是假相，它們的靈魂都在這滾燙的白灼日光中被抽空到看不見的大氣層上方。

地表上癱著的、躺著的、直立著的都只是殘骸蛻物。

連風都只剩下割裂皮膚的大小銳刃。

圖尼克被曬暈了。他沿著海岸線在礫石灘上的巨石陣和石堆間跳躍著。海浪的聲響像一隻被詛咒禁錮之巨獸的規律心跳。他至少在這片荒瘠的裸石灘半爬半跳了一個多小時，卻沒遇上一個人。這片海灘的後方是一座陡立而上的峭壁。對比著其後深綠色的山巒群丘，這座峭崖的形貌，非常像在最初時刻禁不住好奇脫隊獨自跑向海洋，在傾身向前快要讓腳趾觸到波浪的那一瞬，隨著整個族群集體被詛咒之夢魘終於還是石化成孤立在礫石灘上的赭紅色巨大岩柱。哦，事實上整片礫石灘上的纍纍巨石，全是這個峭壁巨人的頭顱、臉顴、下巴、拳頭、臂肌、乳頭、肚腹、陽具、大腿肌、膝關節……在漫長時光中裂碎剝離而出的部分。最大的一顆巨石墜在兩三百公尺遠的海中，突露於潮浪上的部分被沖蝕得光滑晶亮，那或是這巨人的頭顱，卻成爲海潮漩渦最凶險處的磯釣者夢幻處所。

什麼都沒有。

當他這樣想的時候，卻發現不遠處的一塊裸石上躺著一個黝黑發亮的生物。一開始他以爲是熱空氣造成的視覺波浪化，那像是一坨正融化中的黑膠或瀝青類物事。但是那玩意在動。不會是被浪沖上岸礁擱淺靜靜等候死亡的海豹或小鯨吧？

突然那東西從岩石上站立起來。在這樣的烈日強光下，圖尼克驚訝發現那團黑色的輪廓中另有較淺的黑色局部像泡沫從油井中汩汩冒出。媽的！是一副碩大得讓他臉紅的陽具。

那是個活生生的人。男人。通體上下一絲不掛。原來或正躺在石塊上曬太陽。那人的身體被烈日曝曬成他經驗中不曾見過的，像汽車鈑金噴漆那樣鋥亮的黑色。相較之下，那恬不知恥坦露的性器和睪丸，則像蒙上一層灰的木炭，肚腹末端的陰毛則像一叢焦枯捲縮的鹿角苔。周邊遍地不見男人褪下的衣物。他是怎麼獨自一人赤裸走到這個海灘。若非男人手上提著一小罐已見底的膠瓶礦泉水，圖尼克眞覺得眼前場景，好像他兒時見大人在廚房陰濕處鏟起一隻蛞蝓，將他扔在烈日曝曬周邊無有草叢的水泥空地上。很快地，那生物的形貌會因腔內水分速迅消失而塌毀萎縮，變成一小團痰膠。

男人是從旅館那邊來的吧？仰頭在他們身後那峭壁上方，煙塵漫起處是當年工程險峻的公路，偶爾會有遊客把車停在圍柵邊，下來眺望海景。但男人裸曬的這個區塊恰是鳥瞰視野的死角。圖尼克不知為何，非常確定男人不是瘋子、流浪漢、迷路的白癡……這類人物，他是個「文明人」。雖然自己一身衣著面對著對方在近乎苦刑自虐被烈日摧殘的黑亮身體，確實頗不自在，圖尼克還是停下腳步，和對方四目對望，掏出菸來點著（他不確定要不要打菸給對方？），和他攀談起來。

「那邊過去還有路嗎？」

男人一臉似乎禁地被人侵犯的不豫神情，喉頭低哼一聲，點了點頭。

「不打擾你了。」

圖尼克越過男人的那塊石床，繼續前進。這樣背對他的時候，他拾起一塊石頭從後腦把我擊斃，恐怕過了好幾年都不會有人來這發現我的屍骸吧？

但圖尼克錯了，也許是地平線高低起伏的視差。也許是海岸線沿著峭崖悄悄拉了個不為人知的弧彎。總之，離開男人不到五分鐘的腳程，圖尼克眼前是一種豁然照眼的印象，在一片較低坦的礫石灘上，散落仰躺著十來個像剛剛那男人一般模樣的裸體男子。有的年老肚腹鬆弛、有的年輕肌肉僨張，那其中亦有一兩個的皮膚像剛剛那傢伙一般黑亮。

媽的，闖進一個 gay 的祕密天體營了。圖尼克心底暗暗不安。

但海灘上的裸男們，給人一種說不出的孤寂或自棄氣氛。他們每一個個體之間，皆隔著相當之距離，各自躺著不動，無有任何倆倆相偎。如果不是海浪持續重複的巨響，你會以為那是一幅完全靜止的畫面。

像動物園荒棄角落裡一群毛禿羸瘦，絕望而沉默的雄狒狒。

無有生殖的氣味。

無有嬉耍、爭食或劃分權力地盤的互動。

眼前的無垠大海，在發燙的空氣與被自己鼻翼反光刺得睜不開眼的一團熔漿金光下，像最精密鑽石切割的藍寶石那樣的藍。

在那輛遊覽車上，他們玩起「殺人」遊戲。

圖尼克和家羚坐在右側最前座。丹夫人站在甬道最前方，車身在行進間搖晃著，丹夫人在這種前後左右的搖晃中，像一只搖骰子的碗那樣字句清脆蹦跳地解釋規則：

「……我將牌發給大家，一人抽一張，不能給其他人看見你的牌。抽到殺手的人自己心知肚明。我作爲判官，是除了殺手之外唯一目睹整個殺人事件眞相的全知者。我會要求大家把眼閉上。這裡面只有殺手不必閉眼，殺手就在這輛遊覽車內，或用手指，或用眼睛瞄，挑一個人殺掉。」

「大家睜眼之後，我會指出誰是死者——誰已經被殺了。然後全部的人作一輪推論，猜測誰是殺手。當然殺手也藏身在其他無知的人們之間。他可以放出假訊息假推論誤導大家。之後，除了我——判官，全部的人投票表決誰是最可能的殺手。」

「殺手被逮住的話，任剮任烹。如果大家投票逮出的這個人根本不是殺手，這個人就算是被誤殺——枉死者。這時遊戲進入第二輪，除了第一輪的死者和枉死者，大家都得重新閉上眼。殺手仍可繼續殺人……」

丹夫人說：「現在遊戲開始。」

那時圖尼克正和家羚縮在座椅間竊竊私語，他們倆都沒抽到殺手牌，在情緒上似乎和這個遊戲或這一車其他人保持著一定的疏離關係。那時家羚正吃吃笑著說起從小在旅館長大，昨晚是頭一回在別人家旅館過夜，竟然興奮到睡不著，拿起選台器亂轉，最後忍不住按了付費「有料電視」，等半天沒有畫面，她光火打電話到櫃檯質問，對方問說是的小姐請問您點播的是什麼片子？她支吾了半天，才賭氣說是日本A片啦……

丹夫人說：「請閉上眼。」

圖尼克只好將眼閉上。那黑暗的時刻比想像中要漫長，彷彿進入一與世界隔阻而絕對孤獨的永夜。丹夫人說：「殺手請睜眼。」車廂後段似乎發出一陣窸窣、騷亂與低笑。丹夫人說：「殺手請殺人。」所以她又掌控了全局，圖尼克在一種閉眼後晃晃閃閃的小時候電影院銀幕投影沒有畫面只有光點和細線跳動的等待中想著，這女人確實有一種，荷爾蒙似乎烈酒或大麻的，成爲眾人焦點的天賦。剛才在遊艇上，幾乎所有的年輕女孩都討厭她。現在，經過這個遊戲的渡引，所有女孩皆像怕被搔癢的少女那樣認眞閉著眼。只有她是睜眼看著一切的判官。

丹夫人說：「請睜眼。」

圖尼克睜開眼，和家羚一起半跪在他們的座椅，回頭觀看著車內其他人。所有人都在騷動著。丹夫人公布死者是坐在左側倒數第三排一個高瘦的男子。圖尼克認得他，他是這旅館的大堂經理，屬於新一批管理階層裡一個要角。聽說這個人年輕時（進入他們這座旅館之前）吃過相當多苦頭，養成了一種世故但溫柔的品質。可以從他被宣布是死者時，女孩們此起彼落嗟呼驚嘆看出他的人緣。丹夫人分析說：「殺手遊戲有一個推理的脈絡可尋：一是地緣關係，通常殺手在車廂內這樣的座椅空間裡，不敢有太大的動作被周遭人發現，也許會就近殺自己前後左右的鄰人。第二種可能是潛意識情感作祟，通常一位帥哥被殺，我們可以推理殺他的，要不是暗戀他的女生，就是把他視為情敵或威脅的男生……」

於是，坐在死者前座的一個甜美女孩便成了重度嫌犯。另一個嫌犯是坐在最後一排一個長得像歡喜碰碰狸的矮胖子。他是前一天投宿飯店的大堂經理，和死者既是哥們又是競爭對手。圖尼克疑惑著這樣的推理未免過於簡單？這時連一旁的家羚亦興奮投入猜臆凶手動機的心理分析。她指認是坐在他們後三格座位一對學者夫婦的太太。那位先生是位七十來歲研究中國人深層心理的專家，外型卻像某些福爾摩斯俱樂部裡的英國老紳士，在遊艇上時戴著墨鏡咬著菸斗則又活脫麥克阿瑟再世！那位太太小先生二十歲左右，在這個年紀兩人關係卻像母子。她是個心理學家、無毒素食主義者兼新世紀佛教徒，氣質高雅，圖尼克卻常在酒會或旅館大門口經過他們身邊時，聽見太太為一些細微瑣事壓低聲音叱責先生……

圖尼克則猜坐在左側第二排，一臉蒼白、夢遊神情的羅麗塔裝家卉（怎麼沒人懷疑她呢？）。

圖尼克和家羚這樣走偏鋒卻一臉篤定的氣勢，似乎讓人以為他們是「殺人」遊戲的真正玩家。但答案揭曉，殺手正是那一臉無辜為大家指認而漲紅了臉辯解的甜美姑娘。

第二輪遊戲開始，大家抽牌。閉眼。殺手於闇昧中殺人。眾人睜眼。

丹夫人似乎被眾人默認，真正進入那個判官的角色。

這一次的死者是坐在圖尼克左手側的一位西裝筆挺的紳士。圖尼克不確定他的身分，似乎他是傳聞中西夏旅館的少東，表面上他是這次招待丹夫人駕臨的幕後推手。圖尼克懷疑此人和美蘭嬤嬤或老范這幾個旅館老靈魂有盤根錯節的糾葛（身世上、財務上、傳聞中的飯店股權之爭奪）。可能今天出海的遊艇就是這位神祕人物的。當他知道自己是這一輪死者時，一臉訝異。似乎完全想不到在這種集體睜眼閉眼打發時間的遊戲裡，自己竟會被某個沒留意的人物盯上了。

圖尼克在這一輪成爲殺手的重嫌犯。家羚也上榜了。可能全是地緣關係。學者夫妻裡的先生則在一種完全搞不清楚遊戲規則，一邊接聽手機，一邊還以爲上一輪尚未結束的狀況外，胡亂指認了坐在他們斜前座的羅麗塔家卉。太太則感到很丟臉地喝叱他，並低聲解釋現在遊戲的狀況。但在家羚咬死緊盯下，眾人把最可能殺人的嫌疑犯全投票給之前娓娓以心理學論述分析凶手內心邏輯的太太。

丹夫人揭示答案。太太被誤殺了。死者和被誤殺者可以睜眼但不得參與討論（不得洩密），殺手可以進入下一輪繼續殺人。

丹夫人說：「我只能說，這次的殺手埋藏得非常深。完全在大家的推理脈絡之外。」

這一輪圖尼克被殺了。眾矢之的指向坐在身旁的家羚。連圖尼克亦對一直巧笑倩兮的身邊人升起了疑惑的迷霧。

誰殺了我？圖尼克神祕地跌進這遊戲核心的憂鬱之中。我是殺人者的後裔。竟然在這樣一個遊覽車內的幼稚遊戲中被莫名其妙地殺了。完全不知道殺手是誰？丹夫人一開始指示的即是，這個假擬殺人的遊戲，其實將密室中這一群人暗潮洶湧的下意識擴大了。是男是女殺我？是親近之人或是你以爲是陌生人的暗中獵狙者？

圖尼克反身指著第一輪死者，那個高瘦的大堂經理：「是你殺了我？」他一臉無辜，眾人又陷入一種莫名狂歡、恐懼與困惑的混亂討論。在之前對這遊覽車上，少數幾位人物的描述之外，還間插著許多少女坐在其餘的空位。她們似乎成爲沒有名字的人，卻都是可能的殺手。她們有的漂亮，有一兩個則外貌普通。最後的投票是第一輪死者卻是那暗潛滑溜如深淵之魚的殺手。

結果他仍是被誤逮。

進入第四輪，殺手仍逍遙法外。圖尼克、大堂經理、太太、深不可測的傳說少東，他們可睜眼，丹夫人宣布要其他人閉眼。

這次圖尼克睜大了眼，趴在椅背上回望著後面所有的嫌疑者。車體像夢境之卵搖晃著，在每一張閉目的暗金色臉孔中，丹夫人說：「殺手請睜眼。」像漆黑之夜綻放的兩朵曇花，拿著手機的學者先生，突然睜亮了眼（他身旁的太太也無奈地張著眼，卻絲毫不知身邊人臉上的祕密），電光石火機伶一轉，瞄了斜前座的羅麗塔。

這次他殺了家卉。

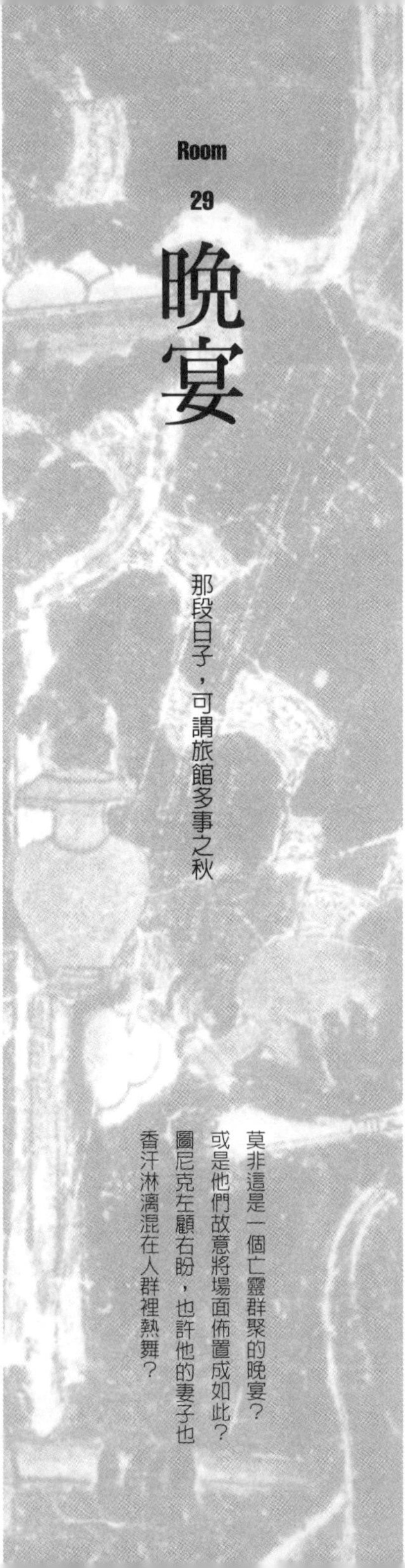

Room 29 晚宴

那段日子，可謂旅館多事之秋

莫非這是一個亡靈群聚的晚宴？
或是他們故意將場面佈置成如此？
圖尼克左顧右盼，也許他的妻子也
香汗淋漓混在人群裡熱舞？

那段日子，可謂旅館多事之秋，先是一個男客的浮屍被發現在露天溫泉池裡，這個中年人平時在旅館裡行事非常低調，臉像某種荔枝的品種名（糯米糍？）團團白白始終帶著模糊的笑意。據說他那一絲不掛的浮腫裸屍最邪門的是臉上仍掛著微笑。後來傳出這死者是本國中央情報局的頭子。有一種說法是這傢伙玩火自焚，當時協助木偶人魔法師的那場遮天蔽日槍擊秀，高層怕這傢伙握著關鍵機密勒索——或者他確實已進行勒索了——乾脆找對岸殺手集團把他作了。另一說法是這人物「心在曹營身在漢」，那齣槍擊懸案與他無關，相反地他祕密動用整個情報局裡所有已經老舊的，白色恐怖時期發展的偵搜監視系統對魔法師進行鎖定，不料被對方反鎖定，終於難逃劫厄。

入秋之後旅館裡來了另一位大人物。圖尼克甚至相信，這位老人——木偶人魔法師的前任——會入住西夏旅館，完全出於美蘭嬤嬤對家羚姊妹的示威和鬥氣。以美蘭嬤嬤的世故和教養，像這類對日本殖民時代靜美時光充滿抒情懷舊的老輩人常可以傾心相談。小提琴、古典樂、東京帝大的啓蒙恩師、岸信介、靖國神社裡的兄長亡靈、劍道……。但老人入住旅館之事極少人知道，整件事也展現出老一輩人處事之縝密。據一個當天晚上送頂級紅酒到老人房間（當然本旅館是五星級總統套房嘍，那個房間據說麥可傑克森和帕華洛帝皆曾下榻）的侍者回憶，老人即使短暫入住，仍把房間書櫃排滿書（不過全是日文書，所以究竟是哪一類書籍他也弄不明白），他說：

「房間的光線很暗，他的下巴和我一樣長，他的書櫃上方還掛著一幅金漆裱框的他的油畫肖像。許多人傳說他書房牆上掛著一張他年輕時穿日本劍道和服的照片；不過在旅館房間這面牆上掛著的肖像畫則平凡無奇；畫面裡他穿著西裝獨自坐在可能是總統府時期的辦公桌後，這造成一種有點滑稽的效果。眞實的他坐在旅館房間的辦公桌後，頭上掛著一幅像背後靈模仿秀的一模一樣的畫像。」

老人入住旅館的那幾天，幾乎每晚都把美蘭嬤嬤叫進他的房間——當然他們只是像一對老友不勝唏噓地回憶他的這一生。據說他們談話的內容深刻又充滿機鋒，如果當時有人將之記錄，完全可以出版一本類似《巴斯卡冥想錄》那樣的小書。他像回憶某一次艱鉅的支解宰殺巨大鯨魚工程那樣，分析他這一生說過的謊言、經歷過的鬥爭、曾面臨數次信仰崩潰。親人的猝死。敵人的毀滅性攻擊。聊天過程他的口頭禪是：「我是個教徒。」似乎那樣可以淨化他回憶過程情感不愼洩漏的憤怒、傲慢或把敵人當螞蟻捏死的欲望。

圖尼克說：妳以爲我不知道嗎？這整座西夏旅館之於我，就像成千上萬個攻城的小人兒，用它們的攀牆鐃鉤繩索密密麻麻地鈎住我的腦袋。我就像格列佛一覺醒來發現自己被小人國蛛絲般細的繩索亂針密縫地縛住了。我知道只要我一轉身走開，這一切繃緊的懸念扯斷，整座西夏旅館便轟然塌毀，裡頭每一個房間拘禁的每一個鬼魂的故事將在日光下蒸發消失。有一句話說：「不怕賊偷，只怕賊惦記。」從我偷了這座旅館之人的第一個故事開始，我便惦記上了。我知道那些陰惻惻、斷肢殘骸的故事，全因這種惦記、懸念，和拉扯而活靈活現。我一走開，不，甚至只要我在閉上眼皮復睜開之瞬不再多耽溺那十幾秒暗黑中的魅影，所有的這一切便不復存在。

仿煙榻概念的長沙發上側躺著一個輪廓像阿拉伯妓女的美人兒，她穿著薔薇色露肩輕紗晚禮服，一手持著酒杯，另一張沙發則懶靠著一個染金髮戴鎢絲框眼鏡一身大翻領粉紅色西裝的中年胖子，他似乎要把自己打扮成艾爾頓強的分身，他身旁坐著一個可能剛嗑過藥的小模特兒，頭髮散亂，一臉恍惚蒼白如冥紙。他們的腳邊散坐著幾個穿黑T恤牛仔褲的，臉孔精緻俊美骨架纖細像某種水鳥的男孩，或恰好相反刻意剃平頭身材粗壯的中性女孩人手一根菸，喊喔交談，一看就知道是第一批跳船到上海搞廣告大賺一票的那家傳媒公司。

另一側的黃銅架 buffet 檯桌上，燈光明晃照著一盤盤巧克力糖銀箔包裝的或像小時候白雪公主泡泡糖那樣色澤誘人的昂貴起司、鵝肝醬、魚子醬、鴨肝，再就是水果切盤和一些餅乾，但紅酒是拉圖酒廠二〇〇三年份的喔，還有 boîte de bijou 點心坊的 Macalla 蛋糕和 Cannelés 蛋糕。唯一像主餐的肉類是西班牙馬爾多納家族限量的伊比利火腿，據說是餵百里香、迷迭香的豬。

站在落地窗邊那一排棕櫚樹陰影下五、六個像烏鴉般穿著黑西裝的年輕人，被認出是過去那些年全島內最有權勢的一小撮人。他們平均年齡不到四十五，腦殼剖開裡頭可能像法拉利引擎或勞力士錶一樣複雜精密，他們號稱是「國王人馬」，這些天替年輕的總統浴血肉搏打出多少場可稱為奇蹟的戰役。但有人說其實他們就是操縱那小木偶魔法師背後懸絲的那幾隻手指。他們幾個在國家緊急狀態下，只要聚在一起開個會，全國最高層級的金融、外交、海空交通、軍隊乃至警察……一切指令，皆由這幾個年輕人決定。

但整個宴會的中心仍在那雙人組的薩克斯風樂師，今晚他們使出渾身解數，吹奏了諸如〈So What〉、〈Take Five〉、〈Sly〉好幾首讓人懷念而淚濕的經典爵士，男男女女環繞著這對樂師，在舞池中款款搖擺。旅館裡的老一輩人也幾乎全出席了，奇怪是在燈光控制的暗影層次下，這麼多木乃伊般許久沒從他們小墓穴挪出來的老人們，並沒有讓這個晚宴有一種老人同鄉會或安養院聖誕 party 的衰敗氛圍。一切顯得那麼輝煌、昂貴且尊嚴，像他們年輕時候在圓山飯店或空軍俱樂部裡開的那些 party。

有些年輕人舉著高腳杯在談論比利時的南北分裂，北方荷裔法蘭德斯百分之六十人口的大區不願再負擔南方法裔瓦隆小區百分之四十人口的賦稅。但若法蘭德斯獨立，作為新歐洲首都的布魯塞爾可能會從比利時國土消失，哦，不是，是抽離它的寫實國土，變成「境外之城」，不屬於歐洲任何國家國土的一座歐洲首都。

天空之城。

這個話題有點殺風景。大部分輕聲細語像思慕微微之情話的內容，其實仍不脫那個某某最近申請到一個據說規模可以上億的案子；那個某某剛下台就被找去哪一家大基金會當總經理；某某不是剛拿到日本人委託的一筆錢要去拍北京滿漢全席的製作全記錄……鮮衣怒冠，得意須盡歡。

「今非昔比啊，夫人。」

圖尼克與老人們同時回頭，原來在諸人不留意間，那群黑西裝烏鴉其中一個像貼著牆面移動的影子，拿著酒杯出現在他們身後。圖尼克認出他來，他可算是這群年輕權力新貴裡的頭兒。穿著像個招牌的黑色束領改良唐裝，但襟前一排金釦使得那一身既不是列寧裝亦不是中山裝的古怪外套，有一種日本高校男生制服既陰性又暴力的氣味。這傢伙被認定是新一輩政治明星裡頭腦最好且最具謀略的一個，他的眉眼很淡，始終瞇著一張笑臉，髮梢和鬢角竟有幾撮霜白。

「今非昔比嘍。只是想提醒各位：這是在我們的夢裡，不是在你們的夢裡喔。」

他非常清楚坐在這一區的老人們全部討厭他。但那像小學生舉辦躲避球賽對敵校躲避球隊的憎恨情緒一樣幼稚。

圖尼克是唯一一個舉杯向他回禮致意的，他心裡對這傢伙有一種複雜的情感，撇開族群恩怨，他和他或是家羚的內在或皆有一極相似的變形蟲形貌。他們是換裝癖舞者，他們沒有一個真正感傷耽溺的靜物街景，沒有真正不捨摧毀揉掉的美好昔時。他們在一種蛇蛻皮無止境穿上脫下各種身分的時間感中，讓自己保持一種始終高燒、白血球恆擴張吞噬殲滅體內孱弱細胞的進化狀態「變成新人類。」在部落格上嬉譁笑謔又無須任何立場地夸談時事、炫耀昂貴又古怪的F1賽車、地下音樂、獨立製片電影知識，讓這個真實中根本不可能從島國貧乏文明生長出來的虛擬人物——華麗的蓋茨比加上村上龍加上傳奇中老去奧黛莉赫本的小狼狗或再加上金．摩里森——頹廢華麗憤怒又脆弱，弄得網路上的老中青三代仕女們如癡如醉，神魂顛倒，短短數月點閱率便破百萬。如同這傢伙曾在魔法師一家人全陷入貪瀆弊案之泥淖時，可以斷尾求生提出「島國的第一社會是經歷日據時期五十年的老一輩社會精英，對日本殖民充滿懷念情感對國民黨白色恐怖高壓統治充滿怨念；第二社會是一九四九年隨國民黨戰敗六十萬部隊撤退來台的那一批人及其後代，他們對中國充滿愛恨之情，念念不忘自己是從那塊大陸被扔到此處，他們經歷對日抗戰，對日本人抱著無法抹去的仇恨；這兩個社會永遠不可能認同對方的歷史情感；於是像我們這些冷戰年代出生的，沒有那樣強烈歷史包袱的，於解嚴後崛起的世代，或可稱爲第三社會」。如同圖尼克的「脫漢入胡」，因爲沒有強暴者從你手中攫奪走那恍如夢中的良辰美景，所以可以無痛分娩從自己體內生出各種變貌的（好玩的）自己。憎恨那些蠟像館管理員或骨董商。當然很可能他們就是那從小在自己房間把洋娃娃眼球挖出把絨布熊黃色海綿或木屑腸肚從破綻摳出的憂傷小孩。

但是，待美蘭嬤嬤回過神來，那抹曾看盡旅館裡一代又一代風流人物志得意滿復悲慘趴下的慧黠笑意又爬上她的美麗眼梢。她舉杯沾了沾唇，算是回禮：

「如你所願。這裡一切將發生變化，所有眼前的事物將消失而不復再現。」

舞會開始時，所有才在濃郁妖香珍禽異獸骨髓、內臟和入口即化肥肉中差一點沒將自己舌頭啃嚼吞食下去的男女賓客，一臉恍惚，打著糜臭之嗝，在燈光驟滅的雷射彩幻斷續明暗中像被毛氈苔膠裹住的甲蟲奮力掙跳著、扭動著，撲掀翅翼，搖頭晃腦；一些在雞尾酒時刻矜持高雅，臉部化妝像大堂擺設古代天女雕像的美麗女人，此時脫去小外套，腰肢如蛇鰻靈活柔軟，白色的雙臂波浪潮汐像魚群中的八爪章魚；年紀較大的男士（那些穿著亞曼尼西裝留著唇髭的廣告或唱片大哥）則互謀眨眼邊踩著熊之舞步，邊形成一個隱形小圈，把某個頭髮披散，美麗大腿從開衩裙裾露出的混血兒尤物圍在中心，然後像接拋排球那樣輪流將那尖叫顫笑的雌性荷爾蒙容器拋來接住，相擁熱舞，鬢髮廝磨、貼頰低語，然後一個旋圈，再拋給圈圈另一邊他的哥兒們；像是剛才吃下肚的那些瀕臨絕種的古代猛獸的肉塊在所有人的身體裡重生復活，年輕的男士們舞動的軀形愈形劇烈，愈脫離人形而被某種巨大動物靈的野性控制，他們在重金屬舞曲的音牆裡發出荒山曠野裡狼群的哀鳴；女孩們則一臉淫欲，美得讓人眼瞎目盲，她們像水族箱裡的水草款款搖擺，雙手撫摸滑過自己的胸脯、腰肢和小腹；連那群個頭矮小刻意低調的烏鴉們，也笨拙地搭肩在角落圍成一小圈跳起康康舞；對了角落，貼著巨大落地窗的花崗石牆和巨幅垂幔下，一組一組男女雙人舞，簡直像當眾搞起無恥交歡那樣貼牆讓腰腿黏貼跳著熱舞，他們是眞正的玩家，也許在間不容髮之瞬皆吸了快克，那使他們變幻莫測讓人目不暇給的即興舞姿（簡直像A片裡交媾男女炫技互相翻弄身體變化各種體位）不像場中其他人的遊戲，反而像一場男戰士與女戰士的貼身肉搏，殺氣騰騰兩眼悲涼迷幻，嘴唇被對方犬齒咬破出血，近距離肘膝互撞的抽鞘出刀，靈活閃躲，女人用胯骨頂住男人的褲襠裡纍纍陽具，V領開襟口竄跳的兩粒白皙肉球奪目迷魂讓手指停止在她們喉部的雄性敵人一瞬猶豫，這時她們或可把被他們握扣住的手肘掙脫，滑個勢將匕首送進他們後腰的腎臟……

這或就是當年某場大屠殺噩夢的某人記憶重現？圖尼克想，如同這旅館裡每一件充滿破綻的舊時光蠟像館場景，總在晦澀但耐性地向他暗示表相之外的複雜訊息。他們剛剛殺了並讓大家吃了那些有人類眼神的動物，待會是不是就要殺這些繁華舊夢裡搖頭晃腦的異族後裔了？

但就在那高潮的最高潮時刻，音樂乍變，一束舞台燈像月光垂在舞池前端兩個長相滑稽悲苦戴墨鏡下巴扈斗手持手風琴的老人樂師身上，停下動作的人群中有人低呼：是金門王吔，是李炳輝吔……但是，他不是死了嗎？……清淒的手風琴簧管像瀕死老馬從鼻腔潮濕發出的嗚嗚，戴墨鏡扈斗矮個老頭癟了癟他那皺陷的嘴，熟悉的，當年風靡所有啤酒屋、酒女街、婚喪辦桌、選舉場子、黑道大哥談判KTV包廂、滿街計程車內播放……的那首歌無比溫暖感傷地從麥克風流瀉而出：

——有緣，沒緣，大家來作伙，燒酒飲一杯，讓它乾吧……

圖尼克覺得這太可笑了，是誰設計了這一段像救國團晚會的節目流程，群魔亂舞之後，眾人手托一支蠟燭，輕吟感性懷舊之曲，晚安曲？月亮代表我的心？綠島小夜曲？現在是這首ㄏㄡ ㄌㄚ ㄌㄚ。但當整個旅館大堂所有男女不分老少皆輕聲跟著那從地府請假來此獻唱的金門王一起嗡嗡轟轟吟唱著：ㄏㄡ ㄌㄚ ㄌㄚ……圖尼克竟得用極大意志才不使眼眶中熱呼呼的淚水丟人地滑下。

有人在後面用肘輕戳他的背，他一回頭，是老范和安金藏。老范用手指比了個噤聲的動作，眨眨眼，示意他看那鋪紅毯螺旋梯上正由家羚家卉兩姊妹（啊她們穿著三〇年代百樂門裡那些當紅舞女穿的綴亮片旗袍，髮挽成髻，身段風流，儀態高貴，簡直讓大堂裡眾美女相顧無顏色）一左一右，扶著一個形體衰弱，但兩眼炯炯有神，臉部線條像刀刻一般剛硬的老人，像君王駕臨的氣勢那樣一階一階緩緩走下。

「老頭子露面了。」老范笑著說。

啊……啊……啊……啊……

圖尼克發現驚呼聲不止從他的口中發出，見鬼了，原來這段時日以來，旅館眾人口中諱深莫測神祕又讓人畏懼的「老頭子」，竟是這個……這個……充滿爭議的老人。

他不是死了嗎？莫非這是一個亡靈群聚的晚宴？或是他們故意將場面布置成如此？某一瞬像雷擊貫入腦門天靈蓋，眼前一切發出熠熠銀色光輝，圖尼克左顧右盼，也許他的妻子也香汗淋漓混在人群裡熱舞？

但是沒有。老人由天女般的兩姊妹扶到大廳中央（家羚那張立體濃妝得像阿拉伯女人的臉仍在黑暗中朝圖尼克調皮眨了眨眼），一張暗影縱橫桀驁不馴，牛頭犬般下顎肌肉發達的凶惡之臉，中氣十足舉杯朝眾人說（這時舞池中人群被他的氣勢攝住，自然安靜下來並朝後讓出一塊空區）：

「今天在場的每一個都是我的客人，好好吃好好玩。好日子不多了哪，尋歡趁早，女孩兒們有哪個使性子鬧得客人們不開心的，告訴我，我打她屁股，」眾人哄笑起來，「同樣滴，這旅館裡沒有一個女孩兒不是嬌滴滴受不得委屈的，小夥子們，這是我的哲學，不，我的信仰，女孩兒像美麗的小鳥是上天發明讓我們這些男人寵的，聽清楚沒？要憐香惜玉哪，別以為你們留長頭髮戴上耳環就可以對我旅館的女孩們使壞。誰把我的女孩們惹哭了，我可是最討厭掃興，」他將機關槍炮子彈大的金帶雪茄咬在嘴裡，家卉拿出一只K金打火機替他點上火，那個小動作像拿絹絲小扇撲流螢的古裝仕女一樣優雅俐落，「那話怎麼說的？」

一旁的家羚脆梆梆的嗓音接話說：「敬酒不吃吃罰酒。」然後忍俊不住這一切裝腔作勢的滑稽與嘲謔，噗哧一聲笑了出來。

「聽到了沒？」老頭的臉在暗影中像某種深海魟魚的柔韌肌肉，每一部位都波浪起伏，最後的一段話像帶著濃痰對自己咕噥：「一齣戲罷了，好好演完它。」

人群中發出一陣低抑的歡呼，舞台雷射燈與重金屬魔音搖滾音樂後如雷霆閃雷乍響，中蠱的水銀身體又在那紛紅駭綠的聲光煙花中潮浪晃盪。空氣中混雜的大麻煙草焦香和女人頸脖下蒸散的狂野香水怪味，那像鐵鍋裡用長柄鏟和著焦糖渣翻炒的上百顆硬殼栗子嘩啦嘩啦的鞋跟踩踏地板和腕骨與金屬手鍊耳墜，手肘撞擊胯骨的聲響。圖尼克想：這一切都太像意圖排演給某人看的拼貼場景，像一個把不同年代最奢靡繁華文明之夢濃縮剪接在一塊的三小時MTV。如果此刻，這旅館側壁某一扇機關門打開，衝出一隊戴梟形盔穿鎖子甲單手高舉馬刀蹬著鬢毛如雲腰腹膘肥戰馬的西夏騎兵，將大廳這些華服盛裝的束腰聳胸貴婦和娘娘腔男人們悉數踐踏屠殺，我也不會驚奇了。

就在那時，圖尼克在巨大青銅花瓶旁一群頭髮鬈燙成黑人焦蚯蚓頭、戴金圈耳環鼻環、穿Hip Hop恤衫螢光橙或紫、肥大及膝短褲和籃球鞋的一群ABC少年群中，發現了老范和安金藏拿著酒杯和冒煙的香菸對他眨眼。那像是黑澤明電影裡暴雨臨襲的夜裡，落單的旅人驟然在一陣雷擊閃電中，驟然看見荒煙蔓草中一對石頭圓臉的狐狸雕像。

他們也出現在這晚的party？那麼肯定會有什麼詭異（不祥的事將要發生。但是，剛剛他們不是已跟他說過話了？我的記憶在極短暫接縫處被動過手腳？圖尼克的直覺，這一老一少兩個神祕傢伙，具有將不同界面的時空弄混的能力。他懷疑地回頭也環視了一圈旅館大廳，以確定這些歡宴著、社交著、聊天著、喝酒調情說網路笑話的人們全是眞實的（是的，他們腳下都踩著自己的影子）。

圖尼克以爲，待會他們或會驅趕一群鮮豔皮毛、半人半獸的動物們進入這大廳跳所謂「西夏風」的淫蕩舞蹈。也許是那些抄襲卡通人物靈感的公河馬、母河馬、鴨子、猴子、小熊或鴕鳥，牠們的顱形、頸背、肢爪、蹼翼或羽毛皆如此逼真，使多疑的賓客也無從在牠們全身上下找出動物傀偶的套身裝之接縫或接鏈；但牠們的眼睛如此哀愁深邃，在集體裝瘋賣傻的胡鬧舞蹈中，仍讓人覺得那些動物之形裡禁錮著活生生的人類的靈魂，當然這若出自安金藏的魔法則一切不足為奇，也許是某些在黑暗欲望的賭博或交易中墮落成動物的不幸之人，像某些巡迴馬戲團在世界最貧困不幸的山區村落收購那些畸形兒童：魚鱗人、黑熊人、鴨蹼人、鱷魚人……然後把他們飼養成真正的獸形，真正的怪物。

但是真正恐怖的，是在舞台聲光音響的高潮頂峰後，這些狂歡猥褻之舞的動物們會在黑暗中被驅趕離場，燈光恢復後在場的人像自一場彩色夢境中醒來，不確定剛才眼前如晚期印象畫派顏料旋轉噴灑的動物大轟趴真的發生過了嗎？他們眼睛裡的視覺暫留慢慢被最初穿著西裝或華麗晚宴服的男女文明之景給稀釋空氣中獸體蒸發的腥燥臭味也被雪茄薄荷菸或不同年齡女人後頸散發的香水味給蓋過。

之後，穿著土耳其騎兵制服的侍者們，列隊而出，一人托著一大只銀盤，面無表情將之放在賓客面前的桌几上。那才是這個晚宴的主題：滿漢全席。

菜一道一道出，掀開銀盤鐘罩，熱氣蒸騰，完全按照《揚州畫舫錄》記錄乾隆六十六大壽宮廷大宴之極品菜色。所謂「山八珍」：駝峰、熊掌、猴腦、猩唇、象拔、豹胎、犀尾、鹿筋；「陸八珍」：哈什螞、口蘑、玉皇蘑、鳳爪磨、玉米珍、沙豐雞、松雞；「海八珍」：燕窩、魚翅、大烏參、魚肚、魚骨、鮑魚、海豹、狗魚。連圖尼克都為之驚詫：西夏旅館的廚師什麼時候有這樣的水平？整棟旅館所有的服務人員全變身成一流的廚子也動員不起這怕要數百人慢工細活，蒸煮燒燉煨煎炸烤燜扒炒溜，至少要耗費月餘才可能完成的皇家大宴。光看那主菜上點的四大碗：一品官燕、鳳尾大裙翅、象拔虞琴、金錢豹狸；四中碗：虎扣龍藏、仙鶴燴熊掌、魚肚煨火腿蒸駝峰、松樹猴頭；四小碗：炒梅花北鹿絲、金魚鴨掌、馬牙肉、鳳入竹林。就別理作為烘托幫襯的功夫菜什麼芙蓉魚骨、佛手金卷、佛手廣肚、母子相會、西施乳、蒸鹿尾、獲炙哈爾巴小豬子、金獅繡球、掛爐走油雞鵝鴨、梨片伴蒸果子狸、乾燒網鮑片等等。請暫停。請倒帶。圖尼克（或在座一些較敏感的賓客）突然在滿桌妖香四溢讓人滿肚饞蟲亂爬亂撓的神之菜肴中，認出那油光水滑的駝峰、那金黃色脂肪在熱油中亂顫的象鼻子、那醬汁勾芡或紅豔或白灼或豆綠或墨黑的猩猩的唇肉、花豹的胚胎、犀牛的尾巴，還有用梨花木燒烤、肉香粗獷，連爪帶掌紋的熊掌，整隻煮熟了像沉睡的木乃伊小孩骨架的孔雀，當然還有那剖開上半顱蓋骨用勺子生吃那豆花糊一般腥甜濃稠的猴腦（當然因為文明的理由，並未如傳說中，活生生的半顆猴子頭箍在桌面上，桌下猴子吱吱哀號，桌上眾人談笑用瓷湯匙舀牠的腦）……不正是之前在舞池中跳著半人半獸、滑稽又悲慘的那些動物嗎（你還懷疑牠們是一群雜耍演員有大人有小孩有男人有女人穿著動物皮毛戴著動物頭罩來表演）？牠們原先像從一些拙劣的創意中跳出來的卡通角色，逗得大家如癡如醉；怎麼下一瞬間，全在裡面被寂靜地宰殺了？剁下鼻子、手掌、腳掌、生殖器、嘴唇、乳頭，剖開腦袋，鈎出肚腸，剜出心臟，油鍋裡爆炒，烤爐裡熱熏、蒸籠裡發白腫脹？成為晚宴餐桌上賓客們用銀筷子撕小塊塞入口中咀嚼的鮮肉美食？

圖尼克想：我現在起身，走到後面，會不會還可見到那橫躺一地，開胸剖腹、頭顱砍下，或缺手斷足、或剪耳挖眼的那些動物的屍骸，浸泡在淹蓋過足脛的血水中。孔雀毛猩猩毛犀牛毛猴子毛駱駝毛花豹毛（原來不是遊樂園卡通吉祥物的戲服）全狼藉堆滿角落。剛剛表演時偶爾被你瞥見那像人類情感在其中晃動的眼睛，此刻大大小小，全成爲連著細微血管丸狀球體（原來熊的眼珠、大象的眼珠、猩猩的眼珠、孔雀的眼珠和梅花鹿的眼球，小大和折光的顏色全不一樣）亂扔漂浮在牠們自己的，卻又混成一個整體的血汙、體液和油脂之中。

這是一場大屠殺。

Room 30

神殺

老人對男孩說：
我們終於變成不是人類的那種東西了

殺到後來，被殺者和殺人者同樣精疲力竭。這可怪了，馬背上砍人的，滿臉是淚；地面上被屠戮的卻被一種恐怖的笑聲所控制。如果有地獄，一定是在此處。

老人對男孩說：有時我們拴馬憩息在一條不可能有人追擊而到的清澈溪流邊。我們全不成人形，疲憊欲死。有的人用腰際小刀刮去臉上某一只被箭穿碎的眼窟窿裡白糊糊的膿和幼蛆；有的人生火燒馬刀，嗤嗤冒著臭煙把已腐爛黏附在發黑骨脛上的沾血馬靴，像突厥人切沾醬烤羊腿那樣人骨人肉馬靴血塊不分一條一條切下；有的前額薙髮處被馬上如夢遊夜以繼日的風切，額角向上翹起額中央凹陷，似乎在這樣的遷移中，肉眼可見已變形進化成志怪中的魍魎……

整個逃亡過程中，我腦海裡只有一個聲音，彷彿是從身腔子裡最深藏的部位（如果是女人，那個位置應該是子宮）發出悲慘的嗥叫：嗚哇哇哇——

我們終於變成不是人類的那種東西了。

一路上，像鑲鑽的阿尼瑪卿雪山稜線，遠遠可看到一列半獸半人的黑影跟蹤著我們，不確定他們是監視或巡狩，但他們的腳程怎麼可能如此好？他們的地盤怎麼可能無邊無界？我們一路疾馳，遇馬隊則殺人劫馬，我原以爲翻過某個山頭便可甩掉他們，不料在下一個休憩處，你又會看到，遠遠的，像被我們的馬蹄甩落在人間塵土上的影子，不甘心地，畏畏縮縮地，排成一列，出現在遠處的山稜線上……

我們裡頭最有見識的巫師說：那些黑影子，就是「白彌大夏國」、「白高大國」存在之前，一千多年前即在這片神棄大地上痛苦找尋被吐蕃人在經辯中騙去了的人的身體和人的聲音。那就是傳說中的白馬羌和先零羌哪……

「那它們是盯上了我們？」我說：「怎麼可能？如果它們是白馬羌，那是我們黨項羌的先祖哪！怎麼可能有祖先的鬼魂跟子孫追討形體這種事？」

「也許它們不是想追討，只是忍不住好奇——想看看它們當初是怎麼從我們這樣的人形，變成後來那副非猴非鬼的模樣？」

我們恐懼地舉起那些鋸刃已鏽裂如梳的馬刀，利用雪域日照的反光，揮舞地朝它們那邊咆哮威嚇。

老人說：有時我盯著河邊那些穿透犛牛白色頭骨或被占卜過後燒得焦黑的羊髀骨而蔓長的青草，在刺眼的陽光下發出妖異的綠光。但我細看時發現每一莖草獨立去看時，其實是一種介於枯黃和透明的白灰色，它們是被前一莖草的影子疊映成後來的顏色。於是我便發怵著慌起來：會不會我這樣痛苦卻又安心地挨靠的這一群「最後的一隊西夏騎兵隊」，沒有人記得是誰在指揮下令，卻不斷穿花撥霧地，一層膜穿過一層膜的詭異景色，其實只是正在兩百年前，某一次我還是孩童時，被傳喚去寢宮和李元昊試弈時，被野利氏或沒哆氏找巫師趁君王打盹時由鼻腔植入他腦中的一枚蠱蛹。

（男孩想：也就是侵入、具有自動修改程式與重建情境系統邏輯的高階病毒軟體？）

譬如說？

第一、爲何我和身邊這些哀愁、恐懼、身上已無法遮掩發出羔羊被宰殺日曝後那種世上無以倫比的惡臭，這些同伴，我們日復一日地騎在馬匹上——請相信我，那每一瞬刻的「我們待會就會被蒙古騎兵隊趕上，他們懶得用我們宰人如宰羊的割喉方式，在後面放弩就可以把我們解決」之恐懼絕對像逆流燒灼的胃酸一樣眞實。我的背脊長期暴露在這種將被某一金屬尖錐刺穿將中空脊骨銼斷，脊液如女人的奶汁噴灑在這片堊土之期待，變得像回鶻女人的大腿一樣柔嫩腴滑，泛著羊奶頭一般的粉紅色——有時我一停下懷疑這件事，奇怪我腦海便立刻浮現我們裹著毛毯圍在火堆前，吃著糌粑喝著馬奶酒和吐蕃女人們調戲、跳濆神之舞、野合這一類休憩、中斷的場景。好像我們並不總在無休無止地逃亡——等待那作爲黨項一族整首史詩最後一章最後一段最後一行最後那個字，被才思枯竭、呵欠連連的目睹之神給終結。

一直到我遇見了你。老人對男孩說。

一直到我在睡夢中總是找到途徑走進你這間旅館。

男孩說：這間旅館並不是我的。

噢我是說，你總會在這兒的這間旅館。

男孩皺著眉，似乎這正是長久以來困惑著他的疑團，他在等待一個恰當的機會開口向老人提問：這一切到底是怎麼回事？沒想到這老傢伙先發制人，先問他了。但男孩這天並不打算就他自己這邊擴大這個整個旅館或老人可以自由來去他的夢境，這一類天方夜譚或印度吠陀經或霍金宇宙大爆炸之類的大模型遊戲。他想聽老人說下去。

另一次，我們的馬匹在一片窮山惡水，巴掌紋路般的半乾涸溪流和礫灘間迷了方向，牠們沿途睜著黑不溜丟的大眼目睹我們寒臉抽馬刀宰殺牠們腿軟屈膝不願往前的羸弱同伴，但這時牠們煩躁且神經質，怎麼也不肯聽令前進，左右甩著龐大臉龐邊的轡口，像有成千上萬隻黑蠅盤旋追逐著牠們，並鑽進牠們耳朵和鼻洞。我們之中經驗豐富的橫山戰士們提醒大家小心中伏。但在這片金黃落葉漫天飛舞，孤狼悲鳴如死後之境的荒林裡，眞有哪一隻部隊肯耐心埋伏於此守候我們，恐怕也只有冥王手下的骷髏騎兵了。但那樣不尋常的，座下坐騎與眼前景物全被一種搖竄的紛亂裏捲進去的陰慘處境確實讓我們心慌。驀地間樹林間有一道人影快速移動，除了我年紀太大沒配弓弩，幾乎馬背上這群杯弓蛇影半人半鬼全張弓抽矢，一霎時群樹像著了火金光炸射讓人瞳孔蜷縮，第一個發狂提馬刀衝進樹叢中的小夥子卻發現至少三十支箭鏃插在一對母子金絲猿的頭顱、眼眶、張大的喉嚨、胸膛、腸肚、手掌上，這倒證明了我們這支黨項騎兵若非落入如此傾族覆滅境地，是怎樣效率精準的殺人神器。但誤殺了母子猿猴確實讓原本瀰散我們心中的不祥陰影更形擴大。弟兄們沉默地從那被射成血窟窿的藍臉神祇身上拔回各自的鐵棘箭，對上面啐口唾沫。

這只是那一連串詛咒之夜的前奏。

天黑前我們追著兀鷹沿溪在山陰高地找到一個冒著炊煙的落單羌民帳幕，那戶人家一共父子二人加一媳婦和一頭犛牛非常可疑地獨立生活著。我們按例殺了年輕的，留下老的，一群被孤獨與憤怒凍冷了腰子，牙關打顫的著甲戰士輪流好好地把那婦人蹂躪了一場。那整個過程，那個老人只是張著結滿糊屎的盲人眼洞茫然坐在一旁吸著菸桿。我立刻知道這小老兒是頭老淫羊，他和他兒子共享這媳婦。我坐在他身旁，抽了兩口他遞過來的菸桿，問他是哪一族的。他先裝聾作啞，用一種混雜了囉囉羌、狼莫羌、吐蕃語和古漢語的動物噪音迷惑我，待我將腰際佩刀丟在他腳邊時，他才陰沉沉地用漢語告訴我，他們是姆米族的。這我倒第一次聽說，姆米族？我說是吐蕃的一支嗎？他說不是，他說沿這條山澗往上游走，一個山坳一個寨，那些壞傢伙全是吐蕃人。吐蕃人髒，這條溪水就被他們弄髒的。我說那是漢人嘍？他又說不是，他說順著山澗往下游走，一個山坳一個寨，我們之後就會遇上，那全是漢人，漢人卑鄙又陰險。他們爺兒仨避在這，就是怕跟漢人打交道，漢人總騙人。我說非漢非蕃，莫非這荒山之境，就你們這一帳三人是姆米族？他說是，但不是三人，是他們父子二人。那女人是個妖怪，是從漢人寨子逃來這的。她是毒人貓，專在水缸裡下毒，本來我們這一寨有十幾戶人家，全給她毒死了。他說大人，求求你們把這娘們帶走吧，你們殺了俺孩兒，這世上就剩我一個姆米族了。

接下的事我不必細說，我們的小夥子們宰殺了他們的牛，支解烤食了，踢翻火種，皮囊裡盛滿帳裡抄出的青稞酒，不理會老頭的哀求，將他衣衫不蔽體的肉白媳婦留給他，離開上路。

但第二個晚上，我們人疲馬困，又來到一處父子加媳婦三人獨守的羌寨。我們年輕氣盛的小夥子們還是殺了那丈夫，把轉身逃跑的婦人撲翻在蕈菇密長的爛柴堆上，撕碎衣衫，輪流像公馬用門牙啃著那白團團的乳房。我同樣和一旁呆坐的父親抽菸閒聊，他一樣告訴我他們是獨一無二的姆米族，往上的寨子是又懶又髒的吐蕃人，往下的寨子是又詐又壞的漢人。他這媳婦是異族，是漢人派來潛伏在他們寨裡的毒人貓。他求我的弟兄把這妖物披上馬帶走。但這老頭和前一晚那瞎眼老頭，長得一張幾乎一模一樣的臉呵。就連那地裡微弱呻吟被我們上身齊整鎖子甲下身精赤圈腿如猿猴的黨項男人們亂抖亂晃壓著的白色女體，也像昨晚同一個媳婦兒像同一個描花樣子剪下來的形貌。

第三個晚上，第四個晚上，第五個晚上，第六個晚上，我不必多說，你也知道那發生的場景如一再重複的同一夢境：父子加媳婦三人獨守的空寨，姆米族，往上是吐蕃寨往下是漢人寨，被姦淫的媳婦兒是毒人貓，整件事過後這老頭便是天地間獨一無二最後的姆米族了。我不知道除了我，我們騎兵隊裡有沒有人發現這詭異古怪的處境？

老人說：有一次，我們垂頭喪氣地穿過一面布滿白骨如礫灘的緩坡，突然走進像圖畫般的一片平原，眼下的湖泊像天神灑落一地的大小綠松石，在寒冷透明的陽光下發出璀璨的寶藍光。湖邊林木豐美，聚集著數萬頭的犛牛、黃羊、駱駝、馬匹；湖心小島則如雲霞流湧至少有上百萬隻水鳥撲翅起降。

我們在山坡遇上的牧人告訴我們這裡是女女夢勒族、睡泥族與咩兀族分布的聚落。但待我們靠近他們的部落，在那些通紅臉頰毛孔鑽藏蠕動著高原寄生蟲的孩童們簇擁跟隨下來到他們首領的帳幕，迎接我們的是三個騎在馬上，一身西夏貴族武士打扮的男人。我們像在鏡子中看見自己。爲首的那個戴著冷鍛黑鐵起雲盔，一身鎖子甲、腰配馬刀；另兩個則戴著狼頭盔，一人持弩腰間配駝皮鏃袋，另一人則擎舉長槍。他們連胯下的馬鞍都是無比講究，只有黨項貴族才配擁有的魚龍紋雕鞍。我一看他們的臉就知道他們是我族黨項人了。但他們卻自稱是吐蕃族，而跟在這三人後面的十幾個騎馬武士，確實是不折不扣的吐蕃人打扮。

他們用接待外國使節的最高禮儀，那個首領騎在馬上，文謅謅地用吐蕃官話發表了一番歡迎但質詢我們來意的華麗演說。也許是我們這一群人像從地獄衝殺而出的可怖模樣驚嚇了他們。雖然我們灰頭土臉，甲胄殘缺，人馬疲頓，但我們的裝束和他們祖先最恐懼的傳說裡，鮮衣怒冠如噩夢中策馬而出屠殺他們族人，並以漫天繁星墜落之火矢將所有穀倉、馬廄、帳幕全焚燒一空的西夏幽靈騎兵完全相同。

我代表我們的騎兵隊向那首領致意，儘量說得不卑不亢。我隱約理解他們雖是我同族羌人，但早因遠在我西夏帝國疆域邊界的曖昧處，可能早在幾代祖先前便已歸化吐蕃，或是像蒸騰的迷霧，變幻莫測，西夏遠征軍來即自稱黨項，宋軍鎮戍部隊入駐則自稱漢人，如今吐蕃勢興，他們又換上吐蕃牧民的服飾和信仰。但我告訴他們，我們只是可憐的流浪遊魂，我不敢讓他們知道西夏已經覆滅，如此他們可能毫不忌憚帝國騎兵之後的屠村報復，將我們這一隊落單的孤兒悉數襲殺。但我確定我們的族人可能正是他們其中每一個人的殺父仇人或殺祖仇人。自李元昊擴張帝國版圖的這兩百年，北方騰格里沙漠，南及祁連山，長征貓牛城嗚廝囉，西滅甘州回鶻，哪一塊岩石上沒塗上被我黨項士兵逐殺而留下的各族人腦漿和鮮血？

當天晚上，在首領的帳幕裡，摘下了頭盔的那個男子（他雖然已是個七十幾歲的老人，但在我眼中根本是個小後生），在火炬搖晃的明亮和暗影中，憂愁又迷惑地向我揭露了他確實是黨項羌後裔的祕密。我們席地坐在吐魯番工匠用祕色礦彩繪上壇城十三層宇宙的氆氌織毯上，描金矮几上堆著孜然烤全羊、羔羊、駱駝肝和切成條狀的犛牛肉乾；瓜果、葡萄、乾果、胡桃；他且用金杯盛葡萄酒，用耀州小瓷杯盛馬奶酒，在幾番文雅勸飲而大夥略現醺意（天啊，我們有多久沒有喝到這樣奢侈而精緻如絲綢的釀酒）後，乾脆吆喝下人拿出皮酒囊，讓我們這些習慣馬上痛飲的武士們暢飲他們喝之不盡的青稞酒與釃酒。這批酒的酒質較粗糙，但入口燒喉，反而投我們那經年乾涸久未吸吮酒精的胃囊喜好。但眞正讓我一入口咀嚼即幾乎淚下，深慨人生若夢，今夕何夕的，是他特別讓自己妻子端上來的一盤蕎麥餅。那可是如假包換的西夏美食哪！我們黨項人有一句話：「回鶻飲乳漿，山訛嗜蕎餅。」山訛就是橫山黨項，也就是李元昊征戰天下最親信的橫山羌兵啊。從此處看，此人不僅有黨項血統，其父祖可能還大有來頭，和我們這一支西夏武士有極深之淵源。

酒足肉飽，我的同伴們還在猛灌那洗淨他們這許久來所有恐怖、哀傷、絕望的源源不絕的青稞酒。我放下酒杯，說：

「好了，孩子。現在可以告訴我這一切是怎麼回事了？」

我告訴他我兩百歲了。

但那狡猾謹愼的傢伙仍守口如瓶，微笑勸酒，日後我回想：或許他眞的並不清楚自己所從出的族類源頭，他的祖先們遷移至此，因某種原因將時光凍結，卻同時將他們全族在人間的名姓隱去，讓他們及子子孫孫成爲一支影子部落。

老人說，第二天一早，天還沒亮，我便起身將全身甲冑武裝穿戴整齊，走到帳外，發現遠遠深紫色的山稜線上，那些先零羌們的黑影已在晃動。我站在一堆熄滅的火堆前，爲著將發生的宿命心裡悲傷不已。全部落的人都因昨晚一整夜的狂歡縱舞而酣熟地睡著。甚至有幾個我們騎兵隊的年輕小夥子就摟著白條條赤裸的羌族女人躺在醉倒的人堆裡。有一些小黑豬在橫七八叉的人體間拱鼻子，想找出一些剩肉殘羹什麼的，我走回帳幕，把我們騎兵隊那個實際是領袖的年輕人搖醒，他睜開眼看了我一晌，馬上明白我的意思。他連著裝都不必，這傢伙是穿著甲冑入睡的。於是我們二人走進那首領的帳幕，全部的人都睡死了。躺在他身旁那穿著吐蕃絲綢的他的妻子先睜眼，我們不等她張嘴尖叫便伸手將那柔弱美麗的喉骨捏碎。然後拔劍把那昨夜熱情款待我們的男人的頭砍下。我蹲下來，看著地毯血泊上那顆黨項男人的頭顱，心中像殺了自己親生兒子一般憂鬱。我對著頭顱說：我必須殺你，還得把你用我們黨項精血和這些羌人們繁衍出來的後代悉數殺盡。因爲蒙古鐵騎隨後將至。你的西夏人臉孔也會讓你的雜種族人們被蒙古人屠村。重點是：我們要把這夷爲灰燼，不讓蒙古人馬在此補給。那像一個最恐怖的游牧民族禁忌：你不能用那些豬隻的屍體，攪碎了混了穀糠去當牠們孩子的飼料。我們把全體騎兵軍叫醒，跨鞍上馬，在神明被某種嫌惡情感下打了一個時光停頓之嗝的昏茫晨光中，展開那場大屠殺。

那些羌人們（我們的祖先、我們的雜種後代）發出一種豬隻般的巨大喘息。我早先曾聽說回紇人不吃豬是因爲那動物可能是被魔鬼之法術困住的你的摯愛親人。或有一說：豬不是一種生物，牠是上帝所作的較低層次的夢境之囊。我們的槍尖戳進那些不斷冒出粉紅色泡沫和邪異吐蕃語經文的胸膛裡；許多女人、老人和小孩們是在跪地向長生天禱告時被我們的馬蹄踩碎頭顱；年輕一點的武士一手抓韁繩，下腰至馬腹等高，手揮馬刀像收割麥子那般砍得滿天人頭亂飛；原先如白銀鏡面的湖泊被染成一池浮著厚厚油脂凍的大血缸。我們的騎兵隊在一大片人體森林中左突右衝，慢慢地，金屬刀刃砍進人體肩胛、後頸骨、尺骨、背脊的眞實感模糊消失了，刀刃像過長的指甲捲曲成藤蔓；馬蹄陷進曠野堆起到人腰高的無數滑膩腸子裡，偶爾可聽見馬腿骨折斷的脆響；我們彷彿困在這大量發生的死亡乃至於離死亡意象何其遙遠之肉體肢塊的泥沼。屠殺剛開始時，被殺者像被孤立的個體，遠遠近近發出嚎叫；但殺到後來，被殺者和殺人者同樣筋疲力竭。這時你感受到每一個被劈成兩半的人體不只屬於他自己的生命，且屬於整個全體。刀一砍下，曠野上擠成一團的整體便發出一聲模糊呻吟。那竟像笑聲。這可怪了，馬背上砍人的，滿臉是淚；地面上被屠戮的卻被一種恐怖的笑聲所控制。

如果有地獄，一定是在此處。

男孩問老人：爲什麼要把那些人殺光呢？那是男孩第一次在夢中出現這麼強烈的情感，他說：眞是可恥。你們不正是從那個被蒙古人屠殺滅種的噩夢中快馬加鞭逃出嗎？爲何在這一群伸開雙手歡迎你們的人們的腦殼，用鐵刀劈開另一場屠殺噩夢的入口？你看看你把這個噩夢帶進我的夢境裡來了。男孩哭泣起來。

老人說：但那正是整個這一切（我在你夢中所講的所有：西夏王國的覆滅，最後一支騎兵隊的大逃亡、滅種、我曾歷歷如繪目睹的那個和眞實世界完全顚倒相反的文明）最讓我困惑不解之處。

那是怎麼回事？似乎從那個清晨，我和我的騎兵隊同伴喘著氣，裂開的虎口提著滴血的馬刀，靜穆地看著遍野像爛醉如泥肢體交枕在其他同樣迷離傻笑，蒸騰著熱烘烘白煙的屍體。從那一刻起，我們就像把宰殺的羊羔剝皮翻開那樣，裡面變成外面，外面變成裡面。我們全機伶伶打了個冷顫。在同一瞬間我們的陰莖和睪丸全縮進腹腔裡。我確定從那時開始我們便不再是單一的個人。每一個人的「我」這件事不見了，我們的「我」被某種巨大的神靈或意志給取消、收回了。那之後，我們真正地變成了李元昊無數個夢境中不斷往南方奔馳的一隊影子騎兵。像驛站快馬加急跑死一匹馬換一匹馬那樣接力傳遞的一包物件；或是從湖泊裡被蒸發的水滴復在低空聚成雨雲再降落回到湖中的暴雨……這一類的比喻。我們一次一次疲憊又悲傷地在某一處羌寨歇腳，那些既是我們先祖又是我們變形的不同後代們歡樂又慷慨地接待我們，食物、水酒、馬匹的草料和私處用檀香薰過的女人，然後我們一如以往，在第二天醒來後安靜地披鎧上馬，放火屠村，悲慘地離開。

我難免疑惑：好吧就算我不再是「我」，而是那李元昊無數個夢境（或是，唯一一個巨大之夢）的其中一小部分，像百衲被裡的一小塊碎布，像銀河星空上其中一顆流星。但李元昊的夢境未必全是這樣陰慘不幸的場面吧？我們不是曾照著他腦海中的藍圖，在這片廣袤大地上建立了無比輝煌的文明盛世：城池、高塔、佛經、手持笏板帽帶上有纓飾或珍珠垂墜的文官、頭盔上有各式神獸造型的武官、穿著華麗絲綢、高髮髻的優雅貴婦，金蓮花盤、金碗、金佛像、馬鞍金飾、金指剔、金扣邊，西夏自己的窯工、彩繪雕塑寺院或洞窟的畫師、自己的法律、錢幣、戲劇——最重要的、自己的文字、繅絲紡絹的大作坊……我記得李元昊建國之初，曾說過他要按佛經裡的華麗描寫，在人間打造一個仿造的極樂世界。

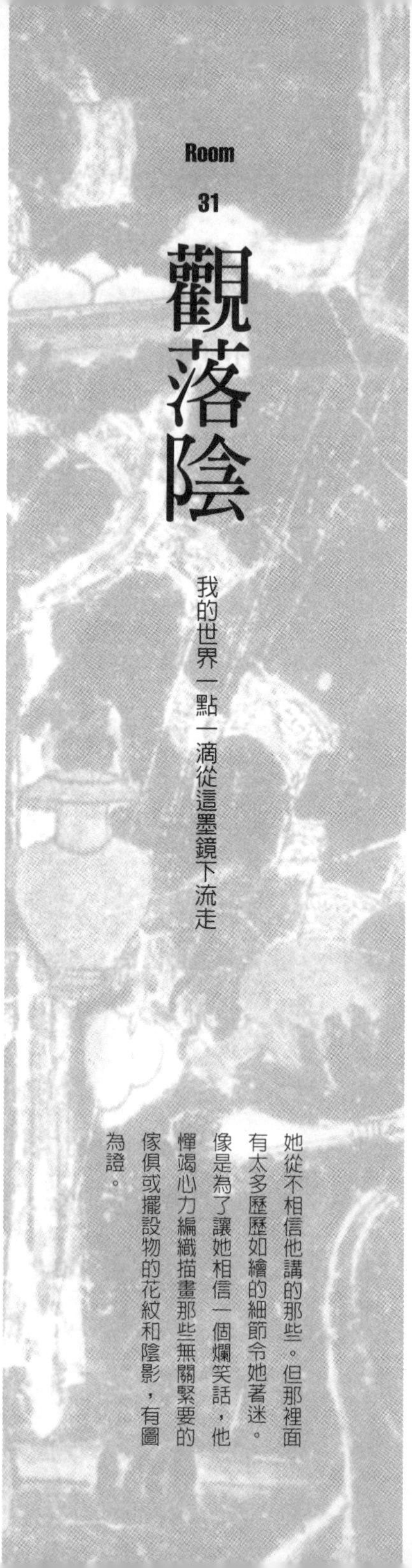

Room 31

觀落陰

我的世界一點一滴從這墨鏡下流走

她從不相信他講的那些。但那裡面有太多歷歷如繪的細節令她著迷。像是為了讓她相信一個爛笑話，他憚竭心力編織描畫那些無關緊要的傢俱或擺設物的花紋和陰影，有圖為證。

「我的世界一點一滴從這墨鏡下流走。」

一開始，她誰也不敢去說，像少女時期學生宿舍謠傳的那些祕教儀式：深夜十二點整在臥室映著月光的梳妝檯前梳髮一百下，妳未來的男人的臉就會栩栩如生地浮現在那鏡像世界；或是某某某抽屜中藏的，原該在壁龕中焚香祭拜的日本神偶，那穿著箔金紋徽和服、面容豔麗卻沒有瞳仁的年輕男子；或是有一年，她隨姊妹淘去一處道館「觀落陰」，一室紙窗光點細灑的趺坐眾人，閉目打嗝或如節拍器左右搖擺，她閉著眼，聽導引師說：「現在你們面前是一級又一級爬滿青苔的石階，兩旁是淙淙水聲和竹林搖晃的娑颯聲……你們不要爲之分心，順著階梯往上走、往上走……」

黑暗中她幾度忍俊不住想笑，但突然地，那景像那畫面就出現在她眼前，不，像是便宜的兒童捲紙卡通投影機，在極窄的距離間慢慢轉動那些印刷粗劣的墨水紙。在她的眼皮和眼球之間，完全照著導引師催眠的聲調展列著單薄，光度幽黯的畫面。一個發光，讓妳睜不開眼的千手千眼觀世音菩薩，祂慈悲地笑著看著妳，不要怕，妳向祂頂禮問訊後繼續往上爬，有一個寶塔，有幾層？一、二、三、四、五、六、七，對，那就是七層浮屠。走進去，有一群穿著古代甲冑頭盔留鬍子手持各式法器的男子在低低的雲上看著妳？不要怕，祂們是龍天護法，妳有沒有聞到一股香氣？是我這裡替妳捻香持咒，所以諸佛禮讚，冤親債主惡鬼凶剎莫敢近妳元神，妳推開那朱漆紅門，莫理那兩隻石獅，裡頭是一片園林迴廊，古松奇石、流水淙淙，莫貪戀，往裡走……

導引師的聲音轟一下消失，她突然無比清楚地置身在那畫裡的世界。像日光曝曬、蟬鳴洶湧的夏日午後，一個古代的大院落，飛簷翹頂，彩繪雲霞與纍纍繁複雕工的展翅鳳凰和仙鶴。她想：我這不是在仙境中了吧？奇怪是眼前景象愈立體分明，她自身的形體感卻愈透明單薄一如影子。（也許她在被催眠狀態任意聯想受到宮崎駿電影《神隱少女》的暗示？）

天上白雲悠悠，雲影隨風疾走映在院心的青石板磚上，她走進建築物中。

沒有人……。像闖進非假日，管理員打盹或出小差的靈骨塔。一格一格分層齊整收放靜物的置物櫃。寂靜，歲月悠長卻隱藏著一種「妳確實正在侵入某種私密處所」的細微張力。裡頭收放的並不是骨灰罎，卻是一種同樣脆弱、易灰滅破碎，貼近生命本體的什麼……

生死簿？那一格一格裡收著的檔案簿本，裡頭墨水宣紙寫著所有人一生會經歷、發生的所有事。何時生、何時死、姻緣、災厄、榮辱、事業、與哪些人成爲親人或冤仇……像《紅樓夢》裡寫的「警幻仙境」一樣，不知爲何，她腦中被置放了衛星定位系統千里大遷移的候鳥，毫無困難（「我就是知道收放在哪一格。」）地走到其中一格的前面，裡頭擱著一本藏青色絹帛硬殼封面，燙金的魏碑體三個字，那是她的名字。

……看見了……

那裡面記載著她這一生已發生過的或將會發生的每一件事，如果這是在電影裡，他們會處理成書頁翻開即有乾冰效果的煙霧冒出，她俯瞰著的是一個果凍狀仍在輕微晃動的立體鏡面後方的另一個世界，影像播放著她置身其中的電影，時不時疊焦重印上一行一行無標點文言文的預讖文字……但眞實的是，在那個夢裡（在那趟觀落陰的旅途），她究竟有沒有翻開那本，品評臧否，閒數言便將她一生輪廓速寫的「生死簿」？她的個性，會不會在這千載難逢逼近好奇心最內裡的一膜窗紙前，突然拗彆了起來：「我想自己一點一滴地經歷看看」？或者她其實在那塔裡的無人藏書閣裡翻看了，「原來這就是我的一生。」一目了然，但那夢境自有它隔阻眞實與夢境的保護程式，當她醒過來，在冥界所觀事物便悉數忘光？

所以她並不記得，後來會發生在身上的這些事？

只要不說出來，密藏在暗室裡的那一切，便不會在光天化日的世界眞正地發生（或是重演一遍）。

但世界的顯影，確實正一點一滴地，從她視網膜的投影上消失了。像那個廣告的顚倒，HP彩色印表機，移動的人群，紅男綠女，街道櫥窗，推門進去，辦公室的人形，舉咖啡杯的手，桌上的文件堆或保溫杯……一個流動著、活著的世界，在HP彩色印表機雷射光點掃描和彩色墨水匣的複色下逐漸出現。「HP給你繽紛色彩人生。」她的人生則是逐一消滅抹去，色彩從某些較不重要的銜接處消失，立體感不見了，剩下斷肢殘骸或移動的人形，她有時眞想叫她的創意夥件們來看看她眼前的這幅景觀：「眞他媽像那種電影裡熱感應監視螢幕上，顯示某一太空艙禁區有異形生物出沒的，紅色橘色黃色流動又潰散的熱輻射光體！」她甚至職業病地想像：如何在一支二十秒的廣告片中，拍出這種衰竭死灰之境。可能得用負片，或是高反差曝光的效果。

到底、到底是怎麼回事？這是一個懲罰嗎？或是有時間限制的惡作劇？像是她的「照夜白」——那是一輛二〇〇二年款的標緻小敞篷跑車，她替它取了個唐太宗八駿圖其中一匹雪白寶馬的漂亮名字——突然在她家後山小陡坡找停車位時，引擎冒煙竟然就燒起來了。她第一瞬間的反應就是按手機輸入那些人的電話：賣車給她的業務員小湯，或是保險公司，或是信用卡銀行提供的080免費拖車服務……直到路旁社區大廈管理員拿了一筒粉末滅火器漫天雲霞覆蓋住她那已燒得焦頭爛額的照夜白。或是她的電腦，某一封匿名郵件，一行警示字幕要她降低電腦防毒係數，她乖乖照著指令按鍵，結果整台電腦就這樣不抵抗地被一無恥小病毒給打掛了……總是這樣，她可以像軍火商熟記每一種精密武器各自不同殺人想像的貼心小設計一般，和她的姊妹們傳教延緩老化的最新科技，兩大種類：服用與注射，「抗自由基」與「荷爾蒙注射」，前者是抗氧化物、酵素；後者是褪黑激素、DHEA、HGH生長激素、抗老青春、植入永續電池、變成那隻其牠同類都已耗竭僵停如化石而獨自一個敲鼓不止的金頂電池兔子，或是那一個療程六十萬元的胸腺素醫療、脈衝光治療、符合對抗自由基理論的漢代《神農本草經》……她可以像遙遠少女時光痛苦無比背誦化學週期表把「鋰鈉鉀銣銫鍅鋅鐵錫鉛氫」變成失戀獨白「妳那假如設法心鐵惜牽輕」，好強地在和客戶抬槓宏觀調控下的中國究竟會硬著陸還是軟著陸時，硬生生地背出那些數據：GDP、存貨金額、工業生產毛利率、核心物價上漲率……似乎世界，那個網絡交織可換算成不同數字的世界，就藏在她眼皮跳閃後面的那個硬生生將大量資料壓縮的記憶體，透過描述，她可以讓世界的時間空間任意拉扯變形……

但結果是，她的視窗中了病毒，資料貯存在裡面叫不出來。世界如此熱鬧，卻慢慢黯黑下去，光度徹底消失前，有一陣子她每天揀客人稀少的傍晚時分，走進一家懷舊情調的咖啡館，對著牆面上用圖釘釘上的一些舊版黑膠唱片封套練習視力：阿巴的 *The Name of the Game* 豪華版，右下方一隻白鴿圖徽寫著「鳴麗—附歌詞」、*Rocky III*（財神有聲出版社）、*The Best of Blondie*、Ray Charles 的 *The genius hits the Road*（第一唱片）、Simon & Garfunkel 的 *The Graduate*（一隻胖腳橫在賽門的身前）、The Beatles 的 *Francois Glorieux*、Air Supply 的 *Lost in love*……她一個字母一個字母地辨識它們，不解其意，不記得那些旋律多年前她曾如此熟悉。

她的天使，圖尼克，她總這樣喊祂，噢，圖尼克你聽我說……在捷運月台、百貨商城或是大街騎樓被那些摩肩挨肘的人群粗暴推擠撞倒時，她會哀切地、喃喃地說：圖尼克，不是我看不見這世界了嗎？怎麼變成他們看不見我了？我這個樣子是不是很難看？像陰溝裡的倒影？像那些爪子往人身上亂撈亂摸的骯髒老太太？

彷彿大天使圖尼克就斂翅垂翼站在她的身旁，冰雕般的立體臉廓僅隔幾公分貼近她的臉前，凝視著她、聆聽她。

圖尼克。讓她身旁這座可詛咒的城市靜止不動，像按下暫停鍵的那些高樓上的巨大電視牆。

讓時間失去重力，她活在一個恍如百貨公司玩具賣場那些內裝了油液和彩色小圈圈的壓克力透明盒裡。慢速的動作。物理現象完全迥異於我們外面的這個大氣壓力和地心引力主宰的單調世界。一個玩具。

圖尼克，我受到的這個懲罰究竟要到何時結束？

雖然她看不見祂，但她總用少女時代著迷過的一套漫畫《惡魔的新娘》裡那個惡魔形象來想像祂：西班牙風的舞台戲裝，一身黑，黑天鵝羽毛坎肩，窄腰窄臀的緊身褲、荷葉翻領和喇叭袖口襯衫，外罩一件帥斃了的黑天鵝絨馬術小外套。垂耷在肩胛後的一對大翅膀，永遠的旁觀者。祂能穿梭時空，在波旁王朝皇宮上方的大型水晶吊燈上棲止，用那俊美冷峻的失聰者般的臉，靜靜看著王室裡華服甜美的公主們，如何僅爲著小小的嫉妒、猜疑、執念、怨恨……最後釀成慘不忍睹，莎翁舞台般的大屠殺悲劇……

那都是少女時代夾藏在課桌抽屜和黑色學生裙間的驚悸和浮想聯翩了。沒想到許多年後圖尼克用這樣的方式把自己裝進郵包快遞到她眼瞼下那個狹窄的夾層（多棒的一則廣告構想！）。

圖尼克，你告訴我，他們怎麼能……

一開始她想起這一系列的報導，像視覺暫留：

「……美國紐約知名攝影師圖尼克的全球裸照之旅，現在到了巴西南部大城聖保羅，這次總共有超過一千名民眾自願上場，躺在大街上，充當免費裸體模特兒，許多人天一亮就來到現場，迫不及待的脫個精光……」

「……美國紐約知名攝影師圖尼克的全球裸照之旅，星期天來到了英國倫敦的塞福瑞吉百貨公司。好幾百名自願前來當裸體模特兒的男男女女，在百貨公司光著身子跑來跑去，場面相當壯觀。圖尼克說：『不准穿襪，我知道有些來這的男士脫光之後，就是不脫襪。』……」

「……一向以在街頭拍攝人群裸照聞名的行動藝術家圖尼克，這次在西班牙的巴塞隆納又有了新作品，他號召七千人一起全裸入鏡……在歡呼聲中，一群全身赤裸的民眾，陸續走進攝影師圖尼克的藝術空間，透過麥克風，圖尼克指揮著廣場的民眾，或站或坐，或蹲或躺，不管大人小孩，男女老少，每一個人都成了圖尼克鏡頭下的主角……」

「……來自全美將近三千人，星期六湧進俄亥俄州克里夫蘭公園，爲了證明裸體之美，脫得一絲不掛，二七五四人赤條條攻占大街，從遠處看來彷佛一片裸體汪洋，讓人嘆爲觀止，只不過攝氏十幾度的寒風，還眞是折磨人。民眾：『眞的很冷，是啊！太冷啦！』

「……攝影師一聲令下，一千八百名民眾就這樣赤裸裸的在水牛城的舊火車站裡，展現最眞實的自我。參加民眾說：『他只是要求我們安靜下來傾聽火車的聲音，那眞的是最令人感動的時候。』……」

「……武夷山舉辦千人裸體攝影……大批志願者希望能在秀麗的山水中展露自己的胴體……當中不僅有年輕少女、更有夫妻檔、姨甥組合，甚至六十多歲的老太太也要在裸體攝影中展露一下……一位五十多歲風韻猶存的女士與姨甥女一起報名，她表示年輕時因社會風氣保守而不能大方展示自己，現在應及時把握機會；而一位六十多歲的老婆婆也表示爲了開拓視野情願一脫……」

「……圖尼克說：『大家請轉身，靠在別人身上，沒關係的。大家靠緊一點。』……」

圖尼克。祂讓這個世界停止下來，有時她忍不住想問：「究竟你是那個攝影師？還是到處趕場自願應召混進那些老小胖瘦的胴體間挨蹭的裸體模特兒？」

圖尼克，他們怎麼能……

她總想問祂：那是怎麼樣的一種滋味？躺在那些（玉體橫陳？肉身森林？），那些橫七八叉的肱骨、肩胛、背脊，那些怕冷起雞皮疙瘩的白膩臀部和泛起淡薔薇色的大腿內側，枕在那些像溺水被撈起的雛幼貓頭鷹的卵囊附近，或那些紡錘狀的綿軟乳房及稍下方堅硬戳人的肋排，那些枯乾岩礁石花菜一般的捲曲毛叢，那些肚臍，因爲集體而形成一種液態異動的肚腰肥油，那些膚白如雪近距離可以透視的藍色靜脈血管……那些靜止的身體裡，是什麼樣的滋味？總不會和人挨著人擠公車，幸福而卑屈地嗅聞著貼在你身體四周各種體味、狐臭、髮油、香水脂粉味是同樣的體驗吧？在那靜止的集體時光裡，總沒有人不上道地，在翻身中裝作無意地用手肘碰碰身旁美婦的奶袋或手指撈過滑過捏一把枕在耳際的哪個漂亮犢具害它在一片靜穆莊嚴的聖詩歌合唱班（傾聽火車的聲音？）之中豎立起來？

像不很久以前，她在某個漂浮的房間醒來（KTV？某五星飯店的豪華家庭套房？某個小威或尼克或阿哈的表姊或阿姨在陽明山的別墅或宜蘭稻田中的透天厝？），一絲不掛，全身瘀青，身旁一對癟奶趴著抱著她的是昨晚魔 High 之前纏著她一直陳述自己有躁鬱症恐慌症人格解離症及每一家醫院不同門診等候區光景不同醫師的粗暴言行在不同掛號窗口和白色走廊間流浪經歷的眼鏡妹；地毯上歪倒亂棄著哪個公子哥炫耀的銀質呼麻小炮筒、空空如也的火雞牌、馬諦氏威士忌空瓶，還有一坨坨鼻涕亂甩般的用過的粉紅色、強力膠色的保險套；那些橫疊散睡一地，集體從鼻孔噴出酒精呼息的男孩女孩，表情純眞的像她曾看過一部電影《瑪歌皇后》裡，大屠殺後城市街道屍骸遍地、暗白色的金髮紅髮黑髮的漂亮身體們堆成小山丘（尤其是那些白得像蠟燭的翹臀）的畫面……她總把這種裸裎身體混在一大群身體之中的靜止時刻，連結上諸如噁心、宿醉後牙根潰痛的燥乾臭味，或是對著一池漂浮了一萬根菸屁股、前面不知好幾個混帳的嘔吐物和黃褐色的尿湯的馬桶中嘔吐……這些靈魂激爽飛升之後，蛇蛻般必然的身體穢黯印象。

唯一一次大天使圖尼克對她說話，祂說：「因爲他們和妳一樣，都想把自己湊靠進一個整體，一個全部。」龐大的時間之流，不，時間的海洋，眾生禮佛圖，或恰好顚倒過來，萬佛受難圖。不是你在凝視事件，而是事件以千手千眼不同面貌變化無窮之姿凝視著你。

或者如她戴上墨鏡後，讓自己萎縮成一朵白晝曇花坐在捷運車廂的博愛座上，竊聽身旁之人嘈嘈不休恍若無人地交談那些讓人臉紅的隱私之事。眼前浮現的是一被摺疊壓扁的平面，彼此看不見對方的人們按鍵讓一個字一個字跳出。會客聊天室。白日宣淫哪。她身旁一個愛貓的家庭主婦羞人答答地向對座另一位上了年紀的貴族老婦（她從她們的談吐和歇語詞判斷出來的）傾訴替家裡十幾隻撿來的流浪貓結紮的辛酸故事；後來話題不知怎麼轉到老婦這邊的家族故事來：她描述一幢坐落在台北市信義區的透天厝（不得了哪那保守估計一坪五十萬最少也是上億），三層，分給三房三兄弟妯娌，一房一層，沒有公寓樓梯間或裸露於建築外側的舷艙式樓梯，而是藏於屋內像煙囪直直貫通三層的迴旋鐵梯。三個家庭各有廚房、客廳、兩套以上的衛浴和許多個房間，卻又可以自由無隔阻地穿梭進入另一層家庭的私密空間。她說，大房住在最頂層，祖先牌位神龕也供在那裡，老大有兩個老婆是一對姊妹（她平淡無奇地說：兩吔某是同母生的姊妹仔），原先的大老婆是姊姊，身體一直不好，妹妹照顧了一輩子，到後來根本是一家人了，那個男的就乾脆把她娶過來做細姨。

老二家住在中間那層，那個男的一輩子荒唐，吃喝嫖賭在外頭玩女人，什麼樣的女人——粉味、舞廳大班、小歌星、菜市場查某、委託行女老闆、連人家地下錢莊的女會計都敢碰——沒有斷過。結果有一天他老婆去檢驗出子宮頸癌，末期。他二話不說，所有塵緣都切斷，帶著這個老伴，兩人一起躲到平溪山上一個房子住下來。沒有接電話噢，從前的狐朋狗友酒店小姐找都找不到。

（那第二層不是空下來了？）

是啊。老三住在最下一層，平日沒事就住台北近郊跑（他們的祖厝在那），經營一個有機觀光農場，晚上才回那個透天厝住。

她聽不出老婦在這個故事裡是哪一個角色。她是住在哪一層？是那一對同命姊妹裡的姊姊或妹妹？或是第二層中那個臨終才享受到丈夫堅貞之愛的無面容女人？還是敘事中隱去不揭的，經營農莊的老三的夫人？

她十歲那年生日，她母親在家裡替她開了個小女孩們的慶生派對，那一切悠悠晃晃，像一群遊客穿過某座海洋生物館玻璃鏡廊隧道，所有人抬頭看著上方玻璃牆另一邊明亮的水族世界，那些原該生活於數萬呎深海下的鮮豔魚體，牠們的眼球退化，肌肉如葵花款款輕擺。那一切只為了展示，但牠們巡游其中如此安靜自得，彷彿因爲被視覺的魔術規訓，才以這樣冷冰冰、明晃晃的無感情美麗形式演繹時間。就像從未有一孩童曾在那巨大展示的深海場景裡看見一隻漂浮的魟或鯨鯊的屍體。一如她回頭凝視童年時期她父親建於靠海斜坡的那幢美麗別墅，她、她父親、母親、她兩個哥哥，他們生活其中，時間在每回她的凝望中皆失去效力。她母親每天一早起床即穿著旗袍，一直到夜晚就寢才換下，任何時刻訪客突然光臨皆只能看見一個儀態高雅像一盞昂貴立燈的美麗女主人。他們的院子裡有一架鞦韆，有一隻叫淑麗的蘇格蘭牧羊犬，之所以叫淑麗，是因她父親喜歡 Sweet 這個洋名字。但直到她長大最後一隻淑麗終於老死，他們不再養狗，她才確定從小到大那像耶誕卡片裡遙遠國度的靜物畫裡唯一活物的淑麗，並不只是一隻狗。而是四隻都叫淑麗的蘇格蘭牧羊犬。一隻死了他父親便去找另一隻年輕的頂著這個名字重新來過。像接力賽跑，交棒頂住那麼漫長超過牠們生命週期的時間，陪伴這個小女主人長大。

所以牠們眞正的名字應該是：淑麗一號、淑麗二號、淑麗三號，以及淑麗四號。院子很大（或只是她記憶中像水族箱水光晃漾的放大），種滿棕櫚樹、間綴兩株大桂花、一棵枇杷樹、一大叢杜鵑。一樓是一間彈子房，二樓是客廳和廚房，三樓是臥房。哦，不，她記錯了，她十歲那年生日派對並不在這幢別墅，而是另一幢屋子（實在是她童年隨父母幾次搬家的房子，都有一種大同小異的相似氣氛）。她父親那一陣自己開建設公司，邪門的是每次他挑好一塊地按自己的設計起造一幢給他們一家人當「夢中城堡」的豪宅（以那年代的基隆而言），皆會讓某一位不同的來家訪客煞迷，堅持「非買這幢房子不可」。於是她父親得另去相一塊空地，重新起造一座新屋（或因創造力有限或她父親是一專情之人，這些屋子的結構、格局竟像幾十年後大型建商同一張建築師設計草圖上的整批建案，長得全一個模樣），他們一家再搬進去。

她記得在那幢別墅客廳中放著一只青花大瓷缸，缸沿極精緻釉燒著大大小小許多隻金魚的圖案。據說是當年日本人戰敗無法帶走埋在地下，她父親蓋這幢新屋挖地基時發現。那確是件寶物。她母親設計了個十字架座，在缸口作了綠色透明壓克力盆，插了十來支不知哪弄來的霓虹蓮花燈，還擺了幾隻石雕青蛙，夜晚降臨時把客廳燈熄了，這口缸便像那年代最具科幻綺麗意象的霓彩噴泉，成爲他們家向訪客炫耀的奇幻家具。

她記得她小時候喜歡趴在那大缸邊盯著看，一待半天也不厭膩，她母親總說她：「那有什麼好看？那都是假的。」

那時她念的是基隆唯一一所私立小學，每天早晨她會和同住在別墅區六個男生五個女生相約，沿斜坡走下，在一間歐式石頭房子的地政事務所騎樓前等校車。她們女孩的制服是翻領的茜草藍連身裙，八顆雙排釦，中間繫條腰帶，日後她回憶兒時這些同學，家裡背景不外有三種：一是市中心哨船頭一帶幾代經營下來的老店號商行的孩子，全是本省人，這些男孩女孩在那年代較不出風頭，但母親絕對穿著一身委託行裡的日本洋裝。他們是眞正的基隆人，家裡有開五金行中藥鋪診所大旅社銀樓的，甚至有個髒兮兮的男孩他家就是大戲院。第二種是港裡漁船老闆的孩子，這就全是外省人了。他們的父親清一色是在基隆占地盤的山東幫，每家手上至少各有十幾艘船。第三種則是像她父親這類，或是高階記者、或是港都機關銀行主管，和國民黨有一定淵源，卻又廣交地方政商人脈，這類人家子女通常在學校較出風頭，母親也較在意孩子們的儀容打扮。

許多年後，她或能以一較哀矜的情感，理解那些年輕的（整天穿著旗袍的）外省母親們，在她們虛榮要強的後面，其實心緒翻飛著一種浮塵般的，不知明天這眼前一切會變化成什麼模樣的慌張。

她記憶中，每天早晨在那等校車的街邊，羅璧玲便像小公主般從她家巷子走出來。她的眼睛極大睫毛翻翹，皮膚白，頭髮黃黃鬈鬈，從耳朵後綁兩個辮子，上面繫著粉紅緞帶。她們家是眞正的有錢人，即使在這些小王子小公主間，仍保持一種不與平常百姓打交道的神祕與高傲。她的皮鞋永遠比別人黑，襪子永遠比別人白。似乎在那年紀就懂得把自己位置拉得比其他人高。那校車來了之後，這些男孩女孩安靜上車，分坐在三條皮面長板凳，那樣的座椅設計難免讓這些單純幼獸們對坐面面相覷。這裡面只有羅璧玲非常自然地撇著頭看窗外，擺出一副不想被侵犯的、過早自覺的靚女之臉。偏偏那一趟路程下來，所有男孩女孩，全不能抑止地像張嘴看著商街櫥窗最昂貴夢幻的進口機器鐘或鑽石珠寶那樣偷偷瞄她。連她也不例外。不過讓自己成爲孔雀、蕾紗裙洋娃娃、被注視的焦點，其代價便是，在那相較於他們濛暈著光的小小世界之外的眞實街景已顯得孤單脆弱的一群小人兒中，她讓自己變得更孤立，所有女生都不和她講話。

她問羅璧玲，我生日那天家裡有個趴踢，妳來不來？

羅翻轉著那雙洋娃娃藍玻璃鈕釦眼睛，有誰？她解釋著將會到場的八個人，一一點名，有一個學姊，其他五個同屆不同班女生，全是每日早晨前後站搭校車的女孩。

幾點？下午四點。

等待許久，像女王的聖諭。好，我練完琴就過來。

那似乎預示了她日後生命總對那些玫瑰花般驕傲又美麗的女孩，近乎男子行徑的憐惜和寬容。她總在心底就預先替這些發光的美麗女孩們，預留了一塊無論她們如何任性也毋須和周遭平庸同伴相同待遇的，女主角的貴賓席。有一個陰暗面的反省：爲什麼她就是比其他女孩們更有耐性（甚至是討好）那些不同年齡時刻遇到的女王？也許她讓她們安心就爲了等待她們那像美麗蕾絲胸衣內裡的鋼弦，那些驕矜、自私、涉世未深、美麗臉廓下藏著的幼稚……在某一次崩潰時刻迸彈穿刺而出？而她們也總能很快在人群中嗅辨出她。弄臣、完美的女伴、爲她們那誇張的戲劇際遇淚眼汪汪的忠實傾聽者。

羅璧玲告訴她，不過，我不喜歡那個某某某。

那是八個受邀女孩其中的一個，她忍住自己才沒說出：是，好的，我會把她從名單刪除。

但後來她確實祕密地這樣做了。

於是，那個黃昏，如去年在馬倫巴，雖然她不確定那成爲時光中某種療傷舊照片，某種過於明亮過於甜蜜的纏絲之屋，那裡頭銀光閃閃千絲萬縷縛纏住的最初時刻：我自己，或我最珍愛的，或即使在最狼狽糟透了的境遇也不願拿出來被別人褻瀆的，究竟是那天的客廳（他父親徹底垮掉之前曾按著那些美國雜誌或美國影集裡的美國人家屋蓋的許多棟一模一樣的大房子裡其中的一棟），還是那仙女退駕變回十歲小女孩和她們一共八個女生瘋玩在一塊的羅璧玲（而不是那個後來不斷變貌成性感女星、諧星，在螢幕大講黃色笑話、名人八卦，或另一個美豔女星好友在衣櫃自殺時跳出來斥責其男友的那個）？

她們圍著那青花鯉魚缸如夜空繁星的蓮花霓虹燈，她父親從菲律賓託人運來的大型裸女木雕和一些木刻畫，像地獄變的布景矗立在四周。她母親親自下廚燒了許多拿手的江浙菜，雖然她們模仿（仍是美國電影裡的靈感）老外宴會弄成Buffet的形式，一個叫阿珠的女傭發給每個女孩一人一張碟子、一副筷子叉刀，餐後還有冰淇淋和水果呢。這期間她母親出來（當然穿著一身旗袍）笑吟吟地招呼了大家一陣，但似乎有意識把那晚女主人的儀杖交在她手上，待了沒一會就進去了。

只有在一個瞬間，她母親印證了即使混在一群同齡女孩間（她母親親暱地稱她們：欸耶這些瘋丫頭），那羅璧玲仍有辦法讓一個大人被她不自覺吸引的魔力光焰。她母親進去前，轉身走到那其實已和她們玩得髮絲鬆亂、臉頰通紅、兩眼晶晶發亮的小公主前蹲下：

「妳就是羅璧玲吧？眞漂亮。妳知道，我們家小三當年和妳是在同一間醫院生的噢，大約是我出院那天，恰好妳媽進去生妳。所以過兩天就是妳生日對不對？」

那時的她說不清是虛榮、羞辱或嫉妒。連她母親這樣一個大美人，都被她帶來的這個小女友（但羅璧玲其實私下一次和她講心底話的交情也沒有）動搖了大人所有優勢該保持的驕矜、含蓄與從容，但現在那優勢全跑到那和她一樣十歲的精緻女孩身上。她們像兩隻眞正的純種母貓嗅聞彼此身上的氣味，爪子藏在肉墊裡。她母親居然像在大人社交場子遇到某個姿色風華壓倒群芳的美女，用一種迂迴的、討好的，但又綿裡藏針的複雜世故向這顆充滿放射性元素的貴金屬寶石放電。

而她被晾在一旁。

那天晚上，更晚之後，當切完蛋糕、唱完生日歌，所有小女孩被她們的父母或司機陸續接走，她在自己的書房拆著那些黏著緞帶、精美包裝的禮物：她不記得其他那些禮物了，不外乎是日記本、進口少女卡通鉛筆盒、洋娃娃或絨毛小熊……，當然公主陛下的禮物被她拖延至最後。那像是一個便當盒心不在焉用其他尋常配菜將米飯消耗清空，只剩最後一塊夢幻逸品的獅子頭、京都子排或蔥燒鯽魚，十歲少女懵懂掌握的俄延最後高潮的小伎倆，所有的味蕾和感官全等在那一刻歡愉地全面地打開，只爲了不放過每一微末細節地消化溶蝕那麼稀罕的、小小的恩寵。

拆開的層瓣蕊心有一股白雪公主泡泡糖的甜香味，那是一支遠超出這年齡小女生半遊戲不當眞社交行情的派克銀質龜殼凸紋鋼筆，紅絨布襯墊筆盒還附了一小盒墨水匣，完全的壓倒、震懾、以及公主之儀仗派頭。

幾天後，換作羅璧玲邀請她參加她的生日派對，一個祕密的，降尊紆貴的城堡入場券。邀請的同時，那瓷娃娃一般美麗的臉不忘提醒她那個她們之間不得踰越的差異：

「我家可不是隨便能來的。」

確實當天除她之外被挑選的另兩個女生，完全是她不熟識的大女孩，不是每天早晨校車裡的任一張熟面孔，甚至不確定是否和她們同一所小學，她記憶中那也是和羅璧玲同等家世的天鵝類女孩：漂亮、冰冷、用對大人世界的嘲謔展示自己高於同齡者的智力。事實上她並不眞正記得那晚在那眞正的豪宅中所見，那一切使她的生活，她父親蓋的房子，她母親的優雅美麗，所有皆成爲贗品的純質的櫥窗。那深色的長檜木條地板，那挑高大廳古典弧形迴旋梯、客廳中央一台掀蓋大腹的演奏型鋼琴（羅璧玲說是史坦威的骨董琴）、巨幅的蓮澤畔裸體女神招喚一勁裝騎士的油畫、石磚壁爐上的陶瓶和石膏希臘人頭、一整牆壁從非洲、日本、峇里島、捷克……世界各國帶回來的人臉狐狸臉羅剎臉女神臉的木雕面具，像宮廷一般的豪華水晶吊燈……。她記得她曾問羅璧玲我們可以上二樓去玩嗎？小公主一臉肅穆地說：

「不行。我哥在樓上，他在寫詩。我們不能吵到他。」那似乎是她僅餘的，關於眞實世界裡那個自己依稀、渺小的回憶。但那些畫面，其實也不過是與眞實脫節的，一幢豪華的大房子和裡頭臉孔透明得淡藍色微血管隱隱浮現的一群美少女。那個世界，像極了她後來在這旅館房間，每晚打發時間上網進去的那個「Vlog」世界：那些唯美漫畫制服美少女，她們穿著羅麗塔公主裝、馬甲、宮廷武士黃金鎧甲墊肩及護腕、搭配誘惑的短裙與吊帶襪。像是《奴隸市場》或《CG美女誘惑》這些成人卡通。她們的頭髮，像發出紫光、紅光、綠光、金黃光各種深海魚群的鱗片，總是飄散著並熠熠發光。這些少女們唯一讓人心裡不安的，便是爲何每個皆長腿、大奶，但卻有一雙無辜嬰孩渴愛卻必然被男人之性施暴時將童女被姦淫之新鮮芬芳與柔嫩事物被捏破（像生蠔的薄膜在口腔中被咬破之瞬，像葡萄、櫻桃、吹彈欲破的奶酪這些陳腐的象徵）的戲劇性提拉至最高。她心驚膽跳地錯覺著，這些漫畫女孩們，像是某種邪惡的人體工程，把她少女時期那些女孩們的頭（那個狀態下包括十歲的羅璧玲在內的女孩們的靈魂、感性、純潔的原型）截斷，接上一具具生物年齡要大上十歲的青春女體。這些吊帶襪夢幻少女簡直全是惡魔的女兒。她們像一座巨塔（如果這個世界眞實就是一座機械狂人打造的巨塔）建築核心，一座巨大玻璃圓柱體標本瓶裡浸泡的，最柔軟易碎的神物。

那些圖畫中確實不乏一兩張豔異又巴洛克風，某具被謀殺的，但同樣睁著受驚小動物大眼的美少女屍體，浸泡在古董浴缸裡的美麗胴體。

天哪，那幾乎是她童年那些貴族女孩們原本該在某一平行宇宙被送進的色情集中營。她們被禁錮保護著不與外面世界的病菌空氣接觸，在那所女子高校裡，所有的少女們全近乎裸身穿著AV版制服形意之性感小圍裙，不，其實只是一塊遮不太住她們漂亮屁股和胸部，側邊春光全露的繫帶遮羞浴巾，加一個水兵領罷了。

或是裡面一絲不掛的女僕裝。

當然那是她不該闖入的祕密世界（她確疑惑了一陣，用那麼精巧唯美的細節打造這個繁複色情烏托邦的人，他的腦袋裡裝著的是怎樣的一個小宇宙？）。這些美少女漫畫一旁的搜尋關鍵字是：可愛、自拍、美女、美眉、寫眞、性感、熱舞、夜店、辣妹、漂亮、美腿、正妹、視訊、火辣、脫衣、誘惑、挑逗。

她距離這個植株分類區所湊集的森林何其遙遠。那些色情卡通之外的眞實少女，在Vlog琳瑯如集郵冊的每一小枚郵票畫框裡，穿著與那些漫畫少女相比寒磣便宜許多的性感辣妹裝：薄紗睡衣、奶罩三角褲，賣力地熱舞，或在一看就是廉價汽車旅館的房間床上擺AV女優的撩人姿勢。那種粗俗與貧窮感讓她不忍卒睹。

有一個奇怪的類型深深吸引著她。那是將諸多外國名媛女星的穿幫之瞬剪輯在一塊：熱淚盈眶的珊卓布拉克在她的演唱會向觀眾深深一揖於是垂在前胸的兩顆奶頭被一覽無遺；一個整人綜藝節目水從攝影棚上方沖灌下來時，效果出奇地把還不知發生什麼事的女星的比基尼胸罩沖掉；高空彈跳時在橋下被纖維繩上下扯甩，罩衫下翻露出白皙奶子卻無能爲力將它們塞回小可愛的年輕女星；美麗的模特兒走秀轉身之瞬那孔雀後尾般無比高貴的鈷藍薄紗禮服被高跟鞋踩到，褪下時裡頭竟是禿雞般的肉色內衣妹；或是充滿野性力量的黑人女歌手，在忘我揮舞二頭肌手臂時，舞台裝的遮胸處掉下，她注意到那原先如獵豹般立體的鼻翼、殘忍而美麗的嘴廓，在那一瞬突然無比柔和與無助……

她想，「穿幫」這件事不光是這些名女人的奶頭有多美，那裡面自然有一種對他人災難的狂歡。即使那只是具體而微的災難縮影：羞恥、不知所指、奶頭在一種不夠高雅、沒有昂貴排場托襯的意外狀態下，醜醜地展示給大眾。

很多年後她（同樣是上網）在一篇文章上看到這樣一段絢麗的描述：

一九三一年日本人把哨船頭街改爲日新町、義重町，開始了有鈴蘭燈道的基隆銀座時代，每當華燈初上時，男男女女隨著叮噹馬車，在燒酒和料理的互動中，在歌舞晃動與摩肩接踵之中，帶出無數紅塵情事，也留下不少世間至情的傳奇，在當時基隆座戲院看黑白辯士默片、在基隆劇場觀賞歌舞演藝，在相撲場觀賞力士搏藝、在公會堂高談港市發展、在基隆俱樂部參與商會藝文活動、在武德殿練習劍道與柔道搏技、在憲兵隊府前觀看衛哨換交步禮、在基隆市役所洽公、在參議巷看社會輿論公報、在基隆港內競渡抓鴨、在基隆金刀比羅神社參拜天照大神祈福、在久寶寺參佛祈福、在台灣銀行買彩券……。從皮亞諾（鋼琴）到華爾滋、從魚板壽司到味噌湯，從燒番薯到紅豆餅、從吳服（和服）到西米樂（西裝）、從人力車到福特蒸汽車、從油燈籠柱到鈴蘭燈柱……

（哨船頭街報第四期・吳孟潔）

也許該讓這座西夏旅館的創造者看看這一篇文字，她不敢相信這一幅繁織錯繡的清明上河圖，就是她小時候躲在她父親的大房子鮮少接觸的斜坡下的世界。當然那一片繁華盛景早在一九四七年那次港口登陸二十七師的街道火網屠殺而黯沒成空荒之街。所有的哨船頭人皆懷著仇恨與屈辱躲回那些歐式建築騎樓的陰影裡。但原來的那個熙來攘往的港邊樂園，不正是這座旅館想打造卻無力實現的烏托邦？當時爲何要將之火燒、鏟平、灰飛、煙滅？

當然，像她這個年紀的人，自然或多或少都讀過幾本關於人造人或結合了基因而成瘋狂計畫與集中營意象的反烏托邦小說：瑪格麗特愛特伍的《末世男女》、石黑一雄的《別讓我走》、Michel Houellebecq 的《一座島嶼的可能性》、或是村上春樹的《世界末日與冷酷異境》，更別提 Philip K. Dick 的《銀翼殺手》和《AI人工智慧》，對她而言，這些小說才像是眞正的小說：既非僅憑追憶不存在事物之執拗狂熱而將虛空中的死物硬生生如搭一座火柴盒城堡那樣鉅細靡遺裡外兼顧地矗立在一片曠野中；也非以語言爲幻術讓一群裝模作樣的人（在妓院裡？在旅館裡？在機場候客大廳？在醫院裡？在 pub 裡？在晚餐桌上？或在男生宿舍精神病院捷運地鐵渡輪上迴轉壽司吧檯或海邊的豪宅？）拚命說話拚命說話，讓他（她）們的心機、教養、壓抑的性欲、嫉妒、嫌貧愛富像花園圍籬的帶刺薔薇叢愈長愈密，塞滿所有的空間……

那些寄宿學校裡時刻一到便要被送進醫院切下（捐贈）他們體內的肝臟腎臟甚至心臟的「器官人」；那些不知人類歷史（或曰人造人史前史）的複製人；它們單純良善迷惘，有一種水中魚群或失聰之人的緩慢，在感性和表達細微情緒反應時像她少女時在火車站看見三個憲兵穿著釘了鐵鞋跟的長筒靴目不斜視地走路，她身旁的女友拉她的袖子，掩著嘴笑說：

「妳看，他們走路一定是走直線，連轉彎都是打直角噢。」

當然，在這個旅館裡，她實在也看過不少那些所謂的「自我變種人」（即老一輩口中憂心忡忡的「第二代」），包括「記憶輸入」、「摘去進化之慢速時光中的垃圾腺體與多餘器官」、「健康如打網球、跑步機一般的性」早已不再是這些配備精良但確實因實驗室培養皿不可能設定出期望值中的環境亂數使他們「眞的眞的有點不知外面世界的艱苦」的孩子們之禁忌。他們對自己的身體、神經叢、腦下腺素分泌造成的古典情感幻覺，或是睪丸與卵巢中定期擠出混入血液中的微量物質造成的定期或不定期之煩躁恐慌簡直像連線打怪的戰士們對將進入並毀滅之的黯影帝國之情搜，一個區塊一個區塊的平面配置圖、圈養在裡頭如螃蟹巡弋冒出來攻擊他們的怪物屬性、生命值、攻擊指數、魔法指數……全瞭若指掌。可怕的是，那些夸夸而談「新人類」、「新秩序」、「新價值」的變種人，他們訕笑那些像院落裡招引蒼蠅的堆肥老人，那些從身體、心靈、意志整個垮掉的相互憎恨了半世紀的兩造，但他們迫不及待，壓在自己座位下的那張發光的超人改造藍圖，說穿了，不就是日系漫畫（火影忍者？JoJo冒險野郎？烙印勇士？光與影？不道德的祕密？）好萊塢科幻電影（變形金剛？）或是那些巴黎米蘭倫敦春裝或秋裝發表會上把人是猿猴進化這件事讓人徹底遺忘的那些模特兒……

她記得大天使圖尼克說，那時整條街像燒起來了一般，不對，像是整條街都被包裹上錫箔紙一般，像包好放進烤箱裡的那些牛肉塊、雞腿或洋芋，物體本身的形狀存在那密不透風，因皺褶而呈現深淺落差的銀色之中。他說那時他逆著西曬日照的強光，失魂落魄地跑著。一間一間異人館櫥窗裡的昂貴物件，那些拉高軀體的木雕波斯貓、巨大的蛋彩印度象蠟燭、高級到不行的英國瓷茶壺和鑲金孔雀藍餐盤、雪茄、愛瑪仕繪著希臘陶瓶人像的絲巾，或手錶……他發狂奔跑，找不到一間咖啡屋。像是在烤箱裡跑著，那些商家、異國街景、陌生人群全因包上錫箔紙而堪抵那高溫，只有他忘了敷上那層銀皺外膜，赤裸裸這樣跑著跑著最後便腸爆肚流全身焦黑。

那是在橫濱。異國中的異國。

他對她說這個幹麼？

那次是爲了找間廁所，臨時的，旅次中最悲慘的臨時腹瀉。後來倒是找到了間咖啡屋，也是完全像夢中場景，像一九一〇年代經濟蕭條時的紐約街道轉角的一間咖啡屋，深色木頭釘牆，深色木頭窄梯和扶手，戴著高禮帽的一群老外面色寂寞地促擠在吧檯，沒有人回頭看他，煙霧瀰漫，他衝上二樓，廁所門是那種半截有一排排斜扇頁像出風口的推門，樓梯間且有一盞昏黃的壁燈，他衝進去，噓，沒事了。

故事還沒完。他說，像是同行旅伴對他的懲罰，或是某種奇怪的鐘擺反盪，他們之中有一位孕婦，當他從那時光倒流咖啡屋走回那銀箔包裹的街道時（現在他看得清那些櫥窗裡細微物件的樣貌了），吶吶地，透過她的丈夫，眾人口耳相傳，原來因爲胎位壓迫腸道或其他什麼原因，她從旅行第一天起，便持續爲便祕所苦。

這次她笑了起來，那倒是個相反的連鎖反應啊。

這事（這個隱匿，原說不出口的小小的危機）因他突然脫離眾人狂奔跑走而被提起，且同團諸人俱是他的長輩，於是，他們在親愛的、半推半就的哄鬧氣氛中，把他推進了不遠處一間和那整條街景一致明亮、高級的西藥房。他們沒有人會講日文，那位孕婦需要的東西又眞的、眞的難以描述（用手語或比身體方位）。於是，那位孕婦的丈夫，用原子筆在他手心寫了兩個漢字，他便像銀行搶匪離開在外接應的同夥，握緊拳心，走向櫃檯穿著一身藥師白罩衫的女孩，走到她面前——漫畫諸葛四郎裡對決的天兵神將對空張開手掌，不寫實地放出置對方於死地的法器，雲紋線條托著寶劍、雷電、火龍或乾坤圈——對著女孩張開五指，正中歪歪扭扭寫著：

「浣腸。」

她沒有如他預期那樣笑開，反而一臉詫異。爲什麼要對她說這些？

作爲闖入者，闖進一整室舉座諸人皆光度黯淡，愕然惑異注視著他的角色，他實在有太多、太多的經驗可提供給像她這樣的美人兒作爲討好的笑話材料。

闖進一間兩造黑道談判包下場子的高級義大利料理餐廳，他迷惑著爲何全部的食客全是穿著體面西裝的男子，（他一度懷疑這間餐廳何時改裝成上流 gay Bar？）只有他一人戴上耳塞從書包拿出紙筆抽菸喝咖啡趕下禮拜的欠稿，所有人都在瞄他，後來他把這一個畫面加上另一時空的眞實經驗，變成一既像王家衛又像昆汀塔倫提諾的橋段送給他一個導演朋友，既科幻華麗又土俗喜劇，在那個浮光掠影的故事裡，他起身，穿過那些西裝下腋藏著金屬槍枝的緊繃身體們，走進廁所，拿起馬桶墊圈，蹲著痾屎，馬桶突然傾倒、破碎，發出爆烈巨響。廁所門外劈哩啪啪一陣亂鎗如童年發潮的甩炮。他擦了屁股，洗好手，推門出去，整室頭破血流手臂伸直舉槍伏倒桌上或仰翻在地板的黑西裝死人……

她從不相信他講的那些。但那裡面有太多歷歷如繪的細節令她著迷。像是爲了讓她相信一個爛笑話，他殫竭心力編織描畫那些無關緊要的家具或擺設物的花紋和陰影，有圖爲證，變成一立體的、視覺的幻燈片投影機裡的世界。

他說他高中時曾和一個人渣同伴，混進他們那個小鎮鎮公所裡租場地的一場陌生人的婚禮喜宴，他們穿著高中生制服，坐在「女方親友桌」，隨著一道道上菜的冷盤、龍蝦沙拉、紅蟳、佛跳牆、雞罤丸和花生粉炸湯圓……和同桌那些寡言善意笑瞇瞇的歐吉桑們一輪輪舉杯敬酒。整個過程他都覺得待會就會被人揪出來，在全場靜止連亮片比基尼的那卡西女郎也停下卡拉OK演唱的凍結時刻，被認出，猴死嬰仔，年紀輕輕的，混吃混喝的流浪漢……

他且混進過一群遶境走陣的媽祖娘善男信女隊伍之中。

他突然眼睛濡濕充滿感情地對她描述一座飄浮在黯色泥金或斑駁彩繪印象之上的幻影之城。他說妳們一定會喜歡那兒，但其實他描述的是一間昔日香火鼎盛如今荒涼伏據在自己時光倒影中的一座古廟。馬公、媽宮、澎湖天后宮，他說那可是比台灣任一座古寺年紀都要大噢。據說原先潮浪線還未下退至今天的台澎輪碼頭時，大清國的官船、荷蘭帆船艦隊、鄭芝龍的海盜水手們，全在離廟前照壁咫尺之近距卸貨上貨。

他描述一條馬路陡坡，直直通往大海，他說他少年時常作一噩夢，即騎著煞車失靈的單車，從這條斜坡衝進海裡。他且回憶小時候有一陣大人間壓抑浮晃著一件只能耳語卻不給孩子們知道的大事。他們一群男孩女孩，合資買了一份《建國日報》，躲到那個斜坡盡頭的台澎輪候船室，在那荒涼邊陲的場景裡逐漸翻找到那個祕密：原來是親族裡一個起猶的表哥，跑去搶劫被逮，上了小小一塊地方版新聞。

她知道那些都不是他的記憶。是他剽竊來的，別人的記憶。但他描述的那些細節讓她熨實安穩。他說，那個大斜坡，在衝進大海之前，右拐一條小路，是一座陰森殘頽的城門（順承門），傳說那即使正午日曬也穿不透的磚牆後的闇黑裡，有數不清的吊死鬼像燒鴨店的鴨子一排排掛在那兒。再一拐，就是那間供奉著垂簾黑臉海上女神媽祖配享千里眼順風耳兩個天賦異稟水手長的天后宮。在照壁的後面，是鋪著青石磚老榕垂鬚的埕，進去是主殿，主殿後，二進是一時光靜止的小花園，三進後面，是一座稱爲「塚」的小土丘，一旁小徑彎進去，有一口四眼井，那全是這座數百年古寺的風水機關哪。

他把那個年代久遠的建築描述得像一只骨董梳妝鏡箱，層層收納，層層摺藏，抽屜中有門，門打開後又有抽屜，那種摺藏和收納的複雜暗影裡或就躲著第一代遷移者永遠狐疑不祥的畏怯性格，但她知道，有一天，她會和身邊這幾個姊妹，乖順地跟著他，坐在那座他描述中的古老建築前，坐在那垂鬚濃蔭下，像兩眼無神的市集裡的羊或雞隻，任他叫賣；任那些埕上遊晃，難再有値得好奇之事的老人（那些泉州水手的後裔），挑肥揀瘦，在整幅「像燃燒起來」金箔包裹、強光刺目的異國街景，殺價買下她。

另一次，圖尼克告訴她，他曾在巴黎撞見的一個奇幻場景。那天，他原打算到塞尙美術館晃一整天，到了門口才發現排隊人潮以回字隊伍擠滿廣場，頓時意興闌珊（如果這些美國和中國老婦們全脫光衣服挨擠著任他拍照？）。他沿著秋天的塞納河岸河畔走，河流在他左側下方垂直高度十公尺處以一種奇怪的灰綠色閃耀著，貼著河畔是一條突兀歧入的單向快速車道。他在那一邊風景如詩如畫的塞尙美術館另一邊陡降下去的名城之河的小徑走了約十分鐘，才意識到自己正置身一乖異的超現實畫面：下方那快速道路上至少上百輛板金反光五顏六色的大小車輛，全部正集體倒車！

是的它們正集體倒著開。以那種狀態來說並不算慢的車速，有一瞬他以爲那些車是塞車靜止在車道而是他腳下的人行步道變成類似機場輸送帶以機械履帶載他前進，但他眨眨眼定睛確定是那些車以屁股爲前端而且保持一小小車距那樣把錄影機裡的倒帶印象在眞實公路上形成一整群的後退。他想起她曾告訴他，有一段時光她清晨睜眼醒來，一定發現自己背脊貼著天花板倒像看著顚倒過來的房間和躺在床上的自己。她知道那是那些鬼魂折磨她的把戲，遂死睜著眼，想：「看你們能撐到幾時？」但最後總不支眨眼，只要一眨即幻術消失回歸正常身體與視覺位置。

顚倒夢幻。

後來人們告訴她那是精神官能症的影像顚倒症狀，但圖尼克說那次他其實是撞見法國人在公路上拍電影：那上百輛車全是場面調度，所有的車全聽從導演和助理們的無線對講機加擴音器指揮，那個如夢似幻的集體倒著行走，只是無數次NG後重新來過的其中一次歸定位，確實他站在上面觀察許久，便發現這一大群車的最後一輛，周身裝著箍上了攝影機的鐵架（導演和攝影師站在那鐵架上），後頭還有一輛跟拍的小型吉普車，他們以一種精密預測好的空隙，在那些無趣當背景開動的車陣間擬造公路追逐戰的套式橋段。

太有意思了。她說。闖進了生產夢境的鍋爐機房。

她亦記得圖尼克說過另一超現實畫面：那是關於他一次在旅館房間的垃圾桶發現有十來隻盤旋飛繞的小蠅蚋，他低頭檢視發現垃圾桶塑膠襯袋的沿口密密麻麻布了許多白芝麻般的微小幼蛆，因爲品種小到幾乎肉眼難辨，所以那些蛆並未給他任何對蠕蟲習慣的噁心之感。他想起是前日在房裡簡單烹飪廚餘的生肉殘骸和果皮果渣或沾了醬汁的剩麵條，遂將垃圾袋紮起放到房門外，並將那垃圾桶簡單沖洗一下，甚至他的牛仔褲腿沿也沾到一些白芝麻粒幼蛆，他也將之清理掉。

但幾天後，他在距原先放垃圾桶那位置約一公尺左右的壁沿，發現一列黑色如泥灰的什麼。他蹲下細細審視，發現是之前那白芝麻小蛆的同種，但更大數量，至少上萬隻，或因原先寄生的食物峽谷被他在無知狀態清掉了。於是牠們不知透過怎樣的決策過程，由誰扮演那一隻領頭的，從原先他也沒發現的藏身之處匯聚成一條蛆蟲長河，集體遷移。但時空比例的荒謬換算使牠們這萬里長征僅僅移動了人類意義一公尺左右之距離，便因體內養分耗盡而集體死亡。從白色小芝麻變成了一粒粒黑黴。

爲何它們不是呈星芒放射狀分擔風險地尋覓新的可能性呢？爲何將最終沒有降臨的至福之地賭在一長列單箭頭的整群長隊伍？

回憶折磨著我們。

她那麼著迷地看著他的臉聽他像在學校遭粗壯同學欺侮的小男孩述說著那些傷害的、無人在場的風景。她總是難以抑遏地大慟而啜泣，不是因爲那些描述的內容，而是，因爲他和她如此相像，她意識到他正在經歷她經歷過的，他正任著這個世界傷害他，如同她年輕時所做的，他正張開手臂，沒有防衛地吸收這個世界所有尖銳鋒利汙穢的事物，他（如同她從前一樣）以爲自己可以一如天使，承受並安慰這一切。但圖尼克，她那麼清楚地感到他的手腳正在變冰冷、眼眶淤黑、嘴唇發白、哆嗦不已，她多想把他擁抱入懷，不、不是基於性欲，而是基於一種愛的巨大渴望，她想讓他的陰莖插進她濕滑美麗的陰道，她想安慰他，像用那些女人梳妝檯上昂貴的銀色小瓶裡裝的修復液精華露保養泥膜敷在他身體任何一處敏感又疼痛的所在。

她所得那些錯誤的負軛時刻，所有人的內心黑暗像用MP3接頭湧進妳的靈魂裡時，那種磔刑般的劇烈痛楚。

「圖尼克，」她說：「這個土地有什麼壞東西影響了你，傷害了你。你怎麼會變成這麼一個冷冰冰的男人？可憐的孩子。你這麼討人喜歡，應該要有許多女孩兒來愛你，讓你開心。你別跟我們這些木乃伊混了。這些傢伙活在這個墓窖裡半世紀了。他們仇恨外頭活生生的，眞實的事物。他們只會緬懷過去。他們習慣控制一切，然後把所有不幸、變形、他們後來變成如此醜惡的罪過，全賴給這座旅館。」

主要是，透過食指關節在掌間那名爲「滑鼠」其實更像卜算幼龜殼的橢圓小物件上比扣狙擊槍扳機更輕微之動作，似乎就具備了宰制眞實世界某一重大事件的能力。當然這是幻覺。第一個晚上，她在自己房間裡，百無聊賴點進了 Yahoo 免費電玩遊戲區，她選擇了「魔球．魔球」這個低腦力值的遊戲類型：俯瞰的棒球場、比賽已進入十一局上半，比數二比二平手，在她還不太熟悉怎麼操作控鍵時，電腦的球隊靠著安打、失誤與她控制的投手亂投四壞擠成滿壘，於是這個奇怪的遊戲軟體竟在螢幕上閃著字列要求她「換投手」。

她照著按了，卻被接下來兩個金頭髮（還有名字呢，一個叫 Bergman，一個叫 Statia）的傢伙接連擊出安打。待十一局下半時，她控制的小人兒打擊者接連無功而返。Game Over，二比六慘敗。

但第二天中午，她和家羚姊妹坐在她們家 pub 吧檯看電視新聞，發現那記者激情惋惜轉播的前一晚世界盃棒球錦標賽，關係晉級四強的中華荷蘭大戰，比分和結局居然和她前一晚電腦 game 裡發生的狀態一模一樣。

她詫異地笑出聲來：「妳們一定以爲我吹牛，昨晚這場比賽，是我在控制他們打球呢。」

家羚頭不抬地用絨布擦著桌上那些威士忌玻璃杯：「最好別讓安金藏他們知道這事，他們好像跟著外面組頭下注賭這次世界盃，昨天應該是輸慘了。妳要是在他面前說剛剛那段話，他恐怕會把妳掐死。」

她知道沒有人會相信她。那天晚上，她再次上線，登入那個「魔球‧魔球」遊戲，這次她注意到，她能操控的是中華隊，電腦那一方是韓國隊。一樣是在九局上半，比數〇比三落後，她控制的打者像夢遊一般胡亂揮棒，最終就以這個比數收場。

第二天的新聞：「中華隊打擊遭封鎖〇比三不敵韓國。只能爭取第七名。」

最後一個晚上，她懷著悲傷但虔敬的情感上線，這次的對手是墨西哥，比賽又是從九局上開始，四比五落後，但她控制的小人兒在電腦小人兒安打後竟又失誤再掉一分（她實在太不擅長玩這種男生的 game 了），於是糊裡糊塗又輸了這場比賽。

那之後兩天的電子報新聞對中華隊在世界盃竟只拿到第八名大加撻伐，她在心裡難過地想：「雖然我神祕地介入這幾場比賽，也許可以偷偷地改變歷史，但我確實是無能為力啊。」她當了三個晚上的「九局女神」，據說那之前中華隊一路連勝，即使輸美國那場也是纏鬥至最後，雖敗猶榮，報上一位球評說：「不曉得為什麼，從中荷之戰開始，我們的球員全得了球瘟，像突然忘記棒球該怎麼打了。」

那就是她從虛擬世界悄悄介入眞實界的開始。事實上，在她的螢幕上，綠色草坪上防守的球員們只是像剪紙人那樣掛著傻笑左右搖晃著。她且在胡闖亂逛後下載了一種叫「Google Earth」的衛星空拍地圖軟體：你可以從地球的大氣層外鳥瞰那藍色霧翳的星球，用滑鼠任意點擊，視距像翅翼遭雷擊而下墜的天使那樣劇烈地拉近地表。2,500,000分之一、250,000分之一、十萬分之一、一萬分之一、五大洲、旋轉水平儀、點選城市、一千分之一、百分之一空拍圖：城廓、河流、山巒、廣場、小學、紀念館、街道，你居住所在的位置（她有沒有試圖用這仿間諜衛星的空拍地圖找尋這座困住她的旅館之眞實所在？），馬路上的車輛、人行天橋、貧民區……

是的，她點擊了圖尼克曾描述的那些奇異的遠方：巴黎塞納河畔的塞尙美術館；銀川、西寧和拉薩（現在她也去過他口中的魔幻之城了）；但是眞正讓她凜然於自己具備神之穿透力的，是在一次心血來潮下她點選了童年那座城市基隆，狹窄山坳下的海港，天使翻身下墜的空氣音爆，棋盤狀的老街，那個斜坡別墅群大略的方位，再往下，竟可以再往下……

許多幢院落洋房的其中一幢，她按了最後一次點擊，展開的模糊照片令她在電腦前淚如雨下。綠色的草坪上，她看見她家那隻大狗淑麗，忠實地跟在一個男人的身後，她父親在那衛星空拍攝影照片裡，滿頭白髮，毫無所知地佇立著，似乎在等候著誰。

* * *

她走進那家按摩店之前，一晃而逝地看了一眼那幢舊公寓的防火巷。和這座城市成千上萬條防火巷一般，沒加上封蓋的水溝，沿著舊建築後壁垂掛下來的灰塑膠排水管，溝裡靜靜沉積著灰稠的米粒、屎泥、菜渣、瓜果皮、鴿子或老鼠或孔雀魚的屍骸……水面色彩斑斕漂著浮油，或自洗衣機排水孔湧出的稀薄肥皂泡。也許挨放著兩盆或三盆被棄置的盆栽。

像盲腸一樣，無用途、無有特別的窄巷。但那一眼望去，在陰陽光影邊界突然凹陷縱深進一個無生命處所的視覺印象，像書籤一般插進她的腦頁。

然後她便鑽進那間像小時候巷弄裡家庭理髮院一般的按摩店，那種塵灰、破敗的氣味令她安心。放了彩色彈珠和碎玻璃的小魚缸裡插入的打氣管幫浦聲成了這靜謐之境裡唯一的背景音。一張一張的藍皮小凳上坐著一具具垂耷著頭的老人，後面則是按摩師在安靜推拿著他們的頭頸脊背，那安靜得像一座夢中的蠟像館，所有人事物只爲了復古懷舊而擺設。哦不，仔細聽有一種蠶吃桑葉的細碎聲響，她非常疲累，選了張空椅坐下，一個男人像影子站到她身後，將她頭髮束起。

「怎麼算？」

「頭、頸一百。肩、背一百。」

整個後背鈍痛僵硬，「全部按吧。」

「那要兩百。」

男人的兩枚拇指開始摁進她後頸兩條扯緊的龍筋，那很痛，痛得近乎經痛時子宮在身體裡抽搐。但又有一種奇怪的歡快隨著那間隔半公分的疼痛點像深海爆炸的水雷，把震波一個迴圈一個迴圈擴散到五臟六腑的各角落。天啊那幾乎像性愛高潮讓她忍不住想貓叫出聲。

但那層膜始終沒被戳破，如同她的身體其實並未被侵入，她的後頸和脊肉始終隔著一層皮膚和衣物頂住男人拇指腹柔軟又漲實的捺壓。

像蓋指紋一樣。

身體的關節像軌道車的每一截勾扣卡榫被高明技師上滿潤滑油再卸開鬆脫後，她整個人昏昏欲睡起來。心裡一個微弱的聲音：這個人是個魔鬼按摩師……他在拆卸我的身體……

眼皮無法抵抗那似乎有東西從緊繃的自我裡面漏洩掉的巨大睡意……

那條防火巷往某個暗晦盡頭縱深進去的畫面，在睡著前又曝光閃現了一次。

她醒來的時候，聞到一股茉莉的甜香，是精油。她知道這種廉價指壓按摩是不使用精油的。有一瞬間她全身緊繃起來，這傢伙在意淫我……不，他正透過手指和她進行某種神祕的，性的過程。但埋藏在身體深處的疲倦像一串葡萄被他的手指一粒粒捏破，酥麻鬆弛，欲仙欲死。這是個高手。她甚至不確定自己剛剛是否眞正睡去，但她確實進入一種在鴉片館中拿著菸管對著燈焰噴出滿室煙霧的恍惚迷醉。

——小姐的身體好年輕啊。

她發現他在對她說話。也許從剛剛他就有一搭沒一搭地說著，那聲音像貼在耳後低語，不疾不徐，不期待回答，甚至像自言自語。

——小姐的皮膚一定很白。

——小姐的後頸好僵硬，應該是坐辦公室的。

——小姐是自己一個人住嗎？

她根本沒回答他，任由他把自己像傀儡布偶或被催眠著那樣，一下一下搖晃地摁著。

有一個中年人走進店裡打斷了他的祕密儀式。「尼克，我趕時間，昨天到現在都沒睡，你還要多久？幫我推拿一次全身的。」

她惡戲地等著男人的回答，有點像偷情中的男女被人干擾了，看他的聲音裡有沒有懊惱或故作鎮靜的鼻音。

「林桑，歹勢咧，我這邊有客人還在做，你要不要上樓找某某幫你按？」

大老闆口吻的中年人嘟嘟嚷嚷地上樓了，我從火車站叫計程車過來，就是專程要找你按……她注意到男人停下手指活兒，從椅子邊一張小几拿起一只馬錶，把時間按停。

她付費的時數已經超過了。

大拇指像按掉另一只剛剛壓下的暫停鍵，回到她脊側的兩個定點。她閉著眼，嘴角忍不住向上弧彎，差點開口問他：我們還要繼續嗎？

中年人氣急敗壞地踩樓梯下來，「喂，不行啦，尼克，那個某某今天根本沒來，不管你要幫我按啦。我背痛得要死，我就是專程要找你按的啊。」

「眞的不行啦林桑，我現在有客人啊。人家的時段才剛開始嘛，不然你找老闆幫你排一個手勁好的，我現在眞的不行啦。」

那個林桑咒罵著離開，他的手指又回到她的身上，這時她身體的那一絲緊張防衛已徹底鬆卸，似乎經過這安靜舊屋裡像小水池上淺淺漣漪的一場騷動，她和他變成自己人似的（她那時確有些緊張他會撇下她去替那個林桑按，如果眞那樣，她可就像在這些藤壺或牡蠣般的靜默老人間，孤伶伶地被遺棄）。但從那時起，身後的這個男人不再和她搭訕了。他似乎更專注於替她按摩這件事，也許他在忐忑懊惱著得罪了一個老客人吧？有什麼事發生過了，但又變得好像什麼都不曾發生。她悲傷地想：多像她之前遇到的每一個男人。不過幾分鐘前，他還在費盡心思地討好她、諂媚她，像一隻灰色的蜘蛛在她周身吐出一縷縷的絲網……

馬錶滴滴滴地響起，好了，他說。

她站起身，從皮包拿錢遞給他。

謝謝。男人說。

我才要謝謝你呢，她沒說出口，忍不住看了男人一眼，清秀瘦削的一張臉，沒有意外，眼窩的部位像瓷湯匙一樣凹陷，原該可以洩漏心思的眼睛被一種淺水窪般的沒有倒影的、搖晃的混濁物事給封印了。

是個盲的。她心裡想：但他的聲音和手指，可真像花的莖鬚一樣性感呢。

Room 32

神之旅館

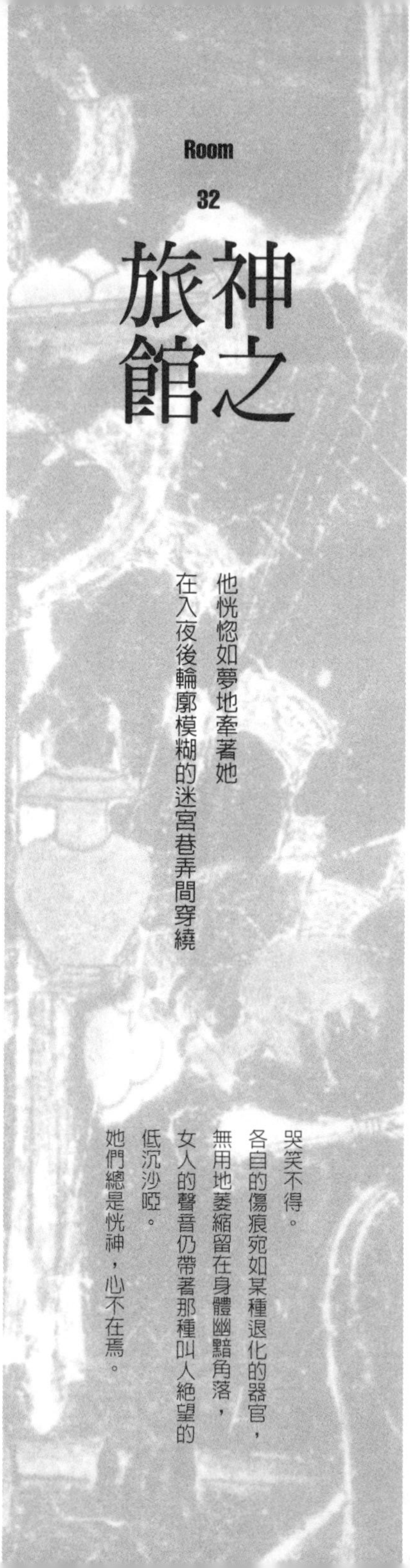

他恍惚如夢地牽著她
在入夜後輪廓模糊的迷宮巷弄間穿繞

哭笑不得。
各自的傷痕宛如某種退化的器官，
無用地萎縮留在身體幽黯角落，
女人的聲音仍帶著那種叫人絕望的
低沉沙啞。
她們總是恍神，心不在焉。

他恍惚如夢地牽著她，像那些情欲高漲卻不知該如何誘哄初識女孩走進某間密室，剝開她衣服露出她白皙純潔身體的年輕男孩，在人家屋簷、舊昔雜貨店、沒有招牌而僅在門旁貼著紅紙且用毛筆字寫上「繡莊」、「雷社」、「算命」、「燒鳥」的陰暗小日式房舍或某棵根鬚嵌入紅磚壁沿中的老榕……這些入夜後輪廓模糊的迷宮巷弄間穿繞。他必須藉著回憶某個夢境或對她描述許多年前他（那個比較年輕的他）穿過同樣路徑時「這裡原該是如何如何」的方式，讓她相信這樣的迷路便是他計畫中的一部分，便是他原本就想讓她看見的方式。

他回憶許多年前的夏日午後，他穿著卡其軍訓制服戴著大盤帽，騎著自行車穿過運河邊的街道，那些妓女們用手帕蒙面躺在竹椅上懶洋洋地曬太陽，腳上掛著木屐，塗了指甲油的骯髒腳趾像廢棄鋼琴的琴鍵朝上翹著。他經過時她們沒人睜眼瞧他，像是他只是她們親密靜默共享的夢境中偶然穿過的一隻鬼魂。他鑽進那兩側盡是矮簷妓女戶的小巷時，發現整條路路面全是濕的，空氣中蒸騰著一種煎魚煎到焦或敲開蛋殼流出盡是發臭之混沌稠液的褐色死蛋的那種霉腥味，一個妓女猛地拉門拿塑膠臉盆朝外潑水，他歪斜了身子書包如鐘錘搖擺腳下用力蹬踏板，才躲開那側身飛來的髒汙之水。他猛然大悟此刻整條巷道濕漉漉的地面上，覆著一層上千萬隻不同男人的精蟲們搖頭擺尾地泅泳著。當他的腳踏車輪胎發出嘰啾聲輾過時，那些被遺棄的精蟲們便像鼻涕蟲附上那黑膠外輪胎上的刻紋凹陷內……

但是之後在他們眼前展開的場面，將這一切熾燒融化，不，像是用乙炔噴焰將一塊塊糖磚堆砌的街道屋舍燒溶成金黃沸滾的一鍋麥芽糖，他和她，或是他的那些嗡嗡夢囈，只像兩隻栽入這鍋冒煙翻泡的熱融鍋裡，瞬間變成黑色炭粉，被裹脅進那高燙的金光裡的蟲子。

他們闖進這些迷宮亂巷箭鏃般集中靶心的一方廟埕小廣場，廟門坦開，裡頭燈火輝煌端坐著那尊巨大的黑臉女神——哦不，年前據說禁不起四百年來數萬代蛀蟲細細囓咬，這位開台第一的媽祖大頭在某一夜從祂著霞帔斗篷的女神身體折斷墜下——廟方鉅資請了台大城鄉所和專業古蹟修復師合作，費時經年將看不出破綻同樣歷經時光沖刷同樣哀傷神祕的那顆女神之頭裝回原位，結果引起廟方董事會裡的地方耆老不滿：指那麼多錢，怎麼還是舊舊一粒黑頭，他們堅持將這折斷又接回的天后女神的臉縣上金漆，是純金熬膠的黃金之臉哦，他們說的也沒錯，再經四百年的香煙薰漫，這張臉自然又變黑了——於是換上黃金面罩的一張胖敦敦笑瞇瞇的大臉俯視著他們，及圍住他們的非現實神偶之陣。

那是八尊兩層樓高的巨形傀偶，各自穿著白銀蟒鱗錦織繡袍，關節僵固不動，但雙臂長袖曳擺搖甩。祂們是范謝甘柳四將軍，春夏秋冬四大神，踩著顛倒夢幻的舞步繞著圈子，像是八個得了巨人症的長腳大個相聚歡喜又焦慮地不知如何是好，祂們的腹臍部各有一潛艇般的舷窗，讓躲在巨神身體裡面下方的蠻勇漢子眼神淒迷地看著外面炮仗鑼鼓喧天，紙醉金迷一張張畏懼卻又迷醉的凡人的臉。

「大仙尪仔。」圖尼克喃喃說。他發現這幾尊在發光的房間金漆巨影的女神注視下跳著神之呆傻舞步的巨人們，臉部不如印象中這種遶境傀偶漆著俗麗肉色漆紅色漆或黑色漆，而是長鬚長眉，臉如焦炭或棗木，削瘦拉長的下巴、深凹的大眼、高聳的鷹勾鼻——完全是中亞人或阿拉伯人混血的人種輪廓。他想：搞了半天，原來這每每在巡神幻麗之境孤獨於半空中揮著長袖的大個兒判官或瘟神將軍們，根本就是幾個忘了回家之途，陷困於矮小漢人夢境中的八個外國人。

八個胡人。老外。

每尊盔頂紅珠亂顫，背插旌旗，祂們不敢回看身後那鑾殿中目光灼灼的天后。搖頭晃腦，孤零零進不了這包圍住祂們的漢人夢境。一臉滑稽悲傷，找不到回去當初被甩出神之夢境的路徑。祂們每一尊的頭頂，木雕層瓣而上，非常古怪地戴著如一座金漆凌霄殿的奧麗之冠，一個想法深深震動了他。

神把祂的旅館頂在自己的頭上。

這幾尊大仙尪仔、異國神祇，即使最後混跡於一座漢人之城裡，從事驅邪壓煞、捕捉惡鬼的遊巡武職，在漢人的集體陰怖夢境裡挺著四米以上的高個兒，穿著華麗漢服東奔西走，但祂們，仍像那些非法外勞在地下工廠、餐廳、麵包店地下作坊間流竄躲避移民官員，得把鋪蓋隨身攜帶。即使那些神的旅館建築得如此幻麗繁複，讓人目眩神迷，祂們還是得把它們頂在頭上隨時可進行遷移中的遷移。

於是，跟在大仙尪仔之後列陣搖頭晃腦踩「虎步」前行的八家將，就像是一整批從那些巨神頭頂神的旅館裡歪歪跌跌摔出的不成形小人兒。他們矮小（或因跳八家將的都是一些十三、四歲，身體尚未發育完熟的青少年男孩）精瘦、背膊刺龍刺鳳、個個一臉酣迷、雙眼怒睜，繪了京劇孫悟空白菊花綻放的臉譜後面，帶著迌迌仔的騰騰殺氣，那臉譜使他們的臉，綻裂開一個以鼻尖為圓心的黑洞，或如旋轉中的彩色風車。他們左手統一執一把蒲扇，右手各自拿著魚枷、蛇杖、戒棍、火盆、黑旗、瓜鎚、判官筆……這些蛻化成神失敗、被從神的旅館逐出的少年神差們，知道此刻自己正在這被善男信女一層層包圍的神之劇場的正中央，他們像夢遊者附魔者神之胚胎被用針尖挑刺過的畸形怪物，有人類少年的胸肌和乳頭，卻穿束著最低階之神（不是天界之神，是冥界之神陰司之神的衙役）彩衣官服招搖街市。蜂炮和煙花在夜空炸開，廣場群眾外圈有至少二十隻白鐵打鑄的長螺號，單調卻邪魅地衝著他們發出宰殺鯨魚時被海濤一陣一陣蓋過的嗚咽悲鳴。

「神在拜神了……」人群中有人低喊。

少年們，迌迌仔，不，福州白龍庵五福大帝駕前十家將，在城市人們黯夜之夢裡捕捉惡鬼的武神，他們刻意忘記曾在神的旅館裡目睹那一切幾乎不能承受的恐怖景觀。他們保持著兇神惡煞的氣勢，不被圍擠在他們四周那些年齡長他們兩倍、三倍、四倍、五倍的人類們衰弱、汙濁、混雜著嬰兒甜香與女人經血的氣味（太複雜了）所迷惑、吞噬。他們搖搖擺擺行至黃金大臉女神的宮輦前，右臂屈折在前胸，單膝下跪，背脊挺直，菊花臉低伏，不像凡人畏敬五體投地，反而像神的信差來替己方老大問候這位神之帝后。

「五方瘟神五福大帝恭祝娘娘千歲。」

寂靜無聲的神之棄卒的儀仗與尊嚴，他們儘量不去回想：曾在那座旅館內，看神與神互以烈焰雷擊狙殺對方，用釘鈎穿過被俘之神的琵琶骨，哀號震天血流滿地用花剪剪下對方脊骨後的翅翼，女神們被綑仙繩五隻一束扒光衣服集體姦淫，男神們割去舌頭剜去雙目，再把剪下的陽具塞進汩汩冒血的嘴洞裡……

＊　＊　＊

他告訴她在巴黎時的一段悲慘往事。

那是他在巴黎的第二年，法語仍是破到不行，某一次參加了一個台灣留學生的聚會，在這類場合他總疏離而邊緣，卻因始終如遊魂無法融入法國年輕人的社群，使他像那些暴飲暴食後用手指挖喉嚨催吐的強迫症女孩，強抑著一種噁心感硬讓自己待在那交換蠢話、無聊至極的時刻裡，但那個晚上他一眼便瞄見那個長得像蕭淑慎的女孩——現在我們可以用「蕭淑慎」精準地稱謂這類女孩：台妹，臉蛋漂亮，吊梢眼、雙頰削窄，嘴唇微翹，鼻梁挺直，身材好到不行。主要是一股動物性的潑辣直性子，胳膊上能跑馬，酒量比男人還好，年輕時玩得凶，但不會有那些布爾喬亞女孩們的小雞小歪裝可愛暗中幹其他女孩的拐。那幾乎是我們這一世代男生們集體性幻想的夢幻女神——她在那個場合也像落單之狼孤立於他們羊群中，也和他一樣臉上帶著一種強忍不耐的神情。聚會未結束他們離開自然而然走在一起，他問她回去要搭哪路公車，事實上從這郊區回巴黎一共也才兩線公車，說不定他們同路可以在車上聊聊。

但那女孩用那雙美目惡狠狠瞪著他：「爲什麼要告訴你？」不是撒嬌調情，而是厭煩。

那使他深深受挫，他獨自搭車回到巴黎。那時他賃租的小公寓在巴黎鐵塔下方的一片雜亂社區裡，那之後一個月，他猶無法從被這女孩電到卻又不可能與她聯結關係的著魔和沮喪中回過神來，但是半年後，有一天他接到電話，是那女孩打來的。

她直呼他名字，像女王下詔，告訴他她的房東突然把她和室友趕出，目前她一時找不到居所，她沒問他意見，直接通知他要搬來和他住。

他心底有一響鈴像樂透中獎叮咚一聲。怎麼可能。他故作鎮定地告訴她，可是他這間房只有一張雙人床吔……沒關係，她打斷他，像他是個欲拒還迎的娘們而她是主導一切的男人，跳過那些無聊的虛文吧，她的閱歷、段數超過他太多乃至想假扮純眞都嫌乏。

她說：「我可以睡沙發。」

那開啓了他悲慘的一年。

那天晚上，他像那些法國男人下廚煮法國菜招待她，還開了瓶超過他經濟負擔的紅酒慶祝他們同居，女孩整晚心情極佳，靜靜使用刀叉咀嚼他那征服女孩們無往不利的手藝。他日後回憶，那是他與她整個相識期間她臉部線條最柔和的某個神寵時光。似乎她也輕微訝異他與她之前經歷所有台灣男人完全不同故而無檔案可附比的質地。

臨睡前，她把衣服褪盡，裸著身（啊那真讓他眼瞎目盲），毫無尖銳、情慾、戲劇性撩撥，幾乎可說是平靜（這是最令他難過之處）地告訴他：他可以抱著她睡，但別想動任何歪腦筋。

怎麼可能？事情發展得太快卻又一次打死把底牌翻開，那是一堵毫無商榷機會，他不可能攀越的冷硬高牆。那時他太年輕，不知道一旦他接受這樣的關係邀請，就萬劫不復被她貶進奴隸船的底艙。他如蒙女王恩賜地脫光衣服鑽進被窩，從後面抱著她，一手枕在她頭下，另一手不敢放在她胸前而覆在她肚臍處。他不敢愛撫她或裝作無意搔拂而過她身體的起伏凹窪陰影處，他徹夜未眠，那話兒硬梆梆頂著她臀部略上的尾椎骨。第一次體會男人和女人共眠，如果沒有那拆毀構圖均衡的戳入和揉搓拗折，其實是一種近乎固態的羞辱和傷害。一種噩夢而非至福。

她卻早早安然入睡，他到天將亮才在一種身體與靈魂同樣僵痲疲憊的狀態下，意識慢慢熄滅。但可能在瞇著不到半小時又驚醒，再瞇著再驚醒的反覆短眠中，感到他陰莖抵住的部位濕得一塌糊塗，但他始終沒有順勢滑進她裡面，一種直覺：從那穴口進去的那具美麗身體，充塞著太多像剃刀插滿的鋒利傷害。但他模模糊糊告訴自己：這沒什麼，這只是代表他愛上了她。

日後的同居歲月她不斷以這種事物的正面與反面，讓他以前半生不曾經歷的劇烈形式讓他體驗著像恐怖分子一樣的、尖銳疼痛的愛，發狂欲死的憤怒，沒有深仇大恨卻毫不憐憫地摧毀他的硬心腸。她曾告訴他，在台灣時她和她男友吵架，每每可以將男友激怒至以拳捶牆捶到指骨折斷滿牆血印。那像是一種暗示，日後他也在她的瘋狂折磨下，毫無創意毫無出口地重演這個哭泣捶牆的悲慘動作。

她似乎想激怒真正愛她的人去痛毆她（而不是捶牆壁），殺死她，把她那早已承受不了如此巨大痛苦的身體裡的骨骼打斷，把肝臟打爆，把胃像拳擊沙袋那樣打出一個一個凹陷。有一次他開車，她坐一旁沒繫安全帶，路口恰衝出另一輛車使他緊急煞車，她的頭傾倒撞擊到前置物盒的一剎那，像動物原始反擊馬上轉身一個巴掌狠狠摔在他臉上，打得他一臉鼻血。

她可以在躁怒發飆時瞬間水銀瀉地一串吐出，彷彿《楚辭》裡艱難晦澀植物古名那樣連他這青少年曾混過的男孩也不曾聽過的三字經。那是曾在最底層最粗暴最絕望的階級混過的人才可能學會的怨毒髒話。

當然後來他們像真正的同居男女那樣有著穩定的性關係，但那不是重點，重點是，從一開始，到他們結束，整整一年，她以一種強大的意志力，始終告訴他：她在台灣有男朋友。他呢，什麼都不是，不是暫代的情人，不是偷情的共謀，不是第三者，nothing，什麼都不是。

她告訴他的往事全像一台剪接機故障後暴亂亂跳的亮白畫面，或像一隻大蜥蜴之夢境：她童年時曾被父親性侵過（當然她欠缺描述細節的能力）；她家曾在西門町圓環麥當勞那幢樓上有間公寓；她父母是在西門市場擺攤賣水果的；她曾被男人包養過（也不是多厲害的男人，也就是一間鐵工廠老闆）；她進過勒戒所；她十七歲以前的男友全是黑道大哥；後來她在一家西餐廳當女侍時，一個迪化街布莊小開問她最想要什麼？一間公寓？一輛賓士五百？一間店？他都可以送她。她開玩笑說我想去國外念書，他說可以啊，我在洛杉磯有幾個房子，聖塔芭芭拉那也有一幢豪宅，妳挑個大學，所有費用我出，就挑一間最近的住……

後來她選擇來巴黎念書。

但這男的卻又不是她口中那位「我男友」（那個捶牆男），她輕忽他到，在他面前用他的電話打國際越洋和那男友拉咧扯屁毫無意義的廢話可以一講一個多小時（那時的國際電話費貴到不行，沒有現在的「外傭電話卡」、網路電話、MSN視訊）。

他說在這樣的描述裡，妳一定覺得我是個娘娘腔，哭哭啼啼的受虐狂，但是在我悠長的時光河流，在昔日懺情的記憶中，除了這個女孩，我總是扮演傷害、離棄、收集那許許多多美麗女孩的魔男子角色。我對她的迷戀像是腦袋中有個平衡儀壞掉了，難以言喻，無法自拔。在她比較正常的時候，我是那麼喜歡她重義氣，有話挑明了說，不拐彎抹角的性格，這在那之前我所遇到的台灣女孩們身上完全沒有遇過。某部分她讓我想到年輕時看過的一部法國電影《憂鬱貝蒂》裡那個靈魂停留在動物層面以至於注定被人類社會和無所不在的機構所傷害。總之，那一年，我可說把之後幾年的生命力全預支燃燒殆盡。那像一場瘟疫，她有辦法把任何愛上她的男人全逼瘋。她像一截灼燙的放射性元素插進你的腦袋，周邊所有的腦灰質全嗤地冒煙燒焦熔化。於是你的眼睛也變成那些狂犬症狗隻，發直血紅泛出一圈圈無理性的狂人電波……

這樣的狀況持續了一年（哦如果再多半年，我或許會殺了她），主要是她的狀況根本連語言學校最初級班都混不下去。有一天她告訴他，她下禮拜要回台灣了，她痛恨死巴黎了，她一天都不想多待，她要回去找她男友。他當然哭著求她（這之間眞的有一次捶牆把指骨捶斷了），但她沒有表情地告訴他，她已找旅行社訂好班機，行李也打包好，時候到了她非走不可。那一個禮拜他們躲在那旅館裡瘋狂做愛，做完了昏睡，醒來繼續做，肚子餓了簡單下一些麵條拌橄欖油吃，一直到那天清晨他開車送她到機場。回到公寓他馬上去見房東，把房子提前解約。他在巨大的創痛中奇怪地另有一種重獲新生的疲倦和喜悅。他覺得前所未有的飢餓，把剩餘的存款全領出來，犒賞自己到一間極昂貴的法國餐廳好好大吃一頓，還幹掉一瓶紅酒。

俱往矣。他在心裡哀傷地對自己說，像僥倖從一場暴虐的生存遊戲中存活的年輕公貓舔著自己滿是破洞的腳墊。

一個禮拜之後，有人敲他出租公寓的門，他隔門問是誰。

「是我。」那個蕭淑慎女孩提著兩大行李箱站在門外。她又回來了。這時他的胃像被人握住擠縮到一枚拳頭大小。他背抵著門，恐懼、羞辱、歡快，他壓抑著顫抖對隔著一面木頭門的她說：「妳不要進來。妳不要進來。」

他不讓她再走進那屋內了。

＊　＊　＊

「冥王星遭除名發現人遺孀感失望」；「冥王星被踢出九大行星」；「冥王星被除名震動『天蠍座』」，「別了，冥王星」。

「……來自全球七十五國的兩千五百名科學家今天在『國際天文聯合會』大會激辯之後，制定最新的行星定義，投票決定把冥王星自太陽系中降級，歸入『矮行星』；未來太陽系中，只剩八大行星。」

「……學界早就認爲冥王星是個『怪胎』……一九三〇年美國天文學家湯博發現冥王星，當時錯估了冥王星的質量，以為冥王星比地球還大，所以命名為大行星。然而，三十年來，天文學家發現它的直徑只有二千三百公里，比月球還要小，等到冥王星的大小被確認，『冥王星是大行星』早已被寫入教科書，以後也就將錯就錯了……

「……根據新定義，同樣具有足夠質量，呈圓球形，但不能清除其軌道附近其他物體的天體被稱為『矮行星』。包括冥王星、穀神星和在太陽系周邊新近發現的一顆天體『齊娜』。其他圍繞太陽運轉，但不符合上述條件的物體被統稱為『太陽系小天體』，包括小行星、彗星和其他天然衛星。冥王星的衛星『卡戎』沒有進入行星或矮行星之列。」

＊　＊　＊

那個夜晚一開始是這樣的。

女人坐在他對面的時候，圖尼克險險嚇了一跳。她長得實在太像那個幾年前跳樓自殺的高個兒美豔女星。當然那是一個悲慘的「玩壞的玩具被丟掉」的故事，媒體極方便地並置她初出道時美如清晨玫瑰的照片與後來臃腫不已且嗑藥恍神在機場大鬧的醜怪特寫，作為這則恐怖傳奇的提示標籤。不論多少年過去，人們仍會記得開頭和結局。那個對女人有卓越鑑賞力的老頭，在一本雜誌封面上看到當時只是小歌星的她的清涼照，驚為天人，特地搭機飛香港，並派人用私人直升機半請半架將其實死心眼脾氣硬的女孩送至城市高空大樓的豪宴包廂。只有他們兩人。老頭的第一句話是：「妳不該長那麼高的。」微笑著，像對小瑕疵的責備，但立刻又寵縱地原諒。第一次交手女人就應知道自己只被允許是老頭諸多玩物裡尺寸比例與其他女孩不同的一個。她足足高了老頭一個頭。

當晚被收爲女弟子，故事的結局則是老頭情深意重一襲唐衫其實多少也感傷自己已走到一人生蕭索之境，在她的葬禮上落淚。據說是和其他乾女兒女弟子甚至女管家爭寵鬧得太過，一次摔門出走沒給老頭留顏面待喝得爛醉再回那豪門大宅，門鎖已被換過；在門口裝瘋哭鬧，開門出來面無表情丟出一垃圾袋她留下什物的，是那個原本作小伏低的女管家。

於是結局變成一極簡的幾個運鏡：一碗泡麵，老頭嘗了一口，停頓五秒沉思，然後搖頭皺眉離開。她變成那碗搞砸的泡麵，問題是即使被人遺忘，擱在那兒，麵條還是持續變餿，持續吸乾那鹹辣腥臭的黑色湯汁而腫脹……

眼前這個女人，仔細一瞧，畢竟和那香消玉殞的薄命女星頗有出入。她的眉眼、神色似乎都要淡薄透明一些，圖尼克突然心底打了個冷顫。我認得這個女人。他想起來了：那不是鳳嗎？那個高大的女人。但她動了整形手術，把年輕時他記得的那張臉，削骨拉皮變成媒體上那張曾讓老頭神魂顛倒的臉。

圖尼克不知道自己怎麼有辦法從這張開死神玩笑的魔女之臉，從一些線條的細節過渡到他記憶中的那張昔日之臉？他記得曾看過一部紀錄片，是在介紹一家日本小工廠，專門製作那種放在西餐廳外頭櫥窗，維妙維肖引人垂涎其實全是蠟製品的仿冒食物：荷包蛋、沾著番茄醬的薯條、有鐵網格焦痕的帶骨牛排、義大利麵、冰淇淋……

圖尼克覺得胃部又出現那種被人用手指拳握的痛苦痙攣。他差點又嘔吐出來。

「怎麼了?想起我是誰了嗎?」

那個男人拿著不時發出碰碰碰音爆的麥克風，對著舉座以刀叉刮著瓷盤分食三明治、薯條的賓客介紹著：一八九六年，駐守新城的日本分遣隊士兵，強姦了一位我們太魯閣族少女，附近部落頭目遂突襲將分遣隊十三人殺光。這就是有名的「新城事件」。之後，又發生了「三棧事件」、「加灣事件」，以及震動日本國內的襲殺花蓮支廳長大山十郎等三十六人的「威里事件」。一九一四年，日軍出動二萬精銳軍警，以現代化機槍、步槍、山炮，甚至毒氣，沿立霧溪、木瓜溪、奇萊三路包抄。花了三個月，將二千名太魯閣族戰士屠殺殆盡，那是一頁滅族的血淚史，男人哀沉地說，日本人還把我們太魯閣族婦女臉上黥面的人皮割下，當紀念品……

咖啡座間仍嗡嗡充滿著各桌人們交談聲和餐具輕碰刮磨的聲音。圖尼克想：又是誰的點子?請來了這樣一支穿著白衣裙兜、赤足打白色綁腿的飄零族類來此跳著恐怖畏敬的祖靈之舞。那個男人拿著麥克風說部落笑話時，那六、七個少女便睜著美麗的大眼躲在後面。但是場面非常混亂，圖尼克注意到大堂咖啡廳從來沒有湧進這麼多的住客。他們是從哪來的呢?男人的聲音一再被用餐諸人不以爲意的交談聲淹沒。那些在峭壁、溪床、山稜線上，像飛鼠一樣被日軍現代火器射擊摔落的太魯閣族勇士的身體。那些被從眼洞鼻洞嘴洞間整張剝起的人皮紋面。「若是違反『gayan』，必定觸怒祖靈，降下災禍。」男人夢囈般地說。有一個客人正用刀叉支解著一隻橘紅色的大龍蝦。

「因爲我們是那麼簡單，所以三言兩語就介紹完了。」圖尼克以爲自己聽錯了，但男人確乎在最後說了這麼一句悲傷又自嘲的話。

接著是一個上了年紀的太魯閣族女人抱著吉他坐在一張高腳凳上。她沒說什麼，撥弦調了幾個音，便啓喉唱了起來，奇怪的是她的歌聲像一條輝映月光的小河，從某個異次元的開口流出。舉座皆靜默下來，像最昂貴的絹絲蛇繞共振著整個飯店大廳的空氣。圖尼克覺得再沒有見過比那張臉還要哀傷的一張臉了。

女人唱著（歌詞是後來那男人用漢文逐字翻譯）：

一個老奶奶背著竹簍上山採小米
她來到長滿小米的谷地
今年的小米大豐收
背後的竹簍堆得好高好高，
一步一步難成行，
但老奶奶很開心。
回程經過野苧麻地，
今年的苧麻又密又直，
背後的竹簍再往上堆喲，
終於在下坡時摔倒了，
咕突咕嗚嚕，膝蓋全是血，
但老奶奶還是很開心。

當她唱到「咕突咕嗚嚕」，那聲音像撒嬌又像調情，全場賓客笑著鼓掌。

圖尼克實在忍不住了，他站起身，穿過像在夜色中搖晃的水生植物的那些咖啡座客人。走出旅館大廳，他朝著游泳池那區的灌木叢走去，終於在一片沒有被夜間花園投射燈打光得那麼明亮的扶桑花前彎著腰嘔吐。那竟像女人們歡愛高潮時刻的身體律動，一波一波潮浪從身體的某處幽黯黑洞裡被翻掏出來。他的背脊拱著被無法控制的痙攣給搖晃著。終於從胃部上升，吐出一團銀白色像線團般的物事。他滿臉淚水。平靜下來才發現在這黯黑中，女人不斷溫柔地輕拍他的背。雖然是這樣他跪蹲著而女人高大的身影像要覆蓋住他的狼狽狀態。

女人可能從剛剛就一路尾隨他從那明亮大廳走到這黯黑的花園角落。所以妳根本不可能眞正變成那個妳變臉的那個（死去的）女人。像她們這種高個頭女人在不得不照拂男人時，總會出現一種手腳過長的笨拙，有點像七爺八爺甩著水袖同手同腳巡神踩街。

「對不起。」狀況好一點之後圖尼克苦笑地說。他無法不聞見那灘自己腔體中噴出的穢物所發出令人無法忍受的惡臭。「沒關係。」女人說。黑暗中兩人各點了一根菸，於是突然之間他們共有了一種親愛的氣氛。

「我也沒想到會在這裡遇見你。」女人說。

游泳池那邊傳來小孩或青少年在水中潑水嬉鬧的笑聲，他幾乎可以聽見水波搖晃的迷幻聲響，奇怪是這個夜晚旅館裡怎麼出現了那麼多的人。黑暗中女人的臉容和她把叼菸的手肘擱在另一隻抱胸手腕上的姿勢，讓她有一種毒癮女人般的頹廢風情。

圖尼克想問她：妳怎麼會把自己變成這副模樣？

圖尼克想說：這麼多年過去，我始終仍思慕著妳。思慕。這個典雅含蓄的詞。

但是整件事實在是太奇怪了。

「所以，」圖尼克說：「妳和W，都被捲進這旅館的某件事囉。」

女人說：「圖尼克，你幾歲了？」

遠處，在靠近懸崖那邊的那棟建築，隱約傳來一個女人的哭喊。救救我啊，誰來救救我啊，但那縹緲的聲音旋即被較遠處的海浪聲（也許只是圖尼克的幻覺）、剛剛他們離開的旅館大廳的壅塞在明亮玻璃帷幕裡的觥籌交錯賓客交談聲，或是較近一些的游泳池裡零落的年輕笑聲給弄碎弄散，像港灣裡被浪潮打碎在水泥堤壁的泡沫。

女人說：「所以你可以算一算，我大概幾歲了。」

「我知道。」圖尼克說。很多年以前，我們幾個人，在另一間旅館，另一個同樣在海邊但廉價許多的小旅館裡，傷害了彼此。我們也傷害了另一個無辜的女孩，當然以我們現在的年紀來看，那些傷害根本算不上傷害。

女人說：「我這樣的年紀，卻要頂著這樣一張二十來歲的小姑娘的臉……」

哭笑不得。各自的傷痕宛如某種退化的器官，無用地萎縮留在身體不被人看見的幽黯角落，女人的聲音仍帶著那種叫人絕望的低沉沙啞。她們這種高個兒女人，似乎像某種生殖鬥爭中進化不全的物種。她們總是恍神，心不在焉，轉速落後半拍，在更繁複精密的雌性集團裡搞不過那些嬌小玲瓏可以將乳房和子宮以一種紡錘流線動感的小個女人。圖尼克突然想起生命裡遇見的幾個高個兒女人全帶著這種溫馴、不懂反抗命運，卻又似乎不需要男人的氣質。不是中性，而是一種即使她們年紀很大了，仍神祕地散放某種處女氣氛的，無性感。

主要是因為心不在焉，像非洲的某些較修長優雅的黑女人。她們總帶著一種失聰般的飄浮感。眼前的女人如此，她偽扮成的那個薄命女星如此，美蘭嬤嬤也是如此……圖尼克想起之前認識的幾個高個兒女人，全都或多或少帶著這種溫柔又絕望的模糊神情。

他曾認識一個馬子，在台灣保時捷代理公司當公關。哇保時捷吔，那不是整天接觸那些喜新厭舊買這些上千萬元高速機器怪物當玩具的公子哥兒。但他對她的理解也僅止於此。一些碳纖維車體打滑撞得稀爛的場景，她總是坐在駕駛座旁，被爆開的安全氣囊包裹，有一次較嚴重時鼻梁還折斷了，通常是眼球內血管出血……。這些公子哥兒不會雇司機，但會花錢請人每禮拜到車庫把每一輛不同的玩具發動熱車。她和他們一樣是那輛容易在自己的極速裡毀壞變形的高科技玩具的周邊附贈品。她只要穿著短至稍遮底褲的改良旗袍，穿著馬靴，保持住那一臉外太空曳航缺氧的瞌睡表情，任那些大男孩荷爾蒙飆升，亂催油門終於把車撞爛，然後再換一輛。就可以了。

那些昂貴華麗、像神獸一樣在烈燄濃煙中變成腴軟的一團什麼。但她們總不會眞正被收攝進那個無厘頭像少年漫畫一樣的極速世界裡。她們和家羚、家卉是不同的人種（因為她們……其實是本省女孩？）。她們不是漢人，不可考的史前遷移使她們有更古老的靈魂。沒有人知道相形之下身軀較中等的父兄為何會配種出她們這樣高大的女神品系？

女人說：「我小時候很會吃魚頭。魚的眼睛，那包裹在球體外的一層薄膜，咬破後流滿嘴的不像眼淚反而像腥味很重的膿。魚的腦、魚的唇、魚的臉頰，那像是走迷宮一樣拆除一片片透明薄片支架的小腔室。像這間旅館一樣，我阿嬤就說，我如果被人綁架，歹徒一讓我吃魚，一定以爲我是有錢人家的小孩……」

等一等，圖尼克說，我覺得很渴，可不可以讓我先喝口水。女人微笑像變魔術一樣從胸罩裡掏出一瓶麥卡倫，又是這個？可不可以不要這個？我剛剛吐出來的全是麥卡倫吔。圖尼克踉蹌地走至花園邊一座石膏丘比特裸像，對著那雞雞射出的噴泉張口啜飲。

後來圖尼克便進入夢遊般的半自動狀態了。像車子被軌道送進自動洗車隧道：泡沫、水蠟、四面八方噴來的水霧、像啦啦隊蓬蓬毛球那樣的大轉動軸球刷、大噴嘴的風乾機……當然主要是酒精的關係，他後來懷疑她們是有計畫的將他灌醉。女人不知從哪拿了兩只玻璃杯，斟了一杯給頹坐在花叢中的他。「來，敬你。」一開始他抗議著：要加冰塊啊，太烈了……後來他一杯灌下肚，又向她要一杯，夜色中的花園竟晃搖著一種和瓶中酒一樣的金黃液態光輝，後來他乾脆把酒瓶要過來直接對著嘴灌。

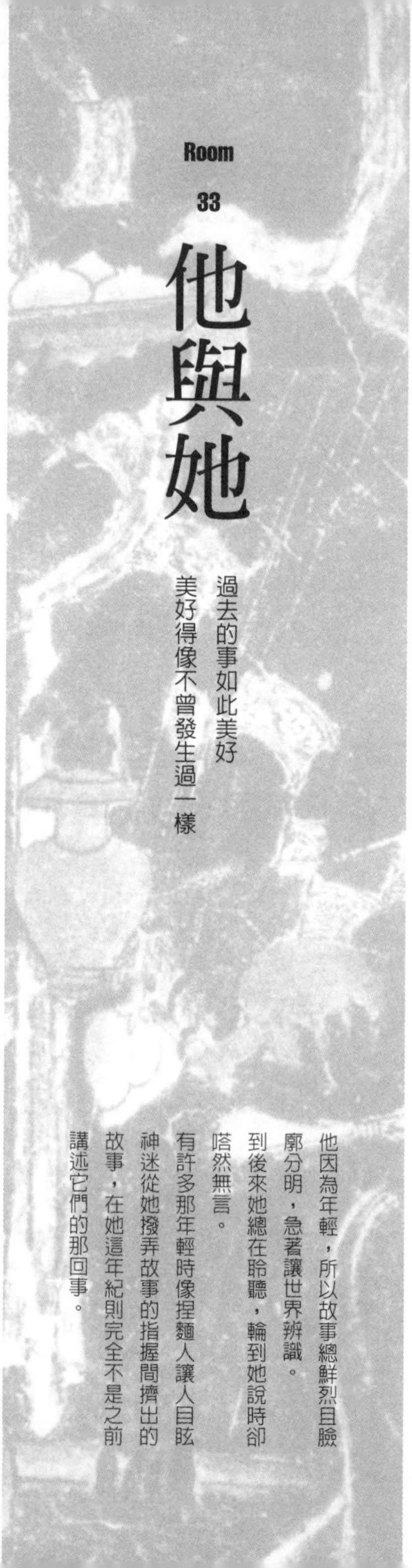

Room 33

他與她

過去的事如此美好
美好得像不曾發生過一樣

他因為年輕，所以故事總鮮烈且臉廓分明，急著讓世界辨識。到後來她總在聆聽，輪到她說時卻嗒然無言。有許多那年輕時像捏麵人讓人目眩神迷從她撥弄故事的指握間擠出的故事，在她這年紀則完全不是之前講述它們的那回事。

過去的事如此美好，美好得像不曾發生過一樣。

此刻，她坐在這男孩的對面，近乎嫉妒地感受著他置身在像一整壺盛滿著水的年輕狀態。像毛色豐潤的雄性貓科動物聳肩抖毛的瞬刻，像油汪焰亮的燭台。只有到了她這個年紀，才能體會在他現在那個年紀，身體完全無意識、無噪音馴從在獨一完整自己的理解和使用，是多奢侈的造物恩典。在那些醬色老人斑、那些像酒宴尾聲餐巾布皺縮脫離肌肉的薄皮、那些眼球下發黃的鏽斑、那些時候到了就湧現在口腔裡的臭味，那些包括膀胱、腸子、關節，全被某種沙沙沙小蟲蛀空般的脆弱感……像剽悍的藤蔓鑽進氣窗，從每個角度爬覆上她標本般的骨架之前：她記不得那樣美好的時光了。

男孩朦朧也意識到隔著他們中間的這條淹浸著造物者智慧的河流，貿然下水可能會剝去掠奪他現在身上那些發光的事物。他悠然抽著菸，睜大眼睛聆聽。當她像個邋遢老太婆、淚腺失控而淚汪汪時，他會伸長手臂過來摟她肩膀一下。那裡頭有一種年輕的狡猾和殘忍。他恰當地安撫她，爲她故事裡那些無情爛男人感到憤怒，甚至他會說出像「我覺得您到今天還是充滿了魅力」這樣貼心的話。但她知道，他褲裡的棉內褲穿了一天仍不會有老人特有的酸味和黃斑。他的性器被陌生女人撫弄把握時，不會有擔心羞恥於它變得如此醜陋的心情。如她偶爾起了淫念，首先讓自己慾火全消的，就是腦海浮現自己那已經布滿白灰雜毛，像火雞下巴皺縮的難看私處。

但這樣靠近坐著聊天已經很好了。她在心裡對自己說。偶爾她會在那些布滿時光灰塵的回憶中，突然插句冷笑話逗那男孩一下，他會慢了好幾拍才意會，然後安心地棲藏在自己的年輕裡搔頭傻笑。她很想對他說，你啊，害我得這麼端莊優雅地說話。從前我在你這年紀，那些男人，靠這麼近說話，沒幾下手就伸過來了，撫摸我的臉，撩撩我前額的頭髮，有時會把發燙的手掌放在我大腿上……他們都是有身分有地位的男人噢。並不會有進一步的輕浮舉動，但他們就是會在聽我說話時，像我同時是一把弦樂器什麼的，總得碰碰，摸摸，不打斷我說話，但讓我知道那樣的說話時刻是只有我和他們，一對一正在獨處的親密關係。

說是「男孩」，其實也是個三十好幾的男人了。但他坐在她面前，年紀小她足足三十幾歲。她是擁有他兩倍生命時間的人。而他在她面前，似乎不自覺的會出現一種男童的氣質。所以她打從心裡就稱他是「男孩」。

他們今天談話的開頭，她記得，男孩輕手輕腳地推門進來，把門關上，她就像在黑暗裡等候了十幾個小時的貓頭鷹，她披著一種暗紅繡吉祥花藏毯，兩手握著一杯溫掉了花瓣都泡爛發白的茉莉花朵兒茶，顫抖著，幾乎快哭出來地問他：

「你告訴我，你會覺得我之前告訴你的所有這些事，全是我自己編出來的嗎？」

他說其實他是卵化之人。

什麼是卵化之人呢？就是母親從熱呼呼的膣孔將他排到這世上之時，他尚未成爲人形，而是被包覆在一橢圓形薄殼物事裡。他的登陸小艇，他泡在尚未變成自己的膠糊液體裡，這樣說有點像虛無主義者的詩句。「那時／他尚未成爲他自己／雖然他浸在未來的自己之中」。如何想像這光滑飽滿同時脆弱的球體中，時間敬業地將一點一滴的「他」撥付進某種形體的帳戶裡？人們通常的手段是直接將許多個不同時期但外觀一模一樣的殼膜敲破，讓未成形的——有時只是一隻手指俱全的手臂、有時是濕糊糊糾纏一團的小心臟和腸管、有時已半具雛形，人形的頭顱和身軀像一只透明的素胚瓷器，可惜脊骨尚未長全，五官不明的頭從脖子處垂耷到腹腩——半湯半貨地流出。帶血的。看見裡面是怎麼回事。但就是可惜了糟蹋了原該塡勻的、繫綁的、乾凝成實體的一個可能。

這樣的說法或是他的一種撒嬌方式，儘管他已是個禿頂且口腔盡是假牙的中年人了。但那變成一種他們這一代人的自艾自憐方式：機械人、變形金剛、火影忍者、賽亞人。他們把眼前庸碌活動的街道人群想像成廢墟，感傷又冤忿地把自己想像成一中斷的偉大計畫曾經無比精密無比高科技高文明高成本打造出來的新人類。他們怒氣沖沖想像著自己的昂貴水晶靈魂和配備的強大武器找不到和這個廢墟世界對價連結的系統網絡。

想像中的老大哥從來沒有出現。沒有人來買他們（那麼駭麗的腦、身軀，以及藏在記憶庫裡的上萬張未來世界該被建造成什麼魔幻之城的投影片），沒有人向他們下訂單、沒有人找他們當傭兵或組一個包含天才駭客、功夫高手、爆破專家、通靈者和微生物專家的祕密任務小組去解除一個迫在眉睫可能造成地球全人類滅種的巨大危機……

自戀，但無害。但他和她無話不說。而他說的任何事她總照單全收，不僅僅是溫柔與慈悲的聆聽，常常他自己在胡說八道忘其所以的中途，突然見到她淚眼汪汪地看著他，那是僞裝不出來的，對他描述的那冷酷異境的深刻哀慟，他自己也會被這樣的，像眞的有許多尚未成形的禽鳥胚胎屍體，成串像亮晶晶的絲繩從他嘴裡喉嚨深處拉出來，感到羞恥的感激。

也許可以視爲一種瘖啞者在密室內的交易。戰慄羞怯、欲仙欲死，像許多年前他看過的一部電影，大海包圍的孤島，一個被世界棄絕的美麗女鋼琴師（是的，她是個啞巴）。那個男人渴望她渴望得要死卻無任何表情達意之繁複伎倆，於是躲進一種瘖啞者最純淨的交易形式：他用一大片土地和她先生換了她的鋼琴，僞託向她學琴，而後在密室中和她（是的，只有他和她）達成這個交易：她每褪去一件衣服或讓他看她身體的某一部分，便可換回那架鋼琴的幾階琴鍵。

當他向她描述自己是「卵化之人」的這個時點，似乎那薄殼外紛紅駭綠野獸凶猛的世界像海潮包圍著他和她的這間密室，是的是他邀請（或更像誘惑）她進入這個讓他停止在一種畸形男童狀態的純潔卵囊內，把那些皮影戲般的倒影們屏擋在薄殼之外，如不解其字義的符咒，什麼孫道存背巨債棄舊愛狂交新歡華南金控小開狂追關穎黃志瑋情變戳Ｇ奶罩門雙Ｊ二度撕破臉言承旭抽成狠撈二千萬出獄一一五天蕭淑慎百萬買毒內幕潘慧如露點照曝光。

他們無話不談，在那個卵室內，她的閱歷（包括情傷，包括和不同時期不同情人的性），當然遠較他豐富許多嘍，那倒不僅因爲她的年齡恰是他的倍數——有一種說法，三十歲以前的人生或許是一個單位的人生，過了三十歲之後的人生可能可以是數十個單位的人生。或者恰好相反。像車子的手排檔，起步時一檔推到二檔到三檔到四檔到五檔，三十歲之前可能你正是那變速箱裡齒輪和球軸的切換，不對等的時間感受是，過了三十歲，有的人是四十歲，你就恰好打檔到頂速了，生命並不會五檔六檔七檔八檔一路再換上去。但這時你的心智、身體都已打到一個不用理會換檔只要踩油門的狀態了，所以……所以當她回憶著她和第幾個男人的歡愛時刻，她整個人閉眼像飄浮飛起的神祕狀態時，並沒有他同齡那些好色女孩們誇耀獵奇時把注意力放在對自己不能凹塌起皺或膨脹的身體之強迫症。她非常自由，並且意識到這種自由的高額幣值，並且她在描述那些不同時期的男人時總帶著一種收藏家撫挲一只只宋官窯的寧靜。她仍是那些男人們生命某一切面最好的鑑賞者，她看得見（並且記得）其他女人們不懂他們的某一個隱祕的美麗之處。所以關於記憶，她不是那種用過即丟（把對方當充氣娃娃用過即拔掉氣栓擠扁摺疊）之人。

所以，那不能說的祕密是……他，或她，有沒有臆想過那個畫面？不，不是性幻想，但他們確實像世間男女那樣相擁而臥，也許裸裎相向，但他們都不是年輕人了，他們各自太清楚掛在自己身體上足以誘引別人欲望的資產，簡直像快收攤的豬肉案上鐵鉤掛著的最後的一兩片生肉。她突然意識到他所說的那一只一只卵生之人的時間意象。她可以像一個靈導師那樣啓蒙他（不，不是你經歷的那些無愛的運動員性交），但那是不是會像他描述的那些尙未成形的半液半殘骸的醜怪物事從敲破的蛋殼裡流出？當她逆反造物的時間規則，不等他自己破殼掙出，想把這些豐饒神祕經驗傳遞給他時，那即意味著她把屬於他的那枚蛋舉起，準備敲下。

妳先說。他說。

你先說。她說。

他曾說過無數個在這樣醒來又睡去，在那些漂流旅館中夢見的夢境中其中一個：他夢見他的母親死去，屍體被一隊穿著漬黃白西裝掛金黃垂穗與肩章戴海軍司令大盤帽的出殯樂隊手扛回家，那是一群像他母親兄弟姊妹的老人們。他們七零八落的銅管樂器上且沾滿鏽斑。他訕訕地不知該以死者的兒子感謝這些陌生但寒磣的母系親戚或是以喪家身分狐疑冷漠防衛這些喪葬兀鷹是否挾著屍體敲竹槓（他發現母親的屍體已被化上妝，穿上那種佛教團體師姊們的暗色旗袍，那似乎讓她並不如她生前晚年的孤獨落單，好像她確是那些早已失聯的生母親戚的那種出身：他小時候曾聽說，他大舅是賣叭噗叭噗冰淇淋攤車的，他五舅是殺豬的，他二姨是在葬儀社唱孝女哭調的……所以，所以這些老人們是晚年失業，全依親靠二姨的關係組這一支出殯樂隊了？）。他記得在那夢中，他和他哥哥，像兩個長不大卻已是中年人臉貌的沒出息兒子，在燈光暗慘的飯廳裡，拘謹且眼神遊移地交涉著母親留下的幾棟荒郊不值錢的房子所有權。他在一徹底意識自己此生是無用廢物的哀慟中，趴在他母親的靈床前乾嚎著，像習慣對這早已一無所有卻總割肉貿鴿，不、割肉活存這兩個無用老男孩的老婦撒嬌的機械性表演，已成真實胸中塊壘，那永不拒絕他需索永不揭穿他謊言的源源不盡的枯癟乳頭終於被栓鎖住了。

但他醒來後，才確定他母親尚未過世。且真實世界裡他和他母親從不是夢中那種泥淖腐爛老兒子吃老婦屍體的依存關係。

所以你又闖進別人的夢境了？

所以我們說的是一個裡面外面翻轉的卵殼世界，所有的僞感情爲了拼綴一幅眞的……或恰好相反，所有眞實細節全爲了調度搭建一座「夢之旅館」？

妳先說。他說。

不，你先說。她說。

有一支A片，他說，我至今難辨其眞僞。

首先，如所有無魔術可變的日系A片的老狗把戲、製片小組 interview 一位可愛甜美的青春少女，她是第一次應徵AV女優，鏡頭前的自然光已替觀影者的色情眼光篩濾出她是絕對合格的夢幻美少女。無辜的大眼、小巧翹起的漫畫勾點鼻，太適合顏射的白皙嬰兒臉。他們專業地徵詢她可接受的尺度。

可以接受父女亂倫的戲碼嗎？

嗯。側頭思索，並不排斥和與父親年紀相仿的老男人性交。

和父親的感情如何？

嗯，母親在她七、八歲時就跟別的男人跑了。可以算是和爸爸相依爲命一起生活長大的。

所以曾性幻想和父親做愛嗎？

文靜的笑、靦腆地。這樣的口試、迷惘的美目聚焦，下定決心回答：沒有吔。

從來沒有作過和父親性交的春夢？

沒有。父親是個邋遢的男人。

好的，可以了，我們會進一步評估適合妳的演出形式，這時製片小組的導演和製片間發生一陣騷動，他們將女孩請出去，激動興奮地討論在這女孩交來的履歷表上發現的一個意外：女孩父親崛井茂雄……這個名字……這個男人，不正是我們旗下的一位專業「汁男」嗎？

請解釋「汁男」？

「汁男」就是日本AV工業中，類似電影製片臨時演員，不、連臨時演員地位都不到的低層人員，他們是在A片現場像乳牛擠奶擠出精液供A片男優射精量不足或無數NG後終於爆精在女優臉上、胸部、嘴裡、背臀的大量精液噴灑視覺所需的人體供應者。工資極低，從無上鏡機會，永遠只是漂流的臨時工。

於是，難以分辨其套戲或假戲眞作的意外驚喜。崛井茂雄與他的女兒崛井優，證件照放在一起竟有幾分輪廓疊合，他們找來了這位中年汁男，奇異的是從那一張純美少女臉上的眼鼻移植到這位禿頭大叔臉上竟變得如此猥褻滑稽。得知女兒竟跑來應徵自己從事這不敢讓她知道的卑賤行當（且女兒如果入行，可是位階、薪酬遠高於他的女主角呢），這傢伙一臉鄉巴佬的愚鈍漠然，他竟否認那履歷表上的女孩是他女兒，導演和製片好氣又好笑地誘之以利，告訴他這是他終於可以上鏡頭的機會，他們用專業的術語中性地和他談判，只要你答應這個案子（什麼案子？就是在鏡頭前，眞正騎上自己女兒的身體，也就是從上百萬支A片中父女亂倫的僞造色情海洋中，從所有看A片者腦袋中那打光但無比安全的畸形色情灰質區中，用眞實的杓子挖出一個窟窿：這次在你眼前交合的，是一個眞的老爸和他眞正的女兒），片酬是一百萬日幣。

男人的臉像躲在暗影裡一隻被捕狗隊拘拴住的狼狗的表情，你不知道那故作癡呆的眼神下正在思考什麼樣的脫逃方式，如何對抗動物性本能的衝動，如何評估風險，如何不誤判唯一的機會而不被悲慘屈辱地亂棒打死？

幾天之後，汁男對製片小組提出回應：可以。他接受這次的演出（他們的設計是，先找一個與他年紀相仿的歐吉桑假扮和女兒演一齣假的亂倫A片裡的父女，待褪去衣衫後將女兒眼睛蒙上黑手帕，這時假老爸退場眞老爸上陣，所以從頭到尾女兒並不會知道這場性愛實戰是眞正的亂倫展演），但條件是，除了那一百萬日幣，他要求他們和他簽約，從此以後他要從「汁男」的地位被正式升格成AV男優，即A片中眞正提槍上陣的男主角。

這傢伙，鏡頭拍著導演和製片吸菸長考的表情，原來是個精明的傢伙嘛……

結果變成這A片工業繁複分眾的底層人肉市場的《單車失竊記》嗎？女兒的AV初次演出，竟是獻身給自己的老爸，讓他脫離「汁男」那非人道的工作處境，可以從此變成人類全形（而不是碎片、殘塊）的性愛演員。

後來呢？她問他。

後來？

後來那父親眞的上了他女兒嗎？

嗯。眞的上了。完全按他們設計的那套，蒙上黑手帕的女兒裸體，在一旁等候時一臉殺氣的父親，而且事成後，女兒按腳本要撒嬌地對著鏡頭說一句：「爸，你弄得我好舒服。」那個悲慘的亂倫金字塔之錐倒插在那父親背脊的古怪處境，即是那張黑巾遮眼，性愛後迷醒柔弱的女兒的特寫之臉……

所以你覺得他們到底是眞的還是假的……？

我不知道。他說。

我不知道，那裡頭有太多眞實的刺屑，讓你即使飽含世故對那銜接太巧的戲劇性嗤之以鼻，也很難快轉帶過。老實說，這部A片，讓我反覆推敲也無從分辨那罪中之罪，暗室中傷害最深之傷害的父姦淫女，被他們誇張滑稽、處理得像發現餐桌下黏結了一塊硬化發黑的口香糖膠，順手拿出瑞士刀將之刮下那般明亮輕易，究竟是眞實，還是僞扮？

她說，該我說了。

但他說不，妳再聽聽這個。

（記者許國楨台中報導）

「網路男蟲羅裕翔涉嫌利用從線上遊戲，化身各種虛擬身分設下桃色陷阱，結識女網友後詐財騙色，其犯案模式如『寄居蟹』，吃乾抹淨後就再轉移目標找尋宿主，行徑惡劣。……期間羅嫌仗恃不錯型男外貌並佯稱家人均旅居國外，家境雖富裕卻因隻身在台相當孤獨，化身多金公子想要找結婚對象，或是佯稱在孤兒院長大博取同情，再以公司缺週轉金、貸款等名目詐財，同時周旋在眾多女友家白吃白喝，還偷走女友的撲滿與金飾，一名陳姓女網友甚至被羅嫌騙走一百萬元還替他生下一女……警方逮捕羅嫌後，被害人前往警局指認時，有的在家人陪同下趕往，一看到羅嫌就氣得要動手上前毆打，被戴上手銬的羅嫌只能低頭不語並不斷向她們致歉。

「抱著出生才四個月幼兒的陳姓被害女網友也到警局，哀怨的對羅某說，『你吃我的用我的，我也無怨言，就算你騙走我一百萬積蓄，還偷走金飾、存錢筒及皮包，我也不計較，因爲我愛你，但爲何在我懷孕生產後卻不告而別？』而羅嫌面對陳女的責難根本無法辯解，只能伸手摸摸女兒。」

據我所知，這種採「寄居蟹模式」的「網蟲」（多棒的學名！好像維基百科上解釋「冬蟲夏草」或「珊瑚」之歸於蟲分類項目的詞條），有其前身：在虛擬場所侵入宅男宅女的艾蜜莉異想世界之前，他們必須整裝打起精神出門，像不讓那辦公室噁心症之灰影全面籠罩的打卡上班族。他們不能讓自己的樣子垮掉。他們的皮書包裡或許放著一份從來沒受時光變遷而改動的電影劇本大綱（當然沒有人會白目去問那劇本是否出自他們之手），後期他們或也會帶著一台不知哪弄來的筆電。他們在溫州街、龍泉街或青田街那些小巷弄樹影扶疏的小咖啡屋裡出沒。像帶著刀具或自己鞣革之皮酒壺在游牧聚落不同定點兜售的鷹勾鼻回鶻人。

之後，這個或叫盧卡斯或邁可或尼克的傢伙，便在不同的咖啡屋若即若離地加入那些咖啡屋裡各自不同的掛。那當然全是一些毋須進辦公室的社會畸零人、咖啡時光、咖啡屋裡的尤里西斯們：廢材大學生、小劇場演員、縣市小文學獎鑣客、單幫向出版社論件計酬的外文小說翻譯、離婚之後好像連住處和小孩全被沒收的中年胖子、日本限量玩具收藏者……。這些人之中，總像上帝在祂即使最小的花圃也會栽下一株搖曳生姿的愛麗絲，某個靈魂顏色較淡，清純如青葉瀑布的女孩，作為撫慰這些咖啡屋遊魂孤寂硬痂心靈的小聖母瑪莉亞。她們或是咖啡屋老闆的小馬子（廢話，否則這些小小的掛如何會聚集？）或是工讀生，或是離職的出版社小編，某個年輕紀錄片導演的小老婆……哲人已遠，樓台亭石頹圮的櫻桃園，她們散落在這些文明廢墟巷弄裡的小咖啡屋裡，曖曖發光地作為這些在一團迷霧中搞不清楚自己在追憶什麼傷逝什麼對一杯泡得完美之咖啡即潸然淚下的虬髯客們最純淨的救贖。聲音與憤怒、哭泣與耳語，偶然與巧合。咖哩與辣椒，老鼠愛大米。

幹。但是那邪惡的盧卡斯或邁可或尼克（以下我們簡稱盧卡斯好了）滲透進去之後，腐敗即不可挽回地發生了。構圖即朝向一最後畫面燎泡焦燻但所有人的臉被困在其中只能扭曲浮腫卻出不來的時間沙漏傾倒。這個所謂「網蟲」之前即存在的「咖蟲」，那麼輕易地（這是最讓人受傷之處）即摘下那被群蜂圍住守護的蜜蕊。整個過程他們事後回想，甚至沒有人有印象他們的小公主和這可疑的外族人曾有超過十句話以上的對談。那傢伙其貌不揚，渾身放散著讓人不愉快的氣氛，到底事情是怎麼發生的呢？

有了！這其中或有某個綽號叫雞皮的，舉證鑿鑿說某個恰好大夥還未到咖啡屋的中午（比平時開店早了半小時），他推門進去，看見那傢伙和小公主分據那張小圓桌兩端，像猶太教經師在灰黯燭光中嗡嗡說著布考斯基的一個小說。好像是兩個流浪漢煽動一整座收容所上百個醜怪、骯髒、智障的流浪漢們，像午睡的一個夢境去襲擊紐約第五大道一家最高級名牌百貨的故事。但怎麼可能這樣一篇變態小說就敲開了我們聖女小德蘭的心扉？

漢人雞皮曾痛切反省（究竟那外族人是在話語迷霧的哪一個靈光一閃的時刻單刀直入？什麼

樣的話語是有效的生殖舞蹈？或同樣的一套語言，他如何像魔法師微調表情、眼神、腔調、肢體動作，一個不會造成毀滅的色情笑話或調情？）、發現一套造成我族雄性在生殖鬥爭兵敗如山倒的自我滅絕教養：他發展出一套悲慘的「好人理論」。

所謂「好人」就是把老二精神閹割，以無性威脅無荷爾蒙氣味的七矮人模樣蹭近那些發出神光的美人兒身旁。不論是扮演貼身內侍、開心果、姊妹淘，或她傾訴情傷的水果奶奶，許多好人後來幹他媽甚至成爲那些女孩脾氣不好的父親的 call in 節目同好或嘮叨老媽的廚房幫手……這種挖坑守株待兔的求偶策略最浪漫同時最悲慘的聖徒，就是老馬奎斯《愛在瘟疫蔓延時》——總有一天等到妳！等妳半世紀、等妳發胖變形發出老婦酸臭無人要時，或在妳丈夫的葬禮上，風度翩翩地出現。「其實我暗中迷戀妳一輩子了。」但大部分的好人總沉不住氣，圖未窮匕就噗突現了。總在時光尚未沉澱出暈黃醚醇氣味時，一旦無比親近無猜，小美人撤去防備時，突然就把雞雞翻出來。如果她受到驚嚇，冷酷拒絕，或把本來無性的友情決絕切斷，則會深深激怒好人們。

這些純眞女孩，看似恩賜允准這些好人列隊自我閹割在她面前打扮成吉普狗狗、小熊維尼或史瑞克身旁那隻驢子，這些遲緩、善體人意、任勞任怨又不求回報的卡通人物，卻打初始便從心底不打算回饋（回饋什麼？矇朧的，不戳破的性？有一天好人再也忍不住了，面紅耳赤把他那醜陋大東西挺豎在小公主面前。她必須不改純眞地說：「比爾，你怎麼了？生病了嗎？怎麼那裡腫那麼大一個瘤？要我幫你把膿擠出？」），是否也是一種邪惡？

這是盧卡斯最讓雞皮們忿恨難平之處。他破壞了無形的信任契約，讓延俄的童話快速在這些咖啡屋裡萎縮消失，可恨的是他是外鄉人，所以也無所謂哥們契約。他們傻呼呼眼睜睜看著他推門進來，然後旁若無人地把他們傻笑陪伴聽了那麼久少女白癡廢話的那朵鮮花摘走。那顆蛋糕上最捨不得的淋糖草莓一叉子塞進嘴裡。

「怎麼能！」（怎麼可能那麼輕易？）

通常是，作為漂泊客的盧卡斯從某一天起便自這一間咖啡屋消失，他未曾再出現過。幾天後，咖啡屋的那位療癒天使也不告而別。幾個星期或幾個月後終於有人證實她和那「咖蟲」在一起了。一年後女孩或會再回來，但臉上通常帶著一種暗沉的疲憊，替人泡咖啡或抽菸聽客人說話時臉上掛著不自覺嘲弄的微笑，便就不再是原先那個屬於他們的女孩了。當然又會有新的小公主撞進這些咖啡屋，新的七矮人、史瑞克、巴斯光年又如迪士尼隧道車裡的機關活動玩偶重新上工。

關於「咖蟲」的惡劣行徑或是慢慢從那女孩的姊妹淘口中傳出：是的，「寄居蟹」模式，不、或應稱為「藤壺」模式。那傢伙不止對一家咖啡屋的一個女孩下手，他在各間咖啡屋流浪、兜售他悲慘的故事和煊赫的家世，以及一個超越人類集體夢境之上的偉大計畫（當然嘍，她們就是因此才失了身又被他借走全部的積蓄）。奇怪的是，這些不同咖啡屋的不同美麗女孩們口中的那個盧卡斯，「是個爛人，但基本上不是壞人。」其中一個女孩曾好氣又好笑地說：有一次，她看見盧卡斯又在一間咖啡屋裡和一年輕女孩搭訕，她憤怒極了，便在馬路旁等他推門出來。偷偷跟蹤他看這傢伙究竟靠什麼營生？她跟著他穿過青田街那些有著骨董店、漂亮玻璃燈盞店或小孩安親班的安靜巷弄，最後隨他走進一座社區小公園。她看到的景觀讓她無言以對：那個「咖蟲」盧卡斯，像個逃學的少年，一臉安適舒愜地躺在花圃旁的水泥平台上曬太陽，用手枕著頭，另一手摳牙縫，整個身體的姿勢，無比自由無比輕鬆。似乎他本就是個無大志而徜徉天地間的流浪漢。

咖啡屋那黯影小世界發生的種種，只像是繁華浮生一場夢。

他發現他和她這樣在這間密室中說話時，她逐漸變年輕。當然有許多這樣的故事、小說、電影，早存在了這樣年齡懸殊成爲愛情缺憾的兩架電梯樓層數字顯示燈各自的上升與下降之情節。在這間因空調而乾燥除菌的密室裡，年輕的他慢慢變老，年老的她慢慢變年輕。理想狀態自然是他們終將在一恰好的年齡相會（也許那個交會點是他們皆停在五十歲就太剛好了。他想）。但這些波赫士時光電梯總在啓動後不可逆不能按暫停鍵地繼續那時間之河的流動（不論是順流或倒流），是的，他們必定曾經過一四目互望的黃金交叉時點，那時他和她的心智、身體素質竟完全相當；在她尚是老婦而他尚是卵殼中男的辰光她娓娓傳授給他的那個遙遠年齡之人生視角，這時他稍能體會其中二三況味了；而她也在軀體歲數逐漸下降年輕的暈眩耳鳴中，慢慢遺忘那消失的年紀所附加的感傷、疲憊、對人心不得已之黑暗卑鄙的寬諒和傷痛，至愛之人或友輩的逐一死亡自然而然的孤獨感……。她的電梯持續下降，而他持續上升。乃至他倆竟親眼目睹在這房裡發生的一切：肉眼可見的苞蕾綻放成盛開之花的攝影快轉幻術。他變老了，而她變成一年輕新鮮的荳蔻女孩。

（當然在某部耽溺於這兩人時光逆箭頭魔術之機械性荒謬本質的電影裡，故事的結局是一個悔憾，伸手觸碰不到這場交換歲數遊戲之她理想年輕女體的老人，和變成襁褓女嬰的她，這樣欲哭無淚的畫面。）

她記得那曾經痛惜他如此年輕、美麗但又無知的瞬刻。她無法將她曾經驗過的，他那年紀之後層疊收摺的人生歷歷如繪轉述給他。他在他和她這樣一個變老一個變年輕的相向對撞的，她還比他大的最後一次卵男告白，是他曾在、曾在他父親持續的斯巴達揮拳施暴的男孩身體時光，有一個怪異、不很愉快、但說不上是傷害的經驗。那時他父親在台東開了一間麵包店，店裡請了三、四個麵包師傅，其中一個最年輕的，大約不過二十出頭吧，他印象是這位叔叔長得很白皙秀氣，他母親曾私下評論「這孩子太油滑輕佻」，後來好像也是搞大附近另一家快餐店老闆女兒的肚子，才被他父親開除。但那時這位小哥和他家三兄弟最玩得來。他哥那時念國一，他小四，他弟小一，放學後他們總在麵包店地下室的工作枱間邊寫作業邊和一身白麵粉的這傢伙打打鬧鬧：偷捏一下屁股跑開，用烤箱長叉去撓他，或把小坨濕麵糰塞進後頸汗衫裡……然後在他母親的叱罵下，像撒歡小狗心搏快速，興奮無法立即退去，渾身發熱地上樓洗澡、睡覺。

那時他們三兄弟睡在二樓一間通鋪，一人一床，像日本人的臥鋪墊褥。有一天晚上，這一切如常按序進行，他們各自睡在臥鋪上。燈已按熄。突然黑暗中有人躡足上樓，進來他們寢室，他瞥見是那年輕師傅，那像是無聲延續之前惡戲玩鬧的默契，他閉上眼裝睡，憋住笑看這調皮的大玩伴會弄出什麼花招。

結果，那人像黑影，褪去他的睡褲和內褲，拿一條橡皮圈纏繞在他的小雞雞上，一圈迴繞又一圈，然後也沒幫他穿回褲子，又靜悄悄的下樓。

這件事在他成年後常被召喚回來，和他自己對話。那整個過程他始終裝睡，甚至他不確定他哥和他弟是否也在一旁裝睡。為何挑中了他？那算是一個二十歲大男孩自己也不知越界的惡戲，或是，確實帶有性的成分？為何他沒印象第二天他或他用賊笑的方式提起這件事？或事實上那過程（他的小雞雞被一大哥哥拉起，纏繞東西在上面）他或許是愉悅的……有沒有什麼他當時無能選擇更適恰的態度以對抗的陰暗東西，在那次侵入他的自我意識中？如果在三十年後的現在，他又遇見他，或許他會以暴力加諸他以換取當年那不對稱的天平歪斜……

但這個故事在他終於越過界面，比她年紀大了之後，便不適合對比他小的她傾吐了。

他因爲年輕，所以故事總鮮烈且臉廓分明，急著讓世界辨識。到後來她總在聆聽，輪到她說時卻嗒然無言，有許多那年輕時像捏麵人讓人目眩神迷從她撥弄故事的指握間擠出的故事（悲傷的、乖異的、滑稽的、下場悽慘的）在她這年紀則完全不是之前講述它們的那回事，後來的故事尾巴搖狗改變了她的心境，像創作數十年的大油畫，一層一層油彩覆蓋上本來的構圖。她所有的故事變得像歷史太悠久老城的下水道管線，新的脈絡和舊的脈絡和更久遠甚至廢棄的渠道全夾纏穿繞在一起。每一個故事都像她這一生全部經歷、感傷、追憶的這本大書的開章，一啓動便要啓動她的「追憶逝水年華」，而無法各自獨立成一個短篇。

有一次（在她還是比他衰老的形貌時），某一次在那房間裡，她突然像降靈起乩之巫，淚流滿面，渾身哆嗦、披頭散髮，哭喊著：哦，你不能掉進去，你這麼良善純美，她在利用你。我預見了未來她將在你額頭劈下的那一斧！我怕你會撐不過去。他爲她的歇斯底里感到迷惘。他心底隱隱體會那正啓動的瀆神魔法。他想對她說：但她就是妳啊。

他說，不會的，我保證，我不會讓她傷害我的。我眞的被她傷到走不下去，一定來找妳，好不好？但她口吐唾沫，翻著白眼，頭左右搖晃像要甩掉黏覆在臉看不見的蜂群。你不懂，她會傷害你，而那時你找不到我的（他心裡想：當然，因爲妳變成了那個年輕的她）。啊。好痛苦。我看到了那傷害。那麼巨大。那麼邪惡。是你承受不了的……

但我該怎麼辦呢？他有點躁怒起來，發生在他眼前的形貌潰散讓他感到陰暗。

但她就是妳啊。

（或許是在一倒走的鐘面，她像琥珀裡的蜜蜂全景展示看見而非預知年輕的自己靈魂裡那無法控制想去傷害人的黑暗衝動？）

（難道衰老的個體和年輕的自己並不是同一個人？也會噴湧嫉妒之酸液？也會從中橫阻對方可能擁有之幸福？）

（或是，她意識到，一旦這時間幻術的美好模型停止在衰老而深諳人世的他摟著年輕新鮮的她美麗胴體之時，現在這個老婦之形的她所擁有那所有溝渠皺紋裡熠熠發光的淚水、憾悔且慈悲之愛，洞悉人類愚昧糟蹋珍貴情感所有歷歷所見……全如栓子拔掉的洗臉盆在漩渦中漏光。而那才是她在這密室中想傳遞給他的愛之眞諦？）

如果可以……把這個世界，不，這間旅館裡就好了，全部人的苦難支撐起來，她幾乎可以聽見自己的脊骨像那些西洋畫女人蓬裙裡鯨魚骨撐架彎曲的吱嗝聲，她像一支琴弓那樣被某種演奏者的激情壓彎著。

她想告訴她的父親，不、更多的時候她是獨白般地對大天使圖尼克說話，她說：

我覺得疲倦極了。

作爲負軛他人經驗、回憶、痛苦與憾悔的那個卑微的女神，她預知發生過的事——常常並非預知，而是在一種夢遊般的迷沌中，事件輪廓逐漸清晰起來，她才一驚：這事我曾經經歷過了——在圖尼克的造字練習中，「女神」或是介於白癡、娼妓、毒癮重症者之間的低等族類。

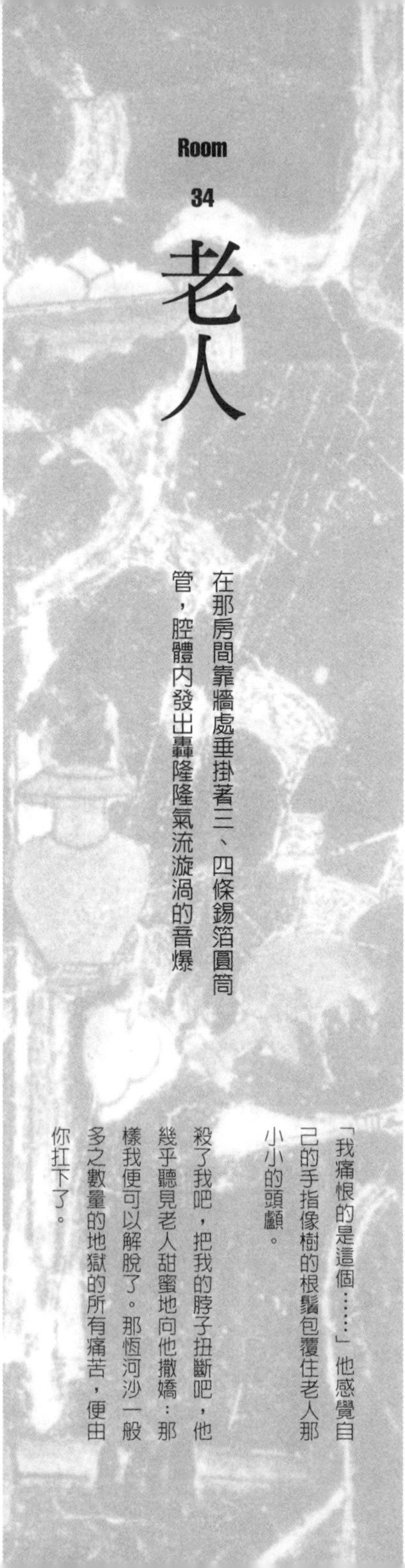

Room 34 老人

「我痛恨的是這個……」他感覺自己的手指像樹的根鬚包覆住老人那小小的頭顱。

殺了我吧，把我的脖子扭斷吧，他幾乎聽見老人甜蜜地向他撒嬌：那樣我便可以解脫了。那恆河沙一般多之數量的地獄的所有痛苦，便由你扛下了。

在那房間靠牆處垂掛著三、四條錫箔圓筒管，腔體內發出轟隆隆氣流漩渦的音爆

他發現在那房間靠牆處有三、四條錫箔圓筒管，像剝去內臟筋肉的蟒蛇蛇皮標本那樣鱗光閃閃自屋頂上方管線處垂掛下來，且那些粗管腔體內發出轟隆隆氣流漩渦的音爆，他記得曾聽一些在報社待過的老人回憶，之前報紙全盛時期，整座報社大樓各層樓各編輯座位皆像蟻穴指叉狀分枝那樣，由許多條透明壓克力眞空吸引管連結著。記者寫好的採訪稿或編輯檯校訂打好的定稿，皆捲成小紙筒放進那眞空吸引管的一個圓孔，馬上呼嗖一下上升被吸去各版主編那等著排版落版。那眞像一個資訊巨人把手指、腳趾、眼、耳、鼻、舌、頭髮……身體各末端接收到的小氣泡般的世界碎屑，呼嚕嚕呼嚕嚕朝一腦袋核心送去，最後組成一個全景的縮影。

他問美蘭嬤嬤：「那些管子是做什麼的？」

難不成是輸送老頭子的食物、酒和咖啡、菸草？

或是這旅館最底層的地獄裡，老頭子像個被監禁的毒癮重症患者，在上面那雲深不知處的某一層樓某一間實驗室，有一群穿著白色外科手術服戴口罩的嚴肅傢伙，每天在儀器裡層析、化驗、萃取從這幾個大筒管輸送上去的，老頭子身上剪下的頭髮、鼻毛、陰毛（對不起，是白色的）、指甲屑、採集的尿液、糞便、眼淚、鼻涕、精液……？「這老傢伙今天又拉K過量了。」「老頭子昨天又找女人進那密室了，尿液中有威而剛的高濃度含量。」「那個老太婆又偷帶烈酒和甜食給他了。」他們像一群科技螞蟻不帶感情卻又容易被驚嚇地監控著蟻穴最底端那隻腐爛發臭的，笨重不能移動的胖大蚜蟲，因爲從牠那醜陋的腔體內部，可以提供他們甜美如蜜的夢境泡膜？

美蘭嬤嬤說：「不過是一些A片罷了。」

他不確定她說的是實際層次的，這個旅館之冥王生活中低層次的小小癖好，他們蓋了這看來像十九世紀中葉機械和怪獸、巫術猶混淆不清的巨大管線，只爲了讓老頭子看完換片那不同類型不同國家的A片？還是她有讀心術，她正就著他腦海中的猜臆（而且可能猜得滿接近嘍）故作神祕地嘲諷一下：是的，這整座旅館每一個房間裡所有單元內人們的夢境，全透過某種界面（針孔偷窺攝影機？）進入這被封印壓在旅館底部的這魔神的腦海中，然後，像那些回教徒西洋棋機械人騙術、巨大蒸汽機鍋爐錯誤設計的飛行城市，或是用牛皮、蠟燭花、船艙纜索、上百組齒輪、光學魔術和一張狂人設計圖所建築的性愛傀儡大型劇場……一種更接近修辭學而非物理學的華麗幻術，讓這髒兮兮大小便失禁的老人成爲一接單忙碌的夢境光碟壓片地下工廠？而美蘭嬤嬤向他炫耀，她看過那些從老人腦袋生產出來的夢境製片，「不過是一些A片」？

牆角靠著兩張衝浪板，一些貓在隙光切割的不同濃度暗影間跳躍，有的眼睛像牠們的遠祖在黑裡熠熠發出頂級獵殺者的黃色冷光。一隻胖大的黑白黃三花貓壓著另一隻頭圓腿短的虎斑貓。美蘭嬤嬤喝叱：「別欺負人家，郝柏村！」

那隻胖貓一抬頭，眼線上各一道濃眉般的黑斑眞的像一臉儼然的那位前參謀總長，被壓的那隻瞇著眼，下顎突出，臉顯得比一般貓長……

「下面那隻叫什麼？」「李登輝。」

那其他那些灰塵中逐跳翻滾的，不會是恰好叫宋美齡、于右任、胡適、蔣經國……這些名字吧？

「不是不是，恰好就那兩隻公貓長得像他們。其牠的名字很尋常。」

他跟著她低頭鑽過一架迴旋鐵梯，然後往上爬，像進入古老巨大雷龍的脊椎腔裡，環繞著那金屬漩渦外沿是一格一格類似圖書館規格的櫃架，暗影中那彷彿波浪狀鱗片的物事，他略一細看發現全是大卷的電影拷貝膠卷盤。那像是這座旅館的夢境密碼中心。他瞥見其中幾個小貼紙標示上的字：《英烈千秋》、《獨臂刀王》、《空山靈雨》、《龍門客棧》、《血染雪鷹堡》、《坦克大決戰》、《偷襲珍珠港虎虎虎》……

只是一般程度的老片收藏迷嘛……

但是等他們繼續往上爬時，他發現那些拷貝盤背後的標籤變成一些令人不快的數字：《1407・68・1～6》、《1511・72・4》、《703・73・2～9》……。房號。年份。月份。哦，原來這是監控中心。他並沒有太驚奇，二十年前的好萊塢電影就演過了嘛、那像是他夢境中的一部分。整面的監視器電視牆，上面跳閃切換著這旅館的各處角落：電梯裡、大廳裡、走廊、一樓酒吧、外面的細雨中的無人花園、照明燈籠柱的頂樓泳池和網球場……但是他們繼續往上爬，到達那最後的密室時，他第一眼只抬頭看見一台老舊的、不到十吋、一般的監視器螢幕，綠色電線早已被扯斷。所以躲在這空間裡的人，除了自己，並無能知道偌大旅館其他空間裡的人們在進行些什麼。

圖尼克想：從一開始，我在這旅館裡的一言一行，皆惘惘意識著被一雙看不見的眼監視著。或許因爲這層猜臆，使我做錯了那麼多。結果是這麼寒磣的設備。但即使只有一台監視器，至少也代表這房間裡的人恐懼著某一個他等待著的人。

下一秒，他發現一個老人坐在布置成像白色恐怖囚室空蕩蕩房間中央唯一的一張導演椅上。像閣樓又像倉庫屋頂垂漏下的光束中灰塵緩慢浮升又降下。

美蘭嬤嬤撂下他，走去老人身旁，側坐在導演椅扶臂上，像小鳥依人的少女偎靠在發出鈍劍光澤的鐵漢身旁。

老人哼了一聲：「就是這個小子？」那一瞬像一架電影中的犀牛標本突然因電腦動畫效果而表情扭動口吐人言。圖尼克這才肯定這個出場效果是回歸到一個偉大導演在寂滅之境心中最後留下的，只剩下他這造夢之神孤單坐著的片場。像一座天文館拱頂僞仿成蒼穹的燦爛星空。老人坐在那兒，他的臉或他自己便是這座旅館諸多混亂夢境的縮影。

美蘭嬤嬤柔聲說：

「別那麼凶，他簡直就和你年輕時像一個模子打出來的。」

也不知是喚起年輕時的怨愫或只是一種故意嘲弄的低俗喜劇腔調，又加了一句：

「連對女孩子的手段也跟你當年一樣。樓下那些小蹄子全給他弄得神魂顛倒。」

幹！圖尼克想，這是哪一齣的蹩腳演出啊？

他想：也許現在我知道這一切是怎麼回事了。

他曾看過一些電影，像是拉上窗紗所以將外面世界滾燙金色的陽光濾成一種冰冷的蒼白光照溢進一間一間的封閉房間。這些電影中的主角，總像耳朵規管被剪掉的鴿子，迷惑歪著頭重複繞一個外人眼中像在摔撲翻仰的小圈子。他們在眞實世界通常是靜默甚至人世已壞毀無望的傢伙，但卻著迷專注於某個封閉的小世界，反覆學習、固執地操練自己。譬如有一部電影中，有一個臉孔非常俊美的男孩，眞實的世界他是個類似法拍屋蟑螂那樣仲介有產權糾紛的房地產公司手下的打手，他和兄弟們帶著球棒、汽油、袋裝老鼠，去那些已成異域鬼城的大樓，打砸恫嚇那些賴住在裡頭的遊民，或是恐嚇其他想插一腳的地產公司。但屬於他孤獨的靜默時刻，他暴躁、痛苦、甜蜜地將他原本該成為偉大鋼琴家的手指在鋼琴鍵上破碎地想找回那召喚琴音靈魂的荒廢小徑。他少年時（在他的人生還未變成這種街頭人渣之前，他那個著名鋼琴演奏家的母親尚未死去之前）曾被第一流的鋼琴大師們預期為不世出的天才。鬼之手指。或者，某個翻垃圾桶中廚餘的腥臭老人，曾是哈佛最頂尖的歷史學天才。或是，一位曾是拳壇傳奇的魔幻拳手，沒有任何理由地從人間蒸發，在小鎭酒吧花錢買一杯一杯酒精倒進自己嘴裡浸泡那想像中標本瓶裡灰白硬化的腦、肝臟、心臟。卻遇見一個不世出的天才女拳手。在一番比求偶還扭曲激情的儀式之後，他像深情哀切看著幾十年前那個純潔活在拳擊幻影小宇宙的自己，像老去的獵隼教導另一隻（獨一無二的）年輕獵隼如何在極速飛行、俯衝中使用翅翼。

那些瘋掉的數學天才。走火入魔的魔術師，在群臣朝拜般上百把小提琴協奏的聖壇中央如上帝降臨顯示雷霆、颶風、海嘯、陽光遍野或群山翻湧諸神蹟的大提琴女神，卻突然在某一次演出途中，腦袋中的那根弦（那根保險絲）斷了，變成癱瘓故障品。變成毒蟲或不敢離開垃圾窩小房間一步的前搖滾巨星。得了帕金森症的首席舞蹈家。得了阿茲海默症的諾貝爾文學獎偉大女小說家。在某一次演出被狂牛撞成植物人的女鬥牛士……

在這座旅館裡，他總在隱隱期待著，在那些迷宮般穿閃藏躲著各種諱深莫測。老人們低語而陰影覆蓋的臉，年輕女侍欲言又止時那瓷器般冰冷又漂亮的耳垂特寫，不為人知的晦暗往事……其中，或可耐性追蹤出一條線索，某種類似的，人類僭越神的能力才得以進出之禁地，類似火、飛行、夢的創造、宇宙大爆炸理論、基因遺傳複製工程，因為趁看守禁區之大天使打瞌睡而偷闖進去的天才們，終因承受不了那巨大密碼之重壓而扭曲、垮掉、爆裂……這類的「封禁之技藝」。

但現在他懂了，在這座旅館，那一瓣一瓣翻開的遮蔽暗影之後，從老范、安金藏、美蘭嬤嬤、家羚家卉姊妹、像MoMo這類的龍套小女孩，或那些噩夢鬼魂般從他昔日時光跑進這建築中不同轉角的，原該是一凍結之傷害劇場的舊識們，他們全像一整座森林裡某一片反光的葉片或一支交響樂團某一把提琴在一無比僥倖片段浮現出來的短暫獨奏：他們掩藏掩護的核心的密室，這謎團中心的老人，神祕兮兮掌握的底牌，竟是一張魔術師牌，不，小丑牌，不，戲子牌，演員、傀儡師、皮影戲流浪藝人，面具製作大師……他們，她們，最早的祭祀舞蹈上的優，歌隊，固定的類型角色。

一種從舊昔時光翻湧而來，既懷念又厭惡的氣味讓圖尼克渾身戰慄著。那麼，這整座西夏旅館像迷宮、蠟像館、電纜配線盤所有層層覆蓋、禁錮、收納的錯亂網絡，原來就是只有經歷過那個時代的人才能理會的印象殘骸大倉庫：恐懼的空蕩蕩建築內部、四面楚歌將要被滅亡的腎上腺素在鼻竇兩腮後面滲出的腥味、敗落的、蛀蟲鑽滿各角落，卻仍要擺出排場的荒涼與滑稽、活生生的人在某一處轉角會突然從這世界完全消失的遊樂園鬼屋效果、老電影院銀幕上方巨大蒼白窄扁的吊鋼絲古裝劍俠們，或是對某種異國皇宮御宴輝煌排場的想望……

老人說：「所以現在你可以說說你們，不，他們到底想幹什麼？」

圖尼克想：這才是我想問的問題呢？為什麼我會像無主遊魂在這座旅館裡打轉、找不到重點，被一齣齣演出並不屬於我的昏黯魅影所纏祟困擾？

圖尼克說：「我想，他們是在找爸爸吧。」

「找爸爸？」

圖尼克說：「你知道的，因為你就是那個變貌大師。像用各種拆車場拆卸的各自不同引擎、排氣管、輪胎、車承軸、車殼、底盤、電瓶、離合器、方向盤、電路板……組裝而成的一台怪物拼裝車。或者你曾是個傳說中的編劇大師，但後來他們發現你的劇本全是東拼西湊許多不同國外大師的作品中的某一段落。或者你是一張『自我臉孔憎惡症』患者不斷用整形手術借別人皮膚移植貼上，縫縫補補的百衲被之臉、怪醫秦博士。一開始，我相信他們困惑但固執地找尋你，或你所可能該是的模樣……但那太困難了，因為你什麼都不是……」

「我……什麼都不是嚒？」老人像感傷、懷念，又像一個過氣巨星享受千載難逢能遍舉所有他曾主演或客串演出的角色那樣怕受傷的謹慎神氣，微笑著。

「你什麼都不是。你應該是像騾子、金魚、獅虎，或更古老一點，麒麟、四不像、鳳凰、魚首人、鳥人這種尚未掌握遺傳工程基因之鑰卻因野心即潛入造物主夢境中瀆神亂創造出來的大違建。你是電影這種玩意尚未發明之前就存在的電影。電腦或網路存在之前就流浪數千年的病毒程式。你是一股『沛然莫能禦』的將所有神奇玩意組裝在一起的傲慢意志。這種神鬼之物，通常是沒有複製繁殖自己，將自己漂流進時間河流的能力。原本，人們知道你，惘惘地感覺你的存在，是在《山海經》、《封神演義》或志怪之中殘斷的章節。

「一開始，我以爲，我這樣彳亍在這大爆炸廢墟般的旅館裡，撿拾拼湊我想不起來該是什麼樣貌，或是爲何我會變成這副模樣的線索，是他們的一個大陰謀，或是邪惡大計畫——我這一輩的人，可是看《CSI犯罪現場》、《整形春秋》、《越獄風雲》、《傀儡馬戲團》、《火影忍者》、《JoJo冒險野郎》、《攻殼機動隊》……這些萬般碎片幻影皆能網絡倒溯拼組出一原始傷害核心的複製繁殖大敘事長大的，把幻影與眞實當魔術方塊，旋轉、計算、按色塊趨近、碎片、一個平面，乃至一塊立方體的遊戲靈魂哪——我以爲，你，像那些科幻電影的創世紀仿擬，一個失控而超越人類集體智力或高科技極限所能管制的『超級人造智力』，自主運算找出了突破神的封印而能自行繁殖的形式。一個邪惡的爸爸。一個爲人類滅絕後像傻瓜散布生存在廢墟大地上的新人種複製人所預先創造的恩威難測殘酷又仁慈的上帝。我以爲他們這樣惡搞我，是把我當成一座流浪變形的旅館。亂塞一大堆別人的夢境、身世、遺憾和恐懼，只爲了將我打造成一把可以開啓你層層防火牆的解碼之鑰，《木馬屠城記》的那匹巨大拼裝，可以送進神之祕境的機械牲畜。把我塞進你裡面，像你當初亂把自己塞進所有後來可能孕育出我們的孔穴和袋囊中。我是一台MP3嗎？或

《不可能的任務》還是基努李維拚老命保護他們藏植在海豚腦袋中以瓦解邪惡電腦帝國的潘朵拉之盒，那張《第七封印》的光碟片？

「幹！最後我發現不是這麼回事。」

圖尼克說：「一開始我只是懷疑，現在你應該也知道我發現這個祕密了。我只是一直在找這整個夢境剪接室那跳閃快轉的諸人之夢，哪一個關鍵時刻是串起這全部傷害壇城的進入界面：一齣戲的序曲，一部電影上字幕前五分鐘的驚悚懸疑片頭，一道將愛穿進恨像剝羔羊皮從肛門或嘴作爲開口翻開腔膛的工序？哪一幕該作爲統攝包含全部傷害枝枒繁葉的濃縮隱喻？從哪一片骨牌開始推倒？用線鈎勾進哪一條魚的咽喉可以一串拉起一條吞食一條由小而大由內而外俄羅斯娃娃般的層層覆套奇觀？

「但我承認我確實被迷惑了，我找不到那傷害的最初時刻，於是即便建構了這整座將所有人噩夢禁錮其中的大旅館，每一個房間發生的不好的事都在靜止等待我推門進去苦候不至而慢慢昏暗發臭，每一條錯綜分岔的走道原初設計該匯聚成一封閉迴紋般的原地打轉結果蔓延漶漫成一張幅員遠超過一座旅館甚至一座城市的鳥瞰平面圖。我想可能是這樣：我創造了安金藏和老范這兩個人物程式，看他們可否替我洗資料、像 Google 或 Yahoo 這類的搜尋獵狗在迷宮暗影處找尋我力有未逮迷藏在某個房間、某處角落的傷害殘片。誰想到這兩個傢伙做了邪惡的事。他們在關鍵詞設定上輸入找爸爸這三個字。於是所有的故事全被不存在的爸爸的斷頭故事給汙染、惡搞、繁殖侵入了。垮掉的父親。父之罪。父女亂倫。變成螃蟹離家出走的父親。變性成人妖的父親。獨裁者父親。洗父親屍體時那具怪異勃起的大陽具。他們沒意識到他們在設定之初就是無父之人。因爲無父才得以讓創造力任意竄走顛倒夢境。因爲無父才得以隨意下載各種盜版他人之夢境以拼裝自己之身世。因爲無父才能自由進出道德承受極限邊界外的禁區。但這兩個白癡竟像瀆神的原始人，傲慢自大到突發異想，想發明一個根本不存在的父親。實在是我被這旅館一個房間一個房間像稠質凝膠的夢境困住，太多時候我並不在場。我不知道這兩個胡人是用怎樣的邏輯創造出你這個邪惡強大的存在。一個將所有創造力吞噬成幻影的爸爸。」

老人說：「所以，現在我們是在談判嗎？是你創造了我還是我創造了你？」

「我被他們蠱惑慫恿，變形成你兒子的可能形貌，進入你的夢境成爲幻影。」

老人裝腔作勢地說：「總是我在演戲，迎合別人夢中的想像，這倒是第一次有人侵入我的夢中。

「但是，孩子，我必須告訴你，你在這裡所有發生過的一切，都不是幻夢，都是眞實的。這兩個老小子騙了你。但那就像是說整個西夏朝兩百年不過是幾個邊疆大吏和鎮戍將領虛構出來的一場夢境一樣壞。你別被好萊塢那些只准人們在九十分鐘內用腎上腺思考的奇技淫巧給弄壞了腦袋，包括你、我、美蘭嬤嬤，這兩個廢材，這間旅館的每一個人，都不是病毒軟體，他們全是活生生的人。

「他們愛你（否則你也不會出現在這西夏旅館裡了），問題是他倆太執意讓這旅館裡每一個人相信自己是不完整的，自己是別人的某一場夢裡的灰影，是被複製人或一截記憶體運算程式……。好啦，我承認你說他倆對我的『找爸爸』搭造這一坨魔術大違建之動機是有點道理。但我也像愛兒子一樣愛他們啊。只是這一切沒那麼偉大，沒那麼鬼鬼祟祟，沒那麼SM……」

圖尼克想：不要讓往日魅影困住你、呑噬你，不要讓自己活在那團沾住蒼蠅的溶化口香糖膠滓裡，嫉妒、仇恨、被遺棄的情感。此刻那兩個傢伙，老范與安金藏，像被灌醉的兩隻豬，滿臉紅通通地癱在角落傻笑，滿臉滿身都是自己的口水、淚水，和打翻的調酒。

所以現在是大勢底定？一次流產的宮廷政變？我們這邊的人裡有對方藏伏多年的報馬仔？關鍵時刻把整個密謀計畫交到老人和美蘭嬤嬤手中。無間道、密碼透過一卷西夏文謄寫之羊皮黨項興衰史傳遞、叛變之火苗尚未起煙燎燒便被撲滅。

他記得前一晚，或那之前連續幾個晚上，老范和安金藏陰鬱又嚴肅地對他說（但實在他們彼此噴出的鼻息和氣嗝瀰漫太濃的酒精了，所以誰知他們之間交談的是眞是假？是不是另一個設計繁複的愚人祭？），關鍵的時刻終於來到，他們錯過這次機會，這座海市蜃樓之旅館，這一群滅絕族裔之後，將永遠被困在那老人的幻夢意志裡，再也沒有脫逃的出口了。他們該怎麼做呢？如何可以像皮藍德婁筆下的六個角色群起反抗，棒殺那個胡亂於昏茫之境射精的劇作家父親？如何避開變成上自己老母從此悲慘在詛咒中打轉的伊底帕斯？或是被自己亡魂老爸糾纏得疑神疑鬼的哈姆雷特？

那把咒術之鑰就是你，圖尼克。

你必須整容、變貌，用耳朵軟骨墊鼻、剪開內眼眶、鋸掉兩小截下巴骨、抽頰……他們三人哈哈大笑，爲這樣的胡說乾杯。所以這眞的是找爸爸遊戲嘍？這個補釘臉是哪冒出來的？爸爸，我是你兒子啊，都怪你一直亂整形，害我來不及拆縫線又得重把臉剪開……

哈哈。都怪你的證件照暈糊有摺痕。

哈哈。都怪你的臉太猥褻，他們寄給我的圖檔全加了馬賽克。

哈哈。哈哈。

老人說：「有一年不知哪個白癡從外面引進一個流行玩意：說喝自己的尿可以延年益壽，修補腎臟或是預防老年癡呆之類的，大家在大堂、酒吧全哈哈笑哪有這麼蠢的事？可你知道嗎，那一陣子，這整座旅館，每天、每個房間，都有一個老人坐在床沿孤獨地捧著尿斗喝自己拉出來的尿。這個畫面可怕吧？」

「你的意思是？」

「小子，我是說，你大可把在這旅館裡遇見的一切，當作是一趟冒險或《十日談》那種困在旅館裡聽各式各樣神經病吹噓他們的荒唐故事。別那麼認眞嘛！別把自己當成一台洗腎機或斷層掃描機……」

美蘭嬷嬷說：「他的意思是，你不需要把每個故事都流過你自己。我們都很喜歡你，你太容易被老范他們那套救贖啦、超級承受苦難者、宇宙重生機器或像ＩＤ４裡頭那小型核彈之類的玩意給唬弄了……」

「這樣被你們說的我好像那種，被裁員、老婆跟人家跑了、信用卡被銀行停掉之後又成爲爛酒鬼或翻垃圾桶充飢結果卻宣稱自己聽見神明說悄悄話的街友……」

「我們是有一點點擔心啦。」

那個時刻，圖尼克瞥見原來像兩坨犀牛屍體軟癱在角落的兩個胡人，安金藏，或是老范，他們原來癡迷傻笑的漲紅的臉，其中一個向他眨眼。然後逐漸模糊，似乎向四周流淌。馬賽克。他想起來誰說的，那原不是用來遮蔽那些性交戲子的性器之彩霧，那是一種高度藝術的創作，近乎哲學的宇宙觀縮影，以讓神的恩寵之光流瀉進室內的玻璃花窗，或實體的小碎片拼成一幅色彩鮮豔的神聖圖案。

「對不起我眞的還滿喜歡『搶救父親』這個主題。」

那一切似乎又回到他第一次在這旅館醒來的早晨。電話鈴響個不停。玩擦皮鞋機的小男孩。擱在無人走道上堆滿一次性紙袋裝牙刷、小圓皂、廉價小塑膠瓶裝洗髮精沐浴乳，還有成疊潔白的，猶發出剛烘乾之燥香浴巾的小金屬推車。壁燈昏暗如夢。他朝老人走去，深知在這個空間裡所有人記得的、擁有的身世，都不過是殘影斷片。很多時候不過是困滯在這旅館中之異鄉人們的虛張聲勢罷了。近距離的時候，老人淚汪汪的眼球像駱駝或那些神龕聖像的藍色玻璃眼珠。

「我痛恨任何形式的遺棄，」圖尼克說：「一開始我以爲那源於一種弱者的情感：我被我父親遺棄，我父親被你遺棄，像一列塌倒中的骨牌。」

他伸手剝開老人的臉，像從一桶濕淋淋冰涼的漿糊深處掏出一隻哆嗦著、差點被溺斃的刺蝟或小豬仔之類的醜生物。那是一張和他自己唯妙唯肖，純種西夏人的臉。

「後來我知道不是那麼回事。

「我在報上看到一則關於沙特和西蒙波娃的傳奇。他倆爲了對抗『卑劣的中產階級制度』，終身未婚，卻簽署可以偶爾出軌之契約。沙特不斷和不同女性上床。『特別喜愛處女，得手之後即迅速將對方拋棄。』女學生、女學生的妹妹。西蒙爲了報復，和另一名學生上床。沙特立刻又摧殘一名完璧少女，西蒙便勾搭上這女孩二十一歲的男友。沙特於二戰時赴前線駐守，西蒙則繼續誘拐男女年輕學生。許多女孩們對她產生病態依戀，爭風吃醋，其中有人自殺身亡。報導上說

『一名被她誘拐的十六歲猶太少女在納粹占領巴黎後差點丟掉小命，而西蒙根本不在乎她的死活』。這對夫妻，占盡各種好處，荒淫、剝削弱者，享用少年少女們的靈魂和愛，完全不被戰爭和大屠殺的人類集體瘋狂與失能恍惚而降低兩人弩張劍拔的性愛鬥爭樂趣。兩人像唐卡圖上踩踏著那些白色裸體一臉癡迷痛苦的濕婆神和祂的妻子，各自握住對方的性器，一邊吞食著那些犧牲者供養者的孱弱心智，一邊持續膨脹人類心靈原來不可能達到的巨大駭麗景觀……」

「我痛恨的是這個……」他感覺自己的手指像樹的根鬚包覆住老人那小小的頭顱。殺了我吧，把我的脖子扭斷吧，他幾乎聽見老人甜蜜地向他撒嬌，那樣我便可以解脫了。那恆河沙一般多之數量的地獄的所有痛苦，便由你扛下了。「這可厭憎的……」圖尼克發現自己反手摘掉老人臉中央的鼻子，那像折斷一根茭白筍一樣容易。沒有鼻子的那張臉，像驚惶的貓頭鷹，雙眼失衡成鬥雞狀地占據整幅表情。他聽見美蘭嬤嬤在一旁淒厲地哭了出來。「眞是壞毛病啊！」不知說的是他還是老人。

＊　＊　＊

「閻曼德迦。又叫怖畏金剛、牛頭明王。是五大金剛中唯一具有牛頭，梵文原義：『死亡之征服者。』據說死神閻魔天曾趁一位西藏聖人充滿怨毒時附身變貌成牛首人身，四處屠戮無辜生靈，使藏地一片腥風血雨，文殊菩薩於是下降到閻魔天的宮殿（等一等，這裡所謂的宮殿，指的是那位附魔者的腦袋裡嗎？），變化出和閻魔天相同的水牛頭，變化出八面、十六足、三十四臂，封鎖住閻魔天宮殿的所有出路，使其無所遁逃（是不是，把它封印在那西藏聖人的腦殼裡？），然後以慈悲的佛法化解閻魔天的怨恨，終於降伏了死神閻魔天……」

……這幅唐卡中，大威德金剛九面三十四臂十六足。九面中，一個水牛頭，七個忿怒面，一個菩薩面，每面均有三眼。牛頭位於主面，藍膚，三眼怒目；七個忿怒面膚色有白、藍、紅、黃、綠等；最上的菩薩面爲黃膚的文殊菩薩，表明祂是文殊菩薩的忿怒相……主臂雙手交握金剛鉞刀和嘎巴拉碗……明妃藍身、紅髮，以懸姿與主尊擁抱……

——《唐卡的故事之男女雙修》

「你有沒有發現，明妃多著菩薩裝，有華麗纓絡飾物，以蓮花跏趺坐姿坐於佛父懷中。祂們彼此以三目凝眸對視，嘴唇碰觸，明妃的腰臀通常極白皙，纓絡流蘇垂覆……很多唐卡裡明妃是以雙腿環扣在主尊腰間與主尊結合，這種姿勢叫懸姿——就是我們所謂的賣火車飯包式啦。」

另有一種尸陀林主，是掌管西藏天葬場的主神，也是尸林或墳地中修法者的保護神。一男一女雙尊的白骷髏體，均頭戴五骷髏冠，繫彩帶，束短裙，右手持骷髏杖，左手持盛滿鮮血的嘎巴拉碗。男、女尊各屈一足，以單足立於蓮台上，安住在般若烈焰之中。

——《唐卡的故事之男女雙修》

喀喇喀喇的機械輪盤、齒輪、滑輪和絞繩之聲響，作爲他們三人糾纏在一起巨大又灰髒之投影的那個牆面，變成一座笨重的活動閘門緩緩移開（多爛的設計啊）。圖尼克腦海裡突然浮現「老頭子的腦殼被打開了」這一想法。在他們眼前，如夢似幻，他確定那絕非蠟像，也不是投影技術造成視覺立體之幻影。那是不太可能塞進這狹仄空間的巨大活物，那溶於暗影中人體肌膚如水紋流動之閃光。如此近距離。如此恐怖。如此超越童年第一次在電影院看鬼片時用手掌捂面那最脆弱無助的自我防衛。

那是一個長著牛頭的明王——那巨大憤怒的身軀讓他暈眩地想起那些電影裡把所有正常大小人類男主角皆貶爲哀嚎被踩碎或裂碎建築物磚石打死的傻冒螻蟻的大傢伙，是否他下意識也認爲只有變形成如此強大怪物才有資格上那些美豔好萊塢女星？藍怪、站在帝國大廈上的金剛、綠巨人浩克，或小號一點的機器戰警——毛髮迎風獵獵，祂的臉憤怒而絕望，十隻手臂（眞是肌肉糾結啊）擎舉金剛杵、雷霆錘、骷髏碗、戎刀、經輪……其中一隻手臂拱兜著一具小小的女體。那長髮如瀑、仰臉朝天，赤裸著白晳身軀（啊，那雙弓屈的美腿，那漂亮的臀部，那像瓷壺優雅頸弧的腰背）的魔幻祭品，不正是他那留下一顆頭顱作爲懸疑證物的，他上窮碧落下黃泉尋覓不得的妻子？

那個相形之下小許多的明妃卻是一個沒有頭的女人，那個身體手臂朝後張展，像鳥被人拎住脖子時的僵硬翅翼，乳房非常美麗，熠熠生輝。

那確是他妻子的身體，但頸上換上的頭顱，是一具幽藍色的憤怒骷髏。這幅畫面，更讓他痛不欲生的關鍵細節，是這樣被夢之咒術困住的淫媚女體，正以底部爲承軸，安插在那憤怒明王獸皮兜下撩翹起的巨大陽具上。

「該死的。」

圖尼克發現自己的淚腺、膽囊、膀胱、睪丸，以及身體中所有貯存各式液體的器官，全在那雷擊一瞬像魚肝油球被一巨大手指悉數捏破。

「這是什麼狗屁？」

「痛苦吧？」他手中那顆老人的小小頭顱又生氣勃勃擠眉弄眼起來：「這就是我超過半世紀以來所受到痛苦的變貌。對不起，你的口頭禪不是：如何感受他人之痛苦？」

空氣中有一種腐朽木乃伊的腥臭味。等一等。圖尼克想：這是特殊效果。陳年的乾燥精液。他想起那個被捲進父女亂倫無意義A片轉輪裡的可憐汁男父親。這是他們造出來的噩夢。他想起安金藏曾半遮半掩地告訴他那些晦澀陰鬱的話：天地之大，無容身之所，胡人是驕傲的演員同時是失敗的魔術師。他們用破綻百出的幻術，使得恐怖鬧劇成爲對抗那噩夢曠野裡無邊黑暗的幽冥之火。

「我們從臉開始談起，」老人說：「這張憤怒的臉是從何時固定在我們這些光腚畜生的脖子上？」

「這張呢？這張瘋狂的臉是何時放上去的？」

「這張淫慾哀愁的臉呢？」

但那是我曾見過，她最美的樣貌。圖尼克內心哀鳴著。

他感覺在這旅館的某處有一界面，切分著永不會受傷害的人們，和已被傷害弄成噩夢或排泄物般的東西。前者像被製造出來的（譬如家羚家卉）；後者則是控管程序出現漏洞的結果。

他想：這都是老套。

他想：這一切痛苦與失去她的存在而漂流的痛苦相比，簡直像看鋸人狂之類的恐怖片。但他錯了，手中那小老頭的怪異頭顱復彈了彈手指，那面機關牆又轟隆轟隆撤去，這次也注意到兩側牆面上掛著一具一具動物屍體的皮毛標本，不，那些頭顱栩栩如生眼睛深邃有神，但不是眞實動物，而是上次酒宴上表演的那幾隻卡通玩偶的面具連身裝。

「如果……如果這座旅館是在那一刻，你父親被傷害的那一刻即平地高樓起？如果不那麼簡單的懷恨，讓時間之流沒入一大組複雜迴路的渠道，延緩、凍結、懸置那個少年啓動恨的引信時刻……」

他已經拿起其中一件白色河馬剝開的毛皮在著裝了；一旁剛剛爛醉如兩攤泥的老范和安金藏也裸著身子像穿衛生褲那樣各自拿一件卡通動物的毛皮把腿往裡塞；這打開牆面出口處站著另一隻女性白河馬和一個女稻草人，她們對他眨眼睛，好像他剛剛通過了一個測驗。是家羚和家卉嗎？還是初戀情人和她那鼻環妹妹？她們身後的「外面」，是一片灰綠色的枯荒曠野，薄霧輕覆，空氣明顯稀薄而寒冷。

他的心底出現完全相反、內外錯置的印象：

「終於找到出口要離開這幢建築了。」

「終於要走進這迷宮的最核心了。」

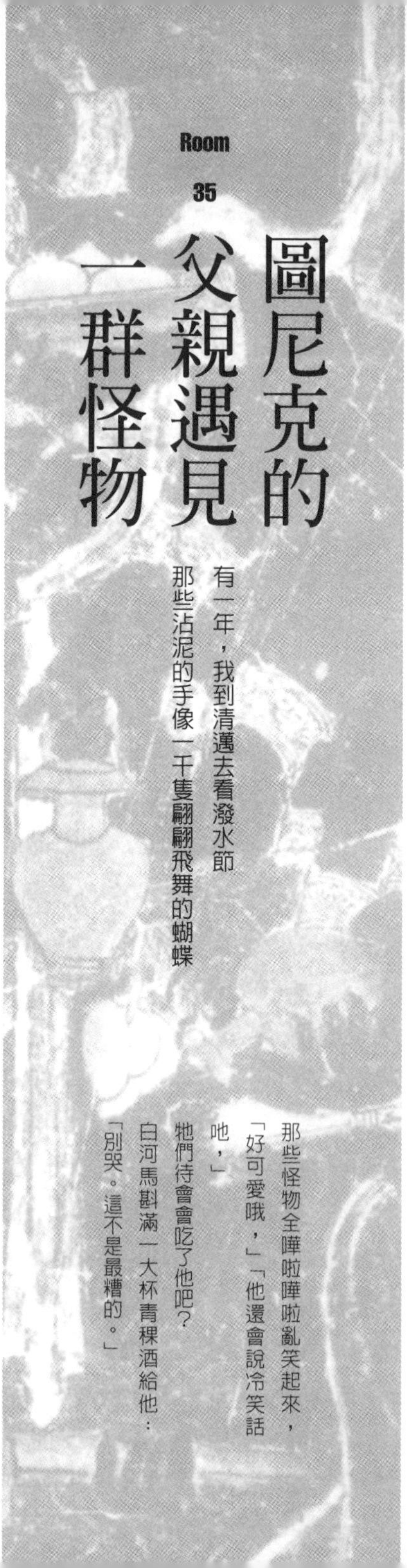

Room 35

圖尼克的父親遇見一群怪物

有一年，我到清邁去看潑水節
那些沾泥的手像一千隻翩翩飛舞的蝴蝶

那些怪物全嘩啦嘩啦亂笑起來，
「好可愛哦，」「他還會說冷笑話吔，」
牠們待會會吃了他吧?
白河馬斟滿一大杯青稞酒給他：
「別哭。這不是最糟的。」

「有一年，我到清邁去看他們的潑水節，你們知道那眞的很怪，他們不光是潑水，我從我的旅館走出來，要走到和我朋友約的 Boy Street，短短不到二百公尺的一小段路，至少有一千個人的手摸過我的身體。男孩女孩都有。他們哇啦哇啦說什麼我聽不懂，然後笑著用手抓一團爛泥抹在我的脖子、後耳、額頭、臉頰、手臂……他們的手勁很輕巧，似乎在一種節慶的集體監視下，所有人把『摸妳』、『弄髒妳』、『撩弄妳』控制在一種光天化日歡樂無憂的氣氛。一開始我尖叫抱著頭逃躲，但那些沾泥的手像一千隻翩翩飛舞的蝴蝶，溫柔卻固執地追著不放。在那一片密遮紛沓的『手之海』中可有趁亂偷襲的登徒子之手？我的胸部或臀部或私處可留有泥手印？老實說我不記得了。到後來我竟然哭起來了。我全身變成一個泥人，後來我告訴自己媽的我就當作是護膚好了。但你們知道嗎？奇怪的是當我終於氣喘吁吁跑離開那條街，我突然覺得自己情欲高漲，整個人都燒起來了……」

「後來，我和朋友一起走進那條 Boy Street，那整條街都是裸男秀舞廳，可以說是全世界的 gay 來此獵豔的失樂園……我和他挑了一間民俗風的走進去，那時正是暖場秀，天哪，舞台上赤條條光著屁股一整排油亮結棍的男體，他們腰骨上繫著號碼牌，我進去的時候已經是一百零幾號了，眞個是肉體森林！那些男孩們幾乎全都練過，像健力選手那樣擠著身體某一部位，活像那裡頭捂藏著一隻活蹦跳的泥鰍！每一個傢伙翹著的屌，眞的眞的都長得不一樣。歪左歪右像筍子的，同時他們朝著台下的客人拋媚眼。這時我才發現我是那間店裡唯一的女客。這個階段是顧客『挑菜』的辰光，會有矮小猥瑣的媽媽桑（男的）來收你寫上號碼的小紙牌。台上只要被挑中的，就虛榮得不得了，那是之後要帶出場的……那個媽媽桑跑到我面前一直擠眉弄眼，老實說我對和 gay 做並沒有興趣。但我又不能說『我只是來看好玩的』，於是我說我再慢慢挑……

「接著，這群掛號碼牌走秀的男孩下場後，主秀就開始了。老實說，大部分滿好笑的：不外乎穿著一件褲襠開個洞漏出大屌或把絲質內褲撕開，當然還有一場接著一場的肛交秀。我眞的服了他們，他們可以三個人在一根鋼管上玩特技，下面那個像選手（也許他眞的是鞍馬或平衡木選手）雙手倒舉，中間那個倒掛在鋼管上插他的屁眼，最上頭那個再像俯衝轟炸機從上方腳吊掛著插中間那個……。也許他們訓練有素吧，那個過程眞的完全不會讓人有情欲，只是忍不住想笑。因爲他們實在是太輕鬆太像作戲了（他們的那根都是在後台先打針讓它硬邦邦），最下面倒立的那個，一邊有節奏顫震著被插，一邊還談笑風生和台下觀眾閒聊咧……

「接著，他們的『鳥王』上場了，奇的是，這個『鳥王』完全不像之前的那些擠著全身像掛滿纍纍木瓜的肌肉男，他的身體非常孱瘦秀緻，像少年的身體，哦，某部分你們有一種是否正在看人妖秀的錯覺。那個男孩的臉龐也非常秀麗，像印度人和希臘人的混血，額頭很高，眼睛深邃迷人……而他們也把他打扮得像個皇后，頭上插滿了怒放僨張的七彩孔雀尾翼（也許是染色的鴕鳥毛），漂亮的臀上也繫著一串像煙花的蓬彩尾巴……那些羽毛像煙霧朦朧的大氅環著他全裸的、扭腰擺臀的身體。你們知道嗎？他一上場，全場的男客們全瘋了，我幾乎可以聽見闇黑中那一根根屌充血脹起啵啵啵的聲響。像所有人同時開瓶舉啤酒致意。萬屌朝聖。在舞台上方光束打下的那個半人半鳥的尤物，他的屌，噯，眞不愧叫『鳥王』，足足有我的整條手臂伸直的全長那麼粗那麼長，若沒有那些鳥羽修飾只讓他挺著大屌光溜溜站在台上，眞的會讓人以爲是從他胯下伸出另一個人想往前撈東西的一隻手臂！我那時突然出現一個奇幻的念頭：哇塞，在這間大屋子裡，只有我一個女人，只有我胯下是空蕩蕩的，所有人，台上台下，全翹著一根根硬邦邦的屌棒子！我竟然獨自一人和數百根男屌共處（那裡面可能只有我沒進入顛倒狂亂之境），當時眞的很怕譬如說我笑出來或打噴嚏或放個屁什麼的，是不是會被這一屋子（少林木人巷？）橫叉斜戳的亂棍打死？

「不過那個『鳥王』的豔舞眞的跳得極美！他扭了一陣之後，從屁眼裡掏出一團東西，那時你會驚嘆他的屁腔室竟能容納那麼多的線，他一直扯一直扯，從那個『孔穴』裡扯出一條好長好長，沒有盡頭的螢光線。他像敦煌壁畫天女散花的彩帶舞波弄著那條螢光線，在黑暗中像用光筆旋繞著在虛空中畫出火樹銀花。然後他像一隻吐絲把自己縛死的蜘蛛精，快速旋轉、旋轉，最後筋疲力竭把所有螢光絲（從屁眼中抽出的），全環繞掛在他的那些鳥羽上……

「對了，這整個淒迷魅異的豔舞，唯一的古怪處，是它的配樂是〈瀟灑走一回〉！」

這時，包括那兩隻藍眼睛白河馬，那個稻草人「阿金」，還有那隻大嘴鳥和那隻大耳朵的怪袋鼠全呼嗤呼嗤地笑了。桌上的那盞煤油燈也跟著影影幢幢地搖晃著，那隻母河馬睜著她漂亮的眼睛，把那一碗麧粑挪到他面前；「再抓一點吃？還是再喝一點酥油茶？」但是圖尼克的父親整個人陷入一種憂懼疑惑之中：從剛剛這個，他們稱她爲「性愛女王小不點」的小稻草人女生在說那個他似懂非懂、琳琅奇觀（是一個「比屌大賽」的吧？）的故事途中，氈毯蓋住的桌面下，便有一雙腳半逗弄半撫挲地狎弄著他的腳。他面紅耳赤，整個人像石膏像凍結不動。他掙扎著要不要把腳抽回。桌面上的每一張臉都聚精會神地聽著故事，他憑那柔軟細膩的觸感肯定那是一雙女人的腳（絕對不是枯麥稈紮成的稻草人腳或是河馬的厚象皮和爪子），但是桌面上僅有的兩位女性：母河馬披著織毯，抱著肘啜飲著手中那杯熱酥油茶，且她看起來和那隻公河馬是正陷在甜蜜戀情中的一對；而稻草人「小不點」則專注在自己的色情故事敘述中，不論這雙腳的主人是她們之中的哪一位，他皆爲她面不改色的演技、腳部調情的大膽和技巧感到畏懼且刺激。那雙腳先是其中一隻，沿著他的脛骨，輕悄悄地向上滑移，小腿、大腿內側，最後竟然像在淺沼泥坑裡踩青蛙那樣用腳趾抵住他的生殖囊袋！難堪的是，他的那裡，像水盆裡養的水仙塊狀球莖，自凹陷處發芽，幽幽挺起伸長他那孱弱的細肉莖（和檯面上逗得大家哈哈大笑的『大屌』故事何其不成比例！）。然後，那雙腳，半提半勾半引，在桌下，把他的一隻腳鉗住，向前拉，他腦中像鍋爐炸了一般，腳趾卻汗濕淋漓順著她指引的方向探索。他意識到那是那雙腳主人的大腿內側，禮尚往來，突然地，他的腳趾、腳弓前墊，整個沒入一個溫暖濕潤，說不出是肉還是骨架構成的狹縫裡。

他即使少不更事，生物的天賦，或多年後反覆地回潮沖刷那古怪高原的帳幕之夜，他也像個在布滿苔蘚山洞用手指摳探先民刻碑的考古學家，帶著自憐、憤怒，和一種不理解自己為何被臨幸（或被姦淫？）的僥倖，逐影逐形地理解那晚在桌下發生了什麼事。（那是一個稻草人的爛草汁窟窿？還是一個年輕腥臭的母河馬肉屄？）

「性愛女王小不點」繼續說：

「主要是，那個晚上，在那個像『幽浮』般飛在半空中的舞台上，那些塗油發亮的肌肉胴體，那些在後來打了藥挺翹著走過來晃過去的大屌們，總讓我有一種正在觀賞一群冑甲持戟，一臉肅穆又滑稽的羅馬士兵在踢正步走軍操的荒誕感。就在那種所有人的性腺體全沸騰翻滾噴灑瀰漫著全屋子荷爾蒙氣味，只有我一個（唯一的女人）掩著嘴抱著肚子全身痙攣地痛苦笑著，那時我突然看見台上一個長手長腳的瘦男孩，他掛的號碼牌是一〇六號，怎麼說呢，他像是一隻跑錯森林的小鹿或野兔，或是人類的小男孩跑進狐狸娶親的儀仗隊裡，因為膽怯心慌，所以也跟著大家光著屁股左轉右轉（他常轉錯方向被其他同一方向的堅挺大屌戳在腰際、肚子或大腿側，然後慌張向後轉）。那時我注意到他的臉，他的臉非常美麗，但那張臉（以及他的身體）並不在『展示』中，那張臉恍神地陷在自己的情感裡。我必須說，他的身體，原該是去受過某種專業訓練後，披著名牌恤衫在米蘭或巴黎的國際服裝秀舞台上當第一級的模特兒。但他實在不適合站在這個裸男秀舞台上像大鍋下水餃一樣跟別的男體挨擠著賣肉。我沒有任何歧視的意思，你們會覺得我虛榮嗎？」

「不會，」稻草人阿金溫柔地說：「妳說的很動人。」

「好吧。我只是要說，那個晚上，我完全沒有一點欲望。我走進那間店之前全身發燙，可是到後來我的身體像加了高級冷卻劑的車子引擎，非常愉快地安靜冷卻下來。但是當巡走台下的媽媽桑擠眉弄眼地來問我看上什麼『好貨』時，我竟然脫口就點了一〇六號……

「我要補充一點，那個一〇六號在台上走著時，他的那個、那個玩意兒，竟然是軟趴趴下垂著……

「於是，我就這樣渾身髒兮兮的（之前被那些潑水節人群弄的）帶著一個從 gay Bar 肉體秀挑出來的男孩（我若沒選他，可能那個晚上都不會有人選他）回我的旅館。老實說我雖然閱人無數，但我從來沒興趣和 gay 玩。何況我和他的關係不正是嫖妓行爲？嫖一個 gay？對不起，那不在我的肉體冒險篇章裡。但是他的身體眞的非常非常漂亮。我就想：也好，憑我的運氣，想在豔遇中找到一個這樣的尤物赤身裸體躺在我身旁，那或不大可能。我就好好享受這種感覺吧。我和他都洗過澡後，我就抽出三千塊泰幣給他，說我不想做，你就這樣光著身子躺在我旁邊就好？一開始他非常困惑不安，我們兩個的英語都非常破，他甚至有點著急（那時我便看出他根本是個剛入行的，無法對這和他們公司訓練、設定程式的應召ABC不同的情況作出反應），我不斷向他解釋，我很喜歡他，否則我幹麼帶他出場呢？只是我現在很累，我並不想做那件事。後來我幾乎像個大姊姊那樣訓斥、命令他躺下，他才乖乖像隻牧羊犬趴伏在我身邊。你們知道嗎？那時我竟有一種自己年華老去的哀感。他的身體眞是漂亮，從頸子、肩膀、手臂、背部、腰，一直到臀，那弧線像一只昂貴的瓷瓶，閃閃發光，一點贅肉都沒有。我竟然可以不必向他撒嬌，像個權力者（我有一種預感：我叫他做什麼，他都會乖乖照著做），像個鑑賞者，一綹一綹圈弄把玩他的胸毛和陰毛。我問他話，他就簡短的回答。他不會故意講一些悲慘的身世，或像那種骨髓裡流的都是牛郎汁液的傢伙拚命來（職業地）挑逗你，他就那樣乖乖地躺著。後來我發現我竟然在幫這個大傢伙在摳耳朵，他閉著眼睛露出非常舒服的樣子。我心裡想：這男孩知道他自己有一具天神般的美麗身體嗎？還是從鄉下被批貨到集中市場，他的身體挨放在那些粗臂豪屌之中，便天人五衰失了顏色？或許我只是運氣好恰好闖進一個『最好的時光』，他剛入行，假以時日，他的職場需求會迫使他去作重量訓練把肌肉鼓起，那這一身線條流瀉如清晨瀑布的美麗身體就要不再了。這樣想著想著竟發現那一〇六號睡著了。那眞讓我哭笑不得。喂，我正在召妓吔，這個妓男竟被我弄得舒服得不得了在我床上睡著了。」

大家哈哈大笑。圖尼克的父親趁亂把他的腳從那濕熱夾緊的女膣裡抽回來。他想：我這是遇上了神仙吧？或是《西遊記》裡等著吃唐僧肉的妖精？「性愛女王小不點」的故事，他聽得似懂非懂，一頭霧水。

「後來我也趴在他身上睡著了。一直到半夜，我才驚醒，發現自己一絲不掛趴睡在一個陌生裸男的肚子上。那個畫面眞像童話，或者《仲夏夜之夢》之類的故事。我把他搖醒（唉他剛睡醒迷迷糊糊揉眼睛的樣子眞是可愛啊），叫他把衣服穿上，趕緊回家……

「第二天晚上，我又晃到那條街上了。你們一定在笑我是不是像那些玩戲子的少奶奶動了感情，惦著念著那男孩了。事實上我當時心裡也正是抗拒著這個想法。我故意繞進其他店，看那些大同小異的男體移動森林，那些大鳥秀，但我連著換了三、四家店，總覺得提不起興致。我告訴自己：好吧，就像我是想著那個一〇六號，那又怎麼樣？就當作是一個孤獨旅人偶然興起的寂寞情感好了，我明天一早就要搭飛機離開這個國家。於是，我又走進前一晚的舞廳，那時已經很晚了，舞台上寥寥落落，只剩幾個裸男不起勁地晃走著，那天的客人也比前一晚少許多。我想可能該挑選該帶出場的時間都已經過了吧。心裡竟有一絲落寞。我想他可能也被不知哪個外國來的gay帶出場了吧。昨晚在旅店房間的種種，眞是如夢幻如朝露。結果這時，那個媽媽桑黏過來（我仍是店裡唯一的女生），擠眉弄眼地說，怎麼樣，昨天那個還滿足嗎？今天要不要換個口味呢？那一刻我就在台上那幾個零寥的裸體裡發現了他（我確實非常開心），就說我還是點一〇六號吧。你們知道嗎？當時男孩發現點他的人又是我時，露出一臉興奮（像小學生朝會時被唸到名字上台領獎時，又驕傲又害羞的模樣）的燦爛笑容，那眞讓我險險落淚。他穿著條內褲赤膊坐在我身旁，照規矩我要點杯酒請他。我知道我這樣連著兩個晚上點他，讓他（像他這樣的新人）在同儕間非常有面子，似乎所有人的眼光都集中在我們這邊。我想殺殺他那股歡樂勁，便沉著臉要他去換上衣服，跟我出去。

「其實那晚我已打定主意要上他了，我發現他也意識到這點。走回旅館的這一路上他顯得比昨晚輕佻，話也說得比昨晚要急要快。但我不喜歡那種感覺，似乎昨晚我付了錢卻沒上他，今晚又跑來店裡帶他出場，就表示這次一定會上他？當我們經過一家便利商店，我要他在外面等我，其實我要進去買礦泉水，但他就露出一臉『妳是不是要進去買保險套哇』的祕而不宣的表情。這使我非常不快。所以回旅店後，我們倆各自進浴室洗過澡，我就又從皮包拿出三千泰幣數給他，告訴他我今晚還是不想做。我把衣服穿上，叫他獨自光著身體躺在床上。但這次他顯得非常痛苦，他困惑又羞慚地低聲說：『但是我想要啊。』他的那個眞的脹得像一柄熠熠生輝的銀槍。且他竟然作出一個用雙手遮住那裡的，受辱且羞恥的動作。

「我握住他的陰莖（天啊眞大眞燙），命令他不准碰我。然後問他是不是 gay？他說不是，他在家鄉有女朋友，我問他那如果有 gay 帶他出場他怎麼辦？他沉默不回答。我問他怕不怕我傷害他？他說不怕。他說了個奇妙的英文，他說我是個高貴的淑女。我問他有沒有打藥，他說沒有。我問他我今天又來找他他開不開心，他說開心，他說他沒想到我今天會再出現，不然他就會把他昨天說的他收藏的那些日本漫畫書帶來給我看。我問他喜歡我嗎？他說喜歡。我說怎麼可能這麼快就喜歡上一個人。他說他不知道……

「這個時候，出乎我意料之外的，他竟然射精了。我們兩個都愣住了。白色的精液射得到處都是，我手中還緊緊握著那像被我掐斷脖子在持續抽搐中變軟變小的鴿子。那前後不到一分鐘。他是個男妓吔。我忍不住大笑起來。這時他絕望又羞恥地以一種不可能的摺疊姿勢把頭埋進肚子裡。像個受創的小男孩。我感動極了，我把他緊緊抱進懷裡（我的一隻手還握著他黏糊糊的小陰莖），發現他竟然在哭泣。」

＊　＊　＊

圖尼克父親的觀察是，這一群怪物（或者該說是一群神祇？一群會說話的、色彩鮮豔簡單的動物？也許媽的他只是撞見一群戴著巨大傀儡頭罩，像湘西趕殭屍人或北方皮影戲班甚至白蓮教撚戲神班之類裝神弄鬼的走陣藝人？誰知道啦，還好並不是遇上耍白癡的丁丁、迪西、拉拉、小波）刻意展示一種「帝力於我何有哉」、「不知今夕是何夕」的超現實、歡樂與友愛氣氛，但事實上，牠們之間，仍像任何小團體成員間看不見的絲弦，存在著極細微的權力位階。譬如說，那隻白色藍眼睛公河馬絕對是這一個帳幕裡的男主人，牠像一個管弦樂團中間主奏的那把大提琴。這個神祕的夜晚牠們把他拘在此一團和樂，並沒有如暗夜惡靈變身成血盆大口犄角大爪怪獸把他撕碎分食，全因這隻公河馬愛好和平的性格使然。對了，牠就像《紅樓夢》裡的寶玉。但以牠們之間互相張望的眼神或傳遞酒杯、烤羊肉、瓜果的肢體動作看來，那隻外貌和牠極相似的同種白色藍眼珠母河馬並非這隻公河馬的配偶或伴侶（或者她是牠的妹妹？），她的眼神顯得冷淡許多，暗影中的表情似乎較專注於牠們正輪流誇耀的怪誕故事。以一位客人來說，圖尼克父親甚至感到這隻母河馬對他有種對外來入侵者的敵意或小心眼。反而那個稻草人（它應該是男性）和公河馬之間的關係比較像一對戀人。圖尼克父親發現每次這稻草人以低沉嗓音對每個人的故事作一番簡短的評論時，公河馬都以熱切支持的深情眼神看著它。即使它用那種哲學家睿智口吻說出的話語內容其實不知所云。另外那隻小不點女性稻草人則是這群怪物中較不受尊重者，雖然大部分時間都是她在說故事。但她說話時總會遭到那隻袋鼠或另一隻分不清是刺蝟或鬈毛狗的怪物的挑釁、嘲笑，而陷入一陣無意義的拌嘴。很明顯地，前三者是主子集團，這小不點可能是公河馬或母河馬其中之一的貼身丫鬟，有些恃寵而驕但同時會把外面世界聽來的故事帶進這個靜態有些無聊的神的世界，至於後二者則是僕傭或家人的角色。

「請問你們是……傳說中的姆米族嗎？」圖尼克父親在那些妖豔淫亂故事輪番上陣的中場，不止一次想打斷牠們而提問。幾個晚上前（噢那是好久以前的事了）他曾聽他父親和逃難隊伍中另一位國民黨書記官之類的文職人員聊起，他們倉皇往南逃亡的路線，恰正是十三世紀西夏王朝整個被蒙古鐵騎覆滅，傳說中曾有一支最後的黨項騎兵往南逃竄的路線。他記得他父親曾問那人後來呢？這支騎兵後來逃到哪？在歷史記載中有留存下來嚒？那人說誰知道呢，七百年前的事了，似乎有學者考據說，後來散布在青、康之界有一支從語言、文字、顱面長相、祭葬儀式皆與漢人或藏人明顯殊異的羌族人，叫做「姆米族」，可能是當時如煙消逝那一支西夏騎兵軍停駐與當地土羌婚配的後裔……

他們尖聲笑了起來，其中又以小不點和那隻松鼠的笑聲最刺耳。

「他還搞不清楚狀況吔。」「這真的是你爸爸嗎？」牠們在說什麼？「廢話，換作是我，丟進這種狀況裡，我也搞不清的啦。」

「請妳——請你們，放尊重。」那隻公河馬看起來不大高興了，但牠還是用那雙友善的藍眼睛看著他們。

「請別理他們，其實他們沒有惡意。」白河馬對他說。

圖尼克父親試著讓自己說話不要發抖：「對不起，請問我認識你嗎？」

那些怪物又全嘩啦嘩啦亂笑起來，「好可愛哦，」「他還會說冷笑話吔，」「超逗的說，」糟的是，他眞的聽不懂牠們說的每一句話。牠們待會會吃了他吧？割斷頸子放血（像殺雞），或用尖刀戳進心臟（像殺豬），或長屠刀從頸背刺進同樣插心臟（像取牛的里脊肉）。他們餵他喝水酒，讓他在一種安心的睡意中把屎尿排淨才殺？

可怕的是，白河馬眞的遞了一大杯斟滿的青稞酒給他。他忍不住又淚汪汪像個娘們那樣哭起來。在一種頸部背脊四肢皆僵硬的恐懼中，他感到自己的身軀被抱在白河馬那柔和溫暖的懷抱裡

（奇怪，河馬的皮膚應該粗糙無毛的不是？），牠把胖闊的嘴貼在他濕涼的頰邊，耳語：

「別哭。這不是最糟的。」

「別哭了，這不像你。」

圖尼克父親想：

「這一切都是鐵路搞的鬼，鐵道延伸到人類文明的邊境之外，它的速度太快了，於是一些本來隱在暗處，不該出現的妖魔鬼怪全跑出來了。它們本來穴居在我們的夢裡，現在卻現形在光天化日之下。」

他向牠們道歉，走出帳幕外，蹲在一枚枯白的牛頭骨前嘔吐，那閃閃發光從他嘴裡淌出的穢物此刻像那骸影的腦漿或靈魂。頭頂漫天繁星像一條浩瀚光河，空氣冰冷稀薄，他感到胸腔裡的肺葉像破殼而出的小蟹，鼓脹著想爬出咽喉，抓住更多一點氧。這是他被父遺棄的第幾天了？他總幻想著他父親棄他而去的最後一畫面，他蹲下低臉看著高燒委頓在沙礫枯草叢上的他，背後是等著他下決定的，焦慮恐懼隨時掩襲而至的共軍機械化部隊的那群逃亡同伴。他父親滿眼哀傷與柔情，用沾沙的手指輕輕劃過他的臉頰，乾裂的嘴唇欲言又止，拂一下他的頭髮，然後站起身，加入那支朝高原深處移動愈來愈淡的背影……

但是並沒有，連這樣贈予被棄者在孤獨冰冷中逐形死去所懷抱懷想的最後一個眼神，一枚小小作爲安慰的紀念蛻物都沒有。他只記得身體的無意識運動，他跟在疲憊走動的隊伍中，白日那燦亮到把眼睛曬瞎的烈陽，入夜則冰冷得骨髓裡皆發出玻璃紋裂的脆響，接著他陷入高燒並劇烈發抖的昏迷夢魘，但他仍拖著雙腿跟著他們不敢落隊。終於那底層的恐懼眞的發生：某一個夜裡他被凍醒發生偌大曠野只剩他一人，還有環繞四周的神山。他們，包括他父親（還有那個女人），一定是在他終於撐不住一個顛躓撲倒後，毫不猶豫地跨過他、丟下他，一瞬停頓也不願浪費體力地繼續前進。

那之後，在他遇見帳篷裡的這群河馬稻草人袋鼠和其他怪物之前，他在這眼前景色如天堂神域、身體各臟器感受卻如地獄的空茫之境裡，究竟遇見了多少光怪陸離，只應在噩夢中存在的妖怪？

他陸續遇見穿著羊毛緊身衣的禿頭人，跑跑會蹲下低頭舔自己睪丸的狗耳人，膝蓋下面長毛沒穿鞋裸著蹄子的山羊腿人、獨眼人、蜥蜴頭人……一群一群，沿著他父親他們逃亡的路線神色倉皇地朝西疾行。有一次他甚至以爲自己遇見一隻雙頭人，後來才發現那是兩個「半體人」並肩摟著對方疾奔：牠們僅在胸部中央長一條胳膊，臀下只長一隻腳，牠們一人一手拿乾糧，一手拿牛皮水壺，這樣輪流餵食對方和自己，牠們健步如飛，比馬奔馳還快，其實是各自用獨腳蹦跳前進。其中一人背著一張弓，另一人則腰下挎著箭袋，後來牠們告訴他遇上山羌或獐子要獵殺時，牠們是兩人共拉一張弓。

這些怪物哭哭啼啼告訴他，有幾個壞蛋從空中用噴火和霹靂的神器逐殺牠們，他原想那是否是日軍零戰高空俯射的夷村屠殺，但牠們堅持那不是人藏在其中的金屬大鳥，而是一隻展翼拿雷錘臉是雷公嘴的，和一個騎著火焰獨輪，繫紅綾兜拿長管子對牠們噴火燄的妖怪小孩，還有一個他們漢人打扮的但額頭上有一隻像魚般銀光蹦跳之眼的……他們掌握空中優勢，把牠們的老弱婦孺、牲畜、穀倉、村寨，全用天火燒成焦炭……

圖尼克父親想：剛剛那隻藍眼河馬無比溫柔對他說，這一切還不是最壞的。那是什麼意思？

還有更恐怖顛倒之境在等著他嗎？

他走回帳幕，他們遞了一只沉重巨大的酒杯給他，那是一個人顱骨在外包上牛皮之後，裡面鍍金（我的頭不會是下一只酒杯吧？）。然後他看見那母河馬倒抓著一隻血淋淋，仍在撲打翅翼的大鳥從帳幕後面進來，奇怪的是那鳥有四隻翅膀，臉部像人類一般平面，臉正中卻只有一隻眼睛，翻白眼瞪著抓住牠而牠無力反抗的凶手，身軀下方拖著斑爛華麗如孔雀之尾翼。母河馬將這怪鳥塞進一只陶甕中，蓋下鍋蓋，上面壓著大石塊，和其他幾只陶鍋一般排放在炭火上烹煮。

母河馬柔聲細氣說：「這個噢，湯最醒酒了。」

許多年後，圖尼克父親回憶起來，他愈覺得自己那次在被親生父親遺棄在青康藏高原某一處荒山野外等待死亡孤單降臨的其中一個夜裡，遇上的那群巨大動物傀偶，牠們鐵定不是妖怪，而是一群神仙。也許他恰好撞見一個故障神仙的治療團體：戒酒協會、自殺者家屬互助協會、顏面傷殘者協會、憂鬱症團契、家暴暨父兄性侵受害者協會……牠們像河蜆吐沙從喉嚨腔體內絲縷不絕掏出那些陰暗汙穢的受創經歷，其他人便是強迫聽眾。然後他們會說出一些讓訴說自己痛苦經驗的人知道自己並非孤單一人的鼓勵台詞：哦，阿默，你要知道這一切並不是你的錯，或是，莉莉，妳是世上最美的女人，發生在妳身上的事是神的旨意，妳的靈魂是來學習的，學習理解人性在這一層次可以邪惡到怎樣的形貌，然後寬恕他們，或是，每一個成員離座起身，排隊走向那陳述受創之巨大恐怖回憶的成員，無言地擁抱他（或她）……

但那更像降臨會或一群業餘劇偶愛好者的定期聚會，或某個SM成長團體，因爲他不斷重臨那回憶現場，總搜尋不到那種畸零人或受難者陰鬱或尖銳或遲鈍如災後重建的氣氛。他們歡快得很。甚至他後來總無限懷念，他置身他們之間所感受到的、此生再無機緣和任何其他人、其他小團體中感受到的親愛友好……

「對了，你們知道嗎，茉莉跑到我的部落留言，說她昨夜夢見我……我想，妳又出現了喔。」那隻母河馬說。

「她也去妳那留話了喔。」「什麼？你也有。」「有，我也有。」大家此起彼落地說。「原來每個人都有。」「她在你那留了什麼？」「她說我如果去死，我的家人或許會快樂些。」那隻袋鼠垂著耳朵說。「她在撒嬌啦。」「她出狀況了，其實我很擔心她，她是不是缺錢在求援？」

「我記得，」那個叫阿金的稻草人說，圖尼克父親發現只要這稻草人一開口，其他動物全靜默下來聽他說，「有一次她告訴我，她一個姑婆養小鬼，而且很爛，好像喜歡派這些小鬼去窺探家族其他成員隱私。那次她祖父過世，這姑婆老是懷疑她哥哥留下大筆遺產，被作爲長子的她老爸暗中侵吞了，就派她養的小鬼去探——這話當然是後來輾轉自其他親戚那邊傳出——結果那些小鬼回來後都形體透明，變得很虛弱。說是來到她家外面，根本看不進去，上空全是金光閃閃天兵天將六丁六甲團團護守著。」

「這個意思是？」

「她是有來頭的。我想她是這個意思。」

「或者說，她是有祕密的。」

「屁啦，她的祕密僅是電影上看來的，何況誰沒有祕密。」袋鼠惡意地說。

「有一次，我們說起在旅館裡發生的一切，傳說中的老頭子祕密的選妃，少女少年們年輕漂亮的身體被規定不准穿衣服，每夜像罐頭康寶濃湯送進零號房間供他享用。他且要求這些少年少女裸體在一個懸空玻璃平台走動讓他觀賞，我們說得鬼影幢幢，亢奮不已，好像第一次勇敢面對各自身上的傷口，談論起那段時期，我們各自在那邪惡旅館裡，被用吸管戳進腦殼、後頸或臀部上方某一個洞，被他們唏嚕唏嚕吸去我們裡面什麼不自覺的珍貴的什麼。我記得她突然像起乩般腦袋前後搖晃起來，然後痛哭流涕起來……」

小不點說：「對，我記得那次，我也嚇哭了。」

阿金說：「我記得她離開前，啜泣著對我說，我們之間已出現一種邪惡：我們像天葬台上吃屍體的兀鷹，我們叼著人們的內臟、腦花、眼珠、砸碎的骨髓和一條條割下的大腿肉，嚼得咂咂有聲。我們在吃人們的痛苦時竟然出現一種歡欣和亢奮……」

「你當時怎麼回答她？」河馬嚕嚕米說。

「我告訴她這對我們不公平。我們畢竟太年輕了。那個傷害確確實實地存在在那。我們只是被一團迷霧困惑地籠罩，找不到合宜的形式去理解它是怎麼回事。我們必須不斷重臨現場，強迫自己去瞪著傷害發生的當下。但是我們早已像那些非洲少女們在成年儀式被族長用剪刀剪去陰蒂。我們腦袋裡的某一小截管理快樂或興奮的什麼，早就被他們摘掉或燒灼切掉了。這使我們在談論那些傷害時，總像在某一種折光顏色被濾鏡擋掉的燈照下呈現的事物，總是殘缺不全，少了某種情感……」

「她怎麼說？」

「她非常憤怒，事實上她當時已泣不成聲，她說我憑什麼以為自己知道她不理解我們這些人。

那時我非常沮喪。似乎原先我和她建立在同一平台上表情達意、心領神會的話語系統全部遭瘟疫病毒侵蝕。互信基礎整個崩盤。原本想描述白鳥在無垠空中飛翔的美麗畫面，一脫口而出全成了醜陋不堪的蹦跳癩蛤蟆。那時其實我也氣急敗壞了，我覺得我朝她投擲過去的話語訊息全被奇怪地重組成非我本意的另一首地獄詩篇……我只好說，信任，是我們這種降生於旅館中人唯一，且最後的道德底線。

「信任各自的自我戲劇化，信任我們不只是一些裝了屄孔和絨毛結充當老二的玩偶，而是將這些殘骸的、損毀的、單一的、像數獨、踩地雷、像背棋譜一樣確信那永遠只是『某一種局部』，如同有一高於我們的存在，看著這一切且了然於胸，那我們是有變成人的可能。」

「但我們不正是一群玩偶嗎？」

＊　＊　＊

這時，有一個高大的身影掀開帳篷摔撲進來，暗影燭光中臉看不分明，他氣喘吁吁，亂髮披垂分不出是男是女，身上穿著戲台上花旦穿的霞帔彩繡，卻像從汙泥打滾過一般狼狽。

「哦，是阿魃啊？他們又在打他了。」小不點說。

圖尼克的父親這才發現比原先帳篷內這群怪物更猙獰醜陋的闖入者，除了髒汙的臉中央一對驚恐痛苦的眼珠，頭頂上另有一雙像貓頭鷹那樣沉澱了金黃色暈，目光殘酷的眼睛。

幾乎來不及反應，又一群個頭矮小像從地獄竄出的鬼差那樣的人類衝進帳幕，旁若無人地用鋤頭打那「阿魃」，朝牠噴水，嘴裡還嗡嗡嗡唱著怪歌。

小不點厲聲喊：「喂！你們在幹什麼？」

但那些小矮人像伐木工人合扛一棵砍倒的巨木，視帳內人若無睹地把那四眼巨怪給抬出去。

河馬們稻草人們袋鼠大嘴鳥刺蝟們用一種壓抑又興奮的聲音七嘴八舌地討論起來：

「拷！又一年了嗎？」「每次都加尼慘，」「去年他們說斬旱魃，眞的把他的腦袋砍了。」「前幾年更慘，聽說他們是學狼逐殺離群之羊那樣，一村寨人哇哇追著阿魃，追到他筋疲力盡被捉爲止，然後把他淹死在海子裡。」「我看這次阿魃鐵定受罪了。」「這次一定超痛苦。」「說來人家阿魃好久以前還是天上的神物，」「好像當年在他們漢界兩個王決戰，一個會使水的用暴雨淹死另一個的士兵，那個便作法讓人家阿魃從天而降，吐火蒸乾全部大水，助這個王獲勝。事成之後漢人的天子忘了施術把他送回天上，他也因吐火洩了元神，無力自行升天，好好一個天界傭兵卻在地面變成災害，所到之處皆起大旱。那忘恩負義的漢人天子死了之後，他的後代竟把阿魃驅趕到這風沙乾礫的羌人地界，從此他便活在這每年被羌人們當邪祟災癘驅殺的噩夢裡……」

「可憐的阿魃！」

「漢人眞壞！」「火車這玩意兒都發明了，他們還在砍他的頭。」「不對，砍他頭的是羌人。」

圖尼克的父親想：這裡是死後的世界吧？就是傳說中的中陰界吧？我應該已經死了吧？這些色彩鮮豔口吐人言的怪物在說什麼他全聽不懂，天啊，我的後半輩子難道就將困在這帳篷裡當這些妖精的玩物？而且如果就只是這幾隻目前聽牠們說話腦袋似乎不太靈光的妖怪也就罷了，但帳篷外似乎充滿著連牠們也掌握不了，憂懼害怕的不人不鬼不神的暴力、戰鬥和屠殺正在發生。他對自己莫名其妙和牠們一起困在此處感到浮躁且自暴自棄……

「睡著了嗎，這傢伙，」

「我們要不要把他趕出去？」

「妳腦袋秀逗了嗎？我們大老遠陪著嚕嚕米紮營在這，就是等著他進來。」

「爲什麼？」

「噓——他眼皮在眨。」

迷迷糊糊中，圖尼克父親聽見似乎是小不點的聲音和那隻袋鼠的聲音交疊著無意義的打屁。他們在討論我呢。操，這青稞酒的後勁眞猛。一股焚風從他腦海上衝。他突然覺得唇乾舌燥，不，不是體內緩慢的口渴機制，是像強光襲面或突然高分貝巨大聲音在耳邊響起，一個清楚強烈刀切般準確的界面：眼皮之間潤滑的淚液突然枯乾而睜不開眼，鼻腔壁瞬間像盛夏岩壁那樣乾燙，嘴唇乾裂感受到像枯葉上面的紋脈……他恐懼地睜開眼，發生什麼事了？

幾隻原本優閒飲酒的動物們也面露慌恐，空氣裡的水分全蒸乾了，雌雄河馬眼睛的藍色折光突然消失變成灰白，那個叫阿金的稻草人身上的麥稈冒出小股的輕煙。圖尼克注意到桌上杯盞裡的馬奶酒、青稞酒和酥油茶，快速蒸乾下降，包括他自己，每一個人臉部皮膚都開始皸裂。

「拷！是阿魃！」「他還沒走，還在這裡面！」「他騙了那些囉囉羌。」「快找水，不然我們會變乾屍。」

那之後發生的事他失去了時間先後順序，哪一幕發生在前哪一幕發生在後，全像悔棋者用手掌抹亂了棋盤上原本互爲因果的棋子們，全亂了。他只記得，驚恐的河馬的臉、稻草人的臉、袋鼠快速乾癟下去的臉，牠們從角落一張貴妃床下揪出一個美得讓少年的他腹下一陣冰涼的妖豔女子，穿著和剛剛那高個醜怪「阿魃」同樣花色的華麗戲服但此刻她便像戲台上神仙般幻美如夢的戲中娘娘，她的臉如醉如癡，還帶著一種惡作劇被逮到的頑皮神情。同一時刻，這些之前一臉可愛的動物玩偶們，並不像殺一個活生生的人，比較像用鐵鉗打爛一隻蜈蚣毒蛇或會帶來瘟疫的病鼠，在燭光映照的巨大影子下，抓狂地舉刀拿棍把那現在變成女人的「阿魃」給搗碎、打爆、化爲灰燼……

同一時刻，或稍前，或稍後，他感覺他眼袋內側的淚囊，奇怪地飆出滾燙熱淚卻沒有一滴液體滲出他的眼瞼，像有人用焊槍或燒灼器把他的淚囊像花苞或豆莢那樣烤乾烤癟，讓它自行剝落。而他那一刻便無比清楚，此後他將永遠無淚可流。他在被父遺棄而後流浪至這莫名其妙的瘋狂帳幕中的倒楣時光，變成了一個無淚之人。

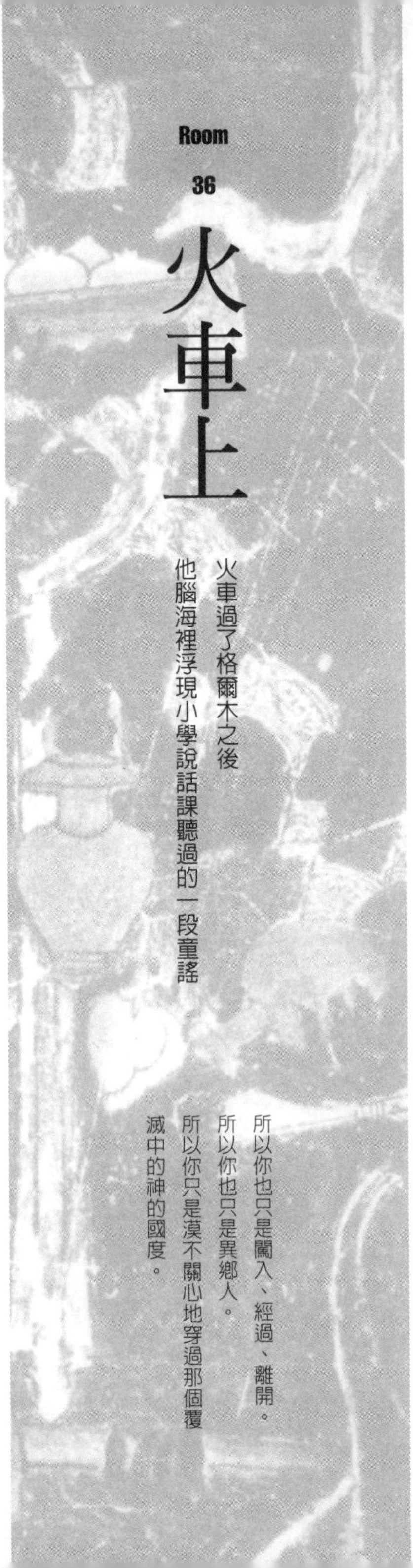

Room 36

火車上

火車過了格爾木之後
他腦海裡浮現小學說話課聽過的一段童謠

所以你也只是闖入、經過、離開。
所以你也只是異鄉人。
所以你只是漠不關心地穿過那個覆滅中的神的國度。

火車過了格爾木之後，他腦海裡便浮現小學時班上一個男生在說話課時上台表演的一段童謠：

至尊至聖是什麼樣的花？
有稜有角是什麼樣的花？
登梯子爬高是什麼樣的花？

那既像雙簧又像蓮花落的氣聲節奏，另一個傢伙就會回答至尊至聖是牡丹花，有稜有角是水仙花，登梯子爬高是牽牛花……不不不，最後一句是什麼？他想不起來了……那聲音在腦袋裡哐鏘哐鏘地撞擊，像這列車鐵輪軋壓在高原凍土地基上的窄鋼軌單調遲鈍的迴響……

「沒臉見人的是什麼樣的花？」

「是……你媽媽！」

「我媽媽是什麼花？」

「是楊麗花！」

孩童的尖譃惡戲，教室裡所有的孩子全瘋了一樣呱呱笑著。年幼的他納悶不解，這有什麼好笑的？楊麗花是當年全台灣七點客廳電視上必然出現的一張臉，最紅的歌仔戲反串小生。薛丁山與樊梨花、楊家將、梁山伯與祝英台、俠影秋霜……

也許班上某個成績最爛的胖女生，在她課本裡藏著一張相片，被惡意的男生搜出傳閱。男生們全吃吃傻笑，女孩們則假正經像那是件不潔猥褻事物，用拇指食指遠遠夾著遞給鄰座。照片裡是個濃妝豔抹，頭上戴著埃及豔后那種珠簾冠，身穿玲瓏凹凸亮片旗袍的女人，手拿著麥克風，似乎正在歌廳舞台上演唱，燈光奼紫嫣紅潑在那張恍惚像冥人的臉。

如果那遊戲改了個物件，「登梯子爬高是什麼樣的車？」那麼，自然是「青藏線火車」嘍……

當然眞實狀態絕非如想像中，地平線斜成四十五度角的「火車上山」的險峻壯麗畫面，很長的一段時間，車窗外俱是漫漫一片灰綠色的高原平坦地貌。某個瞬刻他竟然出現一種島國之人視覺習慣以爲外頭是一片灰色濁浪的冬日海洋，一種搖晃的暈眩。後來他才想起那頭脹欲嘔，眼睛不斷流淚的不適感或就是傳說中的「高原反應」。事實上列車上大部分乘客皆是在車已過了唐古拉山隘口，看到車廂上的電子屏幕，才知道列車已位於海拔五、六千公尺的高度。窗外恆是一片柔和起伏，卡通「嚕嚕米」歡樂谷那樣看去頂多一兩百公尺的低矮巒丘。雖然遠遠近近這些小巒丘上都覆著白皚皚的雪帽。

「這列火車……此刻……確實是孤獨地在這地球的極限高度上頭跑著哪……」

列車車廂內確有一種夢中長廊的超現實感。原本在餐車內聚攏成一桌喝酒，粗聲大氣的一群北京人也靜默下來。軟臥包廂裡呆坐在床沿的老外，或是挨坐在狹窄走道收摺小凳的內地旅客，甚至在車廂間穿梭，穿著簇新制服，其實根本是油嘴滑舌小夥子的列車員……所有的人皆呈現一種空氣稀薄、重力飄浮狀態，兩眼無神，輪廓變單薄透明的幻影氣氛。與車窗外紫外線強烈飽滿光度下近乎金屬色澤的藍色天空，車廂內的人像擠在潛艇夾艙，臉色陰沉的偷渡客。

之前在餐車裡起了一場小衝突。有一桌客人（後來他聽列車員說他們是西安人）大約在給其中一人慶生，叫了滿桌菜（這列火車的餐車供應的並不是便當或像飛機餐那樣冰冷的微波咖哩飯、義大利麵；而是小飯館般熱炒的芹菜豆皮、青椒牛肉絲、酸嗆土豆絲、西紅柿炒蛋……配白米飯），臉喝得像豬肝一般紅。一人一管菸噴得煙霧瀰漫。鄰桌幾個女客一開口他便聽出是台北來的：

「先生，那不是寫著：『供氧車廂，嚴禁吸菸』？能不能請你們把菸熄了……」

一開始那幾個男人不以爲意：「嗳啊，大家都在抽嘛。」確實他剛走進這餐車時，裡頭三、四桌列車員、廚師和餐車大嬸們，一邊吞雲吐霧一邊扒飯一邊吆喝耍笑。那時，他也向服務員要了一只菸灰缸……

女人十分堅持：「請你們把菸熄掉。」

同桌一個一臉文氣的男子，用北京腔說：「這幾位是海外和台灣來的女學者，你們也尊重一點嘛。」

誰想到這一來那幾個傢伙炸了鍋，原來還找不到台階下，這時可理直氣壯了。

「怎麼著？海外來的？我沒見過海外來的？假洋鬼子！什麼玩意？海外來的了不起，欺負我們自己同胞是不是？漢奸！走狗！」

那幾個女人臉都氣白了，餐車裡的老外全充滿興味轉頭看這邊的騷動，列車員和隨車公安也來了，但七、八個穿制服的沒有取締吸菸者的態勢，反而形成一道人牆隔住走道兩側，像街坊胡同有人吵架時勸解與拉架……

那幾個罵得意興酣暢，買了單，剔著牙，被列車員哄勸著離開。「什麼玩意？海外？今天還是九一八吔！」穿制服的們才又圍坐在那桌翻白眼的女客四周座位，七嘴八舌講評說理：

「唉，這驢頭對馬嘴不是？什麼對什麼？搭不在一塊嘛。你們也別放心上，幾個喝醉了，覺得自己好不容易弄張票來搭趟這火車，比飛機票還貴哪。覺得自己是個爺兒了，卻被妳們幾位大姊教訓，臉拉不下，是不是？您說是不是這個理？」

在那樣溫柔、輕輕顛簸的持續時光裡，難免想起自己的女人。他記得十年前，他與年輕的妻初戀時，不知怎麼總不幸地很難找到兩人獨處的私密空間，他們的周圍總同時杵著各自的哥們或姊妹淘，嘻嘻哈哈，既像出意見的同謀又像監視者。難得剩下兩人時，又彼此害羞得不敢提議去賓館、KTV這類過度企圖明顯的暗室、他那時像發著高燒的小獸，繞著噴散著致命芬芳的母獸打轉卻不知如何是好地嗷嗷哀鳴。年輕的妻子在他的記憶裡像一團滾燙的、液態的、發著金色光輝的女體形狀的湧泉。他記得有一次，他們和那群同伴一道去高雄左營探班一個初入伍受訓的哥們，回程台北時不知怎麼其他人皆各自在台南、嘉義下車，只剩下他和面頰酡紅的年輕的妻。他們像越獄的共犯，激動又靜默地牽著手，他感到她輕輕但持續地用手指摳撓著他的虎口，或其他手指間相連的弧凹，但那是不夠的、那是不夠的……

後來他不知怎麼橫了心，拿起一件薄外套覆蓋著兩人的頭和上身，像躲在那整列車廂裡一座想像中的帳篷，他的手笨拙地從袖口伸進年輕的妻的洋裝裡，握著她孱幼的乳房，把她的少女乳蒂輕旋揉搓地翹挺成雀鳥的嘴喙……那時，完全沒意識到，是不是其他座位的乘客們，全以一種不動聲色的靜默，側目他們這一對小情侶笨拙又與世界封閉的公開猥褻……

他只記得在那外套遮蓋的黑暗裡，火車漫長而持續地搖晃，發出喀登喀登的聲響。

稍晚之後，圖尼克在搖晃的車廂走道扶著金屬壁面走回他的臥鋪包廂。他有一種酒醉者的印象：似乎在經過每一節車廂和車廂的連結處時，總有一名穿制服的列車巡警，像超現實畫中沒有臉孔，只有一抹灰色身影的人物，他們或拿著一只水銀膽熱水瓶對著廁所旁的熱水出水龍頭接水；或背對著走道，把帽子低低壓著，在這樣近距離的身體擦撞經過時，不讓你看見他的臉；或者就站在上下車門的台階上，一手抓著氣閥開關的臂柱，像初次離家遠行的高中生那樣孤寂地望著玻璃舷窗外的流逝風景。……這一切都予人一種荒涼、空洞、特別讓旅行者感到不幸的灰濛濛氣氛。似乎若是在另一個年代，這些和你同車的陌生人，其實是一群年輕、無感性、明目張膽的監視者或祕密特務……

他拉開他的臥鋪包廂門時，發現包括他的床位，上下左右四個睡鋪全躺著人，密室裡鼾聲如雷，酒氣沖天。有一瞬他以爲自己走錯了房，但他在右側下鋪四仰八叉睡著的傢伙腳邊，發現自己揉成一團的睡褲和一包塑膠袋裝的牙刷牙膏和濕毛巾。混帳！離開我的火車……哦不，我的床位。當然那只是他心裡的怒吼。他突然想起那心中像變聲男孩歇斯底里的尖叫，完全是他曾經無意識在電視上看過的一支卡通裡的台詞。那支英國BBC拍攝的卡通片名就叫《喂！下車！》：男孩小班抱著他的絨毛玩具狗入睡，半夢半幻間他放在床腳的模型軌道火車像神燈魔法愈變愈大，小班和玩具狗在夢遊狀態下穿著列車員制服登上火車，便嘟嘟鏘鏘地出發了。他們的火車經過森林、海岸、冰原，甚至北極，沿途總有一隻不請自來的動物跳上他們的火車。男孩小班和玩具狗的標準台詞便是——

「喂！下車！這是我們的火車！」

但那隻動物便會可憐巴巴地哀求讓牠也加入他們的旅途，譬如：

老虎：「人類燒光了森林，砍伐所有的樹木，害我沒有家可回……」

大象：「人類獵殺我的同伴，爲了砍下我們的象牙……」

丹頂鶴：「人類破壞了我的棲息地……」

海獅：「人類汙染了北冰洋，害我沒有魚可以捕捉……」

北極熊：「人類獵殺我們爲了剝我們身上的皮毛，求求你們帶我一起走吧……」

先上車的會加入小班和玩具狗，一起橫眉豎目地對後上車的侵入者怒吼：

「喂！下車！這是我們的火車！」

但只要那賴上車的，說出一段像通關密語般、「被人類迫害的事實」，他們便開開心心地讓牠加入，並且在下一站遇到新偷渡客時，沒有異議地容牠站在一起，成爲「我們」：「別上『我們』的火車！」

圖尼克很快便發現擠在他臥鋪裡渾身臭烘烘酒精味的（包括占據他床位的那個），就是剛剛在餐車爲了抽菸和另一桌女客發生衝突的那些傢伙。他們皆穿著深色的西裝褲，那給人一種多日不洗，藏汙納垢的印象。睡上鋪的兩個連漆皮鞋都沒脫，像死屍那樣垂著一隻腳在半空。

圖尼克坐在他床鋪（現在那上面躺著一個喝醉的陌生人）邊沿，他想：我該摸摸鼻子抓本書再回去剛剛那個餐車呢？還是就坐在這兒等這四個粗蠻無禮的愛國分子醒來，告訴他們，你們其中一個占了我的床位。他們會不會在這顛盪的狹小密室裡對我咆哮：

——喂！下車！

——這是我們的國度。

圖尼克在那晃搖如夢的陰暗空間裡（我正吸進他們像彈塗魚張闔的口裡噴吐出的濃濃酒精，那使我的臉慢慢變得和他們一樣。那樣動物性的，未經過遷徙離散所以如此安適放心熟睡的一張臉），想起他父親曾對他說過的一段話。

如果有所謂的「庭訓」，那麼他寡言的父親，難得保存在記憶裡曾對他說過這一段較長的話……

圖尼克的父親說：

「最重要的是：防止不是我們的人，僞裝，甚至是變成我們的樣子。」

於是我們必須去理解他們怎麼僞裝：他們在僞裝之前怎麼看我們、想像我們、描繪我們？他們總是必須照他們總結出來的那個「我們」的印象去僞裝吧？我們自己渾然不覺的某種長相辨識的特徵、我們的口音、我們會鬧的笑話或是相反，我們覺得好笑而他們原本不以爲好笑的事。我們嫌惡的而他們原本不以爲意的東西。

圖尼克問：「那第二重要的事呢？」

圖尼克的父親臉上浮出一種，一生演過上百個角色，數萬種表情曾在其上潮浪沖刷，以至於變成一種素淨近乎傀偶，近乎「沒有臉」的疲倦平面：

「第二重要的事其實比第一重要的事還要重要。但因爲它實在太重要了，近乎（我們這種人）生存之本能，所以我們把它當作廢話不必去提。」

「那是什麼？」

「就是像煙一樣不引人注意地，混進別人的族類裡，學他們的口音，說他們的笑話，讓他們以爲我們是他們的人。」

沒有人知道圖尼克的父親在被他父親遺棄於青康藏高原某處山坳，而至他獨自一人（在幾天後？三個月後？一年後？）終於趕上那支流亡隊伍，之前的那段孤獨、神祕、被棄的時光裡，發生了什麼事？他遭遇到了什麼樣的人？看到了什麼難以言喻的事？使他後來即使跟著父親、繼母和其他人等，終於越過邊界，到達尼泊爾，再轉進印度。照說故事的時鐘該在那裡進行調校，他們暫時離開「旅途中」漂浮、絕望、恐懼的狀態。圖尼克的祖父在孟買開了一間染織工廠，並加入當地僑社（幾年後他成爲那個大城約六千多人的華人社群的僑領）。幾個孩子先後進入當地的華人中學、小學。

但圖尼克的父親並沒有在那個逃亡結束的終點把他的時鐘歸零。他隨著大家越過邊界時，像被篩子濾過那樣，只穿流過一部分的他，剩下的另一部分暗影斑斑，或許比較不帶著羶臭味的什麼（他的影子？魂魄？怨念？）則繼續在那崇山峻嶺、湍流、湖泊或河灘間流浪。

那一部分的圖尼克父親，變成了一個獨自一人持續在海拔六千米以上陡崖雪峰間攀爬冒險，永遠十五歲的少年。這一段冒險故事鉅細靡遺，魔幻精采，比起另一部分的他（那個到了印度，持續長大，然後輾轉到台灣的圖尼克父親）所發生的陰暗晦澀故事要好聽多了，要富含感情多了。

（但是一個人怎麼可能同時經歷兩種完全不同時空之遭遇？）

如果我們把圖尼克的話當眞，他父親當年在偌大青康藏高原的立體迷宮裡漫遊冒險，所見所聞，絕對可以寫成一本《西遊記》或《格列佛遊記》。他曾在暴風雪撲襲的山稜線上，遇到兩個騎著駱駝的法國傳教士，他們穿著肥大羊皮襖、披著羊羔皮坎肩、戴著羊絨帽子、頭部包著駱駝毛，他們的騾子身上披著大塊毛毡，掛著凍黑的羊腿。但他們的臉仍被風雪吹凍出一條一條的裂口。另一天，他在一山谷裡遇見三個瘦小的墨脫人輪流背著一個肥大的喇嘛宗全，另兩人則揹著他的鹽巴、茶葉和地氈。他的襪子潔白如雪，只要揹他的墨脫人一個趔趄，他就拿皮鞭抽他們，他還曾遇到一群穿黑衣或紅衣的苯教徒老人，手裡逆搖小轉經筒，以逆時針方向繞著一座山轉。據說他們活在一個被佛陀處罰放倒的世界：樹根朝向天空，鳥揮翼倒飛。男人被女人視爲禍水，人們在光天化日的野外戴著犛牛、山羊或熊的面具光著身子交尾。據說圖尼克的父親還經過那些空氣稀薄日光如白銀的高原上，上千對以白骷髏形貌進行男女雙修的醜惡悲慘「轟趴」。他從它們腰間繫的彩帶短裙和手上盛滿鮮血的嘎巴拉碗，分辨出這些齒頰關節打開疊合看似互咬的骷髏孰爲男孰爲女，並且猜測在乾燥酷寒的山谷或河灘這些肋骨、膝骨、肘骨交叉穿刺成一堆的恐怖骨架，它們的舌頭和唇肉被兀鷹吃掉前可能正在濕潤地舌吻，它們的陽具和陰唇在腐爛風化之前可能仍幸福激爽地相插相銜……

　　圖尼克的父親在那時間失去重力的漫遊中，經過了東方暴虐寒林、北方密叢寒林、西方金剛啖寒林、南方骨鎖寒林、東北狂笑寒林、東南吉祥寒林、西南幽暗寒林和西北啾啾寒林。他在那樣常人不堪忍受的怪異視覺之旅中，逐漸變成一個陰鷙而早熟的少年。他看到人們的軀體被用一種刻意模仿動物的卑屈和粗俗對待著：他們抓食糌粑的時候；他們男女交合的時候；他們五體投地跪伏在礫石地的時候；乃至他們死去而屍肉難以腐化，被利斧劈成碎塊餵食兀鷹的時候……那使得他日後重返人群，不論是在印度時期，或後來獨自到台灣，他與人的關係，始終帶有一種眾人不覺唯有他一人聞見，生香活色的白色人肉從骨架上剝下，再風乾變黑發臭的噁心感。一種空蕩蕩的噁心。那像是某種錯誤的地圖繪製術的投影法。他曾從旁經過的外在世界早已消失，所有的高山、高山上的湖泊、湖泊旁像動物一樣的人類或其實遠比人類害羞的犛牛、藏羚、野驢，早已成爲一幅濃縮隱晦的地圖。他用他的餘生，靜默地在內心裡繪製它們。那些用大炮轟擊獨立寺院的藏軍，或是以火繩槍反擊的武僧；那些把手指浸油燃燒成焦黑火炬以「供佛」的狂執信徒；那些絡繹在茶馬古道以騾子馱往八廓街批賣的茶葉、鴉片、絲綢、瓷器、香料；或反向的羊毛、藥材、藏毯、麝香……。圖尼克想：他的父親隨祖父一行人（那群修鐵路的）按當初西夏最後一支騎兵隊流亡路線，由寧夏一路往西南進藏，而後獨自落隊，迷失於那片地圖上以深紫色神祕摺皺標示的高山迷宮裡，其時正是一九四九、一九五〇年之交，恰正是中共人民解放軍由川進藏，六神無主的噶廈政權和剛即位的少年十四世達賴以請神擲卦決定神王之國是否要與那個唯物史觀的新中國政權談判。圖尼克問他父親：你和畫面裡的那些人交談了嗎？他父親說：什麼意思？圖尼克說：你和他們交談了嗎？還是像默片，像那些壇城的妄幻宇宙擬仿，像那些用酥油捏出唯妙唯肖，栩栩如生的亭台樓閣、天女羅剎，那些佛呑在肚子裡的「世界」？

圖尼克的父親說：我當然沒和他們交談啦，我又不懂藏語！

所以你也只是闖入、經過、離開。

所以你也只是異鄉人。

所以你只是漠不關心地穿過那個覆滅中的神的國度。

但是等那幾個傢伙陸續醒來，並且發現這個小空間裡多了圖尼克這個人，他們並未如他之前處於一種緊繃焦慮之等候狀態地，出現對空間遭陌生人傾軋之敵意。睡在圖尼克床鋪的那傢伙甚至在迷迷糊糊的狀態下，迅即向床頭靠窗那側蜷縮彈身讓開。

「欸，欸，小兄弟，這是你的床對不？」

他們以一種對自己人的親切熱活招呼他，「唉約，這一覺睡得眞顚。」「啊，這是到哪啦？」兩眼茫然看著車窗外，對面上鋪那個把西裝外套披在肩上，從口袋掏出菸來，一臉惺忪地點著。他們像是某一間牢房裡的獄友，圖尼克是新被關進來的犯人。他們見怪不怪，不特別招呼他，但也沒冷落他，似乎他杵在他們之間是天經地義最自然不過的事兒。

「小兄弟打哪邊來嗒？」對鋪那個年紀較其他三人稍長，單鳳眼，眼袋如肉瘤。圖尼克想不起來之前在餐車叱罵那幾個女人「假洋鬼子」時，最中氣十足的聲音是否便是這個腔口。

像是……低級的迪士尼鬧劇卡通，一隻被追殺的老鼠戴了貓咪的面罩誤闖進貓的俱樂部裡。

圖尼克說：「台灣。」

沉寂了大約有二十秒。只聽見單鳳眼抓著幾只一抓即扁的免洗塑膠小杯，咕突突地往內斟酒。或者決定相信，之前在餐車的那一幕，這小子並不在場。「喝酒，四十塊一瓶的紅旗二鍋頭，嘗嘗看怎麼樣？」

圖尼克雙手捧杯，抿了一小口，像戲台上的淨角，兩眼驚奇圓睜，一手舉二指直晃，「欸？」一飲而盡。「好酒！好酒哪！」

這戲劇性的做作逗得臥鋪裡其他四人大樂。上下左右全伸手來向丹鳳眼老大要酒。「欸，我們這台灣小兄弟內行，這酒比那些五糧液、酒鬼啊，那些高檔酒要好。」「這小兄弟有意思。」「還有貴州茅台也好喝。」「好喝？」「嗯，好喝。」

現在他在他們裡面了。他和他們一塊在這禁閉空間裡吸著菸，用免洗杯喝二鍋頭，真正像監獄裡的牢友拿著牙刷漱口杯蹲在水槽邊哈啦，原本占他鋪位那個削瘦身材的，瞇著眼問：

「小兄弟，你大老遠從台灣，坐這火車進西藏，是旅遊呢還是公幹？」

圖尼克說：「我祖父，在解放前，是國民黨的鐵道官員，他是在西北建鐵路的，這一趟車，前頭的某一段鐵軌，說不定是我祖父他們蓋的呢。」當然他也說了一遍祖父、父親、二奶奶和一群流亡官員，沿寧、甘、青海進藏，再攀越喜馬拉雅山到印度的故事。

「小兄弟有心。」他們說。

於是在這煙霧瀰漫，人臉因車體規律搖晃或酒精醺迷而顯得不真切如皮影的軟臥鋪裡，像培養皿裡的單細胞生物，自然而然透過細胞質裡的染色體碎片與殘臂，懸浮漂流地交換起身世了。

四人之中只有單鳳眼老大待過幾年西藏，他說：「三年是一個關卡，一般援藏幹部，在西藏待到三年，十個有七個就犧牲了。高原含氧量低，很準。第三年，你的肺為了適應，慢慢變大，壓迫到胸腔，一般叫肺氣腫，其實就是肺給撐大撐破了。頂得過第三年，那就沒事了。」四人之前全是下崗軍人。丹鳳眼老大還在西寧、拉薩間跑了幾年長途巴士，遠一點的，也跑川藏公路，也有客人找他，從北京拉車進藏的。

「有一年，拉幾個北京人，車過了西寧便問我哪裡可以買到槍，聽說化隆那邊從前是兵工廠，村子裡每家人都會自製槍枝。我說我不知道，你們不是要進藏嗎？幾個傢伙，嘿嘿冷笑，說，兄弟，有沒有看過殺人？後座三個就往前湊，胳膊搭在我座椅靠背，有一個還拿手槍柄輕輕搔我脖子。我說，兄弟，誰沒看過殺人？不過請你們坐好了，我膽子小，手一發抖便握不穩方向盤。看見對面車道那過來一列軍卡車沒？我一個閃滑撞上去，一條命賠四條命你們說值不值？」

「他們這才笑嘻嘻靠回坐好，說，兄弟，我們開玩笑的。好了，第二天晚上，我的車上了唐古拉山，五、六千公尺海拔，其實趕一下天亮前可以到拉薩。我就故意在安多停歇。哈哈！那幾個漢子，不是橫得很嗎？全部摀著嘴嘔吐，臉變成紫色，講話聲音像貓一樣細。他們喊我兄弟，大哥，求求你帶我們往拉薩去，要嘛就回頭。我們加一千塊人民幣，我的哥們受不了啦……。我說這不成，我的車胎要休養不？我的引擎要休養不？給我在這個小鎮好好待一晚，爺兒們還要去找老相好聚聚……」

眾人嗤嗞嗤嗞地笑。圖尼克知道，除了他，其他人聽這故事可能不下十次了，但他們還是一臉真摯地笑著。如此更可看出丹鳳眼老大在這群人中的分量。

然後，整個空間突然像嗑藥後所見變成一圈圈環繞著馬戲團老虎的烈燄火圈。爆炸聲響，玻璃碴從他下方像礦泉水廣告的水滴一片銀光地朝上浮升而起，這時他才意識整列車廂在翻轉。鐵皮車殼像青蛙的肺朝內縮再膨脹。他聽見許多女人的尖叫聲。聞到一股烤肉焦香混著橡膠鞋底融化的辛臭，靠，不會是我的腳被煎熟了吧？當天旋地轉停止後他開始像噴水器那樣嘔吐起來，因爲他看見單鳳眼老大的頭恰好夾在凹陷的車壁而被擠爆了。眼珠掉出來，臉扭皺成搞笑藝人皺鼻裝小籠包的模樣。另三個人應該都被甩出車廂外活活摔死了。他自己滿臉是血，他原想：慘啊，不會是頸動脈吧？用手一摸才安心，不過是靠耳側的臉頰被利物割開一道口子。

爆炸聲仍此起彼落地傳來，可能是原來的貯氧槽漏裂了吧。較遠處甚至聽見卡賓槍射擊達達達，達達達的零落聲響。難道眞的是遭到恐怖分子搞軌攻擊，列車上未陣亡的隨駐武警以扭曲的車體爲掩體還擊。圖尼克試著從腴軟金屬、碎木、大小玻璃淚珠、沾了各式液體的棉被、行李箱、飛舞的紙張……中掙爬而出，探頭站在那熾亮陽光卻冰冷不已，滿眼盡是像女體柔和弧線起伏的灰綠山巒的高原曠野，空氣無比稀薄，這是他早就知道的。

在列車像垂死金屬蜈蚣翻倒拖曳垂掛而下的他們這低地的上方，有三個巨大的怪物，逆著光在拔鐵軌，逆著光，一個長著麒麟頭雷公嘴，背後張著一對醜陋的小肉翅；另一個則是綁著沖天髻、肚腹繫一條紅肚兜其餘皆袒胸露臂的不男不女小孩；還有一個，哈，他突然因在這不可能的異境遇見舊識而熱淚盈眶，那個一身胡人裝束的，不正是安金藏嗎？雖然他一臉夢遊者的淒迷茫然，眼瞳中的黑核彷彿被用鑷子摘掉發出銅幣的銀色霧光。要不是那大小比例，眼前那眞實無比冒著黑煙的火車災難場景，以及環繞著所有這古怪一切的整片駱駝草覆蓋的乾淨構圖，他或會朝著那幻術大師大喊：

「喂，這裡就是你替那座旅館挑好的建地嗎？」

那三尊巨大無比的，從他夢弄錯比例跨涉跑進這場景的怪物，像殘虐的男孩拔昆蟲薄翅那樣專注地把原該平鋪在地延展到遠方，他祖父和父親當年逃逸消失之處的平行鐵軌，拗折朝天，如從土裡扯出植物的根鬚，不斷拉扯，另一邊即不斷在刺目強光中像被外族人用槍指著的兩條屈辱柔順的手臂，高舉投降，失去平視、想像的地圖，既非控訴又非祈禱，指著無限透明的藍色天頂，不斷蜿蜒伸長……

Room 37

沙丘之女

其實找女人何其容易。每晚九點床頭櫃的電話必定響起。

圖尼克想問那臉孔在流光幻影中似睡非睡的妻子：「妳有沒有曾對我不忠？」

我對妳的身體仍充滿慾念，哪怕我們已彼此那麼熟稔。

「我沒想到事情會如此複雜。」圖尼克說。

我沒想到會永遠失去妳。

其實找女人何其容易，就像這間光線黯黑、地毯始終帶有一種動物體臭（他懷疑是否之前住宿的房客是否帶著牛羊或騾子之類的牲口，夜裡讓牠們蜷伏在床腳，或是浴室的腳墊上入睡？）的旅館。每晚定時九點，床頭櫃的電話必定響起（他後來被弄錯亂了，總覺得那一響後會停頓十秒再響，彷彿有人捏著鼻子對麥克風假裝的嗶令嗶令電話鈴聲，比隨後話筒中的女聲要撩撥、性感許多），一個嘴裡含沙卻故作嗲媚的當地女人像熟識的老情人那樣問他：

「先生，今天可以按摩了唄？」

第一個晚上，他接到這樣明目張膽的色情電話時，腦海中馬上浮現街道上滿眼皆同一模樣，臉孔黧黑發亮，身材瘦小的勞動婦女，其中一個穿著樣式老舊的奶罩三角褲，像在田裡叉麥稈那樣渾汗如雨地在他敞裸的身體上勞作的形象。他被這城市漫飛在陽光裡、街道上、商家門檻、公車車窗，灰撲撲的樹木葉片，乃至水龍頭流出的黃水……無所不在的沙塵印象所干擾，似乎如果有個女體曲意承歡地對他進行著那些淫狎冶豔之事，也會從她們的奶罩、底褲、肚腹的皺褶、頭髮，甚至陰唇裡，嘩嘩掉出大把大把的黃沙，弄得他滿頭滿臉。

他對電話裡那個沙丘之女說：「改天唄，今兒個身體不舒服。」

話不敢講死。竟是怕電話那頭那粗俗虛矯的女聲從此不再打來。因爲我是個孤獨的異鄉客，我怕有一天我孤獨地死在這個房間裡，連這個最廉價卑微的色情電話都不出現在我乾屍橫躺的現場。

第二個晚上，沙丘之女又嗲聲嗲氣地打來，他不確定是不是同一個人，但他懷疑他已成了電話另一端某個小房間裡一群各自坐在電話機前反覆撥號的女服務員們的笑料。「他說他身體不舒服耶，」「看看么么六房那個台灣人今天身體舒服了點沒？」

女人說：「先生，今天可以按摩嗎？」

他說，不行，今天還不行。改天唄。黑暗中他的臉刷地燒紅。像在哀求她們別將他遺棄。

他確定聽見電話那頭不止一個女孩咯咯呵呵的笑聲。

女人說：「先生，按摩一下嘛。我們的小姐很漂亮哦。」

不要。今天不要。他疲倦地說。掛了電話。

他推開窗，像越戰電影裡美軍傻裡傻氣以過近距離面對被自己的噴火燒夷器燒成一片火海的叢林：他的眼珠被那穿透不過去、無法將下面街景看分明的液態強光給灼傷；滾燙的熱空氣（含著沙！）從他的鼻黏膜吸竄進去，把他的肺濾泡一顆顆燎乾燎破。在那樣的強光裡，他似乎看見一群小人像螞蟻一樣推著一輛老舊的公車，緩慢地在他下方的街道前進。他好奇地向右手邊望去，眼睛慢慢適應那說不清是強光、熱空氣或滾燙之沙的一團灼熱。在那群人身後約一百公尺處，一個人形四肢張開趴躺在馬路正中央，頭顱下方一灘深色的液體。

「他們撞死了人，卻用這種緩慢笨拙的方式想逃離現場！」

他注意到，圍在公車四周的小黑點們，全戴著那種白色小圓帽。躺在地上那人，頭顱上也戴著同一式樣的白色小帽。

有一天晚上，他和街上那些頂著沙塵暴風、用結棍小腿踩著三輪板車的老傢伙逆向而行，經過路旁小雜貨商家矮簷陰影下四、五個一群頭髮垢膩、臉孔尖窄似狼的青年，晃遊到這個城市的火車站附近。那兒的台階上坐著一小群一小群長得像印地安人一樣（寬距的，似乎只有黑眼球而無眼白的長眼，寬額頭和突出強壯的下顎，皮膚被高原凍傷和紫外線曬傷給徹底摧毀）的藏族老婦、藏族老人和藏族少年。他們的神情像某種充滿警戒的獒犬。他聽一位出租車師傅說，去年這城市南邊一個藏族自治區，有幾個藏民包圍了一個回族的，那個回回進他屋裡拿了柄獵槍出來，砰一下把其中一個藏族打得腸肚開花。死了人，後來那整個鎮裡的藏族，把一整條街所有回民開的餐館全給砸了，這件事鬧得很大，市裡的公安和武警都進駐了。

他們說，火車站這一帶，全是回民的地盤。

在剪票口四周，擠滿了像蟻窩上踩踏著同類身軀搖晃觸鬚躁亂竄動的生物。他們全被擋在高柵欄鐵門外，伸頭探腦看著月台上傳說中首次要開上海拔五千多公尺的高原火車。他那時心裡有種冰冷的恐慌，這些遊民、偷拐搶騙、娼妓、賣毒品的、從鄉下來城裡被扒光了路費於是像河中找替死鬼晃蕩等著扒人錢的茫然遊魂、乞丐、逃兵、把自己老婆卸成八塊的殺人犯……，全長了一模一樣的臉。那時已近午夜，但城市上空仍是一片灰白。他跟著人群擠上一座跨架在鐵道上方的天橋，發現自己逐漸被一群戴著小白圓帽子，臂膀挨擠著臂膀的，臉色陰沉帶著對闖入者狐疑警戒（或將要剝光他的興奮）之神情……的身體包圍著。那種髮垢、體臭、腋膻混合著衣服久未清洗與隨身珍藏的發餿食物的濃郁酸味，甚至他們牽著的騾馬糞便味兒，一層一層地包裹住他。

他想：我出不去了。他們盯上我了。

所有的人頭戴著小白圓帽，像吉普賽人在天橋上用小鐵鍋舉炊，搭帳篷，用水壺裡的黃濁水洗頭洗臉，骯髒的婦人們用她們的乳房哺餵她們骯髒的嬰孩，他們甚至在這擁擠的、半空中的聚落裡，交易著他們自城市他處拾荒或扒來的瑞士刀、壞手錶、過期罐頭、鞋、帽子、女人的絲襪、小孩的練習本、香菸……。火車開動的時候，他們集體靜默著，但手指都摳抓著鐵絲籠網，喉頭發出一種興奮的、動物性的「咯咯」聲響。那個煙囪噴出的煤煙，飄上來蓋住了天橋上的這一切雜遝氣味。像某種宗教滌淨、像某種祝福。

他想：我的祖先屠殺了他們的祖先。現在他們認出我來了。

這時候，一個女孩——像從一團高速旋轉的泥坯陶土團中甩出的一小坨濕泥——不知從那一大群小白帽子人潮中的哪一部位冒出來，先緊緊攥住他的手（她的手掌極熱極潮）往反方向拖，像是極熱的人一樣，一邊低聲責備著：

「咋地自己一個人跑上這兒，怎麼死的都不知道。」

他認出那聲音，或者只是極度恐懼，腎上腺素飆噴後的幻聽。沙丘之女。電話中的按摩女聲。女孩牽他走下天橋階梯，把他扔在那些散坐著藏族遊民（唉，他的祖先也曾屠殺過他們）的廣場，便轉身跑了，沒入那一大群小白圓帽的身體河流裡。

第二天晚上，在旅館房間裡，電話鈴準時響起，他幾乎像初戀時守候年輕的妻打來電話那樣的心情，快速將聽筒撈起。

「先生，今天要按摩嗎？」

他抑制著不讓對方聽見他這邊濁重的呼吸聲。他該怎麼說？昨天謝謝妳？或者，建議她不要再躲在電話裡用這種色情角色和他說話，也許明天可以請她當他的地陪？妳願意陪我在這城裡四處走走看看嗎？

「先生，今天的身體好些了嗎？我們的小姐很溫柔噢。」

沙子的意象還是從房間的各角落，床底、地毯毛、髒汙的立燈褶罩，遮住外頭光源的窗帘……從四面八方刺癢地鑽進他的皮膚毛孔。他颼地打了個冷顫。

「不了。今天不成。先不要了。」

第二天，他和那個女人叫了輛車，烈日下直奔城市北邊的那座當地人暱稱「奔跑中的野馬」的山之山麓（那就是了，他盡量不讓前座的司機和女人發現他全身顫抖著：他父親和他祖父，當年就是以這座藍紫色的山爲座標，展開他們的逃亡之途）。那個司機是個河南人，一臉殺氣，車行駛過沙漠礫石灘中央一條筆直的快速道路時，他嘲弄地指著山和他們之間，一坨一坨灰濛濛，倒扣碗形的土丘：「那些，就是西夏王陵。」

「八〇年代的時候，這裡連個鬼影子都沒。這兒不是有個空軍基地？誰曉得山腳下那一個個大大小小的是個啥？據說戰鬥機操課還把它們當靶標射擊，還好或許是炫耀槍法，盡挑小的打。那就是一些陪葬陵嘍，主要的十九個王陵倒都留著。」

大多時候女人在前座和那駕駛用當地話交談，他發現自己有一種類似小男孩被成年男女輕忽時模糊的妒意。他聽不懂他們在說什麼。女人穿著長袖薄襯衫，戴養樂多阿姨帽、墨鏡，像要把自己嚴密包裹一絲不露在脖子處還繫了條嫩黃絲巾，那使得她朝後裸出的耳朵非常性感。他覺得非常眼熟，突然想起這不是他的妻子、妻的母親、姊妹們，在夏日回澎湖時，烈日下無遮蔭處的標準裝扮？他記得所有人初見他妻子時都會說她皮膚白，眼窩深鼻梁高眼珠且帶淡綠色，像老外。她們家族裡的女人似乎也怕這種白皙透明淡藍靜脈隱約可見的異族特徵，在海島的烈曝下消失，故而幾近病態地守護著那白。

這樣對照著強光蜃影的已不存在的妻子的形象，他閉上眼，妻子全裸（奇怪是她正忘我貪歡，眼睛微瞇舌尖抵住上門牙的淫蕩臉孔）那像牛奶河流一般的白色胴體讓他唇喉乾燥地清晰浮現。他發覺女人也很白，這一點使她與妻子像兩只對比的瓷器，某種底胎的質地觸感有一神祕的相近。

曾有一位深諳顱相學的長輩，看了他的妻，說：這絕對是阿拉伯人的後裔。那是怎麼回事呢？澎湖人多泉州移民，泉州在宋代，是國際第一大商港。阿拉伯商船檣帆雲集。

女人，莫非也不是漢人？

車到了一山隘口停下。這就是了？他有些失望問道。是啊，這就是賀蘭山岩畫。下了車之後，他們在沖積河床旁的礫石灘上像岩羊那樣蹬跳著。女人一邊輕微喘著一邊解說著。

這就是太陽神岩畫。

這是古代狩獵動物圖。

這是人面獸身岩畫。

這是猴頭，據說是孫悟空的原型。

這是外星人的形象。

但是這個岩畫隘口實在太像一個人爲規畫的露天藝術展廊了，環繞著一條清澈溪流三面的岩壁，大約不到五百公尺的蜿蜒步道，擠滿了數百件不同年代的牧人們留下的作品。他問女人：「這些岩畫的年代？」

這時他們似乎又變得十分親密了。女人不再說他聽不懂的語言。小小的身軀極貼近在他胸膛下方，那使得他們的說話像戀人間的耳語。太陽在他們頭頂像攝影棚的灼熱水銀燈，有點假有點虛幻地打光，把岩壁間的耐旱駱駝草或蕨草，或是近距離時女人臉龐上軟軟金色的絨毛，全無比清晰特寫浮現。

女人說：說不清楚耶，近一點的年代從清代明代，遠一點的，據「專家」以麗石黃衣測定，或鑿痕的工具判斷，可能遠至新石器時期之前的八千五百年前；甚至「專家」以第四紀冰川擦痕打破岩畫構圖線條，推測最早的賀蘭山岩畫可能距今三、四萬年前……

他笑了起來：我好喜歡妳說「專家」時的認真勁……

女人抬頭睥了他一眼，弄不清他是調戲還是純粹對這處岩畫場景的失望嘲弄。他們站在這強光投影腳下的影子虛幻地只剩小小一抹的想像攝影棚。他們之間的任何對話都決定著各自胯下摻滿沙粒的直立人性器，是屬於文明人或野蠻人。

他說：是什麼樣的人全跑來這荒無人煙的鬼地方那麼認眞地雕刻作畫？

有一片石壁上甚至還有像用電鑽雕刀刻得十分工整之西夏文字。那種空氣中挾帶著沙，讓他喉頭鼻腔灼熱難以呼吸的衰弱感又出現了。

他說：該不會是地方觀光領導單位，把不該同一處的岩畫，全湊聚到這兒，好集中管理，容易收票吧？

熱浪中那用薄襯衫、絲巾、埸布帽，或合成塑膠框墨鏡密不透風隔阻所有光源的女體僵硬起來：「不可能的！這裡全是『專家』鑑定過的。去年還在這裡開了一個『國際岩畫研討會』，世界各國的『專家學者』全來參觀過這兒，如果是假造，會丟人的！」

好吧，他疲倦地想：算她說的全是眞的。偌大一座賀蘭山，這處小小的隘口是各支游牧民族遷徙放牧必經的走廊。匈奴、鮮卑、黨項羌、突厥、蒙古、回鶻……現在還加上史前原始人和外星人。唯美一點想：這裡是不同年代的流浪靈魂的火車站留言黑板或公廁的木頭門（那上面不總是被形形色色的旅人用原子筆或小刀刻著：╳╳我愛妳，某某我操你媽，╳╳黨萬歲，或陳╳╳妳這賤貨……之類的留話），這龐大的、互不認識的流浪隊伍，經過這個隘口，總手癢想留下他們對宇宙的迷惘、對生命的欲望、對死亡的恐懼。或是在幾萬年前同樣天旋地轉的烈日曝曬下，刻下他們缺乏想像力的髒話。

有一塊石壁上刻著男女交媾圖。

只是象形的人形線條，像螞蟻拗折軀形的小黑影。

他和妻子關係最壞的時光，有一陣子，他鎖上書房的門，在那小小的封閉空間裡，打開電腦，串連上那些色情網站（他用 Google 關鍵字輸入：援交妹、金絲貓，還有這個古老拗口的岩刻名稱：男女交媾），對著視窗上那一頁頁快速換翻的高中制服大眼妹撩起裙子露出可愛底褲，或是熟女賓館自拍裸照，或是「分手了，把女友裸照公開」……各式各樣孤寂密室裡煙視媚行美目盼兮癡迷鎖魂含著透明薄套發亮陰莖的美麗臉孔，坐在自己的人體工學椅上自慰。他父親的黑白遺照放在側邊書櫃最上格，迷惘地看著他彎腰握著陰莖像青少年糟蹋自己身體的劇烈動作。

他不敢抬頭，心裡解釋著：這是你設定在我體內的，「種的延續」的機制。只是它現在故障了，懸空了，我不知道要怎麼辦才好……

女人說：「好熱。」用手搧著風。

他想：這是個艱難的過程。他總是迷惑欣羨那些閱女甚眾的傢伙，如何在一獨處時刻恬不知恥但文明地向那些女孩開口，他也不乏有幾次送落單的女孩回家，或是和不是伴侶的女孩獨處一室的曖昧時刻。但他總不知如何開口。如何不醜陋地開口。

把妳的褲子脫下。我想在這四下無人空曠處，把妳雪白的小屁股放在那礫石上，用我那和這千年前牧羊人一樣鮮紅骯髒的羊屌，插進妳那沾滿沙粒的肉穴裡。

他漲紅了臉，淫詞粗話無聲地在他腔體內巨大地回音。因為我是個胡人，野蠻人，流浪族群的後裔。

女人說：「你的妻子……」

啊？他像那些實驗室裡被用雌性荷爾蒙弄得陰莖勃起再用電擊觀察其反應的實驗犬隻。她聞到了我發情的氣味。就像突然之間，他聞見這整座環閉山隘裡，那上千幅岩畫前，這些流浪靈魂各自來了又去，在此留下的整批乾涸的精液氣味。

「你的妻子，她怎麼不跟著你一道，這樣出來旅行？」

那一刻圖尼克才確定了某些影像不是夢境的殘留，也不是他被這戶外強光和那旅館闇室弄錯亂的，「照相館老師傅從沖洗房走出到外面街道，某一個心念的翻頁弄錯了，從此他置身在正常世界的街道如同在底片的墨黑水銀斑世界；而那個沖洗房裡充滿藥水的無聲的笑臉、老建築、正煮沸噴煙的開水壺、熟睡的流浪漢老人、馬場町死刑犯倒臥在血泊上的屍體……成了他唯一活生生的，陽光燦爛的日子。」

他想：那應該是個文明的場景，或至少是遺跡吧？但舉目望去，卻全是黃沙。沙子像慢鏡頭播放的潮水，一顆粒一顆粒聚挨著，覆蓋過那些供奉者手指和眼窩皆出血鑿刻的佛和菩薩的臉。像李元昊的大軍，士兵們無感性地任他們盔胄的金屬稜角喀喀擦撞，他們淹沒、塌陷、埋葬平原上舉目能見的一切人類文明的證據。他們沒有哀嘆、嚎叫、歡亢的低吼、殺戮時的咒罵或禱告……只有沙沙沙沙的聲響。像偷情男女沉默交歡時大腿側皮膚重複撞擊的聲音。沙子從任何縫隙鑽進，讓車子的座椅、旅館的床單、女人的頭髮、背包裡的筆記型電腦鍵盤、公路邊旱廁溝裡腥臭的大便，所有的一切，全被那些化整為零的沙丘溫柔地裹覆，它們既將你絕望地填埋了，卻又從每一條小徑，每一個竅孔進入你的內裡，把你較稠液態容易腐爛潮爛的那些器官，掏換成乾燥的、爽脆易碎的小顆粒……

像這個故事剛開頭便能預知結局，圖尼克發狂地，喉結發出崩裂聲響地，嘷叫地騎上女人光滑如絲緞的臀部。他淚流滿面，好像終於向這無表情卻不斷變換形貌的沙漠投降，繳械出自己體內所有的液體。他的手握住女人薄衫下的一枚乳房，另一手從後面悲傷地抓住女人精巧的肩骨，像岩畫上的那些牧民和牲畜們一樣地動作著。他應該驚奇，卻無有驚奇。應該哀憫卻無有哀憫。應該拒抗這一切而找尋答案，卻像他的祖先顛倒夢幻，被動物性的恐懼、愚昧所擊倒。騎在身下的女人逐漸沙化，先從他握抓的肩胛和乳房碎裂崩塌，然後她支撐地面褪下衣物的手肘也像岩頁一般剝落折斷，他看不見她的臉，但知道那原本如薔薇花瓣般美麗的五官正像脫水番茄快速皺縮。他分不清楚那紛紛掉落的哪些是原本沾附在她皮膚上的沙粒哪些是原來她身體的某一部分。後來他只能抓著那尚未沙化碎墜的半截背脊和臀部慌張地繼續那滑稽的搖擺戳刺。雖然剩下的那些部分仍然白皙腴滑……。雖然他知道最後他們找到他的時候，他只會剩下手掌裡抓著、喉嚨裡塞著、眼球、乳頭、陰囊、腳趾縫……各處黏沾著的一坨一坨的殘沙。

最後的時刻，他的耳邊似乎又浮現老范曾在某個午後，在那間古怪的旅館大廳裡，半像懺情半像嘲謔的一段話（雖然如同老范其他所有的讓人驚訝的智慧之語，後來皆證實全是前人說過的，譬如這段話其實出自《尤里西斯》）：

我聽到整個空間的毀滅，

玻璃碎成碴兒，

磚石建築坍塌下來，
時光化爲終極的一縷死灰色火焰。
那樣，還留給我們什麼呢？

※

一九八三年深秋時節，考古工作者在寧夏固原南郊鄉深溝村，發掘了北周大將軍李賢夫婦合葬墓。這座墓葬雖經盜掘，但仍然出土各類遺物七百餘件。墓葬中發現的一批來自中亞、西亞的遺物，如鑲藍色寶石的金戒指、凸釘裝飾玻璃碗、中亞式環首刀和鎏金銀瓶等……。其中有人物故事內容的鎏金銀瓶更是令人興奮，人們以異乎尋常的熱情談論著它的發現給研究薩珊系統金屬器所帶來的巨大貢獻。」

——羅豐，《胡漢之間——「絲綢之路」與西北歷史考古》

……謹奉金胡瓶一、金盤一、金碗一、馬腦杯一、零羊衫段一，謹充微國之禮。金城公主又別進金鵝盤盞雜器物等。十八年十月，名悉獵等至京師，上御宣政殿，（略）及是上引入內宴，與語，甚禮之，賜紫袍金帶及魚袋，並時服、繒綵、銀盤、胡瓶，仍於別館供擬甚厚。

——《舊唐書・吐蕃傳》〈開元十七年吐蕃國贊普向李唐王朝請和上表〉

銀瓶通高三十七厘米，細長頸，鴨嘴狀流，腹部圓鼓，環形單把，高圈足，銀質地表面鎏金……瓶腹部打押著六個人物，人物爲半浮雕狀，明顯具有故事情節，每兩人爲一組。……A組左側是一女子……左手曲指搭在右腿之上，右臂前伸，被男子從腕部握住……。頭髮較長，呈波狀曲卷，後梳至腦際有一髮髻，有一縷長髮搭在頸部。……披肩的一端從前胸飄下，質地非常柔軟，而且很薄，透過披肩可見身體；另一端從身後搭下，右肩上有衣褶，腹部似裸露。臀部略上似繫一腰帶。其下身穿一長裙，裙褶從腿部依形體緩緩而下，雙腿清晰可見。足蹬一雙軟靴，腳腕部束一道皮帶，另一道皮帶從靴底繞過，在踝部打有一圓形帶結。右側爲一青年男子……頭戴一硬盔帽，盔帽頂爲圓形，上飾有葉狀紋飾……頭髮卷曲，盔帽後沿下露出披髮。左耳外露，圓眼，高鼻，鼻梁略呈弧形，雙唇閉合，表情自然。身穿披風，頭雖側向左，但身體卻呈正面狀，裸體。……前胸略凸，露出右側乳頭。腹部凸起十分明顯，呈鼓圓形，肚臍凹下，上下左右有十字狀凹槽。生殖器外露，上刻陰毛。……

一九八九年，俄羅斯聖彼德堡艾爾米塔什博物館傑出的金銀器專家B. I. Marshak，在日本京都《古代文化》第四十一卷第四號上發表一篇研究鎏金銀瓶的論文。……B組人物中女子爲愛神阿芙羅狄蒂（Aphrodite），她面前站著的青年男子是帕里斯（Paris），所表現的內容是希臘神話中著名的「帕里斯裁判」。阿芙羅狄蒂手中沒有拿東西，是因爲她還沒有最後拿到「金蘋果」，那麼帕里斯手中的東西就是金蘋果了。畫面中用一位女神代替了三位女神。C組是表現帕里斯劫持美女海倫（Helena）時的情景，海倫正準備抬腳上船……。A組的情節可能是海倫回到其丈夫墨涅拉俄斯（Menelaus）身邊的場景。

——羅豐，《胡漢之間——「絲綢之路」與西北歷史考古》

「說說，在你眼前這三男三女，究竟在搞什麼？他們之間發生了什麼事？這是什麼樣的或什麼類型的或到什麼程度的故事？」

圖尼克愣愣望著房間黑暗最深處的那只鎏金銀瓶。胡瓶，細長頸纖腰肥臀的薩珊銀瓶。希臘化與印度佛教混血的貴霜帝國藝術風格。裸體女人的豐乳肥臀、女神們和獵人們像轟趴集體淫樂纏綣在一起的手臂腿腳和性器，深目高鼻的胡人臉、纏枝葡萄花紋、忍冬花、野獸和飛鳥。

圖尼克想：那三個男人，或許就是這房間裡的我們三個吧？我。安金藏。圖尼克二號。

露著傻屌垂著陰囊的綠帽丈夫，忍著淚花強顏歡笑迎接那被別的男人玩了十九年的妻子（十九年，玩殘了。女人從含苞蓓蕾到豐饒盛放最美的十九年全被那個敗類給享用盡了。像丟回一只裡頭還有那傢伙唾液臭味的空酒瓶）。或者，對著殘忍好妒，卻又嬌豔欲滴的三個女神，不理會你用盡阿諛之辭不敢得罪其中任何一個（「妳們恰是三種不能比較的極限之美！」）的苦衷，定要你裁奪讓她們分出高下。女神赫拉允你人間諸英雄皆望風披靡的神力；女神雅典娜允你讓世界最博學最聰明的學者只配當你髮梢裡的頭蝨，那樣的絕頂智慧。

阿芙羅狄蒂允贈你一人間最美的女人。

廢話。高下立判。賄賂之神的經典公案。

這全是胡人（或者是胡人的胡人，希臘人）的故事。亞歷山大皇帝帶到中亞的各種變形故事。在新疆于闐、吐魯番、高昌、甘肅武威、清水、隴西、青海都蘭吐谷渾墓、寧夏西道德墓、史道洛墓、田弘墓、陝西獨孤羅墓、河南安菩墓……各地墓葬出土的拜占庭金幣。狄奧多西斯二世金幣。皇帝正面半身胸像。頭戴盔，鎧甲橫豎條。右手握矛，左手持盾。列奧一世金幣。差諾金幣。安那斯塔修斯金幣。查士丁與查士丁尼一世共治金幣。兩個並肩坐立的皇帝。愚蠢的獨夫與他深具皇帝天賦的侄子。《查士丁尼法典》。查士丁尼二世金幣。佛卡斯金幣。赫拉克利留斯金幣。

帝國由盛轉衰，遙遠羅馬皇帝的金質肖像和銘文透過粟特商人、薩珊商人，孤獨莫名地流浪到這個不識他們誰是誰的牧民之境。那些墓碑頂著安姓、支姓、康姓、曹姓、史姓、米姓、石姓……等古怪漢字姓氏的中亞安息人、月支人、康居人、史國人、米國人……在塌陷的墓道裡，那些頭顱朝西腳朝東的乾屍，他們的綾羅瓷器全被發出蜂蜜金黃光輝的沙粒掩埋，只有張開的無舌嘴洞裡死死咬著這些被剪了邊、穿了孔的羅馬金幣。

銀瓶上還有一個男人，拿著武器，一臉不知自己將犯下什麼逆倫罪行的茫然，挾制著眼前那個頭頂花冠，身穿透明薄紗的女人。

這倒比較像我的故事中的西夏男人的行徑了。

圖尼克想：或者這三個男人其實是不同情境下的同一個人。就像這個房間裡的我。那三個女人，是我們脫胡入漢的悲傷漂泊、變形之旅途中，在不同的旅館暗室裡遭遇女人的不同畫面？

那天晚上，圖尼克在一種高燒的虛弱中，不斷腹瀉。他得摸著床沿的鬆軟被褥移動才不致摔倒。他來來回回進了廁所至少二十來次。到後來，在那整個房間彌散的中藥味般的稀屎酵母菌味中，他像是畢卡索構圖那樣可以看見自己鬆弛的肛門括約肌，晶晶發亮地飄在面前。

他想到白日裡，那個頭髮起垢糾結像某種動物之糙毛，臉孔因凍瘡、曬傷或寄生蟲而一片黯紅的藏民的臉。

那傢伙從腰胯間一只皮囊中拿出一條墨綠色像鴉片膏的物事。腥臭不已。遞給他。「這是啥？」「臭肉。」「啥？」「臭肉。可以吃的。犛牛肉切成條，放臭的。」

他那時不該逞強把那上頭爬滿屍蛆的腐肉塞進嘴裡。耳際出現上千隻犛牛在那無人公路旁的高原坡谷，集體啃著草莖，「夸茲夸茲」，一種細瑣又巨大的混音合響。

他對著馬桶嘔出一口一口色彩斑斕的穢物。

他走出浴廁時，發現他的妻坐在靠牆的那張床上。

他想：我這一定是被人下咒了。

她的頭髮像水母發出一種透明的螢光，她的臉龐像科幻電影裡用精密畫素投影在城市上空的女神的臉，似笑非笑，像一團螢火蟲聚在一起時造成的流動的光暈。他想：真正的她現在一定正在他不知道的某一個地方睡著，這只是她的夢境。她穿著一件透明絲綢無肩睡衣，使得她的乳房和肚臍在那波形衣褶中若隱若現。

她說：「不要說話。」作出一個調皮又怕被責備的鬼臉。她說：「我這樣有沒有很色？」

圖尼克覺得有像十幾隻蠶在他眼窩蠕動，後來他發現自己淚流滿面。我們遭受到怎樣的傷害呵。因爲我父祖在遷徙途中所烙印下的幽黯記憶。圖尼克想：「現在她又像以前那麼美了。」不再是一顆發臭的，得不斷噴灑香水蓋過異味的，他裝在箱子裡，一間旅館換過一間旅館漂泊流浪的，那顆恐怖乾黑的頭顱。

他說：「現在妳相信我是個蠻族了？」

他想像著她的回答。所以你正在你的旅途上嘍？你找到你一直疑惑的答案了嗎？你的心跳感覺到和你祖先們在這條由沙漠、瓦礫荒原、乾涸的河源頭、枯黃的高原草灘……拼綴而成的逃亡之途上相同的振動？

圖尼克突然想起：許久以前（或者並不那麼久？），在那幢不斷增殖變形，乃至找不到甬道或旋轉門出去的古怪旅館裡，有一個姓范的老人這樣對他說：「我們必須要弄一個『遷移者故事』的孤本給他。」於是他們改頭換面，變成另一種人。

圖尼克想：「我只是要連接起那斷掉的一截。」

一截被弄斷的鐵軌。他父親被父親的父親在逃亡途中遺棄而孤自一人的那一段情節。一條斷掉的染色體。

圖尼克想問那臉孔在流光幻影中似睡非睡的妻子：「妳有沒有曾對我不忠？」

我對妳的身體仍充滿慾念，哪怕我們已彼此那麼熟稔。

「我沒想到事情會如此複雜。」圖尼克說。

我沒想到會永遠失去妳。

圖尼克雙腿發軟地坐下在梳妝檯前的那張板凳上。他不敢回頭看鏡中的影像，也許他的視線一離開，他的妻子就會變成一蓬藍煙幻化消失。

不能回頭。回頭會變成鹽柱，或是變成陰間的冥后。

他記得第一次帶著年輕的妻到賓館約會時，他也是這樣肚子不爭氣地不斷跑廁所。那時她便像個畢業旅行的高中女生坐在床沿用選台器專注地讓電視畫面不斷切換。

他那時爲了遮掩自己的狼狽，便對她說：

「妳太美了，所以我的『二郎神的第三隻眼』變得不聽話不肯閉上。一直睜開。」

「二郎神的第三隻眼？那是什麼？」

屁眼。他沒告訴她。所以我停止不了劈哩啪啦地拉稀。

他幾乎要昏倦睡去，但這時旅館電話響了。天哪，別偏是這時候。他轉身拿起話筒（他看見鏡中的自己了）。

「先生，今天要按摩嗎？」沙丘之女的聲音。這是第一千零一夜了嗎？他該怎麼說：不行，我一直腹瀉不止。或是：不行，我的妻子在我房裡……？

「不用了。」他掛上電話，發現他的妻子饒富興味地看著他。

「告訴我你這一路上都碰上了些什麼好玩事？」

他突然想起那只鎏金銀瓶上三組男女其中的一對：特洛伊戰爭結束後，回到丈夫身邊的海倫。她嫵媚慵懶依舊，而那個全世界最著名的綠帽大王墨涅拉俄斯則像個被羞恥、狂喜、憤怒攪混而失心瘋的傻屌，頭戴武士盔肩繫披風，下半身卻毛茸茸赤裸著。一隻手抓著那早已人事全非的美麗妻子：「告訴我，這些年來，妳（和那隻牲畜）發生了些什麼事？」

他覺得自己就像那個，悲慘地垂著灰白陰毛的老二，不知所措站在妻子面前的墨涅拉俄斯。

「我說殺了妳！」磨著槽齒低聲咆哮。結果滿臉淚水的竟然是自己。（她卻是一臉未被生命損壞的天眞！）能有什麼可炫耀的冒險經歷？不就是黑暗中那些發臭的陌生房間，激烈危險的性愛。從一具身體流浪到另一具身體。他曾輾轉難眠口腔發臭爲那些畫面所苦：她的白色柔軟的乳房握在那些沒有臉孔的男人們粗糲手掌中，像白麵糰凹凸變形；妳的絲滑大腿被他們頂開掰開；她的豐唇被他們粗暴地吸吮而腫脹黑瘀……

他受傷地說：「沒什麼可說的……不過，有很長一段時間，我和一群怪人一起被困在一幢奇怪的旅館裡。每個人都被自己的回憶、怨念和故事所困，所以我們像被困在荊棘叢中走不出來。」近在咫尺的她的臉像某些切面磨損壞毀某些切面無比明亮透晰的稜鏡，一個搖晃，某種不均衡的光便從她內在的某處缺口洩出。那像是一種暴力。像他在最後那段時期認識的她：有時慈悲易感，對他所承受的巨大痛苦感同身受。有時卻變臉：一張損壞的、冷漠的、不耐的臉。

停。圖尼克，停止你那些讓人腦袋會壞掉的沉溺。停止你那利用別人同情心的狡獪，那些絮絮叨叨。

「我只是想說說……」他像個犯錯的小孩囁嚅著。譬如他父親在印度少年時光，那對像水溝倒影充滿霉味和病菌意象的母女。譬如他父親一生即使逃到天涯海角，那個像默片一樣的漁港；但在那天涯海角默片一樣漁港裡的警察局，還是有穿著制服的幽靈要他父親定期去報到。他們泡茶，輕鬆地勸他，「說說……」背景的電扇來回轉動的軸齒磨刮聲，翻卷宗公文的紙張聲，所有人豎著耳朵等待他父親要說出的一切……

停。稜鏡的折光再一次換了角度。他的妻子又變成一張善於聆聽的臉。誰把你欺負成這模樣？這個世界怎麼能把你整成這個模樣？

圖尼克說：「在旅途中我意識到自己是個異鄉人，所以總自然而然地讓自己變成一個微笑的人。因爲語言不通，很多時候人們把我當作是 7-Eleven 廣告裡買壽喜燒或火車飯包的日本年輕人。我也學會分別時雙手合十鞠躬向人致意。其實我並非在旅行中增廣見聞，反而像在消耗過剩的身世——像某個傘兵的兒子在他父親過世後，翻箱倒櫃找出他父親一輩子偷竊收藏的各種型號與年代的降落傘，把那些像發黃祖母內褲的無用織布和繩索在一次高空飛行中一蓬一蓬打開放飛；或者粗俗一點講像精力過剩的高中男生在獨自一人的寢室裡一次一次地自慰把身體裡所有和精液相似的液體全射光榨乾——我當然知道模仿我父親或祖父或祖先的流浪旅程是件蠢事……但不這樣我的心不得安定。

「然而在這樣的旅途中我的身體像條沿途被刨去了鱗片的裸魚，愈來愈虛弱。高原缺氧的空氣讓我的肺囊像黃鼻涕強力膠一樣只是懸在胸腔喉管下的兩團黏稠物；我抽各地不同牌子的劣質烤菸，那使得鼻毛伸長像鸚鵡螺的觸鬚；漫天飛沙讓我的眼球變成牡蠣殼的凹凸形狀；相反地我的腸子似乎變得像塑膠管一樣光滑無法吸收水分；我的腳趾永遠在化膿使得行走時有一種用蹼在划水的液態錯覺……。那使我慢慢弄明白爲何我無法安身立命於自己出生的那座島。因爲我總是用顛倒相反的方式在看周遭事物。那變成一種習慣，甚至渴望……

「我以爲我的存在，是上天對我那耽於殺戮的祖先一族，一種過於工整的懲罰：海島對沙漠、繁體字對滅絕的西夏文、移民後裔擠爆的漢人小島對荒涼礫漠那些被盜墓者挖個大窟窿空蕩蕩早已離場的突厥人吐蕃人回紇人粟特人黨項人的墳塚、獨立建國的忠實度可疑分子對早已亡國滅族的幽靈……。直到那個『旅程』展開後（我在找尋一個眞正完全顚倒的世界），我才理解走進別人的夢境，且離開自己本來世界之邊境愈來愈遠，是多痛苦的一件事……

「有一次，我跟著一隊穿著髒汙暗晦的彩布藏袍的老頭老婦，走到一條公路的盡頭，她們在發燙的柏油路面上三步一撲地膜拜，我則像條野狗遠遠地一路跟著……我們來到一處山坳裡整片金瓦銀塔琉璃磚牆恍如人間仙境的佛殿建築群，後來他們告訴我那叫做『塔爾寺』，那天是一年一度的法會，遠近藏區的藏民們攜老扶幼千里跋涉群聚於此（從高空俯瞰，可能像一個覆滿螞蟻的蟻丘）。據說有的藏民是一年前出發，一路對著寺廟的方向五體投地，恰好在這一天抵達。我渾渾噩噩隨著人潮擠到一處方場，他們說過不久那兒會有『跳欠』。我問那是什麼？一個藏人回答：跳欠。我說是啊但那是個什麼？翻譯成漢語是什麼意思？他想了一會回答我：『古樸的神的舞蹈』。

「神的舞蹈是什麼樣呢？其實就是那個寺廟裡的僧人，戴著康熙年間達賴七世賜予的三十九副面具，在這些集體恍惚陷入虛實不分魔幻畏怖的藏民面具，歪斜零亂地亂跳。我仔細觀察整個過程：有一隊戴著駝毛盔帽的喇嘛坐在方場旁，吹著法螺，擊鼓點，再伴著鈸沿輕輕摩刮的顫音，似乎用背景聲控制一種威懾肅穆的力量。當那些戴著佛頭、護法神頭、或鹿頭、牛頭、骷髏面具的寺僧，像踢毽子一般單腳跳著進場時，或像土風舞兩兩拍手繞圈子時，我幾乎要哈哈大笑起來，卻發覺身邊，不，這整個方場上至少上萬人的藏民們，嘴唇哆嗦誦經，整片趴伏跪地。他們臉上恐懼的表情顯示，在他們眼前展演的，不是一些戴面具青少年晃頭甩腦的滑稽之舞。而是活生生的，神與魔之間的大屠殺。

「那個舞蹈的高潮在一位叫『馬頭明王』的角色上場時出現，這個獸鼻獠牙的黑臉神祇，頭頂兩根犄角上各有一片鏤花桃形金箔，造形恐怖又可愛。法螺聲像屠宰場牛隻被割喉之嗚咽，那

『明王』不斷旋轉，背後的七彩髮辮和彩布裙如花朵綻放。不知何時，場子中央被放了一只盛了熱炭的鐵盆，明王收起降魔杵，拿起一柄鐵劍，先像軍隊抓混在人群中的游擊隊那樣，以劍平指巡梭人群一周（我那時好怕祂把我抓出來），接著用劍砍那冒煙之炭。嘩那時那些臉孔曬得黑紅的藏族老婦，全把額頭在發燙地磚上，磕得碰碰亂響……」

「接著是三隻穿著如意領坎肩白繡袍的鹿頭邪神（所以這些邪魔外道是女性了？）跪在炭火前，搖頭晃腦，似乎被『明王』的法咒所控制，牠們一會兒單膝彈跳，一會兒半跪作出撈水姿勢。這是整齣舞劇最美的時刻：魔與佛的咒術對決，魔的肉身承受痛擊，對抗著，哀嚎著，暴戾地劇烈掙扎的姿態竟呈現了最純粹的屠殺。屠殺外族。屠殺異教徒。屠殺長相殊異我且口不能吐人語者。」

圖尼克發現，這段冗長的告白，他的妻子自始自終皆以一種如癡如醉的神情專注聽著。「所以……」那個斷掉而曝白的畫面終於要重現。我想起來那是怎麼回事了。他的手掌的硬繭和肌肉組織接觸到一截冰冷金屬的圓柱鐵器。那是一柄鐵劍。帕里斯持劍對著笑靨如花的海倫的那一瞬。眼前的女人不是他的妻子，而是一個永劫回歸、不斷重播的夢境。「這是一個恰好相反的世界！」他孤寂地大喊。這件事已發生好一陣子了：白日裡他參觀過的陵墓、遺跡、博物館，夜晚時那些失落的器物，那些鎏金銀瓶、迦陵頻伽人頭鳥身石雕、巨乳女神像、西夏鐵劍……就會出現在他的旅館房間。

像那些網路遊戲的故事情節：爲了解救某一族人，他必須揮劍砍掉那個「九頭妖女」的頭顱，而且他必須連砍九次砍掉她的九種表情之頭，她才會眞正死去。但有些根本性的事情究竟還是弄顛倒了：他的祖先曾在一種流亡異鄉的恐懼和瘋狂狀態，屠殺了她的祖先。而他們之間，得像那戴著面具的恐怖滑稽之舞，一次，兩次，三次……重複著無法更改細節的雙人探戈。

鈍器斬斷喉節和頸骨的細箍環接，她的髮絲飄散，披頭散髮的那美麗的臉，張大了口，旋轉滾落在這個房間的舊地毯上。

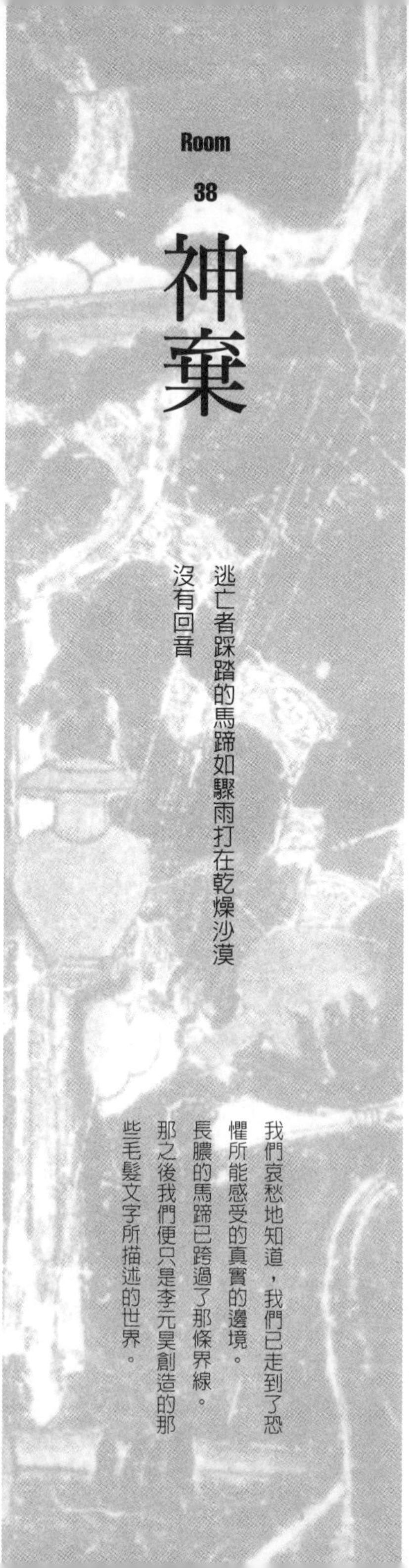

Room 38

神棄

逃亡者踩踏的馬蹄如驟雨打在乾燥沙漠
沒有回音

我們哀愁地知道，我們已走到了恐懼所能感受的真實的邊境。長髏的馬蹄已跨過了那條界線。那之後我們便只是李元昊創造的那些毛髮文字所描述的世界。

我們是被神遺棄的一支騎兵隊。

或者，那逃亡者踩踏的馬蹄如驟雨打在乾燥沙漠，或如倦飛之鳥墜跌進擠滿飢餓鱷魚之沼澤，才一擊落便被收殺而去。

沒有回音，有時我們會產生這樣的幻覺，似乎靈魂脫離疲憊泥硬隨馬鞍咯蹬不止的凡體，輕盈飛翔而上，可以從高空鳥瞰那小小的，自己置身其中的馬隊，拖著長長的影子在無邊無際的曠野上孤單地逃亡，像一列小螞蟻徒勞地爬在一張女人的臉上。

是了，老人說，我知道怎麼描述那種恐怖感了。就像我清清楚楚地看著我們那一支失魂亡命的黨項騎兵，在狂奔中靜默地算計自己或許離那核爆般的滅城場景是否愈來愈遠。也許這樣把人和馬的身形愈跑愈淡薄的速度，可以免於被蒙古騎兵隊追上，屠殺的命運。但我卻在高空上看見那鰥寡殘疾可憐兮兮的一小隊人，並不是像自己以爲地跑在眞實的逃亡之途上。我們那麼小，那麼絕望，被整個族在一夕之間完全覆滅的恐怖場景繼續驚嚇。怎麼可能呢？原本是那麼龐大縱深的，亂針刺繡的人群和人群挨擠的世界。一整座市集裡挨肩擦臂的黨項人：老人、婦女、童子、馬伕、刮著羊頭骷髏眼窩肉的漢子、醉酒的潑皮、翻著眼白的騙徒、人口販子和被拐騙的少女、畫家、占卜師、兜袱裡塞滿漢人那兒走私來的淫邪精巧玩藝的大鬍子、乞丐……一間酒肆裡的黨項人，一整條妓院街裡的黨項男人和女人，黨項羌的嘔吐物和黨項羌的精液、排泄物、髒血。一整座城裡的黨項人、綾羅綢緞、鍋碗瓢盆、馬鞍韁繩、秤桿菸具……這些活生生的，數量大到令人放心，各有表情和動作的黨項人，怎麼可能轟然一聲就從這地表消失了？

男孩說：電影。片場。……

老人說：那就是滅種。眞眞實實的滅種。

老人說：那種巨大的哀傷，比死亡還威懾著這支孤零零奔逃的隊伍。那超出了他們的想像力，使他們在奔馳中像夢遊一樣張大著口眼睛發直。那個悲傷吞食著他們。他們每一個人都恍惚地想：我們就是這個地表上剩下的最後幾個黨項人了……

男孩心裡想：最後的幾套DNA序列。在一只玻璃培養皿的壁沿上掙爬，下面淹浸著某種錯誤而傾注下去的化學溶解劑，和一整片漂浮著基因殘骸的它們同伴的屍海。

老人說：但我從高空鳥瞰，才發現這一支悲傷而疲憊，恐懼被滅種噩夢吞噬的騎兵軍。他們，根本不是如他們以爲地竄逃在一片沙丘起伏，偶有濕土和枯草覆蓋的地表。他們小小的身影，他們的馬蹄子，正踩在一張無比光滑、白皙的女人的臉上……

所謂的沙漠，只是他們催趕馬騎沿途飆起的漫天狂沙。沒有沙漠這玩意兒，那是一張巨大無比，說不清楚那表情是如癡如醉、憤怒、被這些小蟲子弄癢癢想打噴嚏，或是呵欠欲睡的一張女人的臉啊……

老人說著哭了起來。

原來，付出了那麼慘烈的代價，我們倉皇辭廟，一路逃亡，跑得目眥盡裂，靈魂哀愁地下降到腸子裡，不，膀胱的位置，靈魂驚嚇得像膀胱裡前搖後晃的一袋金黃尿液，搞了半天，我們的大腿內側被馬鞍磨得血肉模糊，再連失禁尿液、精液、汗水混合馬毛和皮革皺突，漿結成永遠的硬痂，原來，原來，我們只是在一個別人的夢境裡，像蝨子或蟲蟻那樣跑著。

老人說，那時，在我們的左邊側翼，煙塵漫騰中，有一群色彩斑斕的詭異騎兵以數倍於我們的高速由遠而近地追了上來。「有追兵。」「形勢詭異，也許不是蒙古人，是趁火打劫的吐蕃騎兵。」「呈魚鱗陣形，不要被他們包抄殲滅了。」「快!快!」

我們胯下的馬匹，在夜以繼日無止境的奔跑之中，早已變成毛髮覆面形銷骨損的野獸。牠們在一種生存本能的茫然恐懼中挨靠著馬身。曾是黨項武士斬首面不改色的這群男人們，竟然抑制不住劇烈顫抖讓甲冑上的鎖片發出嘩嘩巨響。整個沙漠中便迴奏著那種像鐵琴樂曲般哀愁而恐懼的波浪聲。我知道我們每一個人褲襠裡的那玩意都腫得又紅又大。似乎生物個體意識到族類的滅絕迫在眉睫，便本能亢奮地啓動了想快速傳宗接代的意欲。但我們是翹著老二在馬匹上跑著，總不可能像花朵兒傳花粉或魚群繁殖後代那樣將一蓬蓬的精液，如鳴矢那樣空射向乾旱的沙地。

煙塵分撥開來，從那蜃影中跑出的竟不是擎著任何旗幟的人類騎兵，而是，怎麼說呢，我想那時即便我們看見的是從地獄裡冥王率著鬼卒拿鐵鍊勾鎖來催討性命的骷髏騎兵團，也不會比我們目睹的更讓人魂飛魄散。

老人說，那是一群你說不出是鳥是馬還是蜥蜴的彩色怪物，瞪著像河灘上乾涸瀕死之魚的淡藍眼珠，以一種滑稽的表情，用像人腿卻覆滿靛藍或金黃鳥羽的強壯後肢，箕張鳥爪那樣彈跳快跑著，它們的臉全帶有一種夢遊者的迷幻執拗，張大了嘴，嘴裡卻長著森森白齒。裡頭個頭最大的那種，臉像劊子手抹滿豔紅豬血，頭上戴著赤冠，前肢是手爪，遍體覆著狼毛；還有一種體形相似但身軀矮小許多的，周身則披著綠毛黑條紋；還有一種奔跑中偶爾揮翅飛起，但翅翼上仍長著爪子的，蛇頭怪雞；有一種頭布滿血紅肉瘤，藍羽翅翼張開比鷹之翼展還要寬的神鳥飛在它們上面；還有一些醜惡的，像壁虎放大了一千倍的巨獸……

我們勒住馬韁，訝然愣立在那，觀看著那一大群鮮衣怒冠的怪物，如夢似幻地從我們面前跑過。「啊啊啊！我們是在眞實之中嗎？」黑乎乎的逃亡著臉上，全流下了委屈又絕望的男兒淚。「這樣的逃亡，終於讓我們逃進了非人的國度嗎？」「我們眞的被神遺棄了，我的王墳眞的被成吉思汗那些野蠻的騎兵給踩破了？所以我們會在這樣的逃亡途中，慢慢變成怪物。」

男孩說：不，你們見到的不是怪物。只是時空弄錯了。那些是曾經在那片地表上存在過的生物。

原始中華鳥龍。

粗壯原始祖鳥。

鄒氏尾羽龍。

董氏尾羽龍。

意外北票龍。

千禧中國鳥龍。

上園熱河龍。

梅勒營鸚鵡嘴龍。

趙氏小盜龍。

楊氏錦州龍。

男孩說，它們全是恐龍，不是怪物。它們不是被幻想或是恐懼滅亡者胡亂射精長出的畸形怪鳥。不是《山海經》裡的那些禿頭者、山羊腿的人、獨目族、看守黃金之鷹獅合體獸、那些禍鳥、鵸鵌、三身三首三足神鳥，所集而亡國之五色鳥、人面鳶鳥、雷神鳥，或商羊、畢方、橐𩇯、鸓這些水火之怪……它們是大約在早白堊紀大批活動在熱河地表上的生物群。是活生生的存在，不是夢中魔幻。雖然在人類出現之前那漫長的進化之夢裡（如果你認爲人類不在場而兀自發生的事物皆只能以夢視之），它們的存在是獸腳類恐龍進化成鳥類，中間鴻光一瞬過渡的環節（它們成爲鳥類是由恐龍進化假說的重要形態特徵之證據），但它們不是從你們的或黨項羌族之大母神的滅亡噩夢裡跑出來的。

男孩想起一本他在這旅館圖書室翻閱的，印刷精美的大書：《熱河生物群》。

意外北票龍

意外北票龍代表世界上發現的第二種長有細絲狀皮膚衍生物的單腳類恐龍。……意外北票龍在分類上屬於鐮刀龍超科，是鐮刀龍類的一個原始屬種。鐮刀龍類是恐龍世界中的「四不像」。它的頭部外形像原蜥腳類恐龍，但它的牙齒及與咀嚼有關的構造非常近似於鳥臀類恐龍；它的腰帶既不像三射型的蜥臀類恐龍，也不像四射型的鳥臀類恐龍；從它的前肢形態來看，它又像典型的獸腳類恐龍。由於鐮刀龍類奇特的形態特徵，長期以來恐龍專家們一直爭論不休：有人認爲鐮刀龍類代表原蜥腳類恐龍向鳥臀類恐龍演化的過渡類型，也有人認爲鐮刀龍類可能與蜥腳類恐龍親緣關係較近，很多專家提出鐮刀龍類實際上是一種特化的獸腳類恐龍，也有專家建議暫時把它歸入蜥臀目中，甚至有人提出鐮刀龍類既不屬於鳥臀類恐龍，也不屬於蜥臀類恐龍，而是代表第三類恐龍。意外北票龍保存了許多典型的獸腳類恐龍，也就是我們常說的肉食性恐龍的特徵。研究表明，鐮刀龍類是肉食性恐龍中一個特化的類群，可能以植物爲食。鐮刀龍類一系列特化特徵，比如類似於蜥腳形恐龍具四趾的後足，是趨同演化的結果。可以說，意外北票龍的發現和研究爲鐮刀龍類的分類提供了重要的化石證據。

老人說：不，不止那樣。

老人說：我們是羌人的後裔。但我們的建國者是北方鮮卑的貴族。元昊摘了自己的姓，把女神陰戶的名稱冠在頭上，嵬名，嵬名元昊。下禿髮令，我們全成了青兀卒意志下禿髮、穿耳、戴環的怪物。漢人們叫我們索虜，辮奴。元昊自創西夏文字，從此我們的世界，從國土疆域，上下四方，飛禽走獸、醫藥、曆法、卜筮、兵書、佛經故事，全脫離了漢文字那光溜溜一直一槓的「眞實」。我們進入毛髮獵獵，日光下或月光下的每一件事物皆竄長出獸毛的世界。我們的文字長著令人發癢的體毛，它使得它所描述的世界全成了一個無法歸類的世界：樂人歌舞，吹笛鳴鼓，譁笑報喜，鰥夫寡婦，牛羊馬駝，飛禽走獸，男服女服，人倫身體，蛆蟲草木，器皿時間……所有的一切，都成了風中搖擺，一根一根閃閃發光扎得眼睛發疼的毛髮。

不止如此。老人說，我們是從李元昊那充滿詩意的創造夢境裡走出來的。「建國」，那是讓人神搖意奪，如癡如狂的一個長滿毛的詞。但那是一個不見光的所在伸下來的階梯。李元昊在創造它們的時候便知道這些濃毛密髮的符號有一天會在這世上滅絕，只剩下我們這一支出亡者奔走到地界邊陲，死亡後留下的經幢。有一天當我們黨項一族徹底自這個地表上消失，人們撫摸著那些從軀骸每一接縫冒出鬍鬚、腋毛、胸毛、陰毛、腿毛、披頭散髮的符號，百思不解它們所曾經記載下來「這一族人曾流浪過的時空」。他們說：咕嚕咕嚕。嘰哩呱啦。嘰嘰歪歪。像是撫摸著李元昊雕刻在我們每一個西夏子民光溜溜臀部背部肚腹脖子上的刺青，每一個字都不一樣。每一個字都是一組晦澀的謎或他李元昊不爲人知的夢境。

所以，當我們這一支西夏最後的騎兵，在披星戴月、著魔噤默、恍如魘咒的逃亡途中，看見眼前的世界開始如沙漠熱浪扭曲了空氣而開始變形，我們便哀愁地知道我們已走到了命運的盡頭。不，我們走到了恐懼所能感受的眞實的邊境。長朧的馬蹄已跨過了那條界線。那之後我們便只是李元昊創造的那些毛髮文字所描述的世界。我們所看所聽所聞所熱淚盈眶大小便失禁親身經歷在眼前歷歷發生的一切，皆只能就在那感性發生的同時頃刻消滅，無法被記錄下來讓後人破譯理解了。我們裡面有人在那濃厚的哀愁中回想起這一生經歷過最美的事物：乳香、安息、珠玉、兜羅、回紇女人暈毛金毛的胯下；我們哀愁地慢速倒帶那些讓人血脈僨張的激爽時刻：馬刀斬下漢人首級時刀刃捲縮冑甲鐵絲斷裂動脈血泊鼓跳噴出最後是頸骨咔嚓切開的流暢感；我們屠殺那些戴蓮瓣寶冠、身穿圓領寬袖長袍、腰帶佩著短刀、火石、針筒、磨刀石的回鶻貴族男人；我們姦淫那些戴魚形寶冠、身穿橘紅窄袖通裾大襦的回鶻貴夫人；我們把那些步搖、花髻扯斷，那些環釧瓔珞灑散一地，在簇擁著菩薩、天王、金剛、比丘諸神凝神的宮殿裡，把那些雪白的瘦腿拗張向天際；我們哀愁地回憶起在那旋轉的天體下我們燒掉了數百座女人小孩尖叫的氈帳；草原的冬日，我們剖開那冒著白煙粉紅色腸肚流出來的漢人肚子；我們的鐵鷂子所到之處，僵尸數十里；我們撕毀高昌回鶻人的榮譽面紗，逐殺那些不食豬肉的維吾爾人，我們迷惑地看著那些滿嘴「阿拉眞實」的薩滿教巫師在跳神念咒……

在那樣的時刻，我們無比哀愁地體會到，那些曾被我們像小雞斬殺取樂，把箭鏃插進女膣，那些面孔模糊的柔弱族人，他們的神，比我們的神，要巨大許多，立體許多，憤怒的臉孔更恐怖許多……

老人說：更恐怖的還在後面。

那時，天體像羅盤被人扭鬆了銜齒，星辰墜落，日月昏黑，雷電滿天，冰雹如雨。我們騎兵隊裡的巫師說：「我們被動了手腳。」「糟糕，我們跑進了不該進去的界面，這是兵陰陽。」我們的身體全變成黑色的倒影，披掛的箭弩和馬刀全變成搖晃的波光。地表變成了一格一格日晷的鐘面。我們的馬隊左突右闖，像在一個凶煞災異的棋盤上以巾帕遮眼走盲棋。不知該前進該後退，不知該往何方？

我們的巫師大喊：「小心，那裡有神煞！」

我們進入一個極窄極扁的空間。雖然如果曠野上有其他人看著我們，會以爲那是一群失魂落魄的夢遊者。但其實我們是在一個想像中對照著天體星象的式盤上如履薄冰地走著。像你們的電影裡演的誤闖地雷區的士兵，滿頭大汗匍匐地上用刺刀一寸寸插地前進。我們被一整套四時星辰的躔度困住了。內圈八神與外圈二十八神。豐隆、五行、太一、王相、攝提、六神、五括、天河、般搶、歲星、天缺、弧逆、刑星、熒惑、奎台……

我們裡頭有沉不住氣的傢伙大喊：「連走投無路都這麼辛苦。」但他隨即像被神煞的刀切進另一空間而看不見我們了。老人說，我心裡想：我最害怕的是什麼呢？上天還可以降下什麼災異來懲罰我們這最後一支流亡者呢？我悲傷地想：至少我們現在還在一個秩序裡頭……

我們那些長毛的文字再也無法描繪我們所置身的位置了。我們在星空下的曠野，勒緊馬韁筋疲力盡地前三步後五步，像醉酒之人在跳一種暈陶陶的舞步。所有的空間次第關閉。如果耐著性子，照著那躔度試圖吝惜剩下的刻度走，也許我們這零餘的一支人馬，可以走出那舉族滅亡的咒詛。如果……

我聽見那巫師噪音顫抖地背誦，他的聲音像一隻正在哭的烏鴉：

背刑德，戰，勝，拔國。

背德右刑，戰，勝，取地。

左德右刑，戰，勝，取地。

背德左刑，戰，勝，不取地。

背刑右德，戰，勝，不取地。

右德左刑，戰，敗，不失大吏。

右刑德，戰，勝，三歲將死。

左刑德，戰，半敗。

背德迎刑，深入，眾敗，吏死。

迎德右刑，將不入國。

迎刑德，戰，軍大敗，將死亡。

左刑迎德，戰，敗，亡地。

左德迎刑，大敗。

老人說，我們的影子在沙地上忽左忽右，被月光拉得長長的，否則你渾然不覺那一切細緻繁複的方位變化。老人說，像在一個看不見的迷宮裡打轉，讓人柔軟欲哭地想起小時候在初建好的興慶府城廓裡的巷弄間穿繞，時光悠悠，土牆上裸照的陽光沸跳，身旁走過的小羊羔竟沒有影子。我驚惶地說，那隻羊是鬼僞變的。大人笑著拍我的頭說：正午日照，羊的影子全收在牠的蹄下了。你看看你自己可有影子？低頭一看，沒有影子。

我們的巫師說：「慘了。」

在我們的面前，像整座淡紫色的賀蘭山變成兩個孿生兄弟，站著兩尊巨大的神祇，銀髮如瀑，銀臉熠熠生輝，兩張一模一樣幻美令人難以置信的神的臉容，單眼皮、鷹隼鼻，像沙丘弧影的嘴。祂們著甲冑佩長劍，輪廓濛濛發光，手指像嫻熟琴藝的女人一樣修長優美。老人對男孩說，對了，若不是祂們巨大得遮蔽了那半邊天，我或許說，這兩兄弟長得眞像你。

「那是天刑，那是天德。」我們的巫師說：「我們正站在面迎祂們的方位。」

所居無常，依隨水草。地少五穀，以畜牧爲業。其俗氏族無定，或以父名母姓爲種號，十二世後相與婚姻。父沒則妻後母，兄亡則納釐嫂。故國無鰥寡，種類繁熾。不立君長，無相長一；強則分種爲酋豪，弱則爲人附落。更相抄暴，以力爲雄。殺人償死，無它禁令……。堪耐寒苦，同之禽獸。

——《後漢書．西羌傳》

此地帶的最北方，天山南路有婼羌。青海東部的河湟地區有各不同『種落』的西羌，其東部洮河流域至隴西間也有許多羌人。在此之南，甘肅南部的武都附近，也就是白龍江上游一帶，有白狼羌、參狼羌，再往南去，漢代廣漢郡之西有白馬羌、大牂夷種羌、龍橋等六種羌，及薄申等八種羌，這些族落大概都在成都平原之西岷江上游與大小金川一帶。再往南，沈黎郡之西有青衣羌，約在今四川西南部的雅安、天全一帶。在羌人地帶的最南方，越巂群附近有旄牛羌，其位置可能在四川漢源、西昌一帶，或及於雲南北部邊緣。……

——王明珂，《羌在漢藏之間》

黨項羌者，三苗之後也。其種有宕昌、白狼，皆自稱獼猴種。東接臨洮（今甘肅省臨潭縣）、西平（今青海省西寧市），西拒葉護（指西突厥領地，即今新疆維吾爾自治區，法人法畹謂葉護爲西突厥之別稱），南北數千里，處山谷間。每姓別爲部落，大者五千餘騎，小者千餘騎。織犛牛尾及羖䍽毛以爲屋，服裘褐披氈以爲上飾。俗尚武力，無法令，各爲生業，有戰陣則相屯聚，無傜賦，不相往來。牧養犛牛、羊、豬以供食，不知稼穡。其俗淫穢蒸報，於諸夷中爲甚。無文字，但候草木以記歲時，三年一聚會，殺牛羊以祭天。

——《隋書・黨項傳》

老人說：更恐怖的在後面。

像那些充滿惡魔念頭的小說家所說的：在一個劇場中，一個大盒子內排列了大約六十面小鏡子，可以把一枝樹枝轉幻成一座森林，一名鉛兵轉變成一支軍隊，一本小冊子轉變成一座圖書館。我們這支殘餘的騎兵隊，已經被風沙和馬蠅啃囓掉殘餘在骨骸上最後的附肉。烈日當空，枯木張爪伸向透明的天空，胡狼從肋骨垂出紅色白色的腸子乾渴地在黑色的土丘上走著。我們每一個人都相信自己早已死了，這裡蹣跚前進的只是一支幽靈部隊。不，我們只是李元昊那被螻蟻鑽洞繁殖幼蟲卻仍繼續活動的腦前額葉，投影出來的自我懲罰的噩夢。我們是李元昊人變成獸之前，嗥叫著射向遠方的單套染色體精液。滾地成人形，著上鎧甲攀上馬蹬，佩玄鐵馬刀朝南而行。所以我們全籠罩在這樣近乎精蟲的恐懼裡：在這樣長途跋涉的逃離滅種之旅，如果，如果不在我們終於乾涸被烈日蒸曬成一攤融化黏膠之前，找到我們源頭大母神的溫暖潮濕腔穴，我們的說話，我們那二百年西夏王朝的幻夢，我們黨項一族數千年來所有男子和女子的交歡，所有淫穢蒸報，所有兒子們把他們的羊屌插入庶母、伯、叔母、嫂、子、弟之婦的腥騷女屄裡的一切搖晃動作……全部都化爲煙塵。

當然那只是我們的幻想。我們痛惡作爲李元昊他單套染色體的精蟲，想他李繼遷李德明李元昊父子仨，將我們這些服裘褐披氈、無文字無時間的部落男女裹脅進他們的春秋大夢裡。我們原本品類繁眾、散漫山川：蹉鶻、者谷、達谷、必利城、臈家城、鵰梟城、古渭州、龕谷、洮河、蘭州、疊、宕州、宗哥、青唐城……族帳分散，不相君長，像星矢遍灑於長生天。漢軍來助漢軍圍殲吐蕃、吐蕃軍來助吐蕃劫掠回鶻、吐谷渾軍來協防吐谷渾抵禦唐朝。是李元昊他們父子仨，用我們的勁馬善羊和漢人交換鎧甲弓矢；將我們的年輕男兒佩上弓箭馬駝、旗劍槍棍、人人能鬥擊，分步、騎兩兵；是他們父子仨，教我們「戰勝而得首級者，不過賜酒一杯，酥酪數斤……然而得大將，覆大軍，則其首領不次拔而用之。故其戰鬥輕首級而不爭，乘利逐北」；是他們父子仨巧施機謀，飄忽不定，襲擾即退，時而與宋皇帝稱父子，時而與遼天子結親家，以小事大，挑撥虛委，翻臉無常……

老人說：是他們讓我們從羊變成了人，從人變成砍頭如割麥的帝國騎兵隊，然後讓我們一路竄逃不容於這天地間哪！

老人說：從那時起，我們便進入那兩個銀臉巨人忽左忽右，忽上忽下，忽裡忽外，忽而游魚忽變飛鳥的幻術裡。祂們像頑皮的孩童在這一群將死之人的頭頂玩捉迷藏，每鑽進一個時空刻度，我們就變成如同在一條鏡廊迷宮裡用機關齒輪轉換了通道。我們其實是在一只倒扣之碗的天穹下，站在那二繩四鉤吊繫住向四面八方延伸的地平面上。聽見那天德、天刑兩神煞兄弟在每一個看不見的刻度縱跳時，天體與地盤銜接之神祕承軸轟隆轟隆旋轉發出的巨響。那支承軸像天頂銀河破了個洞，直直垂掛下來的乳白瀑布。我們不敢相信自己的眼睛，只覺原來在左方的崇山峻嶺變成一群奔突受驚的野馬，轉眼間跑到我們的右方。月光下的銀色洮河，突然以億萬顆水珠離地變成飄浮在我們觸手可及的上方。我們舉劍上刺那條光霧，可以看見波瀾漣漪一圈一圈盪開，且水聲瀝瀝。所有的事物皆違反了我們所經驗過的秩序，即使以我這老頭曾活過兩百年所見識的一切怪誕之事亦不足爲奇。我們的巫師說：這是天刑與天德的大游和小游重疊在一起了。這一對神煞兄弟從來是避不相見的。我們居然在這處曠野撞見祂們比肩並立，那也算是走到末路了。看來我西夏一族眞該是得亡覆得一個都不剩啦。

老人對男孩說：等等，似乎有許多不該出現的經驗，因爲我這樣在你的夢裡和你說話，透過我們在這間旅館裡某一處不留神褶遺在轉角、階梯、沒關上的房門、離開的電梯……的影子，任何一個光和影子的接合處，跑到我說的那個故事裡，那個最後一支西夏騎兵逃亡中途的曠野……

譬如說：一群金屬大鳥在天空盤旋追逐，向對方射出火燄，其中有幾隻在間髮不容之瞬爆成一團熾亮的火球翻滾墜地。譬如說：成千上萬支以巨人之弓弩射出的巨大箭矢，越過山稜河海雨落向蓋了上千帳這座旅館，或說把上千座城垛聚集在一塊的大聚落，那比蒙古人屠城還可怕的地獄烈焰圖，哀嚎的人群像森林大火中揮舞枝枒奔跑的樹木。譬如說：祂們以雷霆擊地爲戲，讓一整片河谷草原頃刻液化沸騰成紅燙的岩漿湖泊；祂們以毒氣瘟疫互灑，使鳥獸僵屍遍野，白色的人屍男女堆疊像枯旱之塘翻肚的整批死蛙；他們蓋了兩座比沒藏黑雲蓋的塔還要高兩座的通天巨塔，裡頭塞滿了人當祭品，然後再放幾隻肚內同樣裝滿人為牲祭的金屬大鳥撲翅撞擊，像是天刑、天德這兩兄弟在遮蔽天日的濃煙烈燄中屈膝倒下，裂為碎片，而碎片在下墜的流燄中和那些著火的小人兒一起化為齏粉……

總之，我們這一支喪失心神的黨項倖存男兒漢，就那樣瞠目結舌看著天際上方那兩尊巨大神祇在表演瑰麗屠殺秀。天刑追逐著天德，或天德追逐著天刑，祂們的發光軀體有時變得柔韌如蠶絲薄如蟬翼，在天盤地盤儀軌的時空刻度間盤旋穿繞。有時我們會看到在那天地銜合處的東南西北四方，各站著身著碧綠、赭紅、雪白、玄黑四色甲冑，大罴、炎帝、小罴、顓頊這四尊和祂們兄弟一般巨大的邊界之神。但那兩個進行大游或小游的煞神偶爾飛行或逐跑過祂們身旁時，我們才發現那只是四尊像荒圮遊樂園裡布滿綠銅鏽的孤寂雕像。也就是說，沒有任何邊界可以攔阻這對寶貝神煞把我們眼前的時空像紙帛那樣亂揉成一團……

當繩鉤鬆脫，天地漂浮遠離，祂們以摔角之姿撞跌進葉蟄之宮，復以男女蟬附交媾體位出現在天留之宮，我們渾渾噩噩、尾椎發冷顫抖，在那濕冷的夢境中想起自己獸變為人形前的骯髒模樣。之後他們在蒼穹正上方的倉門之宮和陰洛之宮間，天刑拿銀斧砍去了天德的巨大腦袋，我們駭然訝默地看著那顆憤怒神情的頭顱像著火的隕石墜落在地平線北方，漫天烏鴉追隨而去；在下個四十六日後，天德卻斬下了西側高山上一隻巨犛牛的頭裝在自己仍汩汩冒出水銀之血的頸項上。旋即舉起鐵弓朝已站在玄委之宮與倉果之宮邊界作鬼臉的天刑射出一道彗星，將那美麗的額頭、雙眼和鼻梁間射穿了一個黑窟窿。天刑仰面栽倒，地動山搖。那時我們渾身發癢，腥臭生鏽的甲冑鎖片嵌陷入肉，變成一瓣瓣化膿翻出的鱗。我們的嘴發出啊啊的聲響，眼睛流出髒汙的淚水。就那樣看著祂們以神的無限自由在我們頭頂胡鬧惡搞。當天刑復站起，在那臉正中央仍冒著硝煙的窟窿裡塞上兩丸湛藍如水波晃漾的駱駝眼珠。那時，已是第八個四十六日了。

誰哭了呢？男孩問。

老人那時兩眼發光，似乎被那夢中曠野展列眼前的一片繁華盛景所感動。他口中念念有詞，但男孩不知他是在描述，還是回憶？

第四日，命押宴官、賜宴官就館宴。先賜宴天使轉銜如前儀，各公服，請館伴、天使與來使就褥位對立。先請使副就褥位，望闕立。次請賜宴天使就褥位稍前，使副鞠躬，天使傳宣，使副拜謝，皆如前儀。使副與天使互使互展狀，起居，揖。次館伴揖。依例請賜宴天使茶酒，館伴暫歸幕。來使副與天使主賓對行上廳，於西間內各詣椅位揖，收笏坐。先湯，次酒三盞，果殺。茶罷，執笏，近前請起，賜宴天使暗退。請押宴使至褥位立，次請館伴齊就褥位，望闕再拜，平身，搢笏，鞠躬三舞蹈，跪左膝三叩頭，出笏就拜，興，再拜後位，對立。

引都管、上中節分左右上廳，北入，南爲上，立。下節於西廊下南入，北爲上，立。候押宴等初盞畢，樂聲盡，坐。至五盞後食，六盞，七盞雜劇。八盞下，酒畢。押宴傳示使副，依例請都管、上中節當面勸酒。使者答上聞，復引都管、上中節於欄子外階下排立，先揖、飲酒，再揖，退。至九盞下，酒畢，教坊退。乃請賜宴天使於幕次前。候茶入，乃於拜席排立都管。三節人從。茶盞出，揖起，押宴官等離位立，揖，都管人從鞠躬，喝「謝恩」，拜，下節聲諾，呼「萬歲」。

你看見了什麼？男孩焦急地問，你究竟看見了什麼？

老人一臉迷離，似笑非笑，淚珠掛在唇上膠硬的粗白鬍毛上，閃閃發光。

「那就是，我們曾經是人的時光哪。」

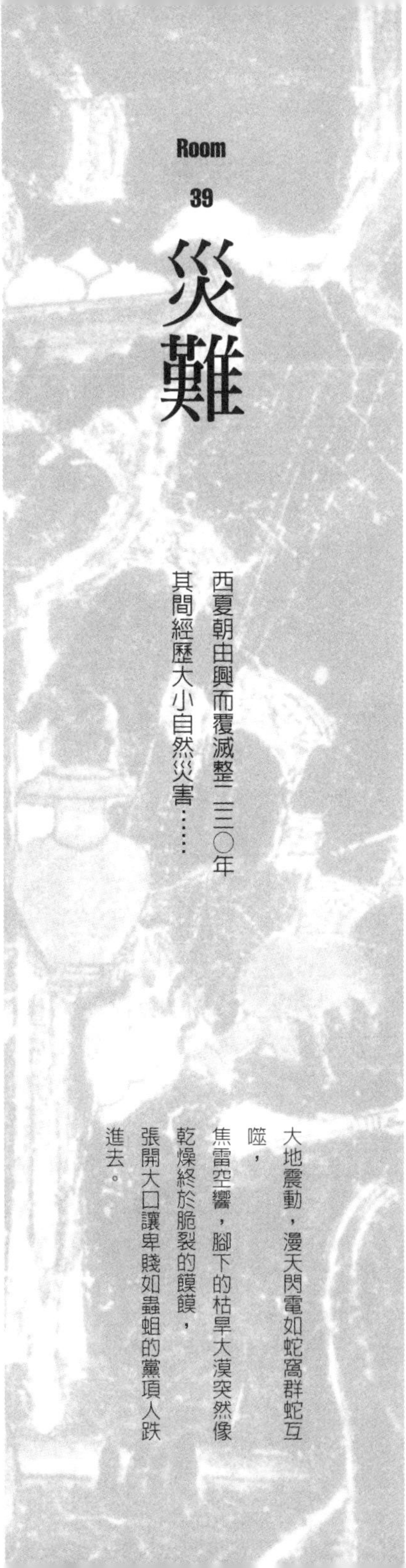

Room 39

災難

西夏朝由興而覆滅整二三〇年
其間經歷大小自然災害……

大地震動，漫天閃電如蛇窩群蛇互噬，
焦雷空響，腳下的枯旱大漠突然像
乾燥終於脆裂的饅饃，
張開大口讓卑賤如蟲蛆的黨項人跌進去。

根據大陸西夏史學者李蔚所著〈西夏自然災害簡論〉一文中整理，西夏朝由興而覆滅整二三〇年，其間經歷之大小自然災害，如影帶播放中噬蝕膠卷磁粉的黴菌，那使得流動中的故事在螢幕出現噼啪跳閃的馬賽克、消音甚至停格。那些災害如 Discovery 某集以細菌爲主角的專題，你以爲主角是獅子、大象、長頸鹿、鱷魚，其實主角是將一切具有美麗形體強壯骨骼的巨大神獸們，在終將倒下的死亡時刻沙沙沙沙呑食牠們美麗幻影的細菌們。是的，西夏一朝覆滅的原因，主角並非這些穿著黃金鎧甲兩腳站立互相砍殺的猿猴後代們，而是那狂風沙中成爲背景的，一行一行災禍的簡單記載：

宋至道二年十月，夏州地震。
宋咸平五年七月、八月，夏州旱。大雨，河防四處決口。
宋咸平六年九月，銀夏宥三州飢。
宋大中祥符元年六月、九月，綏銀夏三州旱。銀夏飢。
宋大中祥符三年七月，飢。綏銀久旱，靈夏禾麥不登。
夏天授禮法延祚五年十月，旱，黃鼠食稼。
夏𩰚都五年六月，興靈二州大水。
夏大安元年六月，大旱。草木枯死。宋河陽飢，河北東西兩路蝗。環慶路飢，陝平陸二州水。
夏大安十一年七月，銀夏州大旱飢，五個月不雨。
夏天儀治平四年十月，河南大旱，飢。
夏天祐民安三年，涼州大地震，感應塔震壓。
夏天祐民安八年七月，飢。國中大困。
夏貞觀十年九月，瓜沙肅三州旱，飢，自三至九月不雨。
夏貞觀十一年，興州大水，漢源渠溢。
夏正德二年，歲飢。
夏大慶三年，國內飢。
夏大慶四年三月、四月、七月，興州地震、夏州地裂泉湧，大飢。

夏乾祐七年，旱、蝗。

夏光定十三年五月，大旱，興靈自春不雨。

夏乾定三年五月，河西旱。

夏乾定四年六月，興州大地震。

圖尼克說，撫娑這些記載了一個一千年前覆滅且完全自地球消失的帝國內部曾發生災禍的文字，一如接了電極線路在一具死人骷髏上追憶重建它生前某些黑夜或白日歷歷如繪的噩夢。

從裂開的地底，土牆裂罅，枯死樹根挖開的黑洞，潮水般源源不絕湧出的黃毛鼠群。它們發出瀕死嬰孩吸吮無奶汁乳房那種破風箱噗嚕噗嚕的聲響，像烈日中暑眼前景物全被金黃色的漩渦波浪所淹沒，它們吃地窖裡枯黑的麥粟黃豆，吃馬廄裡的羸弱瘦馬順便連草料一併襲捲，它們吃驚恐尖哭的嬰孩甚至再大一點的孩子，吃燈油或煙草，吃女人的裙子或鞋面，吃某些病臥無法自衛的老人之睪丸與眼睛，是的，它們就像某些溺死之人沈在水底夢見的一群快樂魚群，瘋狂地從地獄井噴而出，在乾旱黃沙因酷熱而流動的透明空氣裡迴游。

它們且吃被憤怒黨項人用火把燒死、滾水燙死、鋤刀砍死吱吱慘叫的同類。

或者，大地震動，漫天閃電如蛇窩群蛇互噬，焦雷空響，腳下的枯旱大漠突然像乾燥終於脆裂的饃饃，張開大口讓卑賤如蟲蛆的黨項人跌進去，於是他們第一次發現這座沙漠綠洲上的寶石之城不過是建築於浮土，或是柔情脈脈托著他們這一族的三乳大母神的手從掌紋、關節、螺紋與指甲一瓣瓣崩碎。圖尼克說，雖然我知道你們都看過好萊塢三D特效之《明天過後》、《世界末日》

種種天崩地裂海嘯火山爆發種種恐怖末日貼近眼前的災難片場景，但是，對不起，當然我想到那些男人垂著醬紫色陽具女人捂著白色無毛私處因爲尚未完全進化成人所以尾椎處仍有小小一截羊尾冬骨的黨項人群們，哀嚎驚恐腳下這片他們成日擔心飛成蓬紗將他們掩埋的沙漠，突然上下左右搖甩著，將他們插入天際鎮著佛指骨的感應塔震塌，將他們像被單上的臭蟲拋上拋下著，讓他們被倒下的屋磚壓死、被地底裂噴而出的灼熱泥漿燙死、被裂開的地塹夾死，「媽啊！大地之母性高潮了！」「不該亂蓋那根大陽具去插她的！」打回原型，他們變成天父地母在憎怒激狂交歡時刻任意亂灑在廣袤沙漠上，黏呼呼看了噁心的一坨一坨不想留存下的精蟲……我想及此就忍不住熱淚漫面。

或者是蝗災，那悲慘得超現實的畫面，竟早在我們熟悉的另一神聖劇場被展演或描述。它作爲末日之預言，然其歷歷寫眞之貌，竟如臨摹，發生過的，我們西夏滅覆時刻之災難現場（空拍圖。衛星照片。最後是好萊塢那昂貴得白痴、偷上帝之眼擬造的大場面電腦虛擬動畫）。

「第五位天使吹號，我就看見一個星從天落到地上，有無底坑的鑰匙賜給他。他開了無底坑，便有煙從坑裡往上冒，好像大火爐的煙。日頭和天空，都因這煙昏暗了。

「有蝗蟲從煙中出來飛到地上。有能力賜給他們，好像地上蠍子的能力一樣。並且吩咐他們說，不可傷害地上的草，和各式青物，並一切樹木，惟獨要傷害額上沒有　神印記的人。但不許蝗蟲害死他們，只叫他們受痛苦五個月。這痛苦就像蠍子螫人的痛苦一樣。在那些日子，人要求死，決不得死；願意死，死卻遠避他們。

「蝗蟲的形狀，好像預備出戰的馬一樣，頭上戴的好像金冠冕，臉面好像男人的臉面；頭髮像女人的頭髮，牙齒像獅子的牙齒。胸前有甲，好像鐵甲。他們的翅膀的聲音，好像許多車馬上陣的聲音……」

「對不起，這裡描述的到底是蝗蟲，還是你們西夏騎兵隊……」

「不要故意搗亂，這是第七封印的第五位天使吹號……有尾巴像蠍子，尾巴上的毒鉤能傷人五個月……嗯，這一段是……第六位天使吹號，我就聽見有聲音從　神面對金壇的四角出來，吩咐那吹號的第六位天使，說，把那捆綁在伯拉大河的四個使者釋放了。那四個使者就被釋放，他們原是預備好了，到某年某月某日某時，要殺人的三分之一……」

「殺人的三分之一？」

「不要打斷我……我在異象中看見那些馬和騎馬的。騎馬的胸前有甲如火，與紫瑪瑙、並硫磺，馬的頭好像獅子頭，有火，有煙，有硫磺，從馬的口中出來……」

災難，於我們這些血液中濃度飽和而致眼前景物暈黑黯淡的現代吞食噩夢者，簡直像成年男子被鍊在女子公共浴室，鼻血直流盯著眼前光霧膨脹裡眼花撩亂的美麗女體光溜溜跑來跑去，毫不羞恥地將她們最神祕讓人銷魂的部位展露無遺。想想看那些歌劇院裡數百人質在蠻幹攻堅的特種部隊濫射的震撼彈、曳光彈、機鎗掃射和意志堅決的恐怖分子終於引爆的引線纏繞建築體各角落之黃色炸彈中尖叫、哭泣、倒仆、噴血、腦袋黏呼呼被削掉一半，四肢斷骸隨瓦礫灰塵橫飛的場面。三百六十度環場運鏡，停格，重播，再重播。或有畫質粗糙畫框亂搖的置身現場者手機拍攝，貼得太近的臉，一雙正在跑的穿鞋子的腳，簡直像畢卡索的《格拉納達》。每一個破碎視覺正面的瞬刻，我們這個時代的災難總有人從集體滅絕死亡的當時，便從皮包或牛仔褲口袋掏出手機作數位攝影，把災難那灰飛煙滅中扭曲膨脹的惡魔之臉捕捉下來。譬如海嘯自天頂傾貫而下，海邊豪宅六星飯店全碎裂成一些掛滿屍體的破爛木材。譬如飛機半空爆炸分解成四、五團火球摔落樹林（女主播說，哦，傑夫，那些像巧克力粉在空中灑落的是什麼？潔西卡，沒錯，那些是從機艙摔出來的人體，不乘客。哦，上帝，哦，不，傑夫，上帝。潔西卡，是的，這是最叫人心碎的一幕，不過我們唯一可寬慰之處，便是這些我們看見的小黑點，在被拋出機艙之前就全都死了）。譬如那兩棟在半空烈焰中化成粉塵的大樓（天啊，剛剛才進駐了一百名紐約市消防隊。一陣靜默。各位，今天是美國建國兩百年來最悲劇黑暗的一天，也是我個人生命最黑暗的一天。嗯，我們先聽一段在大衛營緊急取消休假的總統先生對此事件的聲明，並且等候最新畫面與更進一步現場報導進來。天佑美國。對了，在進廣告前，我想與各位分享，我的孩子湯瑪士今天恰好也在倒塌的南棟大樓裡。好的。我們進廣告）。

災難的惡魔之臉被好奇且熱愛眞相的現代科技之子拍攝下來了嗎？如果現代災難像達利的空蕩蕩火車大廳的超現實夢境，最祕境之處卻大剌剌掛在美術館大廳正牆展露給全世界看到。唯一交換的是蟻巢末端的無感個人，終於對他茫然看不到邊界的巨大群體產生一絲柔情。哀憫與恐懼。

——緬甸風暴成災，「像打過仗一樣……」，英國媒體指出，緬甸熱帶風暴襲擊所造成的死亡人數可能會高達五十萬人。國際紅十字會一艘滿載千人補給品的救難船在伊洛瓦底江撞到樹幹沉沒。由於災區缺水缺糧缺醫藥，情況並不樂觀。部分災區已有痢疾與傳染病發生，加上緬甸當局把罹難者遺體棄置伊洛瓦底江，災區的疫情恐怕會更加嚴重。

——大陸四川省汶川縣昨天發生規模七點八的地震，威力相當於二百多顆原子彈，震動半個亞洲，根據官方媒體新華社初步統計到十二日十一時，死亡人數已達七千餘人……最嚴重的震央汶川縣對外聯絡完全中斷，尚不知死傷情況。

——緬甸風災災情慘重，聯合國擔心，如果國際救援再無法深入災區，可能會有多達一五〇萬人在災後喪命；軍政府一再抗拒西方的援助，國際輿論已經傳出，必要時應該採取武力進攻緬甸，來進行人道援助；軍政府今天讓了一小步，讓第一架美軍C一三〇運輸機，帶著物資運抵仰光。

Room 40

神諭之夜

我第一次遇見圖尼克這個人
是在我父親的葬禮上

我們是一場屠殺時刻因驚怖恐懼產生的幻影。我們是別人的夢境的侵入者和附寄者。

我們這種人，能逃多遠就逃多遠，但逃不掉那變成獸形的宿命……

那些話像我壓在胸臆酸苦不讓它吐出的酒水穢物，撐漲得我頭疼欲裂。

我第一次遇見圖尼克這個人，是在我父親的葬禮上，說是葬禮，好像也沒有一個像話的儀式，那是一處連殯儀館都說不上的鄉下火葬場，在一片像稻埕的水泥空地邊角，有一排隔成三間停死者棺木和簡易靈堂的破舊平房，周圍荒煙蔓草，若不是空氣中飄著那重煤油燃燒味和一種鼻腔纖毛裡過濾不掉的粉塵細末，不知情的人或會以爲那是一排荒圮的土地公廟或廢棄的軍用倉庫之類的。

我記得那時小桃父親（如今我有時仍幾乎衝口而出稱他「我岳父」，其實後來我和小桃分手，和她家人幾成陌路，但當時我和她家每一成員的關係，幾乎已像是家人一樣。即使他們對我這可能是未來女婿的家世背景極不滿意，但由於小桃總刻意帶著我參加他們每一次家庭聚會，我便在一種奇異的沉默關係中，像個影子黏附在這個對外人並不友善的家庭中）把他的舊賓士車刷地停在那片廣場前，然後一堆人下了車。小桃那時正和我妹妹一道用往生咒黃宣紙摺紙蓮花，她低聲對我說：

「那是二姊的男朋友。」

我很難清楚描述我在那個狀態下第一次見到圖尼克時的複雜心情。他置身在小桃那輪廓極深有一雙美目的母親，和幾乎像那美麗女人年輕翻版且更高䠷氣質更優雅的二姊，以及那個一臉心不在焉十足大男人氣派的父親之間，我似乎同病相憐地看見一個命運與自己相近的「難友」。但難免有一種暗自在心中比較的微妙情感（如同小桃總有意無意和她二姊暗中比較）。我注意到這趟車是由圖尼克當司機，這當然很符合我岳父，哦不，小桃父親的作風。準女婿就是司機兼在後面提東西的長工。但我心底竟有一種輕微的妒意，這傢伙似乎比我更融入這難相處的一家人裡。不知是否心理作用，我覺得保持半步亦步亦趨在小桃父親身後的這個男人，臉上除了拘謹、焦慮，還有一絲不耐煩的神色。

我想小桃的爸媽或都非常詫異我父親的棺柩停放在這麼寒磣荒涼的地方，他們倒是全部穿著極正式而鄭重，小桃的父親帶頭上了香，她的母親紅了眼睛拿了厚厚一袋奠儀交給小桃。奇怪是某種害羞或有錢人的倨傲，使她從頭到尾沒看我一眼，我想她感傷自己女兒未來要嫁入這單薄人家的成分要大些。倒是牽著妹妹的手，像逗孩子那樣和她聊了幾句。

其實我父親過世時已八十幾歲了，記憶中似乎我很小的時候，他就是個老頭兒了。我母親足足小我父親二十四歲（他們倆生肖都屬虎），但大約在我十二、三歲時，她便因糖尿病併發症去世了。我對她沒有很深的印象，不幸的是那個病遺傳給我妹妹，使得她從小便頻繁進出醫院急診室，幾度全身插管我都以爲她會就這麼死去。即使她現在已三十幾歲，個子樣貌卻像個十歲不到的小學生（事實上因爲她的病和家境，很早便輟學，我妹妹的心智也完全像個小孩），但她的臉卻因代謝異常脫水浮腫，看起來像個疲倦虛弱的老婦。

我父親的過世並沒有給我帶來多大的情感衝擊，倒是他臨終前一直抓著病榻邊小桃的手，像哀求般反覆說：

「李伯伯求妳了。別扔下我們耀祖，我替我們李家祖先謝謝妳了。」

也許他和我一樣，從頭到尾便迷惑小桃這樣的女孩爲何會看上我這個窮小子？並且打從心底相信：她只是一時豬油蒙了心，只要哪天猛然驚醒，一定會棄我而去。

我猜小桃的母親必然帶著相反的情感，也這麼盼望著。

——嫁去那樣的人家，妳要照顧那樣的妹妹一輩子吔。

——而且那個病是家族遺傳，不要騙自己了，如果懷孕了是女兒，妳要不要冒風險把她生下來？

說來我和圖尼克幾乎就會變成所謂的「連襟」，後來我們卻成了一點關係也沒有的人，人世確實無常。但是當時我完全不能想像「我和小桃有一天會不在一起」，可以說就像小學時有一個傢伙問我「爲什麼螞蟻可以無視地心引力，任意在垂直牆面甚至天花板上自由亂跑不會掉下來？」時，告訴我一個肯定謬誤卻充滿哲理的答案：

「因爲牠的想像力不能理解三度空間的存在，牠以爲世界是一個無限延伸的二度平面。」

如今每思及此，我便會爲一種遠超出「我和小桃不在一起」的眞實感要巨大許多的悲傷所呑噬。那個認識是：無論當時的我如何努力，我和小桃最後仍是得分開。無論當時有多少個私密時刻，我帶著不安或隱約的虐待快意，要小桃發誓她絕不離開我，而她也帶著一種決絕毀滅的表情甚至滿臉淚水對我說：

「哦，我發誓絕不，絕不離開你。」

最後我們仍是得分開。

圖尼克那時或早已預見那個「我的想像力無法照見」的不幸結局，或者借用他的說話方式，「問題不在我們，問題在超出我們的那個結構。」如今回想起來，幾乎極少幾次我和圖尼克撇開小桃一家人的獨處時刻，唯一的話題便是他不斷勸我「趕快，不論用什麼手段，先把小桃娶到手」。一開始我以爲這是那個處境下兩個男人沒話找話的方式（圖尼克總是焦慮地掏出菸來，直接這樣開場：「你到底計畫好了沒什麼時候和小桃結婚？」），後來我心底確實有點惱了，表面上我耐性溫和地對他解釋，我的生涯規畫是打算再拚個幾年，等事業上有點成績或至少存一筆錢，再向小桃爸媽提親。但我難免暗自嘀咕「老兄你也管太多了吧？」如我前面所說，我對於圖尼克，總還是有一種私下比較的心情。這可能多少也受到小桃作爲老么總喜歡和她二姊比較的影響。我和圖尼克都是所謂的「外省人」。我們的父母同樣都沒有留多少恆產給我們（這是許多次圖尼克在對我分析、直陳利害後，我才理解），但我們之間究竟還是有極大的差別：他的父親是個老師（據說他祖父當年在大陸還是國民黨政府裡職位相當高的鐵道官員之類的），而我父親是個不折不扣的老兵。他年紀大我十歲，當時已是個小有名氣的小說家，能言善道，常用不標準的台語逗得小桃母親和小桃姊妹那幾個美麗女人笑得花枝亂顫。

在我父親過世那年年底，圖尼克和小桃二姊舉行了婚禮，那個婚禮的排場我可能奮鬥十年也無法給小桃一個同樣規模的夢幻演出（是的，我打從心底認為「婚禮」這件事就像過年的鞭炮，一場熱鬧繁華，最後就是滿地滿水溝紅紙碎屑的狼藉垃圾）。他們在圓山飯店包下一層禮廳，席開六十桌，冠蓋雲集。提親的過程完全按照小桃父母開出的嚴苛條件和繁瑣講究之古禮。

那之後，偶有圖尼克（這時小桃已改口喊他「姊夫」了）和我獨處，又掏出菸來一副說客架式：「趕快和小桃結婚，不要管風不風光，先辦了再說」，「我們外省人……」這一類談話時，我心裡總頗不是滋味。甚至懷疑是不是小桃透過她二姊，二姊再示意這個「二姊夫」來對我施壓。

那段時光，小桃和我維持著一種安靜的情侶關係。一個禮拜有兩三天，她會開著她那輛裝了粉紅蘇格蘭格條紋 Hello Kitty 椅套的福斯小車南下，像鶴妻一樣來我家陪我那個外表像老太太的妹妹，幫我們清掃那幢父母早已不在的破舊透天厝。她會自己一人爬上那後來我們兄弟不大願意上去，只堆著一些無用桌椅、棉被、紙箱的二樓，把所有的窗打開，讓陽光和新鮮空氣湧進。她幫我們洗掉水槽上堆滿的油膩碗盤，把我和妹妹堆在浴室門邊的髒衣服髒襪子（甚至包括我的內褲和妹妹的內衣褲）洗了晾了，然後一件一件漂亮地摺好。當時我並沒有太在意這些事，我朦朧地感覺，小桃在那幢空屋爬上爬下忙活著這些事時，心裡肯定是以「這個家未來的女主人」自居吧？

小桃之前有個男友，家裡是開五金行的，後來他父親不知是為人作保或軋票子，向地下錢莊借貸，還不出來而「跑路」。那傢伙似乎還曾哭哭啼啼向小桃的母親借了一筆錢。小桃父親開的那輛舊賓士，據說就是那傢伙父親原來的座車。小桃不太提起這段感情，那似乎是她的初戀。或許這也是我和她之間的戀情，從初始便感受不到那種我想像中戀人間該有熱情，而有一種「執子之手，與子偕老」的哀感。

當然我絕想不到最後我們還是分手了。

我後來想起許多該發生而未發生之事，一切如風中迷霧，即使事情從頭再來一次，我必仍然摸不著頭緒，看不見全景。

我印象極深的一個畫面是，有一次小桃帶著她二姊、圖尼克搭火車到我外公外婆的老家大甲，我和妹妹小學時有好幾年是被託養外婆家，所以這個小鎮於我幾乎算是童年故鄉。我想我平常不太給人「外省第二代」如圖尼克那樣鮮明的印象，或因爲這段不算短的成長經驗。但其實我對我的童年，大甲這個小鎮，我和妹妹投宿在外公外婆（他們後來也都過世了）家那段時光的回憶，全部淡薄而模糊。我父親是個近乎不識字的老兵，他的年紀比我外公還大，我也不清楚當時外公外婆爲何會把他們的女兒嫁給那麼一個沒有恆產的老芋仔。有時我直到一些文章（也許是類似圖尼克這樣的人寫的），提到他們的外省父親在大陸的哪一省還有哪些親人，或是一九四九年他們逃到台灣來之前的一些故事，我則從小不曾聽我父親說過這些。如我前面所述，在我很小的印象裡他就是個老人了。他的口音非常重，一般人可能不太聽得懂他說的話。那次在大甲，記憶中小桃的二姊大著肚子，似乎是懷孕了，來向鎭瀾宮媽祖娘上香許願祈福。很不幸的，後來那個胎兒還是流產了。但若是這樣，按常理判斷，二姊當時的肚子應看不出有身孕的模樣？也許是我受到小桃耳語告訴我「二姊懷孕了」的暗示，便修改了記憶也說不定。總之，小桃表現得像是她已嫁給我，且我們定居於此，一副在地人熟門熟路的模樣，帶著大家參觀草蓆工廠、老建築、吃四十年小店的綠豆冰。我們自然也帶他們到廟埕外擠滿向觀光客兜售粗俗紀念品小攤的鎮瀾宮。奇怪的是，二姊到了廟門口並不肯進去，也許是一些老輩習俗怕神氣衝到了孱弱的胎兒。但那圖尼克，卻和他外貌極不相符地，一走進那香爐煙陣瀰漫的後面，便跪了下去，朝正殿匍匐前進。他祭拜時那種莊嚴肅敬的背影讓人會想到某種類似大巫師或祭司的形象。

我最後一次和圖尼克以這種曖昧身分（我們似乎是某一個完整穩定恆星系最外緣兩顆冥暗近乎不存在的小行星，原本從無垠漂流的外太空暫時被拉扯進這一家族層層如洋蔥皮的引力圈。我終因質量不足被甩出這個恆星系。而圖尼克……怎麼說呢？我覺得他始終以一種奇怪的運行魔術讓這家族的星體們以爲他也按著某一圈軌道繞圈。其實不！他根本在另一次元建立了一整套亂七八糟、忽遠忽近，像雞蛋弧形又像彈簧線圈的奇異出沒路線）相見，是在小桃終於宣判離我而去——不僅僅是我這個人，還包括我那個退化成爬蟲類的老妹妹，我死去父親的哀求，以及我們如果結合可能會生下那不正常基因的不幸孩子……全都在她生命中永遠抹去。而且小桃選擇了一種也許對於她自己的軟弱不忍十分有效率，但對我而言卻殘忍異常的手段：她突然消失了。在我們某一次較激烈的爭吵（其實和其他情侶相比，實在平凡極了）後，我再也找不到她了。她的手機關機（許久後我才知道她根本換了一組號碼）；她不再出現在我們家；後來我憋不住打過幾次電話去她家，全被她母親（原本可能成爲我岳母的那個女人）冷淡猶豫的聲音擋了駕。她告訴我：小桃到美國去了。我也幾次偷偷將車子熄火停在她家樓下的巷子裡，想在她回家時堵她。她卻眞的像蒸發不見了。

我那時才醒悟：在我和小桃的這場戀情，自始至終我唯一的一張牌就是小桃。一張絕門牌。我原先不以爲意：愛情或婚姻本來不就像是兩個人在一電話亭裡絕對孤立於外面世界的事嗎？但我錯了。只要小桃一翻手將她自己那張牌打成反面，她便隱沒入花色完全一樣的家族牌海洋之中。我沒有任何其他形式的網絡或管道可以重洗搓洗那副牌，重新找到她。

任何努力都沒用。

後來我去找了小桃的二姊和圖尼克。他們是那整個家族唯一對我善意之人。但我那次的表現非常差勁，小桃的驟然離去讓我失去了該有的禮貌和自持。我不斷像一個被戴了綠帽的丈夫追問小桃爲何會遺棄我的推理細節。我記得圖尼克和我坐在他們家的餐桌，我們頭頂上的骨董罩燈非常熱，弄得我和他兩人額頭上皆布滿一粒粒汗珠。圖尼克像對個男人那樣在我和他面前各放了一罐冰啤酒（這點我非常感激他），他一根菸接著一根菸，但總沒抽幾口，又將它們捺熄在一只極大的青花瓷菸灰缸裡。二姊則在一旁走來走去，開冰箱、洗碗盤，或是煮一鍋什麼難料理的湯，我不記得了。但她臉上暗影晃動始終帶著一種壓抑的憤怒，似乎她也對小桃這樣的行徑非常不諒解，事實上，我一直認爲，小桃的二姊在內心深處是個比圖尼克要正直且溫暖的人。

圖尼克告訴我：沒錯，小桃有了新男朋友，而且這次，這次那傢伙非常符合本來該是我岳母的，小桃母親的期待。他是獨子，父親是國內赫赫有名一家大建設公司退休的實力派核心高層，這不是重點，他的祖父是桃園一整片土地的地主，包括陽明山、信義計畫區都有一塊市值天價的地，還不包括美國舊金山那邊的房地產，而他父親也是獨子，這意味著，這傢伙將來可以繼承十幾億的遺產。

而小桃眞的和那傢伙到美國去了。

這個傢伙早在我和小桃吵架之前半年就出現了。甚至在我父親的葬禮，小桃像個貞靜未過門媳婦，低頭和我妹妹在靈堂摺紙蓮花的時候，這位 Mr. Right 就已如魅影廁身進我所不知道的小桃的內心世界了。

根據圖尼克的說法，那段時光，那個家族爲了小桃的選擇展開了激烈的爭辯。可想而知，只有他和二姊是站在我這邊。我是過了許多年後，才慢慢體會：那個晚上，在圖尼克家的餐廳，二姊臉上那對小桃不以爲然的、像釉燒瓷觀音般垂眼抿嘴的憤怒，不僅僅是基於對我的念舊與同情。而或有一種更幽微的心思：原本在那個家族裡，小桃選擇了我，和她選擇了圖尼克，皆是叛逆她們母親從小的期待與規訓。「不可以嫁外省人。」事實上，我家的背景，是較圖尼克更貧窮、版本更糟的外省凋零之家。突然之間，小桃像個小女孩推倒她面前原本捍衛不讓家人靠近的破爛積木，「不玩了」。她進入她母親想像的「女人陞官圖」時間捲軸裡，獨留下二姊和圖尼克成爲無從座標定位，如太空漂流小行星的「外省人」靜止時間。

圖尼克帶著一種兄長般的沮喪和責備：「早就跟你說要快點把婚禮當首要之務先搞定再說。」

當二姊離開餐廳到樓上去時，圖尼克突然對我說了一段非常奇怪的話。他說：我們的問題不在於我們是「外省人」，那些政客們炒作的二二八大屠殺或政治迫害者原罪或所謂認同問題。而是因爲我們不是漢人。我們這種人早該在這個世界消失。事實上我們的祖先早已滅族滅種。我們的祖先原本使用的語言、文字和以他們觀點記載的歷史早已灰飛煙滅。我們原本該像那些單性生殖的物種在生態劇烈變化的演化時間長河中徹底消失。但我們其中的一支祖先（也許只有男人，也許只有女人）混進了漢人的社群裡。他們模仿漢人的語言，學習漢人的習俗，經過數代的蟄伏，慢慢混進漢人極度排外的婚姻結構中。像病毒把它們的RNA注進宿主的DNA環中，借著宿主的細胞分裂運轉機制，把我們本來原始又絕望的基因託孤（雖然宿主是處於懵懂無知或下意識恐懼血統被破壞的嫌惡）下去。

或許是之後我對於自己那個晚上在圖尼克面前暴露出自己的軟弱（我不記得我有沒有在聽到小桃被一我根本不可能對抗的強大對手搶走的絕望眞相時，有沒有哭出來？）和尖酸刻薄感到丟臉，我之後便不再和圖尼克與二姊聯絡了，我把他們的通訊號碼從我的手機裡刪除。不過圖尼克趴跪著往鎮瀾宮那煙熏烏黑卻又金碧輝煌的正殿巨大神龕爬進去的形象，混合了他在那晚上一臉沉痛對我說的那段奇怪的話，給我留下極深的印象。

那晚回家，我發現一群小孩把我妹妹包裹成木乃伊的模樣，那不全是白色屍布，而是不知從哪找來的金絲薄紗或印花窗簾，還有一些洗澡用的毛巾。我驚怒地揮手驅趕她們，甚至打到了其中幾個人的肩膀或手臂。她們哀哀叫著跑開，卻帶著一種不認眞的嘻笑。

我幫妹妹拆開纏滿全身的布條時，她對我說她能聽見觀音媽媽對她說話。我想又是鄰居那些佛教阿婆對她胡說一些什麼吧。瓷磚瓦斯爐台上有一碗黑乎乎的什麼，像淋了厚厚一層仍在流動的醬油膏，人影晃動時，嗡一下飛起至少四十隻像橄欖那麼大的肥蒼蠅，原來是一粒乾掉的肉粽。

我有一種對自己置身這一切的巨大恐怖。

也許是我缺乏圖尼克那種穿透事情本質的天賦，或他那種近乎陰鷙殘忍的觀察力。在我內心深處，隱隱對他把許多事物串結在一塊的奇怪描述並不以為然。但在那之後多年，我依然保持單身，或許圖尼克那句「我們這種人，如果不在我們這一代踮著腳掙爬進漢人社會裡，可能就無法通過婚姻將我們祖先的基因傳遞下去，那即是一種沉靜的滅種」，像陰魂不散的詛咒黏附上我命運灰稠的底層。其實那時我已通過「地政人員特等考試」取得了正式土地測量員的職位。我在小鎮的地政事務所上班，以我的年紀、職等和收入都算是超過一般人標準了。部門裡不乏一些適婚年齡的女同事以各種迂迴方式向我表達好感，也有一些歐巴桑級的女性長輩半開玩笑說要把女兒或朋友的女兒介紹給我，都在我不冷不熱的態度下不了了之。當然小桃的離棄，或小桃那一家人對我造成的傷害，可能在我的人格深處，割開了一道連我自己都不知道究竟有多深的傷口。那像一個把生命裡所有有意義的事物都吸進去的深淵黑洞。我買了一輛新車，不再騎那輛破機車冒日曬雨淋上下班。我也把父親留下那幢破房子，花了點錢整修了一下。這一切都是當初，小桃和我在一個小房間，把她的家人當作假想敵，反覆籌畫的「我們的未來」，當時是希望我倆存到了一筆錢，我的工作較穩定後，再向她父母提親。小桃也把「有一天可以脫離她父母那個家，搬到這個小城和我過平靜日子」當作一不久會實現的年輕新娘憧憬。怎知有一天全成了夢幻泡影。

那段時光我常下班一起混的朋友，是個叫安金藏的傢伙。這傢伙年長我五歲，在我們單位裡算是學長，他也擁有正式土地測量員執照，雖然有一次他私下告訴我那是他找槍手去考到的。與平時在事務所上班時無精打采的模樣完全相反，他帶我去混過不同的pub、啤酒屋和卡拉OK店，似乎在那一類的場所，全像發光體成為每一間店裡每一個夜晚的主角。

有一些女同事私下勸告我和這傢伙保持距離，因為「他經手的土地案件總是有點不乾淨」。我們這個工作，看似無趣庸碌，整天處理的不外乎民眾申請土地鑑界；與鄰地界址有爭議；兄弟甚至母子為了死去老爸的遺產對簿公堂、建物申請分割或土地複丈（重新丈量）、地目變更、數値地籍測量……。這裡頭的學問極大，整個台灣地區之地籍原圖早在第二次世界大戰時被炸毀，一直到半世紀後的現在，全省各縣市地政事務所使用的地籍圖，大部分是日據時期依據地籍原圖描繪裱裝而成之副圖，逾九十年歲月，圖紙伸縮、破壞、比例尺過小……。我們這些土地測量員，就像在一幅古老到超現實的皺捲地圖上密密麻麻爬行的小螞蟻。某些時候這些小螞蟻碰頭時用觸鬚互相搔撓，你會聽到像三角測量、水準測量、圖根測量、等高線圖、空照圖……這些乍聽之下極度精準的語彙，其實這是一個比任何行業都虛無的職業。如果沒有那些臉色發白、心懷鬼胎，為了爭奪土地所有權的人們，我們的行業可以說完全沒有眞實感。他們有的是種一輩子田的老人，有的是開賓士一身名牌的後生，我們的那些圖尺儀器輕輕一條線的歪斜，如果是在城市鬧區，可能就是百萬千萬的價差。但他們對我們無比信任，簡直像古早時有無法解決之爭執，到廟裡斬雞頭擲筊請神明仲裁。

所謂的「不乾淨」，當然就是收了紅包的土地測量員在土地複丈或鑑界這些糾紛案件的測量中動手腳。或許那也是安金藏這傢伙得以夜夜笙歌，且在每個聲色場所，不論請他喝酒替他買單的人、媽媽桑，或年輕酒店小姐，都喜歡他把他當同一類人的原因。他是一個墮落而披著彩衣娛樂大家的小神祇。人們賄賂他，他報答他們，如此而已。

但這一切我不以意。我沒有父母、沒有妻小，甚至沒有野心和貪欲。只有一個像縮小乾癟木乃伊，童聲童嗓卻在我每晚回家口吐酸液般尖刻言語的妹妹，我不過偶爾和安金藏喝幾杯啤酒罷了，比較複雜的場子，他也識趣地從不帶我去。

而我之所以得到安金藏的信任，實因無意間捲進他和他老婆間之鬥爭有關。我之前即偶爾聽安金藏酒後半牢騷半炫耀地提過，他有一個標致卻善妒的老婆，當年是台大中文系系花，身高一七〇。當然我也知道安金藏除了那些逢場作戲的歡場女子，猶有一兩位隔段時間便換掉，關係曖昧介於情婦和小老婆的年輕馬子。安金藏總哀嘆他老婆偵搜抓猴的專業技術簡直可以去開間徵信社。

「你想想，以我的聰明，卻常常被她追到喘不過氣，我們是不是就像那個電影裡的史密斯先生和史密斯太太？」

他為了防她查手機，另弄了兩組門號，晶片卡藏在眼鏡盒絨布下面。她卻有辦法找到一群駭客學生（她在一所高中任教），侵入電信公司的電腦資料庫查他的通聯紀錄。她可以瞞著他打電話去他那些酒店狐狸精的住處，僞稱自己是另一間酒店上班的小姐，模仿她們的腔調，耐心花上一年兩年時間，和她們成爲莫逆之交，套出他整齣不倫戀情的每一細節。

「她要的不是我偷情的證據，而是像衛星空拍圖每一鉅細靡遺的內心攝影紀錄片。」

我對安金藏的這一切毫不感興趣。那不是我的人生。有一次安金藏醉後半眞半假地對我說：「其實她若不這麼卯足了勁，發狂地圍堵我，我說不定還沒那個勁到處偷吃。你知道嗎，有時候性慾或睪酮激素的激增，全是生物意識到面臨危險，偷情的快感其實全依賴那種近似逃亡的恐懼。」

安金藏的妻子確是個不折不扣的美人，這點很讓我驚訝。雖然之前多少從安金藏的自誇中對這個爲嫉妒所苦的不幸女人，有了一像無人畫廊裡那些蹙眉憂愁仕女肖像的模糊形象。但當她眞的像隻發光的天鵝推門走進這間咖啡屋，在所有人的抬頭目視下走到我的桌前坐下，我確實有種幾乎想捂嘴壓抑住歡呼衝動的虛榮。

她開門見山地從皮包裡拿出一個公文袋，從裡頭嘩啦嘩啦倒出各種軟硬材質的雜物。我瞄了一下，可能整個後頸耳根瞬間都刷紅了——在這樣光天化日之下，一個氣質高雅長得像白嘉莉的美人兒，在我們面前的咖啡桌上，鋪開了包括保險套、小得不能再小揉成一團的女性褻褲、一些類似電話帳單或停車場收據的紙單、機票登機卡、幾張可能是遠距偷拍的照片、細看的話可能還有黏在一張小卡紙上的幾根女人的毛髮、天啊還有一枚連著電線和開關盒應該是在情趣用品店櫃架上出現的跳蛋——我感覺到鄰桌人們的側臉全隱沒進一種陰影，他們全壓低聲音說話，裝作若無其事地窺看著我們。

安金藏的妻子揚一揚那已清空的公文袋，要我注意那上面用紅簽字筆大大寫的一個英文字母：「這是D。我那邊還有A、B、C。每一袋裡都是滿滿的證據。這些還不包括那些打野炮的一夜情的逢場作戲的，有資格進入到我收藏的檔案袋的，都是和他有半年以上情人關係的……」

我那時無比後悔自己被捲入安金藏和他老婆的這種關係。我痛恨自己這樣的角色。我一點都不想知道安金藏的那些隱私。那些陳列在我面前的淫慾證物。但我確實已被這兩個意志、智力皆遠高於我的怨偶扯進他們的牌戲，從我答應安金藏老婆來赴約，然後又故作好人打電話知會他……

那時我突然想起一件事：安金藏和他老婆，我眼前的這位五官立體皮膚白皙的美人兒，都是不折不扣的「外省人」。

我突然想起圖尼克（我好久沒有想起這個人了）。沒錯。這一對男女，是和圖尼克有相同氣氛，相同靈魂構造，相同弱肉強食哲學，相同多疑且聰明的同一類人。

她細數著每一件證物被她截獲的時空背景，我知道眼前是一個爲著某種高燒激情折磨痛苦的女人。但那一切和我原先設想的一個哀愁創傷的不幸妻子之形象相去甚遠。她告訴我有一回安金藏接了電話立刻出門，他的電腦全用密碼上鎖，「你知道我怎麼作嗎？我挑了一盒女人化妝的那種顆粒最細的蜜粉，用粉刷輕輕撣在他電腦的鍵盤上，找出其中指紋痕跡最清晰的那六個字母鍵，用排列組合的方式，找出這個笨蛋自以爲浪漫的入口拼字。他和那些狐狸精MSN的噁心對白，全被我一覽無遺……」

我能說什麼呢？我的腦袋裡一些從小桃離開後便膠封住的線路像漏電一樣劈啪作響，發出焦臭味，錐刺著我像用大行李箱鎖住沉入深海底的屈辱與憤怒。我知道如果我讓那些綠膿般的穢物掙開那只皮箱，浮出水面，我整個人會因無法承受而崩潰瓦解。

「我們這樣的人，如果不……就注定要在人類基因河流中滅亡消失。」圖尼克那時是這樣說的吧。

小桃在瞞著我和另一個男人同時交往的半年間，我又爲自己做了些什麼？她的家族所有的人都知道這件事（包括圖尼克），只有我還在爲一些雞毛蒜皮諸如她和我妹妹合不來或婚後那老房子的浴室該改建成什麼模樣的小事和她爭吵。在那樣的奇異時光裡，所有的人都用看一個不幸的人正沉入水中的眼光看著我吧？而我完全不自知。

多麼的孤獨。像獨自在深山裡死去的狼一樣孤獨哪。

我如臨深淵，如不敢在湍急溪流岸邊被映出倒影那樣，努力不讓眼前這狂激女人的混亂時刻被她識到我的存在。

事實上當我和她分手後，才走出咖啡屋，立即轉進小巷打電話給安金藏，像是他正在某個我們不知道的對街櫥窗用望遠鏡監視著我們的動靜。

而安金藏在電話中似乎對他老婆的言行不甚感興趣，他好像熟極生厭知道她會控訴些什麼他不堪的罪行。他沒有問我細節，只淡淡問了一句：「都還好吧？」我說還好。我加了句：「我勸了她幾句，可能不管用。」他在電話那頭笑了起來，那使我十分憤怒，似乎因這樣一場如他們夫妻對手的乒乓球賽後，我已被默認成爲他的球僮、閹人僕傭或耳目那樣的角色。

他掛電話前說了一句：「從現在起，你是我的鐵哥兒們了。」

那天晚上，我作了個怪夢（我極少作夢），夢中似乎回到我少年時讀書的國中教室，在那個夢裡似乎是晚間自習時間，燈光昏暗，飛蟻漫天抖閃牠們把光線弄得更混濁的薄翅。座位上零零落落坐著一些用背脊對著我埋頭讀書的傢伙，我心裡非常透徹清楚：「這些就是將來會一路往上爬，把我這種人踩在鞋底的成功者。」奇怪的是，我的那張破爛課桌抽屜用一把生鏽的爛鎖鎖著。我戒懼地（用肚子抵著）保護著裡頭一疊一疊的鈔票，那些鈔票全發出豬肉攤的油腥味，那數目遠超出我夢中年齡能想像的多，但我卻知道這抽屜裡的鈔票即是我這一生能擁有全部的錢。這時有個姓蔡的傢伙偎靠在我旁邊，隔一段時間便伸手進我的抽屜裡掏錢。這人是我國中時班上一個唯一在「混外面」的同學，我應該完全忘了這個人物才對，但他在夢中的形象就像昨日一樣清晰：他理著個大光頭，戴一副顏色極深的墨鏡，使我從不知他眼球的顏色形狀。而我也像夢遊般任他一次次手貼著我肚腩再伸進抽屜取錢，絲毫無意反抗。

這一段情節跳到下一段情節，有一小折插曲，即是我跟著一群明顯比我有辦法的男人在我童年的那條街道走時。馬路上一輛公車或因塞車而停在路中央，我們經過時，我瞥見最後一格車窗裡，是我那死去多年的母親帶著一種關懷甚至寵縱的微笑盯著我。她瘦削的肩脊因緊張地抓住前座靠背而拱起。

之後我和那群男人走進一間三溫暖，我這時發現帶頭老大即是安金藏，除了我，還有一比我還生澀的年輕後生。我們赤裸上身裹著浴巾坐在一張大沙發上讓人按摩腳底。我意識到那房間外面是霧氣瀰漫的深山。後來情節開始變得混亂，不斷有穿制服打赤腳的小姐進進出出，對跪在我們腳下的小姐們耳語。「他們是外省人啊。」最後是一位老鳥帶著兩個小姐進來，對那年輕後生催收欠款。她們和他夾纏地爭執，一旁的安金藏卻不以為意舒愜地閉目享受按摩。後來那後生和那三個女人開始發生激烈言語衝突，我不知是基於害怕或不耐煩，便從一旁攤在椅背上的褲袋掏出錢給那小子。

夢中的最後一個心思竟像電影旁白那樣清楚：

「難道這小子也被吹過了喇叭？」

那以後，大約每個禮拜一次，安金藏都會約我到不同的 pub、日本料亭、比利時啤酒屋喝酒。當然醉翁之意不在酒，也不在我，我只是在一種介於默許和懶得抗議的細微邊界，扮演替他掩護，欺騙他老婆，讓他順利偷情的角色。我們通常坐下沒喝半杯，他就會撥個電話給他那個長得像白嘉莉的美人兒老婆，柔聲地說：哈囉，猜猜看誰要向妳問好？手機轉到我手中時，那一端他妻子的聲音幾乎是感激或像古早年代那種嫂子對小叔一種視若己出的親愛。她會體己地說：安今天心情不好，可能會多喝兩杯，你陪著他聊就好，別傻傻跟著喝……

那樣的「信任」的三人戲碼總讓我無比羞恥，因爲安金藏總在掛掉電話後，便換用我的手機撥給他的情婦們。毫不遮攔地和她們約碰面的時間、地點，交代我若是他老婆待會打我手機查動，你就說我被別桌遇見一票混帳傢伙拉去灌酒了，然後馬上打給我……不，你還是關機好了，兜不攏，太冒險了……然後便丟下我一人在那 pub 或料亭裡，匆匆離開。

有一兩次，我會在他離開後一個小時左右，接到他妻子傳來的簡訊：

「他現在還在你旁邊嗎？不要讓他知道我傳這個簡訊，只要回答我 Yes 或 No 。」

我總是趕緊把手機關機，我以爲他妻子對他抓我當障眼法道具這招根本心知肚明，但她不刻意戳穿亦是在精算後決定把我當作一張暗牌「養」在他身邊。

有一次，安金藏約我到一間日本料亭喝燒酒，按例在打完電話給他老婆之後，他竟沒有借我的手機打給他那些情婦的其中任何一個（我都已馴順地把手機從口袋拿出來放在桌上了），反而像哥們眞的想喝兩杯聊聊那樣從暖酒瓷瓶斟酒在小酒杯裡喝將起來。我難免好奇，便開玩笑問他：怎麼了？今天女孩們全罷工了？

安金藏只是笑笑，說：累！想跟你喝兩杯。那個晚上他眞的如之前許多個晚上他在電話中對妻子撒謊描述的場景，和我安靜坐在那間除了我們這桌，整間店恰好遇上某個幫派（後來安金藏告訴我其中一人是四海幫老人）在開慶功宴之類，全是兄弟們分據各桌喧譁敬酒的日本料亭裡，像《秋刀魚之味》裡的中年男子老友，疲憊而感性地對酌著。

事實上我們之間有什麼能聊的？我們各自活在兩個完全不同的世界，我感覺這個晚上，這個庭院裡竹影扶疏，層層稜薄石片堆砌的岩壁有潺潺流水的日本料亭，以及包括我倆在內的所有男客，都只是安金藏和他老婆意志對決後的某個幻境，把謊言硬翻轉成「現在」。整個晚上安金藏不斷和各桌或吧檯座位不同的客人們舉杯寒暄，然後小聲告訴我：「那人是松山火車站站長」，「這傢伙是花旗銀行亞太區的儲備總經理」，「那一掛是四海的」，「坐吧檯第一個座位那個男的，你仔細看，他就是那個亂把名模的台灣首富」……在那樣的夜裡，也許是我多喝了兩杯，但我在某一刻突然有一種疑惑的感覺（也許這正是安金藏刻意要給我的印象）：雖然在我們這一行，早就流傳著許多不同版本關於安金藏的謠言，或大家心照不宣這傢伙在外頭有許多門路、人脈和非法勾當……，但那個晚上我有一種感覺，即是，這傢伙的能耐和他眞實的身分，遠遠超過他白日給人們故弄玄虛的土地仲介蟑螂這樣的小角色，眞實的他，擁有比周遭討厭他喜歡他的所有人們所能想像要多得多的財產和大得多的權力……

「這地方不錯吧?」安金藏一筷子把一粒沾芝麻醬的海苔菠菜卷塞進口裡，低聲說：「這裡，其實是一個『喪妻俱樂部』。」

我不知道他說的是眞是假，我也確實不知該如何對他每次對我拋出的和我世界距離一如墜毀在美國沙漠的不明飛行器和外星人屍骸那樣遙遠的話題，作出任何反應，也是他只是爲了替接下來要說的內容製造某種效果罷了。

他問我最近他妻子有沒有再約我出去或是傳簡訊給我?我說沒有。當然我沒有把心底的不快表露出來，我覺得這對夫妻也太那個了吧?好像所有人都可以任意被他們召喚如僕傭捲進他兩人之間的爛舞台劇，我想或許趁這個機會，我可以向安金藏表明一下我的感受，我想我該讓他知道，我並不喜歡那許多個夜晚，被他一通電話即招來某一家 pub，當作他和他老婆鬥法、溜去會情婦的煙霧，主要是我家裡還有一個可能隨時會痙攣嗝屁的妹妹……

但安金藏不給我機會說這些，他告訴我，他妻子大約在一個月前，整個人變了另一個人，完全不干涉他和外頭女人的事，不管他多晚回家，甚至不回家過夜，不管他身上帶了外頭那些女人的香水味或陰部的氣味（「從前我辦完事洗了澡，爲了怕她聞出香皂味起疑，還要故意去 pub 坐坐或夜市晃晃沾些菸味油氣讓自己冒些臭汗，才敢回家。」）……安金藏說，那種感覺像是高中時代第一次拿到菸牌，老爸打菸給你允許你在家裡、在他面前吸菸，你難免心慌意亂，懷疑這是否一個嚴酷懲罰的圈套……，他不動聲色觀察了她幾天，確定並沒有高人指點，並不是另一層級的諜對諜，他反而像洩了氣的皮球，失去了用盡辦法溜去外頭和各色女人亂搞的興頭。

到底是怎麼回事呢？有一天他沉不住氣了，約她到這家料亭，兩人像慘烈肉搏戰多年的敵人第一次和解坐下好好喝兩杯，他妻子才告訴他（謎底揭曉）：這些年來她一直找不同的算命師——某部分更像是通靈的，以神鬼之蒼蠅複眼觀看生命全景的心理諮商師——摸骨、手相、觀前世因果、紫微、紫平八字、卜卦、塔羅……問題是所有不同的神祕學代數公式換算得到的都是同一個答案：她上輩子欠他的，這輩子是來還債的，債還了她就不欠他了。她不停反覆拿自己的命盤、他的命盤、他不同時期不同情婦的命盤（這一點他毫不懷疑她有能力弄到）去算。永遠的靈媒術士規勸：讓他在外面玩，妳當妳的正宮娘娘，只有一點，別讓他在外面生孩子，如果他和外頭的女人有了孩子，非殘即智障，那孩子是這整個業報巧連環裡唯一的膿瘡，絕不可讓它成形……

這當然都是老話了。其中幾個算命師還是她拉著他一道去的。他這一生，家財萬貫，富可敵國，妻妾成群，中年有牢獄之災，但出來後愈官司纏身愈發，愈桃花浮濫愈發……

終於有一位女算命師（爲了證明她的卜占神準，她舉證她父母過世的精確日期、他父母過世的日期，無一誤差），不耐煩她三天兩頭帶著一疊命盤（他、她，還有諸狐狸精的）跑去追問想在命運羅網中找到重組甬道或樓層之機括，一時失控洩了天機，問她：

「這樣說好了，如果妳從現在算起，只剩下四年壽命，有一天妳爭的這一切都將化爲灰煙，包括孩子妳也保護不了，妳爲什麼不讓自己快快樂樂享受這有限的餘生呢？」

不是病災。不是自殺。那算命師說，是意外。

在安金藏像幻術一般在這入夜明晃晃的日本居酒屋吐出這一段超現實的話語之後（眞的，此刻我回憶那個晚上，安金藏對我說著這件「他老婆只剩四年壽命」的乖訛告白時，我眼前似乎浮現他那張飄浮在黑暗中的臉，像蛤蟆一樣張嘴，從伸縮吸管般的舌尖吐出一朵層層複瓣，發著白光的曇花），我們兩人皆不發一語、沉默地自斟自酌又喝了好幾鍾燒酒。

「當然我也想過，這一整套又是她玩的把戲？」安金藏笑著說。

「但是你知道，我心底其實是相信這一切胡說八道。」

我不知道該說什麼。安金藏那美麗的妻子，像頸子被折斷的天鵝預知自己剩餘無多的壽命這件事，像濃稠的黑暗無邊無際地包圍住我們兩個，我不知爲何心裡充塞一種巨大的悲慟。我知道即使如此，這個男人還是會在剩餘的四年裡，繼續和不同的女人上床。時刻到了若她眞的走了，他會替她辦一場葬禮，然後全憑機緣娶一個在那時和他處得最和諧的外面的情婦，像掛號領牌排隊遞補，替他的孩子們找一個「後母」，所有的算命師不都說是她欠他的，她這生是來還債的，債還完了她就可以解脫了……

那一切超越在安金藏那著魔貪歡的偷情激爽，他妻子的嫉妒和高明監控伎倆之上。在那之前，我心底總有一個朦朧、隱隱作痛的畫面，像監視攝影機拍下的、粒質粗糙、模糊跳閃的一間旅館房間裡，我和小桃在未來的某一個時刻，也許會再次親密相擁，甚至像從前（我失去她之前）那樣安靜地性交，我不止一次幻想過那一刻我會說一句什麼，我該說一句什麼？也許我會像走失在外流浪多年又蹣跚找路回家的老狗，把臉埋在她的胯下，嚎啕嗚咽說不清楚被她遺棄這些年所有承受的孤寂之苦。但在那一刻，那個晚上我坐在也喝得醉茫茫的安金藏對面，我突然清楚意識到，那根幻想中連接到未來的那架密室攝影機的電線啪嚓一聲斷了。我無比清楚知道，我和小桃，這一生再也不會有任何瓜葛，不會有那樣一個傾訴悔憾與怨念的私密時刻了。

我們已經，是完完全全的陌路了。

這個念頭令我悲不能抑。

安金藏已醉得像一袋扔在座椅上的熟薯；當然我也醉到眼前的景物全如一個新手拿電池將用盡之DV拍攝之影片，搖晃、歪斜、昏暗模糊，我似乎看見眼前這個男人，從他的嘴、鼻孔、耳朵，甚至桌下的屁眼，不斷噴湧出色彩鮮豔的迷霧，那團毒煙將他整個人包裹住，並沒有向四周散開……

就在那時，我突然看見坐在L型吧檯最角落一個獨自坐著飲酒的男人溶在暗影裡的側臉，當我眨眨眼重新調焦想確定自己有沒有眼花看錯時，那個男人轉身舉杯向我晃了晃，臉上帶著難以言喻的蕭索微笑。所以，他早就看見我了，只是像電影裡那些居酒屋裡的日本老人，不貿然侵犯干擾偶遇之故人。

沒錯，是圖尼克。

基於禮貌（或我對他始終保有某種近乎對父兄的懷念情感），我拿著小酒壺和酒杯走去坐在他一旁的座椅。

「好久不見。」

「是啊，好久不見。」

當時我立刻發現，眼前這個男人，雖然我們僅隔數年不見（約三、四年吧），但他卻像比我印象中那個圖尼克老了二十歲一般，不，那像是他曾遭受某種核電廠外洩汙染的輻射傷害，他的頭髮變得花白稀疏，整張臉像那些八卦雜誌整形手術失敗，某些外行人不知其精確部位的軟骨被削掉了……眼瞳的中心，像鋼筆的珠芯被摘掉那樣只剩下一圈白色的空洞。

那是一張徹底壞毀的臉。

我不知道在他身上曾發生過什麼悲慘的事。他曾對我說過的那些奇怪的話：我們不是漢人。我們這種人注定要滅絕滅種的詛咒。我們是一場屠殺時刻因驚怖恐懼產生的幻影，我們是別人的夢境的侵入者和附寄者。我們這種人，能逃多遠就逃多遠，但逃不掉那嘴突拉長犬齒露出雙耳尖聳臉上覆毛變成獸形的宿命……那些話像我壓在胸臆酸苦不讓它吐出的酒水穢物，撐漲得我頭疼欲裂。

圖尼克問我：「你怎麼會和那傢伙混在一起？」

或因之前才聽了安金藏關於他妻子陽壽將盡那乖誕預言的影響，我心底對圖尼克這種多年不見卻擺出一副姊夫架式的說話方式，又浮現了從前我們總是在小桃家族聚會時刻才會相遇的反感

（他總是在敞亮處受到小桃家人們的歡迎、信任，我卻躲在小桃身後的暗處，彆扭地感受著他們對我的拒斥），我簡單解釋了安金藏是我工作上的前輩，偶爾和他出來喝兩杯。

「你要注意他。這傢伙很邪。」

「你不要被他帶到將來無法脫身的黑暗之境。」圖尼克說。

當然關於那個夜晚在那間居酒屋的後半段所發生的一切，我遇見圖尼克，和他坐在吧檯聊天的場景，我們對話的內容，我全是在第二天酒醒後一種嘴裡酸臭全身骨架散掉的宿醉自棄狀態中，一點一滴，破碎又不確定地回憶重建的。我不記得自己後來是如何和安金藏離開那間店，各自回家。印象中我和圖尼克坐在吧檯安靜喝酒時，整間店竟空蕩蕩只有我們兩人，還有癱睡在原先桌位的安金藏，原先那些喧鬧吆喝的幫派兄弟們和其他酒客們不知何時全部散去。甚至連吧檯裡穿著白帽和和式料理服的師傅和巡酒斟酒的女服務生都不見蹤影。

我和圖尼克似乎是在一個水草發出幽光，有打氧機單調冒出氣泡的水族箱裡，靜謐地對談。那一切妖幻不真。我愈努力回想，愈不確定我遇到圖尼克這件事究竟是真實發生抑或不過是醉倒中途的夢境？

我後來回想：那個晚上，我和圖尼克坐在那間萬籟俱寂眾人睡去或離開的高級日本料亭吧檯座上，時間的流動完全超過我能理解或描述的形式，那像是一個老酒鬼在生命終結最後一刻，無比感激又哀傷地懷念這一生所有經過他舌蕾喉頭的那些好酒劣酒，那些酒精早已化作他肝臟或腎臟裡的彩色毒斑，或在他和女人們調情時從口鼻噴散而出的霞氣，或是隨著血管送進他的腦袋，貯在顱殼中泡著他如標本皿中灰白的大腦小腦。無論如何，圖尼克對我描述的那些情節（或那座旅館的內部建築結構）不可能濃縮在一個夜晚說完。必須是透過一種類似「一千零一夜」，豆莢或洋蔥般故事包裹故事，夢境中的人物猶有他們各自夢境，或如俄羅斯娃娃一層層剝開空心人形裡面逐層收納比例愈來愈小之空心人形這一類形式，才可能將他那龐大蕪雜的故事在那樣一個短暫的夜晚傳遞給另一個人。

當然，那不是一個故事。或者，不是「一本書」形式的故事群組。而是一句類似隱藏宇宙劫毀，時間如枯竭河床，遠方的星球爆炸變成黑洞，或是整座城市之人的夢境像錯綜密布之微血管裡轟轟流動的紅血球們各自攜帶一粒氧珍珠那樣將他們沒有靈魂的夢送進上方無比巨大之食夢獸的嘴裡……這樣的經咒，唵嘛呢叭囉吽。核爆般的超級詞語。一張唇吐出，即啓動億萬個宇宙各自的輪迴生滅。

圖尼克說：「你二姊死了。」

（我愣了一晌才意會他指的是小桃那美麗的二姊。似乎他還把我當作那一家人的姻親。）

二姊死了？

（之前安金藏說：「這裡是一個『喪妻者俱樂部』哪。」）

那句咒語說出口的同時，我幾乎就看見圖尼克在他的腦袋裡建築那座「西夏旅館」。有點類似目連以錫杖擊地裂開地府將母親的無名亡靈揹離最冰冷的死蔭之境，或是梅非斯到地獄搶回那被冥王劫去當冥后的妻子。酒霧布滿我下視丘的薄弱意識裡，我看見圖尼克滿頭大汗孤零零一人搭建著他那座像叢林亂長的怪旅館，因爲時間緊迫，他只能大範圍地將死去的妻子圈困在那座偷工減料所有許多區域仍如早晨醒來之灰濛夢境一樣模糊的迷宮旅館裡，就連他自己亦不清楚他妻子是在這座旅館的哪一棟樓層哪一間房，爲了不讓那心不在焉的摯愛鬼魂起疑（「圖尼克，我爲什麼在這裡？我是怎麼了？我死了嗎？」），他必須在最短的時間竭殫他的教養和經驗把那座旅館布置成一座宛然如眞的模樣：哀愁陌生的住客、穿著衛兵制服金質肩章的服務生、電梯裡會心微笑的打工妹、叮噹一聲的接待櫃檯鈴、酒吧裡靈魂裡附著了旅館特有之冰冷空曠氣味的姊妹花、像腸道蜿蜒連結到不知何處的甬道。偶爾大群人進住包下大廳開私人宴會的豪客和他們的僕傭……。他愈成功地讓她困在這座黏稠、自我增長、暗影角落在第二天也許變成一道廊燈明晃照眼掛著一幅幅肖像畫的波斯地毯走廊的旅館裡，意味著他愈難在這幢建築裡找到她。

二姊是怎麼死的？我記得那個夜裡我忍不住問圖尼克。

他告訴我問題還是出在「他是胡人」這件事上，「像我們這種人……」他的口頭禪又出現了。圖尼克說：人無論如何都不可能變成另一種人。記憶修改術。口語模仿術。陽奉陰違術。宣示愛對方之術。遵照對方婚喪古禮之術。比對方深諳其所祭祀神祇、亡靈醮祭、陰鬼傳說之術。飲食口味徹底改變之術。懺悔（因爲我們的族人殺了他們太多人）之術。所有的術到頭來仍是一場幻滅之夢。

這時我才恍然領悟：原來西夏旅館並非一間旅館。而是一趟永無終點的流浪之途；或是那途中像妖精幻變成各種顏色的房子：亮橘色、灰色、蟹殼青、黎明白、瓦斯焰紫、純黑、鯉魚紅……他因爲疲憊或一種其實是夢遊者失去腦殼中方向磁石的迷路習慣，便總是住進那些旅館。而那些旅館幽閉關禁了太多之前困住於裡面而死於客途的旅者之夢，便像那些管線蝕滲牆土剝落屋頂漏水的老建築，把不屬於他的夢境——那些髒兮兮，因年代久遠而發霉的夢——破碎片段地侵蝕進他的夢境裡。

每一個夢境都變成旅館，每一座建築物都被隔成一排排掛了鍍金號碼的房間，每一個他推門走進的似曾相識場景都被穿著金排釦呢長袍戴著筒帽的年輕男孩們接管，沒有一處地方眞正屬於你，所有前夜占據這些空間之人的氣味全被地板蠟的氣味清除蓋過，他試著把每一個漢字重畫成一幅建築物平面圖：圍牆、院落、迴廊、玄關、貯物間、隱藏在房間裡的園亭造景（像《追殺比爾》最後一幕鄔瑪舒曼和劉玉玲的武士刀對決雪景）……那使得這些字變成後來之人的暫居之所，不再侷限於它們因時間久遠把神靈皆困住的縛咒，他們進進出出（這些字，這些旅店，這些租賃之夢），進占時刻仍帶著流浪族類自備的驢皮帳篷、炊具、酒壺甚至牲口，那使得每一個被他們使用過的字都穢氣薰天、胡裡胡氣、任意拆去祖宗嚴格定制的橫直轉角，也許某一面原本掛著中堂條幅對聯的白牆，被他們亂掛上繪著神佛與骷髏交合的鮮豔淫畫，他們的羊隻在鬆軟雪白的彈簧大床上拉下一粒粒黑亮的硬屎，有時他們在房間裡宰殺某一隻低鳴哭泣的老羊，然後把鮮血淋漓的羊胃、羊心臟、羊睪丸和羊膀胱扔進馬桶裡造成堵塞，他們甚至把旅館主人好意招待的水果盤裡的蘋果、奇異果、香蕉或楊桃塞進那些女人發臭的下體褻玩，第二日再擺回原樣要求櫃檯退回……

被這些胡人玷汙過的字（旅館、夢境），就再回不去原來的模樣了。

像所有關於變形的小說的開頭：某一天早上，約瑟夫或葛利果醒來時發現自己變成了一隻蟲。或是，從某一天開始，父親就變成一隻螃蟹。或是，當他清醒的時候，他感到那隻鳥占據了他的全身。或是，他的妻子和孩子們全變成囓齒類，小小眼珠沒有眼白，下腮神經質地不斷抽搐，頭縮進胸腔裡彷彿沒有脖子。或者是，心愛的女人變成一隻黑貓，或是光天化日的市街上，先從父母的影子發現變形正在發生，一抬頭，他們變成豬了。

所有這些動物的品質全在變形的魔術過程第一時間進占這個變成怪物之人的內裡：禽鳥揮拍撲騰翅翼同時尖叫的歇斯底里，螃蟹的泡沫和甲殼類的防衛性格，驢子悲傷的眼睛和大陽具，蛇蟲類的緩慢與對受虐、暴力攻擊的緩慢遲鈍反應……因爲動物們沒有靈魂，變形者並不常讓人強烈感受原居於這身體裡的靈魂和侵占者之靈魂互相爭奪身體駕控室的衝突（像恐怖片裡的厲鬼附身）。變形成動物者只會讓人覺得，屬於人類的那部分變微弱稀薄了，那像一個痛苦的過程，其他的人總會不知所措看著熟悉之人口吐白沫，手指成蹄，下巴愈縮愈窄變成毛茸茸堅硬的嘴器，或是皮膚布滿鱗片……他們只好安慰他一如安慰痛得死去活來的產婦：「快了，就快了，再忍一忍就過去了。」等到他真的完全蛻變成一隻動物，他們會基於對動物或昆蟲的恐懼、陌生，而毫不猶豫地烹殺他。主要是他以動物的形貌在他們面前愚蠢爬行的模樣激怒了他們，他們會在一種集體精神解離的狀況下，人人持鋤頭、球棒、掃刀、菜刀、大石塊……將那變成怪裡怪氣的非人非獸怪物擊殺……不，即使那變形者已被他們擊殺、嚥氣、仆倒於血泊中，他們還是抓狂猛砍它的屍體，直到它變成碎散的屍塊，撕裂的許多細足肢，或一坨一坨的爛渣。激怒他們的並非這變形者的生命，而是它的怪物形貌。所以他們不是要殺它，而是要把那噩夢般的形貌徹底殲滅。

由這樣的開頭，圖尼克說，某一天早晨他醒來，發現二姊變成一隻獾。

「那是什麼？」我忍不住打斷他。

「那是一種……」

當然我猜想這或是圖尼克的描述方式，他不總說他和我是胡人是羌而小桃他們家族的人是漢人嗎？那或是描述一種城市中產階級夫妻關係的靜默暴力和傷害，「她變成一個你完全不認識的人了。」過去的種種像不斷累聚的陰影。「獾」？也許那是指二姊長期困陷其中的重鬱症。像《東尼瀧谷》裡那個死去妻子掛滿貯衣間的一列列昂貴名牌衣物。當然，她（你二姊）是個很美的女人，而那一只一只美麗的名牌包，就像芭蕾舞女伶的屍體、長頸鹿的屍體、一整缸馬賽克裙襬孔雀魚的屍體、全裸的羅麗塔女孩屍體、一隻波斯貓的屍體、俊美閹人男高音屍體⋯⋯每一具都與其他包完全獨立、無關的純粹幻美死物。圖尼克說，他每每想像二姊像個夢遊症患者在城市各百貨名牌專櫃晃蕩，像賣火柴的女孩擦火柴棒那樣一張、兩張、三張，換刷著不同銀行的其實皆已刷爆的信用卡，就心痛感到她像個收屍人，她在那許許多多動輒七、八萬的幻美之包裡，找到那只她無論如何非買下不可的名牌包，就像露天雪地見到一具美麗妖異卻裸裎袒露在公眾眼中的屍體，她非不計代價把那不立刻封存就會腐爛發臭的漂亮身體贖回不可，像贖回她自己輪迴記憶之前，不同世的死亡時刻之美麗屍骸。

也許是那個夜晚，時間在一個我們身後巨大鐘錶內部齒輪彈簧全卡住不動的神祕停頓、凍結、被果凍般膠狀物包裹而無法動彈的奇異狀態下，圖尼克的「追憶逝水年華」像是一台塞滿了風格完全不同之黑膠唱片的骨董點唱機，他總在陷入沉思的片刻，手指敲打吧檯像一個記憶暴發戶不斷把銅板投入窄窄鍍銀的金屬窄孔，然後任意按鍵組合英文字母和阿拉伯數字，這時我彷彿可以看見他那張死灰之臉後面的腦殼裡，有一支機械手臂懸空降下，線軸和油壓控制的昆蟲關節手指在他腦皺褶中摳摳抓抓，抽出另一張不存在樂團的絕版唱片。這使得他的描述（或回憶）忽焉在前忽焉在後，既像隱晦羞辱地指控妻子的不忠，又像懺情告解他背著妻子的辰光所有幹的那些不倫豔異的齷齪事，我後來回想那個不斷增殖的夜晚，圖尼克對我描述的關於「西夏旅館」種種，彷彿一個不可能的黑暗贖罪：他的妻子死了，而他相信是自己一次難忍其猜疑嫉妒瘋狂妄想的瘋魔越境時，詛咒了自己的妻子，而她竟因此死了。至少我在那龐大混亂的「西夏旅館建築始末」模樣掌握到的童話救贖意志似乎是如此：目犍連以錫杖敲在陰曹地府的城牆堡壘救出被牛頭馬面陰間判官挾走的摯愛之鬼魂。但後來我又難免懷疑：會不會在那個說故事時刻（我遇見他的那個夜晚，那間居酒屋，那個喪妻俱樂部），其實圖尼克已經死了（確實那夜之後，這個人便像人間蒸發從我的生命裡徹底消失）？其實死的是他自己，整趟西夏旅館旅程只是一個死者進入冥間之前的時空停格，一個波赫士式所有執念、眷戀、此生最深沉痛苦之愛、不為人知之祕境，一次電腦關機前所有程式、畫面集中爆炸的焰火秀？

只是我恰好撞上了。

＊　＊　＊

在他互相顛倒衝突的描述中，有兩條主要的平行鐵軌（是的鐵軌是他描述世界的基本圖尺）：一是他妻子如何慢慢地、慢慢地把他推離他們原本相互纏繞依偎、相濡以沫的小房間；一是他如何在背著妻子的偷情尤里西斯旅程中，臉孔長鱗，雙目布上繭膜、鼻孔冒出頭足綱動物之觸鬚，耳朵上豎變成羊角，在漫長流浪中變成怪物的不幸遭遇……

像一句八點檔低成本偶像劇的廣告詞：

愛有多深，恨就有多深。

或者以圖尼克那漲滿意義之膿疱，長滿毛髮擠眉弄眼的西夏文表意方式：曾允諾的愛之幻術曾穿透、潛入、焚燒多少個夢境，在愛之藤鬚被拔除時，那些已深埋在覆冰硬土岩層下方已膨脹成塊莖的恨之硬骸，就得焚燒同等數量之噩夢，才能融冰裂地將它們拔除。

在那許多個夢境（那些旅館、或張口不能言忘卻其被創造時刻之本意的西夏文）中，最讓人聽得不寒而慄的，還是關於剝落或脫離的一些意象。

欺騙。欺騙。欺騙。

圖尼克說，一開始，從最親密的細節中的細節，那簡直像一整缸游泳池之水洩放時從出水孔網篩挑走一根女人的細髮那麼無足輕重，像女孩用指甲在校車座椅的人造皮椅背上刮出一絲細痕，但只有親密的伴侶會發現那奇異的魚刺刺在喉嚨嫩肉裡的不對勁。很多年後他會發現整幢建築的裂碎崩塌即由那髮絲般的細紋開始。難以啓齒，她先不讓他的手指進入，說他總是刮傷她。然後是私密交合中他專注時刻打斷，有時她揮著手說好熱，有時她說好癢，一開始他總困惑地跟著那戲劇性集中突然鬆弛傻笑，似乎這種柔弱又羞恥的時刻，一旦有一方不入戲，整件事便充滿喜劇的成分。

但之後她不再讓他進入了，日後他回想，那樣的推開成了他們之間最後十來次挫敗之性的分解慢動作，她如此有耐性，不讓他在一次徹底的羞辱中被強烈激怒。像分段以閥門引水。他在迷惑中慢慢的、慢慢的被她輕柔推送出她的祕室，然後咔答一聲，門在他身後永遠關上。

他記得他們最後一次親密關係，是她在他將出門遠行的前一夜，因他確定她這晚不會讓他碰她而羞怒發表了一場激烈的訓斥。他告訴她性是戀人間最脆弱危險的關係，當她這樣屢屢拒絕他，是不是意味著他們會變成那些貌合神離的中產階級夫妻，他們不再有親暱的信任了（啊那時他以爲她只是像那些性感未被開發的女中學生一樣，對性隔膜敷衍，性只是怕男友跑掉的權宜之計，等關係——通常是婚姻——確定後，性便像盲腸成爲一件無太大存在必要的贅物）。但其實可能他訓斥的正是她要的結局。那一次她跪在沙發下方替他口交，但整個過程他只感到他正在強暴她。

生命必然發生了某件不爲人知的事件（他不只一次地臆測，用曾看過的電影中各種光怪陸離之災難情節來推理：譬如她曾在某次駕車於灰色厚積雲層密布的天空下，在幾乎無其他人的後山小路行駛，突然被天頂降下一陣閃電擊中，從此性格大變？或是，她曾背著他和另一個男人有一段肉體詩歌之戀，但那情人莫名其妙死於一次空難？或是，她小時候曾被父親性侵，只是她用徹底遺忘將那悲慘、罪惡，但甚至甜蜜的畫面封印，而他，在某一次戀人間的親暱狎淫話語中——寶貝，我的女兒——意外啓封了那原已被她遺忘的裂口般的往事？），那使她像河蜆吐沙，將原本嵌藏進靈魂深處的異物、侵入物、礫沙種種，以她柔軟的腔體內部，緩慢但堅持地往外推，最終吐出。是的，那像是摳喉嚨催吐；像某些憎恨形體強迫截肢症患者；或完全相反像那些登上「世界奇人奇聞」的吞食異物強迫症患者，某次醫師開刀從他胃囊中取出數百枚迴紋針、燈泡、毛線球、領帶釦、保險套、耳機、便利超商贈品小公仔、懷錶，甚至，開玩笑說，某款袖珍手機廣告的爛點子，把鈦合金超薄滑蓋手機吞下，然後撥號讓卡農的和弦鈴聲在你幽黯孤寂的腔道內響起……

終於，輪到他也成爲那必須（是的，必須！）排出體外的異物，他相信連他都必須被她排出她的內裡（她的陰道、她的唇舌口腔、她曾捂著胸口：吾愛，我最深的心底），那麼，她應已進入一絕對純潔，除了自己不容許任何任何他者侵入的高燒症狀。

吾愛，從我的裡面離開。全部的滑腴柔軟腔膜，全部的軟體動物般布滿神經叢的唇內壁，全部的小肌肉和軟骨、關節，都像甲蟲足肢內側的細細倒鈎，或毛氈苔那看似無害其實布滿款款擺動的逆戟小利齒，像主控室電閥被拉下而集體運轉的工廠輸送帶，像格列佛一覺醒來發現自己被密密麻麻的細線、小鐃鈎、細釘、交叉縛纏，上百萬芝麻大小的小人兒以螞蟻雄兵的意志，從四面八方，不，從至少數百個方位的上、下、左、右細微角度差，以蒙古人圍城攻頂的陣仗一層一層包圍住他。那些細線拉扯著他的臉頰肌肉、耳朵、鼻翼、眼皮、每一根手指、髮根下的頭皮、手肘或胳肢窩下的皮膚……總之，這些散布點如霧粉的瑣細力道，全服從一無比堅定之意志：將他排除出去。

我只是想……如果證實我已眞正失去這個身分……不再被愛……至少把本來的那個我還給我……也就是說，不是那個被描述成失去人類形貌，變身成妖魔或野獸的那個我……胡人……不知什麼原因被憎惡被不信任的原罪者……在我完全無意識不自覺的狀態下撞翻弄碎妳布置滿室的玻璃器皿……我至少要回那個不被描述成異類、附魔者、惡漢的我……

想像那些西夏遺民，在他們的國族徹底在這世界覆滅消失後的一百年、兩百年、三百年間，仍像黑影般靜默地蟄伏在周遭全是漢人和他們的家族們的社會裡，如何像洗菜槽濾孔篩裡的咖啡渣，髒水一次一次刷洗過他們全身，全部的靈魂，但他們就是不會融解，只是緩慢地流失。在那些地方：河北、安徽、河南……

就像你臉上始終帶著那模糊的和善的微笑，他的妻子曾這樣說他，我的父母、我的家人全被你那張笑臉給矇了。只有我知道，你是全世界最暴躁不耐最難相處的人。

總是以她用一種彷彿從腸子深處戰慄的哭泣作爲他們爭吵的收場。更激烈的時刻，她會用那美麗的頭顱去撞臥室的牆。有時她會把自己鎖在浴室裡，那他會聽見從裡面傳出砰砰砰的悶響。一開始他非常恐懼，後來取而代之的是無以名狀的憤怒，只因我是遷移者幽靈部隊的後裔，只因我的族人形單影孤顏色模糊，我體內記憶的品德和教養全成的邪惡與藏奸？我像一滴包含著不同礦物質與菌落的水珠得被你們那無數個體聚成一個相同整體的大水塘給淹沒？

有一次她（或是他）心情明顯愉快、平靜地分析起他：你有沒有想過？其實問題說不定不在你討厭我的家人，而是你除了你自己，從不眞正信任任何人？你多疑且憤怒，對這個世界。我記得我們相識之初，我們身邊那些共同的朋友某一次歡樂的聚會，某一次眾人的共餐，你總會在事後剖析他們每一個人一閃即逝絕不被其他人發現的黑暗面，所有人的相處在你眼中全像底片被沖洗出暗潮洶湧勾心鬥角的黑色溴化銀構圖？弄得我們後來一個朋友也沒有了？

在圖尼克那媲美尤里西斯大流浪的汽車旅館探險裡，在那一幢一幢夢境旅館的暫住與離開，櫃檯取鑰匙按房號進入乃至退房交回鑰匙的一個一個旅人之夢的不同房間回憶，在我原初的想像（或他開啓這個故事的方式給我的暗示），似乎應是一個疲憊孤獨的異鄉人，一個渾身瀰散著讓旅館大廳、咖啡屋、早餐房、牌戲室、撞球間，所有其他的旅人皆不自覺抬頭看他，心底產生「此人非我族類」冷淡排斥情感氣味的中年男子，抱著一只帽箱（裡頭裝著二姊的頭顱？）像沒有台詞的臨時演員夢遊般穿過舞台表演區後方。

但或是我在那旅館套接著旅館的俄羅斯娃娃、樂高積木、變形金剛或上千片拼圖遊戲不論哪一種換手組合的魔術時刻之間，因爲實在太睏而打了個盹——其實那個恍神之瞬可能不過歷時十秒——但我突然發現，在他的旅館（夢境、西夏文字）的冗長敘事，不知從何時起闖進了一個魅影般的第三者（如果相對於圖尼克這場上天入地、四穹八荒的旅館大冒險全是面對著他消失或死去的妻子的被棄者表演）：一個蹺家的少女，一個羅麗塔女孩，一個裸著她像小男孩般窄肩窄髖骨的清純身體在那些附配了大型按摩浴缸、大型電視、西班牙風皇宮裡的沙發，或中國風之酸枝煙榻與紅眠床，或某些黯黑系統汽車旅館放了一張醜惡之八爪椅，或監獄風整套腳鐐刑具皮鞭面罩，或某些峇里島風天窗採光植滿了熱帶植物甚至房間裡有藍光晃漾之私人泳池……好奇地跑來跑去。有時她像那些老人色情之夢的極致靜物畫，當他轉鎖開門進入房間時，她早已服藥昏迷裸睡，可憐兮兮蜷縮在那些總顯得過大的旅館彈簧床上的華麗暗金織繡的床罩被單裡；有時她則稱職扮演他的羅麗塔，勾著他的手臂興奮嗞嗞笑地跟著他打開那些旅館房間，這時他們的關係像亂倫的父女，她既天真純潔又妖嬈墮落，跟隨他走進那些虛假夢幻的房間時像拆開一盒盒煙紗緞帶或金箔紙或絲絨小袋包裝的糖果那樣貪婪且興奮，但對之後必然上演的雙腿被分開的色情獻祭顯出一種職業歌舞劇女郎每晚重複同樣動作的厭煩和鄙視；有時她會像應召的廉價妓女，濃妝豔抹穿著短裙毛褲襪踩著高跟馬靴敲他的房門……

這個羅麗塔少女的出現，讓圖尼克原本幻影幢幢藉著旅館爲結界的「贖回被冥王擄去之妻」，頭盔甲冑裡長途跋涉的武士其實已是一具乾屍或附魔之空無意念的悲慘敘事，突然變得混濁、虛弱、滑稽，甚至充斥不合宜的青春爛漫旖旎色彩。

我原先暗自揣測，這羅麗塔美少女的出現，是否是所謂「處女重生機器」的老套，一種資本主義邏輯的失愛亡魂或過早將身體在淫亂關係中放縱激爽而早衰的發臭皮囊，透過與死神對弈時種種高明狡詐的作弊手法，讓時間之河冰封凍結，如蘑菇纍纍叢生於靈魂潮暗處的傷害腫瘤一枚一枚地結紮切除，在作爲時間關防過渡地帶的這些旅館和旅館間 check in 並 check out……剪接、倒帶、定格、存檔，而後，一種偷天換日的邪惡魔法，他在那些僞扮成春光無限的旅館房間裡，偷偷地將那個壞毀、僵直、冰冷、變成深褐色木乃伊的妻子頭顱，「把她重新生出來」，一枚濾泡、一粒受精卵、一隻蝌蚪或蠑螈、一個濕答答的女嬰、一個少女，他在旅館窗簾布、梳妝檯、床尾、流著熱水的浴池間的光影皺褶間，偷偷地豢養著沒有靈魂、但從最純潔時光開始計時的，那個少女形貌的妻子？

但後來我排除這個想法（雖然滿美的）。主要是，圖尼克在對那闖進這故事的羅麗塔美少女之描述，實在太執拗於典型戀童癖老人那種淚眼汪汪，感傷又噁心的官能著迷——女孩那白皙清純的胯下，仍是未成年者的瘦削骨架與身材比例，短短小小的手指與腳趾，女童的邪惡與無靈魂倒影、小小的乳房和可愛的肚臍——完全沒有一個悼亡者或從死蔭之境倖存回來的孤獨武士追憶傷逝那懷著巨大創痛之人的哀愁。

有幾度我幾乎想打斷他，用手在他空洞著魔的雙眼前揮動，喂，醒醒，別岔入那些色情之夢的祕徑而遺忘了你啟動這場救贖大冒險的最初悲願。醒醒，圖尼克，你走神了。

我難免感傷：難道是，在連他自己都沒發現的不幸時刻，他終於放棄搜尋他的妻子了。這所有的西夏旅館只是白搭，像那些曠日廢時和異教徒爭奪聖城，在箭弩、彎刀和殘缺不全的屍體間不斷重播的噩夢喪失心智的十字軍戰士，終於捱不住寂寞，隨意和戰地某個阿拉伯奴隸女人結合生子，慢慢遺忘自己高貴的身分和在故鄉癡癡等候的妻子，或更悲慘的，他常語焉不詳描述的那西夏最後一支騎兵團，他們在被神遺棄的邊陲荒原恐懼地策馬狂奔直到眞實的地貌慢慢模糊，他們跑進僧侶和邪魔外道進行經辯，空氣稀薄的夢境裡，終於捱不住寂寞，和借宿帳篷人家骯髒發臭的羊隻交合，或是集體強暴同伴中最年輕軟弱的那個……

還是，圖窮匕現。

圖尼克說，像我們這種人（啊，這次他沒說，是我想像中他這麼說了），長期在漂流之地變貌、變形、變臉，呑食別人的夢境長成自己記憶的部分身體，又因爲這借居處所的人們或因腺體過於發達，或因歷史的不幸總印痕了被辜負和背棄，他們總要求我們「要去愛」。愛他們所是的這種人種，愛他們今天這個模樣，愛他們變成這個模樣的所有原因，愛我們與他們彷彿電梯停電懸掛停頓一同禁閉於其內的這個時空。於是，卑鄙陰暗的我們這種人，胡人，在這樣狂激迷亂的愛之高含量空氣裡，不知不覺將我們藏在某一枚染色體裡的戲子基因在生存嚴酷條件下啓動到最高效率。

我們變成狂愛之人，亂愛之人，我們滿臉愛欲，堅貞誓諾之愛、懺情之愛、純潔之愛，即使稍後他們復向我們解釋，「愛」不是我們異端化的一種主體對客體的欲望與權力關係；愛是完全的，眞正的，進入，不，變成他們。我們略一遲疑，立刻理解，是的，我們是，我們是你們描述的那種，你們這樣的人。

這樣長期在愛，變成，以及「是」，的高壓自我戲劇訓練時光，在愛的時光長河中閉氣泅泳，難免對我們所必須愛，必須變成，必須是，的那樣的人種之臉，充滿一種神聖崇拜之畸形情感。

突然之間，在那即使在密室中仍呈現愛之臉孔線條的某一個汽車旅館時刻，他，圖尼克，突然遭遇了這個不知從哪個病毒感染之夢境破洞掉進他的「找尋冥妻汽車旅館漫遊」之夢的羅麗塔女孩。他目瞪口呆聽著她嬌慵天真說著最恐怖、邪惡、大逆不道的話語，這些話語，在他流浪者祖先透過遺傳密碼悄悄傳遞，內化至靈魂核心的黑盒子裡，是……是會招致舉族滅絕，或是被驅趕離開這片他們僞扮隱身其中的地域。

「好煩喔，去年才花了一萬多作高頻電燒把臉頰兩邊的雀斑全灼燒成疤脫落。結果小薇（大概是她的朋友吧）她們找到一家脈衝光權威，還可以做鑽石微雕，徹底去除臉部皮膚暗沉，你知道爹地（這是她對他的暱稱），我有去打過美白針喔，十二針，分十二次，痛死了。幫我插點滴針的護士阿姨說我的血管太年輕活蹦亂跳，戳了幾次都刺歪，痛得我想捶她。後來我打了四次就不肯再去了。但你看，我把省下的六萬轉貯值優惠拿來墊高鼻梁，還打了削頰針，小薇更厲害，她把兩眼內眶剪開，眞的變大眼妹喔，雖然我知道她動過手術，心理作用，看她就覺得兩眼靠得太近變成鬥雞眼了，嘻……」

她一定沒發現他驚駭得全身僵硬，呼吸困難。這樣一張，他日思夜想，夢寐以求而不能變成的漢人之臉，這些……這些死丫頭，竟然如此輕佻嬉鬧地花錢把它亂整，移形換位成那些高聳鼻梁深眼窪雙眼皮窄下巴的胡人之臉？她，她的一個 gay 朋友，居然把後腦勺髮線最下方的頭髮移植入上眼皮內側，成爲翹睫毛。

其實，在千百億萬個逐流之夢裡，在那間由許多旅館聚積的旅館裡，圖尼克看著裸露著幼鹿身體的羅麗塔女孩。夜半無人私語時，在天願作比翼鳥，在地願爲連理枝，天長地久有時盡，此恨綿綿無絕期。暗影昏沉中，門廊外伏著左右一尊肥大一尊瘦削的身影，像是龜仙人鶴仙人的水法銅像：他知道那是安金藏和老范。一胡一漢。他們豎耳聆聽，他們訝異聽著屋裡一老一少兩個狗男女（老的那個胯上抹著一片乾癬藥膏的糊白痕跡；小的那個因為衛生習慣不好，自從穿過臍環後，肚臍便始終有一令她自己疑神疑鬼的臭味），像被自己的傷痛驚嚇，顫抖著說著各自的故事。

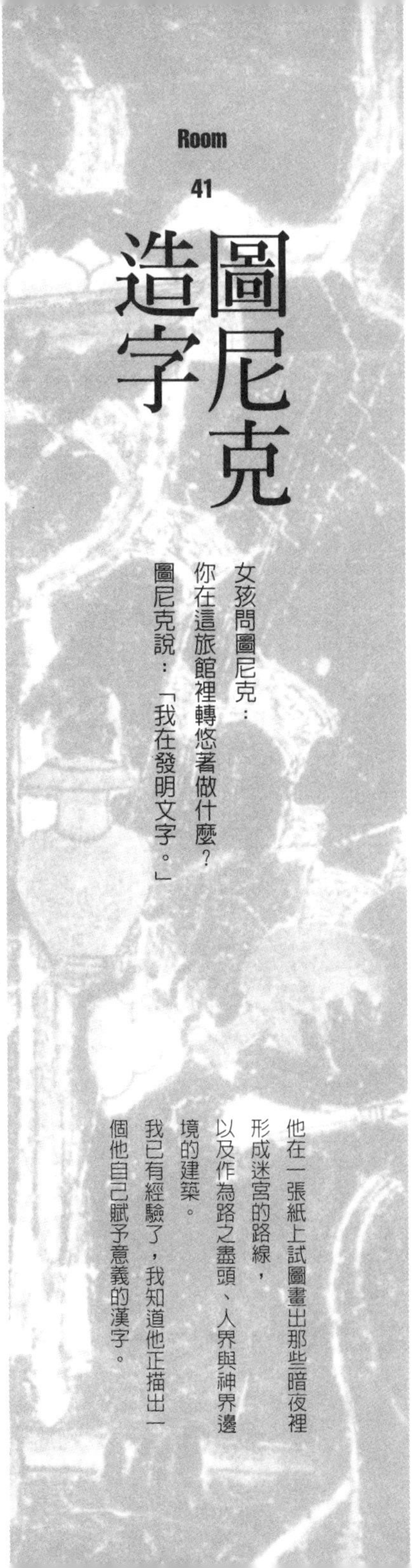

Room

41

圖尼克造字

女孩問圖尼克：
你在這旅館裡轉悠著做什麼？
圖尼克說：「我在發明文字。」

他在一張紙上試圖畫出那些暗夜裡形成迷宮的路線，以及作為路之盡頭、人界與神界邊境的建築。
我已有經驗了，我知道他正描出一個他自己賦予意義的漢字。

辛未，……趙元昊自制蕃書十二卷，字畫繁冗曲類符篆，教國人紀事悉用蕃書。私改廣運三年曰大慶元年，再舉兵攻回紇，陷瓜、沙、肅三州，盡有河西舊地，將謀入冠，恐嘉勒斯賚制其後，復舉兵攻蘭州諸羌，南侵至馬銜山，築城瓦躡凡川會，留兵鎮守，絕吐蕃禮樂……

——《長篇》

沈存中云：「元昊叛，其徒約噶先創造蕃字，獨居一樓上，累年方成，至是戲之，元昊乃攻元，製衣冠禮樂，下令國中，悉用蕃書胡禮，自稱大夏。」

女孩問圖尼克：

但是你在這旅館裡轉悠著做什麼？

圖尼克說：「我在發明文字。」

那些死者的腸黏膜像灌香腸一樣被塞滿加了硝的腐肉。

記憶被漂洗，

意義被竄改，

那像一個猜字謎遊戲的棋盤，

每一枚文字的定義被翻牌時刻，

流浪者之歌便變貌成騎兵血洗異族誌，

哀傷的受難者則成了瀆神的人造人基因工程狂徒。

因爲這是一個被驅趕出「我們」之外的「他們」的旅館，

這裡頭住的是一群脫漢入胡的可憐鬼。

這是一個「新人類」鉅大工程中那些故障品、怪物或作爲比對基因序的抗原在實驗過後的拋棄收容所，被稱爲「他們」的我們威脅了稱爲「我們」的他們的自我製造工程，因爲這些我們身上帶著太多他們想 delete 掉的記憶體基因，如果要將我們編寫進他們的變種新人類程式，會造成他們理想型獨立人造人品系的混亂。這讓我們非常痛苦，因爲我們內部的某些人，認爲他們裡面那些被神聖化的「我們」，其實是之前某些強暴或實驗室控管程序出問題而被汙染植入的別的人種基因序列。但他們現在堅持那些保存下來的汙染後遺變種基因才是好的、進化的、眞正的「我們」。

他們把強暴之前原生種的我們在強暴後萎縮擠壓削減的殘餘視爲可憎的、欲除之而後快的「他們」。問題是這些被稱爲「他們」的我們其實並不是眞正的「他們」。他們也知道，於是他們發明了一個新稱謂：「你們」。他們說：「你們」滾回「他們」那邊去吧。但我們又不願意在他們的「我們」還在一單套染色體創造幻夢中虛飄時，莫名其妙被人家強迫變成「你們」。我再強調一次，我們認爲自己即是「我們」。

我們，這間旅館的創建者，發現問題出在我們太依賴他們裡面那些「他們」的敘述方式，我們和他們皆受困於這種包括指稱代名詞整套貧乏表述語言系統，要解決這個單一植株在單一型態記憶黑死病侵襲下滅種的恐怖危機，只有重新創造一套獨立於他們之外的語言系統。

孤獨王國的國王

他翻開小記事本的一頁，在上頭畫了一幅簡易地圖，那像一個大寫的F：豎直的背脊是那個年代南京東路五段的大馬路，F的上下兩橫則是圈環住故事的兩條巷子。在這個F的頂端，也就是第一條巷子的對面，是一棟當時算方圓一公里內最高的建築，事實上這張簡易鳥瞰圖，就是他和鄰居那男孩跑到七樓高的頂樓陽台繪下的。國宅的對面是他家和男孩家的雜貨店，F左上角的內側區塊是一個類似榮民之家住了許多外省老兵的破舊房舍圈住的院落，那個院落向外翻，隔著一條防火巷，恰就是南京東路上一排商家的後門。

那時他和那男孩大約小學四、五年級，爲何會像電影裡的PTU機動部隊或黑豹中隊要圍捕公寓槍擊要犯，先跑上大樓居高臨下繪製這幅小孩們無意識玩進玩出的巷弄地形圖？

那男孩的父親在一次被車撞後，可能留下某些無法復原的殘疾，丟了飯碗也失了志，他的母親是個能幹的女人，硬是借錢在巷子裡弄了一間雜貨店讓丈夫顧店，但男孩下午一放學前腳回家，父親便後腳出門找朋友喝酒打牌。於是許多個下午，便是他陪著男孩，百無聊賴地趴在雜貨店收銀的鋁辦公桌上，兩人盯著一台字典大小的黑白迷你電視，看那個時段唯一播出的節目：國劇。有時男孩會請他吃冰櫃裡的百吉棒棒冰。

傍晚男孩的母親回來後，他們便像兩隻解了頸鍊的小狗，歡歡勢勢地從巷子玩到大馬路。仔細回想玩些什麼？好像也講不出個所以然來，兩個人口袋都沒錢，兩人除了彼此好像也沒別的朋友。巷子出去的六線道大馬路上的洶湧車潮好像又把那個年紀小孩可能往稍遠處冒險的想像力給截斷了。

那個年代剛流行起來「任天堂」電視遊樂器，他們巷口出去便有一張店裡放了幾台電視連著遊戲機，還有各式各樣的遊戲卡匣，他們倆總踅進去，負手站在那些大孩子後面，看他們闖關破台。每天去，當然偶爾有意外零用錢打個幾次，但大部分時候是愣站在那兒專注研究別人的技藝。日子一久那家店的一個胖老闆娘就確定了他倆的行情，開始驅趕他們。男孩比他不畏大人，用三字經回嘴，當然是被以更激烈的方式轟出店外。

也許是某種遊戲情節裡，穿著忍者服的小人在敵人大宅廊柱間藏匿、潛行、上下翻跳的畫面，給了他們小小胸膛裡憤怒羞辱之炭火，鼓吹了某種可以執行的復仇想像：他們密謀後，決定闖空門，把那雞歪老闆娘的所有遊戲卡匣全部搬空。

這個行動的策畫從登上國宅樓頂繪出巷弄鳥瞰圖開始。他們預定從邊牆翻進榮民之家，穿過那個院子，再翻牆進防火巷，然後從一處極高的氣窗口翻進那間電視遊樂器的後門。這之前他們偵察的狀況有三：一、遊樂器店的老闆娘九點半一定關店鎖門走人，但是隔壁一間西藥房是二十四小時營業。這是整個計畫最大的危險。二、從防火巷翻進那排店家後門的那扇氣窗實在太高，這曾讓他們極度受挫幾乎放棄；但後來在老兵們的後院發現一張廢棄破沙發，他們到時可以先搬過去在下面墊腳。三、遊樂器的後門是用木門喇叭鎖鎖上。

男孩不知從哪弄來一副拆卸下來的喇叭鎖，每天下午都在雜貨店裡用鐵絲練習開鎖的細微竅門。大約練了一個禮拜，已能做到在極短時間內，十次有八次可以咔啦把鎖撬開。

於是他們約好在某一天夜裡，各自穿黑衣黑褲，戴上麻線手套（雜貨店裡賣的），三點半準時行動。第一晚他等到五點天亮，男孩沒有出現。第二天說他睡死了爬不起來。第二晚還是被放鴿子；直到第三晚，男孩依約出現。兩人遂像那遊戲裡的小人兒，貓著腰上樹走牆，穿院鑽窗，一切都如預定的計畫：他們蹲在那扇木門邊，隔壁西藥房的燈亮著，他聽見自己和男孩的呼吸聲在靜夜裡像機車排氣管的燃爆一樣大聲。

男孩拿出預藏的鐵絲，插進鎖孔，七旋八轉，大約搞了半個小時以上，就是弄不開。

「幹！」男孩滿頭大汗地回看他一眼，他以爲他要放棄了，誰想到那傢伙從書包（他們預備得手後裝那些遊戲卡匣的）抽出一把平口螺絲起子，準備破壞那個喇叭鎖。

「不要——」他的唇氣聲還沒出口，木頭門便被男孩撬出一個撕裂的巨響，這個白癡！那個巨響，簡直不如他們用鋤頭把玻璃窗敲破算了。隔壁西藥房馬上有動靜，人影移動，「誰？」

他們倆像被咒術凝固成石像蹲在黑暗裡。還好那老闆並未開門出來，只是把臉伸在毛玻璃上的透明玻璃朝外張望，大約認定是從簷上摔下的貓，不一會又離開了。

才喘氣回神，他發現男孩又打算把起子插進鎖座。他拍拍他的肩頭，比手示意千萬不要，男孩卻像對臨即的危險完全缺乏現實之理解，執意要破壞那鎖。他比了個手勢，說我不幹了，我先走了。遂翻身上牆，而男孩也就跟在後面，兩個賊便循原路撤退。

我們或以爲這故事未如預料中精采，在那個最後終於沒被撬開的鎖頭後面，那個房間裡，原本或被預期存在著，某樣遠超過男孩們能承受的大人世界的某個悲慘乖異景觀：躺在一具棺木裡睡覺的老闆娘？或是時間老人的化身？或是預見未來三十年後一無所成的他們中年人之形貌，臉色蒼白坐在黑暗裡打電動？或是白日裡坐在那兒打電玩的大孩子，其實全是一些栩栩如生的紙摺假人？

還好他們沒打開那扇後門。

但這故事最動人的部分，其實是他描述那國小五、六年級辰光：他和男孩並不同班，下午他倆不論在雜貨店盯著小電視看百無聊賴的國劇，或是在巷弄裡漫遊、闖入廢棄空屋的冒險時光，他們彼此都不知道，也從不提起白日裡各自在學校裡發生了什麼事。其實在那兩年內，他幾乎沒有坐過自己的課桌椅座位，每天一到學校，書包一丟便自己走到教室後面罰站。他說這件事其實像卡奴一樣，他遇上一個我們那年代有相當比例會遇上的虐待狂老師，每天有寫不完的功課，但他一離開學校後便時間靜止進入和男孩的巷弄冒險神祕時光。第一次沒寫第二次沒寫被老師痛揍罰半蹲，慢慢的積欠的作業纍到像刷爆的卡債，永遠還不起了。他便再也不打算還了，每天在教室，他都像異鄉人獨自站在教室後面，看著那似乎和他無關的一整班同學。

他說：「我成了一個孤獨王國的國王。永遠只有我一人站在那裡。」

這事他從未對男孩提及，後來他們上了不同的國中，便慢慢岔開各自的世界，幾年後他家搬到基隆，兩人更失去聯絡，很多年後他回去那個社區找男孩，他家的雜貨店早收了，他們訕訕地不知該說些什麼，他們已確定活在完全不同的世界（他考上大學，男孩念一所二技學院），男孩約了一票朋友要去唱KTV，問他跟不跟去？他拒絕了。在等那些傢伙騎機車來接男孩的垃圾時間，他提起他們小時候在巷弄裡幹的一些蠢事，包括那次功敗垂成的闖空門……

男孩卻說他不記得那些事了。

鬼

他記得那時是在一極深極濃稠的黑暗裡，他和父親走在那片森林，說是森林，其實他的鞋底踩在水泥路面上，但他們確實是被一層又一層彷彿充當某個妖道擺設陣法之臨時演員的樹木包圍著。他感覺到當他們走動時，那些樹木群也移形換位跟著走動。他看不見樹影（因爲實在太黑了），但可以聞見那些樹木的呼吸，像是每一片葉子的毛細孔都噴散它們盈滿溢出的靈魂或夢境。

那時他大約五、六歲，所以他父親是四十八歲壯年的尾聲了。黑暗中父子牽著手，他感覺他父親其實迷路了。他們似乎在迷宮般的林間小徑繞圈圈。周圍盡是蛙鳴和貓頭鷹的威脅性低哮。他父親說：「今天晚上怎麼所有的路燈全壞了。」

就是那一刻，那成爲他永生難忘，回憶中總無法準確形容的時刻，他們拐了個彎，在那條路的盡頭，站著兩個古裝巨人，他們面孔猙獰，浸浴在一片朱紅金黃的光裡，不，應該說第一瞬印象他以爲是兩個穿著魚鱗胄甲蟒兜戴著黃金盔腰佩寶劍，一人手持長戟，一人握神鞭的天神從火海中走出，和他父子二人遙遙對峙。

他父親似乎也驚嚇了一下，然後鬆口氣說：「原來是秦叔寶和尉遲恭哪。」像是遇見故人一樣。一個紅臉鳳眼長髯，一個面色如焦、濃眉怒目。

他父親告訴他，那是用彩漆畫在兩扇門上的兩尊門神，再大一點之後，他知道那個晚上他們置身在南海路的植物園。更多年後，他知道那兩個宛如從闇黑之火中走出古代神祇，祂們巍巍藏身的那幢燕尾翹脊屋頂的荒敗古厝，就是從中山堂原址遷過來的清末「布政使司衙門」。

那個恍若從一片氣氛妖異、液態柔軟、植物之鬼魅占領的黑暗，突然被一陣強光霹靂推門闖進兩個重武裝天神的戲劇性時刻，成了他日後面對情傷、創痛，或無從過渡過去的死蔭之境時，一個內在絕望隧道的暗示性救贖。

他在一張紙上試圖畫出那些暗夜裡形成迷宮的路線，以及作爲路之盡頭、人界與神界邊境的建築。這時我已有經驗了，我知道他正描出一個他自己賦予意義的漢字。

「這是個側躺的『神』字嘛？」我說。

「不，是『鬼』字。」

他說，後來他在一些場合遇見一些比我倆都小上二十歲的年輕女孩，她們對自己的生命懵懂無知，其實像被剝去殼的牡蠣與蝦蟹，把最柔軟的內裡暴露在懸浮著腐爛物和寄生蟲的池水中卻渾然不覺。譬如說，有一個極美麗的女孩，一邊在一間像地窖或停屍間般的昏暗小密室裡替他按摩，一邊告訴他爲何和之前的男友分手。因爲他會打我。他有暴力傾向。有一次還把我打成熊貓眼噢，害我三、四天都不敢來上班。我不喜歡這樣。

她說得像是不喜歡男人有狐臭或不愛刷牙這樣的毛病。當他表示自己最瞧不起打女人的男人時，女孩卻睜著一雙美目說：也許是有時候我的嘴眞的很賤，老愛去戳人家的痛處，他忍不住，當然就想打人嘍……

她們的四周全是靈魂有破洞汩汩流出黑色濁水的病態男人：酗酒的男人、吸毒的男人、玩女人的男人、賭博的男人、打女人的男人。但她們在那暗黑小房間裡，遞上熱毛巾，在他們的背上抹油，用手肘摁出暗藏在緊繃身體下的瘀紫，有時抓著天花板的鋼管，用穿絲襪的纖細小腳踩在男人們的背脊，無比優雅嫻靜。

她們說：誰叫年輕時愛玩呢？

她們說：哪一行不辛苦呢？

另一個女孩，看不出年紀（或是那些包廂實在太暗了？），一次邊幫他推油按摩著，就被他用話搭訕著套出故事。說原本有一個先生……他以爲接下來是男人劈腿那些老套……結果車禍死了。啊？我有一個女兒快上高中了，又吃了一驚，我以爲妳才二十幾歲呢？女人則一臉迷醉握著胸部看著小几鏡中的自己，我就是這裡肉太多了，我每天下班後，就去健身房跑跑步機，讓自己出一身汗……

他想：有一天我會老去。這些女孩也會慢慢老去，然後我們就變成阿公店豆乾店裡的老色鬼和媽媽桑。

那段時光，他總睡不著，夜裡躺在床上總聽見冰箱裡製冰機冰塊墜落的聲音，馬桶水箱從按柄鏽蝕洞口漏水的滴答聲，或是遠處馬路上那些空計程車像孤獨的燈管魚在水族箱裡巡梭的車胎輾過柏油聲……

他乾脆起來熬夜看DVD，白天則繼續工作，最長紀錄他曾一個月沒闔上眼，即使吃了醫生開的像Stilnox這樣的強力安眠藥仍是睡不著。有一次他看到一部叫《越獄風雲》的美國影集。有一個傢伙是建築結構工程師，他爲了救出他冤獄被叛死刑的哥哥，把他用管道弄到的整座監獄之建築細部平面圖全刺青紋在自己身上。故意搶銀行，帶著這張活人皮逃獄地圖混進那座監獄，只有他可以把他哥哥從死亡中救出。

他那時想：如果在我的身上刺青一張逃亡地圖，可能得把這些女孩們在這些密室裡說的故事微縮成一張像晶片電板的迴文圖吧？但是要救誰出來呢？

也許我會死掉吧？像這樣一直不睡覺，有一天他躺在其中一間密室任那個有高中生女兒卻穿得像二十來歲辣妹的女孩按摩，他突然被像那些塡海堤的水泥塊那麼重的疲倦沉沉地壓住。

對不起，我可能會睡著喔……

他眞的在那張暗室裡的小床上睡著了。並且作了個無比立體、彷彿深深烙進靈魂灰色深處的夢。在那個夢裡，世界又回到他父親的年代，像幻燈片膠卷一般的暗褐光度；空蕩蕩的馬路上有胖墩墩的公車沿站停靠，日式建築的屋瓦上恣意爬著小紫花的九重葛。木頭桿的圓頂罩路燈，拿著蒲扇著背心腆著肚子的外省漢子坐在自家門口的竹躺椅上乘涼，蝴蝶成群如蒼蠅圍著銀色垃圾筒飛舞。

他坐在公車上，哀傷地看著窗外緩緩流逝的街景，那些昔日之街的景物。馬路邊的大溝圳。三輪板車，委託商行櫥窗裡沒套上洋裝的白色塑膠人偶，那些鬼魂般面無表情上下公車的昔日人們，男人們穿著皺巴巴的西裝褲，女人們穿著露出胳膊膀子的連身洋裝，男人整體較現在男人黑瘦，女人整體較現在女人豐腴……

回到童年的，弄子盡頭的老屋，紅漆白細槽木門上的春聯已被撕去，左上角殘紙撕未淨處貼了一張小白紙，上頭寫著：「喪制」。

他又回到許多年前在深不見底的黑暗中突然一扇門打開的時刻，這次把他從那絕望與恐懼之淵拉起的不再是兩尊發光的猙獰神祇，而是孤獨坐在昏暗客廳裡啜泣的，他父親的鬼魂。

那個老人用一種無助的眼神看著他，說：「你媽媽走了。」

那恰與眞實顚倒。走的人是您啊。

他父親過世迄今已三年，那個傷害與哀慟的實體性深深超出他所預料，他母親徹底垮了，成爲一隻老婦外形的孤雁，她的膝蓋壞毀，走路時兩腿明顯扭曲，不久前還檢驗出脊椎骨有兩根早已折斷，似乎連想退化成古老失憶之魚都不得全形。且常沉溺於少女時期和當時年輕的父親之艱苦戀情。

他則和妻子形同離婚，內心深處只覺舉世茫茫無眞正可信任之人，不同階段的摯友在不同時期或細故起嫌隙或莫名疏遠，有時任著一雙孩子奶獸柔軟在他肚腩爬上爬下，心裡想：「有一天你們也終將棄我而去。」

在那個夢裡，那扇光源盡被某種邪惡意志吸去的黑暗盡頭之門終於打開。但這次，華麗的神祇不再降臨，只剩下那個彷彿用漫天風暴將原本靜止美好昔時悉數席捲而去的佝僂老人。他期待的戲劇性救贖時刻似乎並未出現。他嘆口氣，把那個瑟縮成孩子模樣，一臉驚惶的父親鬼魂擁進懷裡，輕輕地拍著它的背，安撫著……

母親　我們在F君追思會後的那個夜裡投宿在他家。他的母親是個悲傷的婦人，他們家似乎是兩幢透天厝以奇怪的空中走廊方式連結起來，所以置身在建築的內部，恍如迷宮。

我不知爲什麼，他們安排我住在F君的房間。事實上我和他在這群朋友裡，只算泛泛之交啊。我看著那房內堆疊的「高中生書房雜物」，疊好的T恤、田宮模型太平洋海戰日本艦隊群、書櫃裡的漫畫……所有東西纖塵不染，才意識到原來他已死去二十多年了。床褥枕頭似乎還留有那個少年的汗味。

但這幢屋子眞的很舊了，我發現牆板是木頭隔間，且房間大得離譜，貼著牆堆滿一排排肉色寬膠帶封住的紙箱。一種奇怪的懷舊氣氛。我們各自被安排單獨待在這巨大蜂巢般舊建築其中一間房，互相不知道其他人睡在哪。且這些房間並不像旅館走廊兩側那一整列掛著房號門牌的齊整房間，而像立體積木，大小不同，高低參差在這些淘汰的工廠機具、零件和裝封紙箱之間。F君的母親，似乎在這漫漫長夜，提著一串鑰匙，一間一間叩門，造訪這些她死去兒子少年時光的故友，和他們並膝坐在床邊，以一種夢遊的節奏，回憶那個輪廓模糊死者的種種往事。當她站在我房間（其實是她兒子的房間）時，我試著婉轉向她道歉，這麼多年過去，我確實不記得……不記得太多關於她兒子的細節。

這個良善而悲傷的婦人，似乎沉浸在一種拒絕時間之流的泡膜中，固執地說：

「哪裡，我剛從他們的房間告辭出來，幾乎每個人都指出，寫小說的你，記得那時班上每一個人的零碎瑣事——即使是最不被大家記得的暗淡傢伙。」

但是……但是……

靈光一現。我突然想起，高中時某一次期中考考完，我和一票傢伙來到F君的家（並不是現在這幢老舊的房子）。他父母並不在，像所有人在中學年代認識的富家子，從他的房間櫥櫃拿下那些宛如博物館典藏，發出神物光輝的，各型號組合金剛機器人。我並不擅此道，但也能感受那些頭戴獅子鷹鷲盔，身著金、銀、電藍、柿紅、明黃冑甲，手中拿長戟、青銅盾或火箭炮的機甲戰士，任一隻都是超過同齡少年經濟能力的夢幻逸品。

他也拿了一些*Playboy*、《閣樓》雜誌，炫耀又夠意思地和我們分享。我們還躲在他臥室裡偷抽他爸爸收藏的雪茄。

主要是，我想起來了，我在夢中對那母親說（唉，放下吧，您和死神的那一盤對弈早就結束了，您把我們拘在這房子裡，像森嚴布陣的騎士、魔法師與城堡，雖然我們已不是當年的少年玩伴，我們的眼皮覆滿牡蠣，兩頰的皮肉因孤寂和縱慾而下垂，歲月累積的殘忍使我們確可以成爲困惑死神的刺客團，但是，作爲國王的那枚棋子，早在許多年前就被抽離這棋盤了）：

「對了，他似乎練了一手飛刀絕技。」

「飛刀？」

「我記得他書房的門後，千瘡百孔，全像用起釘撬亂戳了大大小小、密密麻麻的窟窿。那些凹坑露出的木門內部肌理和粉末，竟像被強力膠腐蝕的保麗龍一般。我們問他這是幹啥？他說他在練飛刀。那些洞全是他反覆練習時留下的，他神祕兮兮的模樣在我們少年夥伴間像唬爛一般。但他接著從書桌抽屜裡拿出一柄銀色的狹扁小刀，有點像外科手術刀，或像麵包塗奶油餐刀將鋒刃磨利，一個舉臂翻刀，唰，那柄刀就被他射釘在門上，我們全部鼓掌喝采。主要是，飛刀和飛鏢完全是不同的重心和勁道，我們其他人拿起他那把刀，也試射了幾次，全部撞門墜地。」

「我倒完全不知道他在玩這個……」他的母親充滿感情地說。

「另一次則是，我們幾個同學一塊去石碇的那條景美溪上游烤肉，我是旱鴨子，和另外兩個傢伙留在岸上堆炭取火，他則和另外兩個會游泳的，在那岩石堆間的溪流裡泅泳。那天的水流其實非常湍急，」這樣回述的時候，我的眼前似乎又清晰浮現正午熾陽下飛濺的白色水花，如此晶亮耀眼；將遠處其他聲音全掩蓋掉的轟轟溪流聲；以及溪床正中一塊像卡車斗那麼巨大的灘石，下方青色的，直視令人暈眩的打旋的一段較靜止的水潭。「突然，就在我的眼前，我不記是他腳抽筋還是踩空到水面下某一塊陡降的河床深處，無聲地，他的一隻手死命攀著一塊巨石底的凸稜，身體在那急流中載浮載沉。我和他相距不到三公尺吧，我看到他的眼睛深處，一種像 Discovery 影片中那些蹬羚或斑馬之類的草食動物，被獅子或鱷魚捕獲，後半身已被銜咬住無從脫身時的漆黑眼睛。我撲過去抓住他另一隻從水裡伸出的手，濕漉漉且嚇人的冰涼。那時他原先抓住石稜的那隻手已滑落，所以是整個人被溪流猛力沖襲拉扯的力量全加在我的手臂上。我整個人其實是摔跌在大小礫石上，並且像失去語言的土著張大嘴從喉嚨深處恐懼地大喊……」

啊——啊——啊——

「後來是其他人發現，一齊衝上來，才合力將他從那激流中拉上岸。但我不知道那之間經過了多長的時間，我抓著他的手，隨著那遠大於我的力量劇烈擺盪，似乎我抓著的已是一具沉在水流中的屍體，或者我下一秒終將力氣放盡鬆開握住的手指……」

說完這段回憶後，我和他的母親沉浸在幾分鐘的靜默裡，似乎各自被這段往事騷動，得花相當克制工夫才得以平撫情緒。

「我不知道……」他的母親才開口便啜泣起來：「原來他也可能在那次，更早之前，就離開我……」

事實上，我想任何人換作我的角色，也都無法說出一句適恰的話，來安慰這個悲傷的母親。但是她突然啞著聲對我說：

「我可以抱你一下嗎？」

似乎從她走進這個房間，不，從這個夢境開始，我們還在這幢迷宮般的房子裡盤桓時，我就預感到這個結局了。在那個夢裡，他的母親仍模糊停留在他十六歲過世時那個中年婦人的形象，但真實中，我卻已是個四十歲的中年人了。

「好。」我說。我任由她像抱著她那個如果未消失仍在時光中持續變大，然後開始朝衰老傾斜的兒子，緊緊摟住我的身體。我的那裡脹得好大，但整個人的眼睛、鼻腔、嘴巴、耳朵，皆被一種難以言喻，像淤泥像膠凍的巨大悲傷給塡塞。隔著她穿著的絲綢暗花布涼涼滑滑的觸感，我感到她肩部鎖骨像鐵條一樣沉凝的質感，還可以聞到從她頭髮間浮晃的、淡淡的晚香玉髮膏氣味。

「這就是母親的味道吧？」我便在那個夢中的房間，無比哀慟，不能抑遏地哭泣起來。

地圖

他另外畫了一張鳥瞰圖，那是一個漢字的「回」。「回」的外圈是這個舊式宅院的外牆（因爲是鳥瞰，我們無法看見那在漫長的時光河流裡浸泡而變得腴軟的牆面，上頭布滿的青苔和石灰粉垩剝落後露出的燻黑紅磚，或是晶晶發亮插在上端的茶色酒矸玻璃裂片）；內圈則是房屋主體。他在內圈的那個「口」裡猶畫了一格一格大小不一的屋內隔間圖。這使我想起某種名爲「Google Earth Online」的衛星空拍地圖軟體，你可以由地圖的三個按鈕找尋某個大陸上的某個國家的某座城市，不斷用滑鼠點進去，像空氣稀薄高空的折翼天使朝人界墜落，不斷朝洶湧的細節栽下去：街廓、建築、河川、公園、小學操場的跑道……從他筆下漸次浮現這種灰霧雲翳的黑白翻拍照片的鳥瞰圖，使我更確定這一切在一個夢中。

「那確是一個夢，」他說：「如許眞實，夜涼如水。屋後面的那排馬廄般的小隔間，有的分租給窮學生、拾荒者、遭雇主虐待而逃走的印尼女孩……奇怪的是我年輕時的好友W和H保持著他們當年的青澀年輕也同居租賃在其中一間。有的房間空著作爲雜物間，有一間乾脆裝上糞池尿斗作爲公廁。這些小隔間直接對著這幢老屋的防火後巷開了各自的小門。那條窄巷裡有一條排水溝，還棄置了一架生鏽的大狗籠，活脫是個大雜院的場景。」

「很怪的是在那個夜裡（哦不，應該說在那個夢裡），我正在那後巷其中一間小屋的一個妓女的床上睡著。哪裡跑出來這樣一個妓女呢？我想不起她的臉，或是至少女體的某些凹凸曲線或觸感，只記得從一熱烘烘的被窩鑽出，不情願地推開紗門出去。我幾乎可以看見那一排挨擠在後巷的貧窮小間裡，包括W和H，所有的人們猶熟睡在他們可憐兮兮的夢境裡。

「天猶黑（他的手指沿著那張鳥瞰圖從那個「回」字的上端指到下端），我跑到這宅院的前間，也許我就是被有人來訪的敲門聲驚醒，前廳玄關處，一個婦人看到我，立即用手死死拖住我的手腕，那是妻的一位遠房姑婆，她是個喜歡在親族間搬弄是非的討厭女人，她的眼睛非常小，總像瞇著打量人那樣帶著譏誚的表情在探詢八卦，但在那個夢裡，她的表情非常嚴肅，臉像白鳳丸的封蠟一樣白，眼睛突然從那印象中的細縫中瞪大盯著我。我被這近距離突然從一團混沌昏瞶中突出的一雙眼睛嚇得不寒而慄。

『你趁著夜，跑去後面嫖妓了吧？』

「妻坐在內間那張紅眠床的內側，穿著一身蠶絲睡衣（怎麼像一身喪服），披頭散髮，一臉惺忪。完全沒有爲我辯解遮掩的意思。

「我忿怒地大罵這個姑婆，堅持是去後面上那間髒穢漂滿蛆的公廁。但著實恐懼這婆子這麼大聲嚷嚷，他們眞的去查後面那間妓院。而且，被她扣住的手腕，怎麼甩也甩不掉那老婦多肉汗濕的爪子……

「奇怪的是，這之後我便夢見了你。爲什麼會突然從這裡跳到你，而那個『回』字形的大宅院闃然無聲地隱沒於暗影。且夢中我充滿著一種負疚心虛又怕什麼祕密被人識破的忐忑。難道是我把那『回』字屋裡的人全屠殺了？或是只殺了那個婆子和我底妻？我把她們的屍骸埋在那個『回』字的某一個角落：花圃？床下？化糞池？屋基梁柱下方？那個『回』變成一個祕密、一個不欲爲人知的陰暗面，一個懸疑，一個疙瘩，一張讓我一輩子良心不安成爲永遠流放者的縮小幻燈底片……

「我確定我在夢裡正對你說著謊，我強作鎮定，眼不跳氣不喘。我告訴你我的妻子跑了，不見了，我不知該從何找起，你憂心忡忡地聆聽，間或插嘴問一兩個細節，我感覺你懷疑著我說的。但那個場景變成陽明山的前山公車站的候車亭，我們正在討論的時候，我抬頭看見我們頭上高懸的山峰頂上一兩點白色的什麼在閃爍。遠遠有人扯著喉嚨喊：『雪崩了——』那聲音瞬間被一種悶雷般的轟轟巨響給吞沒，或許是好萊塢電影看多了，這一切栩栩如生，白色的雪瀑和砸斷的樹幹鋪天蓋地整片塌落。『跑！』眼前世界的輪廓像被神靈的立可白擦去了。我們在露出枝枒的雪坡上向下疾奔（很多時候是滑雪吧），但不多久，你，和另一個女孩便被崩塌的雪給埋掉了。我略一猶豫，繼續向下跑……

「這是天意吧。

「到了山腳的一個大型停車場，雪崩似乎已停緩，麗日當空，我喘著氣，耳鳴不止，手指顫抖得厲害。遠處停了幾輛消防車和救護車，我點了根菸，慢慢地朝一個矮小的義消走去（不急啊）。他身後車子裡的小電視，新聞正播放有一男一女被雪埋的消息。逆著光，我看見那人黑黑的臉張大了嘴看著我身後，一回頭，是你！狼狽地跛著從雪坡走下來，外套已不見了——啊，你還活著？我擔心死了，正準備報警找搜救隊呢……

「你看著我，口中噴出白煙，眼神冰冷而陌生。」

街景

「我覺得羞恥！羞恥！羞恥哪！」

「你們的神佛都不會說話的？他們只會躲在強光後面嗡嗡唸薩婆薩多那摩婆薩多那摩婆伽……他們是念佛機變成的變形金剛嗎？」

父親變成的鬼轉身對我說：

「你背叛了我。」

他說：「你不配當我的兒子。」

他穿著一身灰色的騎兵裝，足蹬處還裂了個口兒。他怒氣沖沖，在窄小晦暗的家裡翻箱倒櫃。

我記得那時我和母親愣站在橋另一端的自強市場，高架橋兩旁是一些如今沒落的二手家具店。有的店面塞滿上百張正反疊放的有小輪子的辦公桌旋轉椅；有的店面則排放著可能從海產店、啤酒屋、便利超商淘汰下來的大型冰櫃，它們不再插電，上頭水鏽斑斑；有些店則清一色是藤製品：藤搖椅、藤躺椅、藤沙發、有玻璃鏡面的藤圈小茶几、藤梳妝檯；有一家店面甚至用長鍊索鎖著六、七輛白鐵皮攤販車……那樣殘敗的街景使眼前的一切像一座大型的「物件之墓塚」。所有被收集到這裡的家具們，像某些忠心耿耿但終被它們守護人家遺棄的老犬。目光呆滯，毛色黯淡。再也不可能重被人挑揀而重啓第二春，悲慘滑稽地以疊羅漢的姿勢在此度過餘生。

母親的腳瘸得很厲害，我扶著她。她似乎充滿興味地看著這些堆著的、布滿水蝕斑的不鏽鋼料理檯。她告訴我，前些時狠下心來，到醫院照了X光片，醫生指出她脊椎骨下方倒數第四節的椎骨根本就斷了，變成豎插在肌肉褶層的一枚扁鑽也似的刺物。「所以痛起來才會連抬腳都抬不起來。」

光塵漫漫、車流如潮。我在其中一間店挑了一張鏤雕了奇怪貓頭鷹臉的木頭靠背椅。殺價之後，居然只要一千元。但得自己開車來載。我和滿頭大汗穿著背心短褲的胖子老闆激烈談判的空檔，母親突然像做錯事卻隱忍多年終於決定告解的小女孩，以一種和此刻氛圍極度不協調的輕細嗓音，貼著我耳邊說起「那個晚上」。

她對我說：那個晚上，她和我哥我姊第一次去混夜店，「地板全鋪滿花生殼，走過時咔咔作響，一大堆外國人喝著愛爾蘭黑啤酒，廁所從馬桶、洗手檯、牆壁瓷磚、地板，全是亮晶晶的玫瑰紅。通往廁所的小甬道，還掛著瑪麗蓮夢露的照片喔……」

那全是這些年來，我不在他們身邊的夜晚，無比熟悉的場子啊。我想像著母親，我哥，我姊三人，像小時候全家人第一次走進我們那小鎮第一家新開幕的百貨公司，興奮地四處張望，品頭論足，但這些夜店，像水族箱封存住這二十年來我浪子般許多個夜晚的孤獨、哭泣、醉茫茫、狂歡縱慾後的自傷、吐酒後的頭疼欲裂……

母親說：那天晚上，回家之後，父親已倒在後面防火巷的洗衣機旁，嘴裡塞著沾滿口水白沫的高血壓藥。應該是倒下時立刻就走了。

這時，突然像迪士尼卡通一樣，從混亂的車潮中開出一輛一輛的小貨車，一些古惑仔模樣的傢伙，三兩成群從那些貨車翻跳而下。他們穿著繡有××宮千歲聖誕的黑色T恤，靜默且有紀律地，把騎樓上各家商店堆放的二手沙發、紅木神龕、玻璃門櫥櫃、辦公室旋轉椅……全搬上那一輛輛小貨車，那很像蝗蟲大舉降臨，或古老年代的海盜泊船上岸，湧入各商行民家行搶。是啊，這是公然、光天化日下的集體打劫。但路上的行人，整條街商家的老闆，全處在一種一二三木頭人般的靜止狀態，金黃色的夕照街廓裡，只聽見嗡嗡的集體低語：

「擱來啊啦……擱來啊啦……」

裝滿貨的小貨車立即打方向燈，混進車潮，開走，後面立即補上新的空車和跳下繼續搬家具的另一組人馬。

至少有三、四百人以上的陣仗。我和母親竟然目睹著一整條街被搶！沒有任何人反抗。似乎被這些歡快、昆蟲集體揮翅或擺動觸鬚般流暢的行動給蠱魘住了……我轉頭對像小孩一樣，爲眼前景觀興奮得滿臉通紅的母親說：

「現在妳相信我所說的那些故事，有一大半都是眞的了吧？」

我曾在幼稚園時，回家告訴母親，我們班上有小朋友帶的水壺裡養有蝌蚪，或有小朋友把電風扇（那個年代的沉鐵大同電扇）改裝後騎在上面當作小直升機飛行。是喔，是喔。或許從那時起，母親便認定這孩子的腦袋缺乏某種把眞實與妄想區隔開來的機制，從此便決心以一種神祕不置可否的微笑，面對他從小豆苗長成整片魔咒森林的胡說八道。

是喔。是喔。

我告訴母親，出國的前兩天，才發現門牙的義齒開始搖晃，掛急診找那位當初幫忙植牙的醫生，他檢查之後，說是牙根破裂了，之前以牙釘植入的方式已無法支撐，如果要重新做一套連著周邊兩顆牙的牙套，至少要兩個禮拜。「這樣的時間絕對來不及了，什麼也無法做。」「那怎麼辦？」於是醫生建議我去買一罐快乾膠，如果在國外那假牙眞的掉了，在尾端牙釘處抹上膠劑，自己先黏上去，雖有微毒性，但忍受一下撐幾個月回來再幫你處理……

（眞的假的？要是快乾膠把舌頭和假牙黏在一起怎麼辦？要是手一滑假牙黏反了怎麼辦？這是你亂編出來嚇我的吧？）

我期待著母親會這樣驚怪地回答，但她只是淡淡地說：是喔，是喔。

她已經無法對抗時間而衰老成一個靜美純眞的小女孩。我和她站在一街金光燦燦的暴動之前，突然理解到自己這一生負欠她多深多大的愛呵。

將要發生的事

天色已暗，他站在街角等車。那是一處斜坡的三岔路口，他候車的這一邊在略高處，所以稍微可俯瞰下方岔路口，運送雞蛋、水果的重型卡車、油罐車、一些老舊客運車，轟隆轟隆駛過那穢土浮塵一片灰濛濛的無明所在，那裡始終有一團黑旋風似的氣旋被這些駛過夜車的大輪胎翻捲打轉，像是人界要通往鬼域的隘口。

確實從這出去，一路一、二百公里全是曠野中的孤獨公路。那個對之後行程遠距的預測，更增添了他在這候車的焦慮悽惶。

先是，他誤了飛機的鐘點，其他的人早登機離去，他卻在一種夢遊者的固執下，不願在這荒貧小鎮歇個幾晚，搭一週後的下班飛機。他堅持搭長途客運車走陸路，雖然手機裡那個當地領隊氣急敗壞地勸阻：長途夜車，路上遇上土匪殺掉全車洗劫的事件時有所聞。您又是個外地人，落單簡直是敲鑼打鼓吆喝大家來搶。但那就像他人生裡屢屢被性格改變的宿命，他不耐等待、停頓，即使精算後，蠻幹反而會陷入更複雜的困境，他也不願耗著打發時間。

他的身後，是一座監獄或軍營或工廠之類的機關，水泥高牆上豎立著鐵棘藜排網，入夜後裡頭瞎燈暗火的，一絲光源也無。反倒馬路對面一輛賣瓜果的三輪機車，用箱形電瓶牽線掛上車篷桿的三、四盞黃燈泡，這樣的荒涼異地裡，竟有一種燈火輝煌之幻覺。但攤車旁一列蹲著的農民，泥塑土俑般看不分明究竟在吸菸或交談那樣靜蟄著，暗影中反而讓他產生一種動物聞見獵食者氣味的戒懼。

一起等那長途客運的，是一群十六、七歲的青少年，他們應該是放長假預備返鄉的學生吧？但同夥耍鬥的粗嘎嗓腔、臉部線條，和他所來自島國慣習在車站、電影院售票口或泡沫紅茶店所見，同齡結黨成群的中學生氣質完全不同。他們完全不帶有那種受日系媒體影響的陰性——一種削瘦、自戀，或讓人懷疑睪丸未完全降入陰囊的男優味，一種又不是男人也不是男孩的尖銳緊張過渡——這些身旁的男孩，個個陽性十足，像活的秦俑，頭形、胸膛皆粗壯厚實。他心裡想：都是一些莊稼人的孩子吧？也未必是學生，說不定是軍校的，或者是下崗的年輕工人。

但他們自信滿滿的流氓氣，完全不帶有那種經過集體生產線的規訓壓榨後，特有的陰鬱。

他不敢正眼瞧他們，但他們還是有意無意地湊近了他。似乎是同夥間笑鬧的推撞、叱罵，可是總會貼上他的後背包，他像一隻落單的狗，縮尾垂耳避開那些年輕身軀如撞球桌上的球體彈射，但總會被一些肘膊、臀部、膝蓋甚至腦勺掃到，他知道這些傢伙在探他背包裡的虛實，之後就要用小刀來割他的包了。

奇怪那客運車怎麼就是不來？

但即使此刻車來了，他和這群肆無忌憚的傢伙一起塞上車，在那漫漫長夜車體顛晃的封密空間裡，他們不是會像宰隻雞一樣輕快地把他給……這時距離初始執拗要來搭長途客運那時的現實感似乎已如此遙遠。後悔像胃液在腹腔裡的某處一小注一小注地分泌著，注滿他的周身血管。

如果可以重來一次。

他們要怎麼料理我？

腦中突然像拿遙控選台器快轉無線電視頻道那樣，精確分鏡著一些他作為觀眾時刻所記下的（那麼無意義）怪異虐殺手法……

——有一個變態連續殺人狂，總在大學裡挑選面貌清秀的女學生，殺了之後屍體用膠帶纏縛成子宮胎兒的蜷曲狀。他們在那些不幸女孩的手掌上發現總有一道深藍油漆遺漬，進而推算出凶手的獵殺程序：他先挑選一處校園較僻靜的森林步道旁，有簡易洗手座水龍頭（那些貼心的、給慢跑者沖臉洗手的石墩上布滿青苔）之定點，先把懸在上方的路燈打破。然後在步道欄杆上刷上一層調了機油的油畫顏料（所以並不是真正的油漆，為了使那顏料極難風乾），便像會築構陷阱的捕食者耐性等待。經過的人們有一定比例會手沾上扶杆上的油漆，轉頭一瞥便見到小徑旁暗影裡的沖水處。他在暗處挑選，不合意的放她們走，等到千挑百選的尤物出現，才好整以暇地下手。

——另一件是，在一個全球侏儒大會的會場，一個男侏儒被吊死在大廳高梁上。以正常的判斷，在場沒有一個侏儒有辦法搆到那高處將死者吊死，但他們又確定那是一樁謀殺而非自殺。因爲死者後頸延髓處曾遭外力擊碎，在全身癱瘓的狀況下被活活吊死。於是問題是，如果凶手是這些侏儒的其中一個，他要怎樣把繩索搆上高處的支撐點，才能把死者吊上去？

——另一件事是，幾年前，在高雄縣，有一家人，他們家的小女兒原本在台北上班，某一次到醫院探病或參加朋友的葬禮，回來後即陷入重度憂鬱與恍神狀態。病情時好時壞。家人相信她是「卡陰」了。最後實在不行也把工作辭了，回南部老家休養。但是據說，她回家住之後，她的年老的父親和母親也變得怪怪的，她的兩個姊姊，原本也出外工作，各自在某一次回家後，便也辭掉工作搬回家裡。似乎「中邪」、「附魔」像瘟疫或滴管滴進水杯裡的藍墨水那樣在這一家人間擴散著。某一天夜裡，這一家人不知發生了什麼恐怖的事，鄰居只聽見屋裡傳出男男女女交錯的咒罵、哭泣和哀嚎。天亮時有人報案，警方趕到時那個小女兒已經死了。全身上下找不到任何傷痕或他殺的證據。赤裸的屍身上沾滿糞便。那像浩劫餘生卻又緊守祕密的一家人怎麼也不肯交代那個夜晚究竟發生了什麼事。只輕描淡寫地說，那個晚上她又「附身」了，而他們只是在幫她「驅魔」。

到底曾發生過什麼事？

或者，到底將要發生什麼事？

蕩

靜靜的溪流

這次，他在紙上亂糟糟地畫了堆細線條如髮絲的草圖，第一瞬間我心裡想：這不是個「蒸」字嗎？仔細瞧才發現不是。構圖的上方是一排雜草，他說那是秋天河灘邊的芒草，可惜原子筆不能著色，那是一整片發亮的枯黃，像透視某些老人雪白美麗的華髮下，嬰兒般淡粉紅色的頭皮，下面畫了兩個臥姿的小人兒，他說那是兩具男孩的屍體。最下方他畫了一條河流。水紋、流動的線條（就是此處讓我確定他在畫圖而非寫字，「蒸」字下面的四點不是個「火」字嗎？但他畫的是橫向的水波弧線）。

他說那是新店溪。可惜現場不能重建。頭頂福和橋像被詛咒巨人的巨大水泥橋墩，砂石車每駛過便發出巨人關節被拗折的痛苦咆哮。轟隆、轟隆，湍急溪流充滿力量的篩豆子聲。遍野芒花，朔風在其上打旋的尖哨，盜採砂石的怪手把河床挖出一窟窿一窟窿的漩渦陷阱，使得這溪邊成爲我們那年代父母不准小孩靠近的禁地。灰撲撲的荒涼空景被低語成「有溺死水鬼會潛在水底拖小孩下去當替死鬼」的惡形地。

那裡其實極靠近槍斃政治犯的刑場。

倒是在河岸看過幾回孤零零的羊隻兩眼驚惶，掙扎著被暗流拖捲沒頂的悲慘畫面。

他又在紙上畫了個「骨」字，但原來那又不是個「骨」字，他接連畫了四個上下疊在一塊的「骨」，他說：「這是樓梯，這是一棟尚未完工的公寓工地。」

他說，故事是這樣的，那時我家有一位女傭，不、不該稱之為女傭，應該叫「清潔婦」，現在的說法應是「鐘點家管」。那個年代整個社會都灰撲撲集體貧窮，我父母也不過是一般收入的基層公務員，但或已足以形成薄弱的、恍惚的階級——我們喊她蔡阿姨。她稱我父親「先生」，稱我母親「太太」，似乎延續著日本人遺風的下女教養。

每天黃昏，蔡阿姨就會在我家出現，洗衣、晾衣、掃地、拖地、收疊衣物、洗餐後的碗盤，她鮮少和父親或我們這些小孩對話，除了洗碗時在廚房和母親用台語低聲交談，印象裡她就是靜默地在我們那屋子裡工作，大約九點左右她就離開。偶爾我會偷聽到母親對父親閒聊起一些零碎的，關於蔡阿姨家的一些，對於那時的我來說完全是另一個世界的故事。昨天又被她丈夫打了，或是錢又被她丈夫拿去賭光了，她想起一個會要我跟，我沒答應……

那是個什麼年代呢？我也搞混了。江子翠分屍案、李師科搶案、外雙溪無預警洩洪淹死的十幾個在溪畔烤肉的景美女中學生、青棒青少棒少棒世界錦標賽三冠王、范園焱駕米格十九投奔自由、火車對撞、遠航三義空難……災難如黑白鬼片裡曠野荒墳的磷火，黯夜中此起彼落，似近還遠。環繞著你的少年時期，你聞到空氣中那不尋常的緊張和倉皇，卻觸摸不到那些災難的實體。

有一段時日，蔡阿姨突然沒來了，我們懵懵懂懂不知發生了什麼事。有一晚，母親從外頭回來，把我們三兄妹叫到跟前，臉色異常嚴厲，說：以後誰敢往河堤那邊溪邊跑，她就打斷他的腿。然後，她用一種只有那個年代的母親會有，可能無從保護自己孩子的恐懼口吻，告訴我們：蔡阿姨的兩個兒子，跑到福和橋下的溪邊玩水，先是哥哥被吸進一個暗坑的漩流裡，弟弟急著去拉，結果兄弟倆全溺死了。

他說，這種事當然不會眞正進入我那年紀孩子的心裡，似乎過了一個月吧，蔡阿姨又於每天黃昏鑽進我們家。母親則嚴禁我們在她面前提到她小孩的事。印象裡她似乎變得更黑、更瘦、也更老了。另一個相反的轉變則是，她的嗓門突然變大了，咭咭呱呱在廚房裡對母親大發議論，有時我父親不在，她會在客廳拖地拖著，便自己打開電視，坐在沙發上看連續劇，我們走出去時，常發現她自個兒坐在那兒打盹。

襪子、內衣褲洗著洗著搞丟了；碗盤上殘留著滑膩未沖淨的沙拉脫；有時則是坐在電話機旁笑不可抑和不知什麼三姑六婆講一個小時以上……我不記得這段時日延續了多久，總之，有一天，我父親終於辭退了她。也許那時我們也稍大了些，可以輪流分擔這些洗衣掃地的家事。

又過了幾年，有一天，我母親派我去喫一個喜酒，說是蔡阿姨認了一個二十幾歲的養子，且基於某種習俗的隱晦私下交易，她必須給那養子的生父母一筆錢，並且替他辦喜事娶了個媳婦。那天的喜酒對我而言眞是怪異極了，我父母都不能出席，竟派只是國中生的我作爲代表。

那個喜宴酒席是在一座剛蓋好水泥結構、卻尚未鋪地磚牆上亦未刷漆的公寓建築工地。沒有扶手，暗灰色的梯階上布灑著刨木屑和工人著膠鞋的石灰鞋印，甚至連照明的燈泡都是拉電線接樓下的發電機。建築體四周有方形窗洞卻沒有窗框和玻璃。各層樓皆擺了四、五張大圓桌，桌面上倒是熱菜騰煙，擺滿啤酒、果汁、黑松汽水，但空氣中始終有一種捏泥巴、潮濕腥臭的水泥未乾氣味。

我和一群我聽不懂他們話語的大人們坐在一道兒——他們可能都是蔡阿姨先生的同事——

一些抽水肥的工人。那些菜色也和我尋常與父母參加應酬見識的館子菜完全迥異：一大盤的炸青蛙，一大碗帶著白色黃色膠糊筋帶的雞睪丸，或是油炸小雞，或是中藥燉甲魚（後來我才知道那是烏龜）、泥鰍糊……這些臉上有著強烈線條的苦力們，在那熾黃燈泡下，影影幢幢把那些高蛋白但古怪腥羶，帶著強烈的動物原始意象的食物，一勺勺、一筷筷塞進嘴裡。

新娘新郎敬酒的時候，我發現蔡阿姨穿著一件鮮紅色的透明薄衫，那使我可以看見她貼身的黑乳罩。她的臉上濃妝豔抹，那個印象讓我非常刺激且嫌惡，似乎她變成一個令我陌生的、與那個每晚在我家那破敗浴室外面的防火巷從洗衣機撈出濕淋淋衣物掛上晾衣杆的黑瘦婦人，是不同的一個充滿女性氣味的，女人。

跳舞小人

他說他國中的時候，跟著他姊姊「進城」（那時他們家住在土城，所以假日到台北的西門町看電影，即充滿一種逛大觀園眼花撩亂目不暇給的欣羨與歡樂），在西門町的天橋上，曾看見一個外省老頭，盤坐在地，跟前鋪著一張藍色帆布，上頭放著一排一排的橡皮小人。那些小人，全是用腳踏車內胎的紅色橡皮隨興恣意地剪成人形，頭、手、腳、身體簡單的輪廓。怎麼會有人買這種粗劣無手工技藝可言的怪東西呢？但他說，在那個人來人往的天橋上，老人不知使了什麼魔法或咒術，地攤上那些橡皮小人全站立起來跳舞。人們視若無睹地走過，就像那是個賣發條小狗或電池遙控車的地攤，只有他和他姊姊驚異地蹲在老人的地攤前。

他竟然在光天化日之下，這樣肆無忌憚地玩弄妖術！他說他喉嚨發出一種恐懼又歡快的咕咕聲響。他蹲在那兒盯著那些腳踏車內胎橡皮小人們，像蝴蝶一樣翩翩起舞，老人交叉雙臂於胸前，氣定神閒閉目養神，完全看不出有任何機關、懸絲，或其他非幻術而以力學操控它們的方式。如果是現在，你或會猜測那些小人身上裝了比小指指甲還薄還小的晶片與水銀電池，或某種利用磁鐵原理造成飄浮之視覺障礙的精巧設計……但那是個貧窮的年代。那個年代，並沒有手機、筆記型電腦這些東西。啊，我們甚至不記得那個年代是否有電視或冷氣的遙控器？他說，他蹲在那兒，像要破解老人的伎倆那樣盯著那些小人身上和它們周遭，可有釣魚線之類透明不易辨識的懸控細繩，但是什麼都沒有！

後來他放棄了。他想老人或是像那些印度的吹笛弄蛇人在操控這些橡皮小人，但它們只是一些沒有生命的輪胎碎片啊。他覺得人們竟可以視若無睹地從這些跳舞小人的一旁走過而不停下腳步，是一件不可思議的事。這裡正在上演一場偉大的魔術哪！

在那些跳著舞的小人們——奇怪如果他們在那魔術的瞬刻裡是被賦予了生命，似乎，似乎應像童話故事裡，金色鬈髮束腰蓬紗裙穿紅色高跟鞋的小公主，或是緊身褲金排釦腰繫佩劍的小王子，再不然也應是頭頂兩球丫頭髻穿鳳仙裝綾羅褲繡花鞋的中國娃娃，他們揮汗如雨地旋轉、踮腳、手指翻翹、手臂如翅翼……不過那只是一堆醜兮兮、不透水的上下跳躍的橡皮罷了——一旁，則是一小袋一小袋用塑膠袋裝著的，它們的同類：同樣剪得歪七扭八的一些紅色橡皮人形，一袋一百元（那個年代！）。內附一張類似說明書的小薄紙。

他買了一袋回去。那到底算是個玩具？護身符？或是養小鬼之類的咒籙術具？他把它丟在書桌的某一個抽屜裡，從來沒去理會。對了，小塑膠袋裡附的小薄紙上，像籤詩一般寫了一些胡說八道、根本不可能成立的、「如何操作，使小人活起來」的祕法。具體內容是什麼他也不記得了，有一天他翻抽屜時，復看到這個小人，機伶伶打了個冷顫，覺得太邪門，遂把它丟進垃圾桶。

幾年後，在東區的一處騎樓，混雜在那些穿著露臍亮片牛仔褲、賣仿冒LV包包的地攤美眉之間，他又看到那個老人，同樣閉目打坐如一雲遊僧，面前仍是一塊帆布上，無聲跳著舞的一群腳踏車內胎橡皮小人。

這個故事不知那一處細節深深地打動了我。我告訴他，我小時候住永和，每每過中正橋，沿重慶南路、博愛路、寶慶路、武昌街……等公車路線，靠近西門町或中華商場一帶，亦皆有「進城」之悸動、慌亂，與東張西望貪看繁華之心情。但可惜年輕時我對那些《清明上河圖》一般走馬燈從身邊流逝的街肆細節、罕奇人物太不知道珍惜了。我和天橋上那些行色匆匆經過老人的跳舞小人而不知駐足的人們無有差異，所以我的回憶裡，在同樣的那個天橋上，不外乎是蹲坐在兩旁的、面目模糊之暗影，或有截斷了後肢匍伏在地面像蟲蠕動的討飯人，或有捲成一球一球的鍍金釦皮帶，或有猴子打鼓的電池玩具，或有賣zippo打火機或假錶的皮箱單幫客……但我不記得在那些暗影中，有某一角色偽扮置身於我們印象中像電影布景一般的「天橋地攤」群中。他其實與他們不同。我卻沒有發現，於是故事也未向我打開。

我小時候，曾和母親經過另一座天橋（我記不得那是哪裡的天橋了），在那上面，有一個農人模樣的男子坐在一張竹板凳上，他的腳下趴著一隻巨大的烏龜。我對烏龜素無研究，然這許多年後回憶起來，那像一張客廳茶几大小的巨大身軀，應當是海龜吧？我記得那龜殼下面濕漉漉的一片，不知是牠的體液還是出水時身上沾帶的海水。有另外一些孩子蹲在那龜殼前，用吸管去戳弄牠縮在裡面的洞竅。我記得我拉著母親的衣襬小聲說我們買下牠吧？買了牠把牠放回大海去吧？

但我記得那個賣龜人開了一個不可思議的天價，這個畫面的結局自然是我絕望地被母親拉著離開那粗糲殘酷的一幕。

還有什麼？我們最初的「進城」？我告訴他：我印象最深的，是和我哥哥站在「國軍文史館」前，看著兩枚漆成墨綠色的二次大戰老魚雷。在最初的時刻，你不知道這些事物為何會出現在熙來攘往的人潮大街上，一如我一直納悶，那個賣龜人是怎麼把那隻巨大海龜搬上那天橋上？或是他始終不理解那個老人如何讓那些橡皮小人跳舞……

大水

「那個颱風夜發生了許多事。」他說。

他和ㄩ、ㄇ約了坐火車，卻在永和中正橋頭，水淹到二樓，道路受阻（他堅持是火車。我說：「你確定不是捷運嗎？」「不，是火車，燒煤的那種而且是在地面上跑的。」「但即使在我小時候的年代中正橋上並沒有火車通過的鐵軌啊？」）。他們被困在車廂內，大雨不止。貼在車窗上方的廣告紙內容，讓他知道這是個懷舊的年代。

「這時，像電影蒙太奇，畫面切換到在ㄇ家的二樓，有一個女人不慎讓她的女兒摔下樓被大水沖走了。」

他和ㄩ走著，幫ㄇ勸說ㄩ一道先回家，但ㄩ堅持要涉水（那些淹過城市的水裡漂著死貓死鼠和垃圾）回對岸的娘家找貓。似乎他們養的貓在這場颱風中亦失蹤了。

「許多人被淹死的消息陸續傳來。第二天清晨，ㄩ一直沒回到ㄇ家，我和ㄇ在客廳等著。之後我決定先走回我自己竹林路的老家。年老母親愁苦地告訴我：姊姊一夜都沒回來。」

那時大水已逐漸退去，人們拿著掃帚和水管在自家門口沖刷屋內的汙泥穢物。門口堆著泡水的桌椅沙發，太陽一曬，即發出一種魚市場進入黃昏後的腥臭。

有人按電鈴，他一開門，驚見有人提著一透明塑膠袋，裡頭裝著四五隻貓的屍體，牠們四肢和尾巴伸直，花色不同，但皆發出一種濛濛的光，像是超市裡賣的透明罐裝白杏仁露加豔紅櫻桃加黃澄澄的水蜜桃那樣，發光、晶瑩，充滿彈性的涼品。

那人從袋裡掏出那些貓，要他確認裡面有沒有ㄩ和ㄇ養的那隻。但他將那些貓屍翻來覆去，就是無法確定牠們其中是否有ㄩ和ㄇ的貓。而這些貓屍像剛從冷凍冰櫃拿出化冰，他的手指摸過牠們半僵硬半柔軟且血淋淋的屍體，不想其中有兩隻便那樣逐漸甦醒回來。

「母親告訴我家裡已收留上百隻貓。」

他說：「到了晚上，姊姊仍沒回來，那已一天一夜，我和母親非常擔心，一種人丁本已凋零的家裡又將要辦喪事的恐懼充滿我心裡。」電視上關於各地在颱風過後的災害，及清潔隊在街道、河流、巷弄或建築物地下室發現水退去後腫脹的屍體，這一類報導已逐漸被剛爆發的藝人不倫事件之新聞給替代。

姊姊是否被淹死了？

母親神經質地要他和她一起到處打電話探詢有沒有人在颱風夜曾見姊姊的蹤影。用家裡電話，他用手機，一通一通撥給那些姊姊工作上的同事、朋友、一些她從沒讓他們看見的那一面世界的人們。

「門鈴響，我一開門，姊姊完好無缺地出現，她旁邊站著一個極胖極醜的中年男人，我們都認識他，他是我姊老闆，性好漁色，據姊姊曾說，在公司風評極差。當我和母親看見姊和這男人同時出現在門口，幾乎一齊輕聲哀嚎：『這下慘了。』

「顯然這一夜颱風，可以算仍是處女的我姊已遭這混帳的摘花得逞。

「姊姊變了另一個人，變得讓我陌生的美麗，穿的白色OL襯衫穿裙也顯得極女人化。但她似乎一臉悔恨與忿怒。

「我想：這是個開始要體驗愛情的女人。」

關於我，同樣在那樣暴雨之日，也許時間比他經歷的稍早，因爲水尚未自馬路兩旁溝蓋漫淹而出。我舉著傘，從猶未被高架橋遮斷天際線，放眼盡是一片雨中稻田的羅斯福路，往公館方向走，穿過十字路口時，紅綠燈全壞了。

（雖然我夢中的暴雨大水之景，可能和他夢中是同一年同一日，但我在夢中的年紀，明顯比他在他夢中的年紀要小幾歲。）

我走進那間教室在一間舊公寓二樓的補習班，一些少年擠坐在白色桌面長條桌之間的高腳座位間。那些傢伙一直在打鬧鬥嘴，陸續有人從滂沱大雨中鑽進這狹窄的空間，襯衫濕了又被體溫捂著蒸騰出一室臭味。

我決定蹺課，下樓時恰好幾個女生正要進去，我讓在一張零亂疊滿溺水蝴蝶般濕淋淋雨傘雨衣的桌旁，替她們開門，這些歪瓜劣棗的懷春少女們掩著嘴：「好有風度哦。」也沒道謝。

大雨如傾，走在已空無行人的街上，某一刻，真的像站在一倒扣罩下的鉛灰色巨桶而水整個傾倒而下，銀光燦亮的那一瞬。

襪子早已泡濕，騎樓商家鐵門悉數拉下這過程，一直收到妻打來的電話，但手機彼端的她，並非少女時期的形象，而是真實世界的那個，疲憊將兩個男孩帶大成少年的妻子。收訊不好，我吼著講幾句就斷訊，又打來，講講又斷訊。

經過一所有穿螢光條紋雨衣的憲兵站哨的車營（舊昔的三軍總醫院？），一輛草綠漆外殼沾滿水泥塊痂的舊型單座吉普，衝著我駛來，我正走在一排溝蓋上，近距離可見輪胎側槽濺起水花之特寫。後來那駕駛踩了煞車，好像猶豫想把車開上人行道，最後終於打死方向盤掉轉把車駛離。即使這麼短的時間，我竟清晰無比聽到車上的收音機廣播著李登輝宣示對災區農民的補助賑災云云……

那一個時刻，我當真覺得無比自由，我大口呼吸著那晃盪於遮天蓋地之水，且延展向宇宙邊界的清冷空氣。那個自由，是夢中之我的年紀無從理解想像，但夢外之我卻無比珍貴痛惜之自由。

溫泉旅店

他描述一條溫泉街穿過的小鎮，一間一間老舊的日式建築旅館，冬夜時分那帶著臭雞蛋腥味的硫磺濃煙像妖精幻術從那些屋簷下方樹影扶疏的大澡缸裡翻滾冒出。建築物裡赤條條頂多拿條小毛巾遮住私處的老人們來回走動。外頭的那條街被一攤一攤夜市小販的鹵素燈灼燒得一片輝煌，恍如白晝，總是人頭鑽動，總是比你想感傷懷舊的那條不在了的昔日老街要擁擠許多。事實上那些掛著旖旎紅燈、老舊的日式旅館，早就被改建成一幢一幢拔高矗立的二十層以上的新式大樓，溫泉被用高壓強力馬達從粗管打上幾十公尺的高空，汩汩流進那些套房裡裝潢成未來汽車旅館純白，或純紅、單色的太空艙般的按摩浴缸。旅館的後院是一座籃球場大小腰子形的露天溫泉泳池，池周遍種棕櫚或變葉木，照明燈打光在藍熒熒冒煙的池水，暗影被光霧吞下又吐出，宛如妖幻之境。因爲正飄著綿細冬雨，整個池裡只有他一人來回划水泅泳。隔著一排木柵欄，外頭即貼著鐵道，幾乎每隔十分鐘左右便一陣天搖地動的音爆極靠近在他浮在水面上的頭顱邊炸開，那是穿過這溫泉小鎮的縱貫線列車。因爲是如此貼近，泳池上方還抖顫著一圈圈的漣漪。那使他有一種錯覺，彷彿他正裸身泅泳其中，蒸騰著煙霧的泉池，是被懸空以枕木排列漂浮的鐵軌經過，那些怪獸般發出巨嘯的夜行列車，就是壓著他被水之浮力托住的身軀奇怪並不使他腸肚外流地輾過……

之後他在房間裡看著那顆頭。那顆頭基本上是白色的，像某些日本以幕府時代爲背景電影中栩栩如生的殺戮戰場道具。爲何在這些日本片中怵目驚心鋪設的盡是遍野表情生動如癡如醉的頭顱？可能是武士刀斬首特別伏手。那顆頭或如《魔戒》大行其道之前以希臘神話爲奇幻特效之電影蛇髮妖女美杜莎被借盾牌鏡像砍下的頭顱。它像是蠟做的一般，像餐廳櫥窗外的假拉麵假生魚片假壽司假薯條番茄醬假冰淇淋假牛排。這一類電影特效常會在某一時刻，用髮束繫在主人翁腰肢或馬鞍下方的孤單頭顱會突然睜開雙眼口吐人言……

他想起來這溫泉小鎮之前，他去參加了一個哥們父親的葬禮。那是在殯儀館側角一間小廳，家屬零丁、悼客稀寥。他亦是在那時才驚覺原來這哥們原生之家如此凋弱。家屬答謝列男眾處只站著他哥們、女眾處站著哥們的妻和妹妹。穿著黑衣的年輕禮儀師在靈堂前招呼遞香、獻花這些事宜，近距細看那禮儀師原來是個眉清目秀的美少女呢。他這哥們跟他一樣是安徽人，棺木裡的死者並不是他父親，是他大伯，但老兵未婚無後，這哥們這些年盡在醫院和安養中心忙著搬進搬出這一對同樣中風癱瘓的老兄弟。他記得一年前，哥們的親生父親先走一步，葬禮採基督教儀式（當時致奠的親友似乎較多），現在這個則用道教。

繞棺後他跟著哥們一家人列隊，扛著那些紙紮家具走到殯儀館後方一座像工廠煙囪高聳向天的水泥砌焚化爐。戴著白手套的兩個禮儀師往一個巨大電動鋼門裡甩扔一紮紮的紅紙包裹、紅色禮盒、一對以竹條爲支撐骨架的冥人男童女童、一架潦草糊成、金光閃閃的古代冥屋。那爐內似乎是用瓦斯噴嘴噴出高溫火燄。他發現他們甩丟這些死者遠行托運行李的動作，非常像每日黃昏他擠在一群阿婆間朝轟隆隆垃圾車後尾大張的輾碎機巨腹扔一袋袋垃圾的動作。

離開殯儀館，他就近走進隔壁的恩主公廟上香，暗自想借這主神之陽剛氣性驅驅葬禮難免沾附皮膚上的陰祟氣。香煙裊裊，一列女人排得長長的隊伍等著幾個矮小藍衫老婦拿香在她們頭上的虛空揮揮弄弄。

他妻子死了之後，他便這樣像異鄉人般，沿著鐵道在不同鄉鎮的小旅館投宿。有時他會僥倖在淡季折扣促銷的低價廣告下住進這樣乾淨高雅的新旅館。他泡在高空中旅館房間的溫泉浴缸裡，突然想起另一個哥們的妻子。他妻子剛過世時這哥們曾邀他到自己新買的高樓層豪宅喝清酒，用一種男人間的含蓄情感安慰他。那之後這哥們的妻子便寄電子信給他。他們通了一陣子即時通，初始她寄給他一些日本演歌的短片，那一陣他心猿意馬，確實幻想了一些上她、哥們的女人的幽微可能。但之後她開始傳給他一些佛門大師語錄。

他想到自己竟悲慘到想上哥們的女人。媽的，我眞是禽獸。莫怪在那香煙氤氳的廟埕裡，隔著人群眺看那三尊紅臉、白臉、黑臉神祇，像胖大小兒踞坐，目光灼灼盯著他，他當時僊懶羞恥地低下頭。

眞是淪落到人生的悲慘之境哪。

不過第二天早上睡醒時，他便忘了那些晦暗的念頭。他在高空憑著玻璃窗眺望著下方，一格格灰綠、枯黃或赭紅色的田地，某幾小格沒有作物，積著一方格的水，映著天光的明亮藍色。之後他下樓到旅館餐廳用早餐，發現居然擠滿了人。昨夜這些投宿者都到哪兒去了？此刻圍著buffet 檯排隊用白瓷盤盛裝醬菜、豆腐乳、稀飯、荷包蛋、法式土司、薯餅、蜜餞、油條、茶葉蛋、起司、炒米粉……的人們，全像一些剛下了工的臨時演員，又像剛從《聊齋》那些故事裡劫後餘生的無辜過客，一臉茫然卻又容光煥發，兩眼帶著一種飢餓者的固執。

他隨意喝了碗清粥配醬瓜後，走到餐廳外一個木頭搭起的陽台上抽菸。從這個位置，鐵路就像在公寓二樓人家門前小巷那麼近地鋪展而過。他可以清楚看見鋼軌上的粉橘鏽痕和一枚一枚卵石上的青苔，或是從濕濕的枕木下方冒長出來的含羞草或一種淡紫色的小野花。但這個位置卻看不到昨晚他獨自徜泳其中的溫泉泳池，也許恰好就在這木頭陽台的正下方吧。

在鐵道另一端，有一民家用四堵舊磚牆圍成一個口字，然其內無有房舍，卻蓄了一池水，泥綠如稠湯的水面上漂著浮萍，奇怪的是在那池水的上方，像瓜棚搭了密密交錯的枯竹竿，但這些竹竿上全空蕩蕩無有植物藤鬚攀附。如果是瓜架下方也不該是池水。一個老叟捲起褲管站在磚牆裡用另一根竹竿像在攪弄池水裡的什麼，這樣看去，那水深近胯。

他身旁一個父親帶著兩個六、七歲大的男童恰好也正好奇地張望、臆測那用長滿苔之磚牆圍起的一池水到底是豢養動物還是栽種某種水生植物。

「或許是養螃蟹吧？」

「我覺得是養烏龜。」

「可能是養鱷魚。」

「胡說，如果裡面有鱷魚，那個阿公怎麼敢這樣站在水裡，腳都被吃掉嘍。」

「也許是養青蛙。」

「養青蛙幹什麼？」

「給這附近的餐廳炒給客人下酒吃嘍。」

「但爲什麼要搭那些竹架子？給青蛙跳上去曬太陽嗎？」

「也許是鰻魚苗。」那父親作了結論。

孩子們七嘴八舌追問什麼是鰻魚苗？而且爲何鰻魚苗需要那些竹竿？這件事成了懸案，變成一目了然的整幅風景裡，一塊奇異的、想像力穿透不進的缺口。

昨日之街

奇怪的是，他走在那條街市，腳下踩的爛水果、腐敗菜莖、剝拔的雞毛或壓扁泡濕的瓦楞紙箱混攪成腴軟泥濘，他清楚感覺這是一條昨日之街同時是未來之街。因爲那擦肩而過的灰色人影，或如紀錄片運鏡坐在路邊荷葉鋪展地攤小販遲滯的臉，冰冷的陽光，在這一切背後空洞茫然的時間感，都讓他想起其實這正是他這一代人一生並未眞正經歷過的大蕭條貧窮年代啊。

他西裝褲口袋塞了幾百元，似乎是正要去赴約前想買個伴手禮。但是赴什麼人的約呢？似乎是一位尊敬但抑鬱不得志的前輩大哥約請吃飯。這位大哥的人生遇過無數大小苦難，被朋友背叛、倒債、被效忠的長官出賣、親兄弟姊妹間的耍婊或人情澆薄、被辦公室同僚設計排擠……但整個人始終充滿一種對簡單的善惡價值之信仰和元氣。在大蕭條之前，這位大哥和他的妻子，無論手頭如何拮据，仍會時不時在家裡弄一桌極豐盛之菜肴，招待他和另一位羅漢腳朋友。但這天他穿過這充滿新鮮腥臭味的市集時，心裡感傷地想起，終於這次大哥再撐不起那豐饒場面了，他們必須約在市場的米粉湯切豬各部位內臟的攤車聚餐了……

但似乎又不是如此。感覺是，他好像是和多年前負氣離家的次子的同居女友約在這批發市場的某一角落（當然是瞞著他那個性浮誇又愛面子的兒子）。兒子離家後，妻瞞著他和那據說始終沒混出個名堂的傢伙保持著聯絡，時不時會挖自己的私房錢去資助「那小兩口」。他也睜一隻眼閉一隻眼隨他們去。據說睡地鋪在一間七、八坪的分租公寓，房間裡到處扔著大大小小保麗龍泡麵碗或粉紅色免洗塑膠碗。「那女孩眞髒。」妻有一次忍不住在床榻背著他坐，就描述起那一對青春情侶窩擠在像拾荒老人鐵皮屋內一坨一坨黑垃圾袋，有尿漬的內衣褲，上百支玻璃空酒瓶，一盤一盤菸蒂的小房間裡的恐怖景觀。但他心底其實有一種，兒子在過一種他年輕時若沒遇上這樣潔癖的妻，本來該變成那樣的人生。

「還不是從小讓妳寵壞的。」他記得那時他其實沒多大感想，像只是按電視劇這種角色這種情境這個時刻必然的台詞，咕噥了一句。

妻過世之後，似乎他和這個兒子之間的聯繫便斷了。他甚至找不到管道去通知那廢材喂你媽死了你好歹露臉上個香吧。

如果這是條未來之街吧，那他站在這裡所承受的說不出是悲是喜是茫然或僥倖的人生況味，其實是預支那尚未發生的情感。似乎是，兒子的同居女友聯絡上他（這次他們的對位顛倒互換，那女孩一再強調，他和她約見面之事一定要瞞著那個性剛烈的兒子）。所以，作爲兒子滿臉鬍渣明明已是中年人卻要推諉這生挫敗全因這位完全無一絲父愛的遺棄者，多桑，他其實口袋裡應當揣著一只信封，裡面有一疊千元鈔才合乎義理人情吧？妳告訴他，在我的心中，他已不是那個我想改變，能在這殘酷世界以強者之姿生存下去的兒子了，我是以男人對男人說話的身分，要他振作點，別再那麼渾渾噩噩了。或者恰好相反，他該對女孩說，妳告訴他，無論他被眞實人生整得多不堪，他怎麼樣都是我的兒子啊……

但口袋裡竟就只塞著薄薄幾張百元鈔，這樣見面，多叫人沮喪……

且他心裡掛念的是，在這市場找間水果鋪，買一盒塞了閃亮彩色紙屑絲的進口蘋果禮盒，撐場面作爲和那位落魄大哥的見面禮。

他記得那位大哥曾告訴過他一個故事：他說他年輕時，在高雄有一位遠房嬸嬸，非常了不起。好像是那位叔叔做生意被人家倒了，從此變成廢人（咦，他怎麼在昨日之街這位大他十來歲的前輩的追憶往事裡聽見他兒子更未來的浮世繪臉貌），他的兒子們最常做的事便是，這老爸前夜喝得爛醉騎機車騎到某處摔倒，然後不知怎麼自己再搖搖晃晃走回家，但第二天無論如何想不起那機車扔在哪裡。兒子們便分頭騎腳踏車在家附近的街道、巷弄巡梭找老爸的機車。

這個男人作爲一個家的中心卻耍賴地癱頹了，但那嬸嬸完全不被擊倒，她或就是老一輩人所謂「生意人的仔」，她看上去還是明亮高雅，頭臉梳妝得乾乾淨淨。她去幫那時港口有許多報廢待拆之船艙清理，非常溫柔有禮地和拆船頭家商量那些船上水手或船主留的雜物極便宜地包給她。那些雜什物件大抵是一些外國雜誌、航海人特殊的鍋碗瓢盆、書本、舊衣物、一些來自奇怪國家的喝了一半的烈酒或藥品維他命……在拆船廠那些粗人眼中全是垃圾，看她一個女人如此有氣質想必從前也是當老闆娘的，便幾乎是半送半賣。這嬸嬸便在現在公園路那裡公路旁搭了一片帆布篷的像跳蚤市場的攤子。在那物資匱乏的年代，其實裡頭常雜混著寶貝：老外的銀扁酒壺、望遠鏡、防風打火機、煤油燈、牛皮靴、牛仔褲，其中最是極品的是那些醫學院的學生慕名騎機車來，裝作若無其事翻弄著那一小罐一小罐的藥品，他們懂那些罐上的德文，有許多藥當年在台灣是管制的，當那些學生仔挑中一罐問：「頭家娘，這罐多少？」她總敢大膽開出天價，而他們即使身上錢帶不夠，也會回去領錢再來。

大哥說那全盛期這嬸嬸簡直賺翻了，那也是台灣拆船業的黃金時代。嬸嬸的篷攤擴張爲五、六處，入夜後用鐵絲網圍住再用鐵鍊繞住加鎖，其實那還是像拾荒人的破爛雜物集聚處，但開始有迫迌仔會趁夜進去偷東西。於是我們這些姪兒便被找去領打工費幫他們顧那一大片垃圾堆。那時常有人進來掏貨，我們根本無法分辨那些東西的價值，亂開價。「頭家，這多少？」「一百啦。」「不然三百啦。」眞的我此生在那像魔術的垃圾場中，眼睜睜看著什麼樣的破銅爛鐵都可以報出個價，都有人搶著要。

大哥說，有一天下午，我記得是夏日的強烈光照和乾燥塵沙，我在那篷攤裡亂翻一疊汙漬的*Playboy*，突然聽見車子的尖銳煞車聲和碰一下撞到東西的悶響。我正想走出去看是怎麼回事，腳邊就一隻好大的狼狗竄進來，往成堆的金屬雜物或書籍堆間隙裡鑽，牠的身上完全看不出血漬或傷口，在那近距錯晃（我的小腿還感受到牠身上短毛刷擦過粗糲的觸覺）的瞬間，我想這狗大約是差點挨撞受到驚嚇。但幾乎不到十秒，我就目睹著那巨大神獸趴在我不到三公尺的腳邊，藍色的眼球始終睜著，卻像微調燈光鈕那樣，慢慢失去那裡頭生命的折光。

那是我第一次站在死亡發生當下的現場，大哥說。

這樣的，在一種晦暗卻如鴕鳥般樂觀的情緒下，他跟聚集了水果小販篷攤裡某個阿婆買了粒一百五十元的進口蘋果，「就當作是試吃吧。」他心裡想。但口袋裡的餘錢便湊不足買一盒像樣的水果禮盒。又忍不住買了兩盒外皮像布滿灰色黴菌的柿餅，如此一來，就連待會和大哥他們吃米粉湯加豬內臟切盤想搶付帳都怕不夠錢了呢。他突然對那個不知怎麼回事，人生就變成廢材的兒子，充滿了寬諒與同情。一定啊，就像丟進水杯裡的方糖，前面的幾分鐘還布滿小氣泡勉力想撐住那白色的方型結構，然後在某個再也頂不住的倒楣打擊降臨後，那支撐的微細懸絲意志終於崩潰瓦解，就快速被無情的生活淹沒，不成個人形了。

獨旅

他是從網路搜尋旅遊網站找到這間旅館，非常便宜，住宿一晚只要九百元，距離火車站極近，網頁上貼的房間照片看起來也中規中矩。主要是他對這種鐵道旁的老旅館有一種說不出的懷念情感：小小房間裡糅和著殯儀館和骨董店的氣味，小几上的水銀膽熱水瓶和玻璃花瓣菸灰缸（那些大飯店反而在菸灰缸這件細節上極冷淡，不是黑色壓克力，就是印著飯店名稱紅色小字的白色小圓瓷），一旁的木頭小沙發扶臂上的漆皮已剝落，浴室的馬桶圈墊和浴缸底面總無有意外被人用打火機燒出一粒粒疙瘩疣疤，連電視都是久遠年代的轉鍵式。似乎投宿這種老舊小旅館的客人，皆是孤零零一人無有攜伴侶，提住皮箱沿鐵道一個小鎮一個小鎮跑業務的藥廠推銷員、探望失聯多年老友的小學老師、準備回營休假的阿兵哥（通常是較老實的那一類型）、離家出走的高中生……他們在一種孤獨的氣氛走進這類旅館的房間，坐在床沿安靜地脫下漆皮皮鞋，然後脫黑襪，那是奇異年代裡難得屬於自己一人的孤獨空間。

但這旅館竟小得像一間車庫，不，媽的像高空停車塔裡的一格停車位，床尾抵著小梳妝枱（桌面像一塊洗衣板那麼窄）和電視櫃，床一側貼壁，另一側和窗戶間擠著一張小几和小梳妝椅，梳妝枱下則是一張軟墊小板凳，更恐怖的是梳妝鏡上方是一盞貝殼罩吸壁燈，亮度大約三十燭光，他想把小床頭櫃上的枱燈搬來梳妝枱，卻發現它是固定的。他打電話給櫃枱，請他們加只枱燈或書桌燈給他，服務生（他一聽聲音便認出是剛剛 check in 時那個滿臉青春痘彎著眼笑的大男孩，他看到這個失魂落魄的傢伙竟拖著一行李箱要求入住四晚，一定暗笑這個白癡莫非是躲地下錢莊的鐘錶行老闆？或者是鋪貨色情光碟的盜版中盤？或者行李箱裡裝著一大本一大本越南新娘的寫眞照和女孩們的資料、自我介紹？）用那種非常專業像信用卡銀行服務專線或航空公司售票櫃枱的甜軟冰冷拿捏恰到好處的聲調（媽的，不就是間過夜九百元的廉價爛旅舍嚒）：

「先生，不好意思，我們沒有這項服務喔。」

於是，他氣急敗壞下樓，走出旅館，沿著這條停靠著一輛輛大型直達巴士的老舊街區，憤怒地疾行，決定自己買一只枱燈。但整個火車站前圓環外弧燈光燦亮的騎樓商家，密度最高的是手機店鋪、外勞群聚的鹹酥雞、快可立、沙威瑪、油鍋上鐵網堆放瀝油的排骨雞腿之老舊自助餐店，當然還有夢幻年代的老電動玩具店和較時髦可愛但其實亦已不知今夕何夕的無人大型夾娃娃店。

他繞了一圈，沒有一家電器行，於是沿著鐵道側這條沒落之街往商家店招愈暗愈荒涼的方向走去，簡陋的整排商家有情趣用品店、三十年收驚專家、小西藥房、機車行、突兀恐怖寫著「腫瘤、不孕、性病」的中醫診所……煙塵漫漫盡頭，可看見半空中被截斷的高架橋。他憑著記憶印痕，相信如今買燈，可能得到省道進城之邊陲，或有一擺滿各式立燈枱燈美術燈如深海鮟鱇魚群聚的螢光頂觸之燈海的地攤。

但遠遠望去，除了移動車燈，無有某處燈火輝煌。他在一老舊地下車道處轉進更人煙稀少之老區，破爛老屋低矮簷廊裡有兩家貼了男女滿臉痣燈招牌的「命相收驚安座風水」的算命館、兩家中間夾著一間老理髮店和鐵打損傷推拿鋪……像是穿過一時光過渡之朦朧地界，他回到小時候那讓人安心的店街場景，竟在這排騎樓轉角，看見一間日光燈暗澹的「大同家電」。

他走進買了一只久遠年代外型粗糙的硬塑膠殼枱燈（沒得挑，但超乎想像之便宜），回程時在一種介於夢遊和異鄉孤寂情感間的茫然，鑽進其中一間算命鋪。

像是印證了「流浪異地見廟必拜見占卜術數者避之」的教訓，長得和蔣緯國維妙維肖卻操台語的老伯，在一張八字宮位薄紙上排出他的命格，「我袂給汝恭喜喔」，文昌格，四十六以後大發。哦，他拱拳相謝，我會短命嗎？不會不會，活到八十幾。那大運走幾年，走到六十幾，老運也好。但是，話鋒一轉，明年走劫煞破財，開車、出遠門要小心，這當然可以破解，要怎麼解？老師會帶汝去，汝要捐香給十二間廟，每一間呢，捐個十斤，這個劫煞就可破……

那總共要多少錢？

總總算算大概三萬多塊，不少哦，可是想想汝這一生只要過這關，就一路榮華富貴平安順利……

他立刻進入極信任對方但這是一筆大錢，猶豫不決的角色扮演，要了名片，再考慮看看，如果要麻煩老師，也得想辦法籌到這筆錢，向小神龕上擠滿十數尊神佛雕像拜拜，提著枱燈退出那寒磣的郎中幻術。

他回到旅館和衣躺下，沒有服用那潔白指甲屑的安眠藥，幾乎第一時間就沉沒進沼澤般的黑甜深湛睡眠。但即使在最曲折迷宮被層層土牆、樹林、迷霧遮蔽的睡夢最深處，他仍能聽見那旅館外時不時一陣火車壓過鐵軌、咯登咯登、咯登咯登，所有寂寞投宿於異鄉小旅館的旅人們夢中皆會聽見的，骷髏騎士點給異鄉亡魂的音樂盒金屬齒輪敲擊樂。

他夢見他住在一間大許多的旅館，不，那更像是男大學生的宿舍或台北學苑救國團青年活動中心之類的大型複合式建築，寬闊敞亮，而且各樓層走廊都有抱著盥洗用具塑膠臉盆、拿著籃球、捧著剛列印出來的報告或建築系的模型的男學生們，忙碌地穿梭著，不像他實投宿熟睡其中的旅館，像一隻鱗色黯汙的老龍，趴伏著喘氣，讓體內幾十個胃囊中黏稠糊答的靜伏獵物慢慢被溶解消化。

夢中那個房間他是和一個姓蔡的高中友伴共住，這傢伙是所謂「黑道的」，剃著光頭，戴一副可以遮去半張臉的黑色墨鏡，他曾看過他極難得摘下墨鏡時裸露的臉：那簡直像一張小沙彌般，純良稚氣甚至會讓日本綜藝節目那些高校女生尖叫「卡哇伊」的無辜少年之臉，不過一戴上墨鏡盯著人看，魔術一般，迅即變成一張殘忍的、陰鷙的、殺氣騰騰的臉。

夢中，他和蔡共同的房間簡直像一間賃租的公寓，像公教福利中心用一排一排鐵架櫃把空間隔成一區一區適合警匪槍戰的小巷弄走道。那些置物架上零亂堆滿他的書、蔡的機車安全帽、書包、舞獅舞龍的大型侏儒財神頭罩、整套整套的漫畫、盜拷色情光碟、跆拳道練踢擊之沙包……靠陽台處還放著一張木頭矮几，上頭放著小瓦斯爐、茶盤和整套宜興紅泥的茶壺、小圓杯、茶海、聞香杯和整套專業泡茶用具。夢裡的印象，蔡和他進進出出這房間的朋友（「黑道的」），像是那整棟夢中旅館如揉皺紙團內側，一處歪斜凹陷卻恰好藏匿不被發現的「惡」的空間。作爲室友，他偶爾會陪蔡和他那些朋友喝兩杯，但他們大約只是以「蔡的室友、一個還滿上道的沒在混的傢伙」看待他，表現上似乎他與他們各行其是，互不侵犯；事實上更像他是寄宿在蔡的私人房間的一隻大型黃金獵犬或聾啞人士，他和他們的世界總是畫面差幾個光度或聲軌差了幾個節拍或音階。

在夢中，他上顎那三連顆的塑膠暫代假門牙竟開始融化（因爲他喝了太多熱湯嗎？），那成爲這整個夢境讓他惘惘不安的一根刺、一個芥蒂、一件隱憂：張嘴露出上半齒面一個黑黑的大窟窿，那怎麼見人哪。

在那個夢裡，他似乎可以背過自由來去他隱私處所的那些刺龍畫鳳的少年們，祕密地從一個舷窗或潛水艇伸出海面的金屬長S型圓筒，窺看夢境外的眞實世界，那像是遠距觀看海面上正緩緩沉沒的一艘巨輪，它漏出的黑油像瀕死巨鯨攤在自己身軀周邊的一大片黑色血域，尖叫的男男女女盛裝如下水餃如滾鍋嘩啦嘩啦落進海中（是的，《鐵達尼號》，那是他那一代人最頂級豪華的災難之夢）。是的，在夢之海洋上方的那個世界，災難以一種太陽馬戲團般，聲光璀璨、緊湊專業、充滿戲劇性、讓人目不暇給的大型場面呈現；那使他躲在這個被黯黑夢境海洋四面八方包圍的房間裡，雖然艙壓、燠熱、密閉焦慮皆折磨著他，雖然身邊的清一色男性們，皆帶著一種吸膠後恍神緩慢眼球渾濁的不可預測性，但確實感覺上暫時安全多了。

譬如說：（他在眼皮下的眼球快速跳動的夢裡卻清楚知道）網路上新聞沸沸揚揚地追續陳冠希慾照風波，先是透過友人傳出事件當事人皆有自殺之虞，之後是事件女主角之一阿嬌出來開記者會：「從前我太傻太天眞，以後不會了。」最慘的是張柏芝，流出的慾照完全符合Vlog上那些集體色情夢境交換的性愛女優檔：制服癖、對鏡頭自慰、翻開陰唇特寫、含屌照……之後，之後傳出的是，做丈夫的謝霆鋒推算慾照時間，這位剛生兒子的妻子有劈腿讓他戴綠帽之嫌，怒摔婚戒，於是那口齒蛇蠍巢穴蠕動的壓抑激爽便如古惑仔電影橋段：「聽說她跪著滿室找那只婚戒，並且跪著求丈夫原諒：那些事都過去了……」「聽說從慾照中她躺臥時胸部仍尖聳挺立，幾乎可以推斷她是假奶。」

眞正讓此事，在沒有屠殺、瘟疫、異族姦淫我婦女、地震、海嘯降臨卻能讓洗夢者後裔戰慄驚訝將手指伸進眾人共同夢境裡那目睹大型災難而摳出的，哀憫、恐怖、好奇想聽見更大死傷數目卻又覺得同爲人類的某種基本尊嚴被侵犯的情感珍珠，反而是男主角陳冠希兩眼呆滯對著自拍DV說的那句絕望之話：

「這是我的人生。」

他曾看過一部電影：Claude Lelouch的《偶然與巧合》（是的，這一切仍是在閉目眼球跳閃的夢境海洋下進行的，在那房間裡的他的想法）。

一個年輕母親（她年輕時曾是個光芒四射的女舞者）帶著她的八歲兒子，到威尼斯遊河時，被河邊一位畫仿冒蘇汀畫作的男人畫進那色彩旋轉如夢的油畫中，上岸後這位風度翩翩的老紳士優雅地向她搭訕並展開追求，他與她之間所有求偶舞蹈的對談機鋒，全繞著「生命的偶然與巧合」這一話題。這個男人的調情話語眞是美麗如打翻整瓶彩色玻璃珠那樣讓人著迷啊，當這位美麗且意識自己正被逐獵的女人半調情半防禦地問他：所以你喜歡謊言嘍？男人並不如急色年輕男子忙著宣誓愛之貞潔，而是誠摯且只有歷經風霜苦難且寬容人世之人才可能有的優雅回答：

「哦，我深深著迷於一切謊言，和說這些謊言之人背後不得不然的動機。」

我說謊，因爲我意欲妳，因爲我在乎妳，因爲我怕在妳面前顯得低卑不夠高檔。所有的藝術，不正是低卑的人類，倔強地硬生生地背轉上帝那雙看盡一切眞相的殘酷且澄明之眼，用各種艱難的形式，拼貼建築一個美麗的謊言。

當男人用盡各種華麗方式追求那女人的同時，女人面帶優雅微笑，但O.S.的旁白字幕卻是：「這個晚上，我將作出讓我一生痛苦的決定。」

（像可能其實不存在的某部電影，張柏芝扮演的角色對著被戴綠帽被傷害的男人，梨花帶淚，靈魂最內裡皆顫抖地說：「但是人家就是愛上了嘛……就沒辦法了嘛……」）

這是我的人生。第一義當然是干卿底事；第二義則像災難劫後餘生者的夢遊者之臉，這將是我此後，光度變暗，無法重回你們的人世的餘生。

男人帶著女人和男孩，展開一場夢幻之旅。他們帶著DV，沿途自拍，實現那男孩的夢：㈠到哈德遜灣看北極熊，㈡到加拿大蒙特婁看他的偶像偉大的冰球選手柏諾姆的比賽，㈢到阿卡波柯看高空跳水選手自峭崖跳下的「死亡之躍」。

但在旅途的首站，男人帶男孩駕三角帆小船出海，多少基於一種收攏摯愛女人的兒子（小情敵？）的心情，他興致勃勃地教男孩操駕風帆，結果卻雙雙墜海。

災難。無人的帆船載著那架記錄了死亡之瞬的DV攝影機漂回女人等候的海岸。她堅持繼續那段未完成的旅程，然而原來的夢幻之旅已成爲她孑然一人、獨自帶著DV去拍下原該攝進亡兒歡樂之眼中的絕美之景。她搭機到皚皚白雪的哈德遜灣，拍攝遠觀和平緩慢其實凶殘的北極年輕公熊互相撲咬嬉耍，拍攝一架十幾年前墜落於冰原的飛機殘骸，當地愛斯基摩導遊告訴

DV後面那不存在的男孩：當時飛機迫降時，早於救難隊到達災難現場的恰正是一群北極熊，所以嘍可想而知最後無人生還。她到蒙特婁球場找到那位冰球之神請他對著DV和她兒子說話。她的包包連同那台DV在機場遭竊盜集團扒走，那使她幾乎崩潰（她在大使館醒來的第一句話，便和陳冠希幾乎一模一樣：「我在哪裡？」），但她仍買下新的DV，折返之前夢境重拍，之後再繼續往阿卡波柯拍攝那些從高崖優美張展雙臂迴旋墜入海中的「死亡之躍」人們，她找到那死去無緣愛人的故鄉土耳其，拍攝那啓蒙她少女時立志學舞的伊斯蘭胡旋舞……

災難之後，死亡之眼所見所拼構的，同時是摯愛之人原該在場卻不在場的美之盛宴，也成爲核爆後一片死灰枯白畫面，悼亡的儀式。但那些美麗的形體（巨大神靈般的白熊、男孩視爲上帝的冰球選手在極速和撞擊中的身體、自高崖優美弧彎翻轉入海的人體，或伊斯蘭儀式舞者如蘇汀畫中讓人暈眩的迴旋再迴旋）兀自在上帝無言但留下眷愛印記的櫥窗裡展演著……她拼綴它們，像沿途撿拾斷線遺落的一顆一顆珍珠……

＊　＊　＊

高雄市發生一起因「神明附身」，導致一家人自殘、互毆的死亡案件。

住在鼓山區吳姓一家六口月前陸續「起乩」，家人拿拐杖、神主牌互毆，以點燃的香燒灼皮膚，甚至互相潑灑、餵食糞便，大女兒起乩多日之後暴斃，家人深信死的不是大女兒，死亡次日才送醫急救，由於死者身體多處瘀青，引起院方注意，報警偵訊後才爆出一段離奇的怪力亂神。……

吳姓一家六口住鼓山一處老社區，父母做小工為生，四名子女，全都廿來歲，分別從事護士、餐廳及印刷工作，最小的妹妹今年二月底突然起乩，聲稱被三太子附身，向家人表示，在台北的大姊有生命危險，一定要回高雄，否則會有生命危險；老媽媽連夜將大女兒帶回家，沒想到大女兒回家後睡覺就夢見被性侵害，嚇得只敢白天睡覺。

家人回想，大女兒三月初有一天接完一通電話出現起乩情形，自稱是觀世音菩薩為人消災解厄，接著就出現徒手毆打自己的自殘行為，家人情急之下，陪同前往五指山禪修，並到楠梓區一家神壇收驚，返家後不但症狀未改善，家人一個接一個跟著起乩，自認為被玉皇大帝、王母娘娘、七仙女等附身，不是自殘就是互毆。

起乩的情形前後持續一個月……大女兒到了四月九日沒有氣息，當時家人認為死的不是大女兒，而是附身的妖魔，直到第二天起乩情形消退後，家人才將大女兒送往高醫急救，一家五人擔心再被附身，全都躲到外地，直到上週接獲警方通知到案說明，家人一直認為大女兒沒有死，直到媽媽被大女兒附身，告訴家人死訊，一家人才確認大女兒死了。

偵訊過程充滿怪力亂神，家屬向警方表示，過去並沒有起乩的情形，到底是這一家子精神狀況異於常人，還是冥冥中有看不見的力量，令警方匪夷所思；前往相驗的檢察官提醒死者家屬，到醫院做進一步精神鑑定。（自由時報記者黃秀枝高雄報導）

……吳武運一家人都說，本月四日深夜開始起乩，自稱是「玉皇大帝」、「王母娘娘」、「觀世音」及「三太子」等神明附身，輪流徒手、或持神主牌、香爐、拐杖圍毆其中一名家人，甚至彼此以糞便塗抹身體，並吃糞便。

吳武運說，全家人起乩期間，和家人相互以糞便擦拭身體，他明知道是糞便，但當時不覺得是糞便，也沒感覺到臭或噁心。

全家人起乩期間，不吃、不睡，只靠喝水過活，雖然知道自己起乩，但不知道自己在做什麼。圍毆家人時，也把被打的家人當成外人、邪魔，直到本月十日中午才陸續清醒過來。

吳武運等人清醒後，發現吳金女陳屍在三樓後方房間裡，趕緊送醫，但已回天乏術。

檢方昨解剖吳金女屍體，發現她身上的外傷不足以致命，死因是「多重器官衰竭」，沒有他殺嫌疑；可能是持續起乩一周，不吃、不睡體力過度消耗而引發器官衰竭喪命。檢警還會將內臟檢體送驗，查明有無藥物、毒物反應。（聯合報記者藍凱誠高雄報導）

塔羅牌 第一張牌是張「慶典」。

什麼意思？圖尼克問。

表示從前的你們，受到所有人的祝福、羨慕，是平和、寧靜、且有美德的一家人。

你看，天頂一道金光萬丈的彩虹，夫妻倆恩愛相擁，兩個小孩手拉著手跳舞，眼前是一片小河蜿蜒過的田園美景。

女人說：不過，那是開始的時候。

第二張牌是「惡魔」。又叫「詛咒」之牌。

祭壇上坐著一個羊頭、人身、金毛獅子臀、惡梟腳爪、白銀蝙蝠翼的巨大魔鬼。牠是個有父親臉孔、留著鬍鬚的男性。左手高舉，右手倒提火把，腳下鍊著赤裸的一男一女小人兒，他們臉上恍惚平靜，頭上已長出小犄角，且各自拖著一條尾巴（男的是火焰尾），但似乎皆渾然不覺自己已成爲魔鬼的牲品。

女人說，這表示後來的一段時期，你們沉淪進一種欲望的狀態，不知是你還是她？不確定是肉體情慾還是迷失於金錢、物質之欲望。

第三張牌是一個穿著白色睡衣的女神坐在一張石凳，她的背後是一片月光下像白銀般的大海。她的眼被手帕遮住，雙手交叉胸前，各舉一把長劍。

這又代表什麼？

抉擇。判斷。選擇。表示你們的關係正面臨一個作決定的關鍵時刻。

第四張牌是從雲裡伸出一隻白色巨手托著一只巨大的金色聖杯，有一隻鴿子銜著一十字紋徽銀幣投入杯中，杯子的四邊，像噴泉湧出四股水柱，細細長長垂灑進畫面下方的蓮澤裡。

女人說，代表在之前的這段時光，你仍非常愛她。聖杯牌本就代表愛。你看這麼多的愛注滿這一只水杯，甚至溢滿出來，你看這樣的愛有多強大多豐沛……也許是你這邊仍單方面愛著她。也許是，你的狀態非常渴望愛。

第五張是「愚人」牌，那代表「現在」，以這張牌作爲一個時間的零度，之前那幾張牌代表過去；接下來這幾張牌代表未來。

再一張是幣皇后，似乎代表著從她那邊正釋出善意，但因爲是皇后牌，表示她做這些的時候，是高傲不被人察覺的。

第七張是一張「休息」牌，一個武士躺在一間密室的石床上，他的劍放在床下。牆上還另外掛著三柄劍。窗外有小孩和婦人在花園玩耍，代表著——應該是你吧——非常非常疲倦，什麼都不想碰，「老子不玩了」。一個修復自己放下一切的狀態。再來這兩張都不好吔。女人說。

一張是劍五。戰場上，這個人繳獲了三柄劍，地上還扔了兩柄，但你看看，其他的人都帶著一種受創或悲傷的氣氛，背著他，離開了。這張牌代表傷害、紛爭、惡化、迷惑。好，再看下一張，倒懸者，這本是「犧牲」之牌，但因爲你抽到的是一張顛倒之牌。所以原本這個有修行、付出、奉獻意味的牌義，完全顛倒成：無意義的付出、得不到回報、一種孤立無援甚至像憂鬱症的困境。

好，第十張牌。女人說：就是這張牌讓一切有意思起來。這代表急遽的變化，事情急轉直下。有八棵生命樹像箭矢般斜飛而來。我不知道會發生什麼事。也許是她突然發生什麼事，回心轉意。也可能是有第三者介入，你終於作一個快刀斬亂麻的決定。這必須連著後來幾張牌看：第十一張牌，聖杯六，畫面上是兩個小孩在綠草如茵的家園。這是一張往昔之牌，懷念之牌，暗示著過去的美好時光影響著你最終的判斷。有小孩的因素。而且你爲了小孩活在一個無憂無慮的狀態，而作最後的決定。

什麼樣的決定呢？女人說：你看這最後一張牌，「守財奴之牌」。你看，在這組牌的最後，出現了一張這樣的牌，代表你在這一切傷害、疲倦、毀壞之後，因爲眷戀黃金昔時，因爲捨不得小孩，所以選擇了固守這個婚姻。但這個你，已不再是過去那個爲愛不斷源源付出的你了。

在愛情上在財物上，你變成一個吝於付出的人，就像這個守財奴，緊緊抱著他的金幣，腳下還踩著金幣。

他突然控制不住一種想痛哭的衝動，啊？這就是這一切的結局，實在是傷害得太深，也拖得太長了啊。

當然這只是一個故事，一個小説。有一群小人兒，它們疊床架屋像馬戲團後台那些和動物們混居在一塊兒的吉普賽人住在那整落牌裡。它們各有一件華麗但騷臭的戲服，有的是皇帝、皇后，有的是武士，有的是天使服，有的得扮魔鬼、隱士、流浪者、工匠、老人、小孩……。有一天，一個類似他這樣的人類用手把它們搓洗之後，從其中挑出幾張牌。它們之中被選出的那幾個角色，便要使出渾身解數，演出那個相較之下顯得龐大的人類，將發生在他身上的命運。

它們躲在一格一格小小的窗框後面，悲傷地在演出中領悟眞正將要發生在那人身上的苦難、不幸或欺騙；當然也可能是場美麗的愛情。有太多人的手指曾撥弄它們的扁平窗框然後從它們排列組合的故事去預言自己惶惑不敢直面的未來。那一雙雙垂著睫毛的黑色與琥珀色流動混淆的眼瞳，大大地貼在框格外看著他們。他想：如果翻轉過來，有一天，其中一張牌裡的某一個小人兒，想從它的不連續時間裡探頭望望外面這個活在由無數個剎那組成之時間河流裡的人類，如何用他不斷流動的寫實時間來演繹它的永恆停格。它會看見什麼？

他記得他小時候常因愛吹牛而遭到懲罰。譬如説，他告訴他的小學同學們，他的父親早因獨自一人潛泳摸進對岸，在爆破了敵方一整座兵工廠和五、六座軍營後（情節一如後來席維斯史特龍的藍波）壯烈殉國。他沒有母親，自己一人獨自生長在山裡的小屋，有一些從未露面像神祕影子的人物定期會拿錢和罐頭食物給他。他想他們是他父親生前忠心耿耿的部屬。另外的版本則是，他母親是大清皇室祕密嫡傳的格格（也許那個年代電視八點檔演太多連續劇了吧？），他不知他的親生父親是誰，因爲他母親身旁那些大內高手和宮女們，是在一月黑風高的夜晚將他父親擄來，完婚之後（當時他模糊理解必須有這道程序，這世上才會有他），便將他父親祕密處決……

或者是，他其實是二郎神借他凡人母親的子宮生下的兒子。所以他一出生，家裡便起了一場大火，他凡人的父親也因此葬身火窟……

這些那些，不知道那個年紀的自己，爲何要編造這許多金光閃閃同時又幽黯凶險的身世。直到有一天，他被叫到教師辦公室，發現他父親坐在他的導師辦公桌一旁的椅子，他們一臉憂容地討論著。

那天他沒有繼續回教室上課，他父親帶他沿著那小鎮的馬路走回家。他父親一路沒和他說話，直到回到家門，他父親掏出鑰匙開鎖，轉了幾次皆無法把門打開。這時他父親突然用一種沉痛的語氣對他說：「我那麼讓你沒面子，你必須編造那些奇怪的故事哭我死去？」

濱崎步

他們的地板下面，另一個翻轉顛倒的世界，正盤據著可能上千萬隻長著人臉的白蟻，牠們窩藏在自己於木材中啃咬出的凹陷與隧道，像打赤膊的難民小孩，集中營裡兩眼無神的男女，沒穿衣服（廢話）、進入一恍惚共同釋放築構的集體大夢，身體挨擠著另一個身體，這樣，同時間地囓咬著，啃食著牠們的藏身之所。

沒有比藏身之所同時是食物更悲哀的事了。

他赤腳踩過那些長方形深色木頭拼鑲地板時，足趾與腳掌凹窪處總可以感到某一塊木板的下方又被蛀空了。

時候到了這踩踏在那倒影宇宙上方，以雙足行走的這靈長類，必然會去找來專業防白蟻害公司的工人，他們會掀開那一片一片只剩薄薄一層抹蠟表面的木頭地板，噴灑劇毒殺蟲劑，讓那群，不，上千萬隻最初可能僅只十來隻拓荒祖先篳路襤褸穿過舊公寓水泥接縫來此定居，卻缺乏永續共生未來觀而代代繁衍成目前這駭人巨量的白蟻們，在尖叫、打滾、嘴裡仍塞著食物、酣睡、交尾、爭吵、沉思存在意義、發展區域幫派、告訴其他白蟻世界末日快到了……總之，最後和魔鬼交換才華的浮世繪畫家也無法擴張其想像力的千萬眾生殊異婆娑相，全在同一時刻集體死亡。

滅族滅種。

當然那個時刻還沒到來，主要是踩踏在牠們上方的這個人類，因爲妻子的卡費、小孩的昂貴英文課學費，或近來愈來愈多的夜間被叫出去喝酒後搶付帳之開銷、罰單、水電費、手機帳單、加油費、樂透彩預算、網路算命點數輕鬆購（何時可以遇見你的眞命天女？二〇〇八流年輕鬆算？你入錯行了嗎？）……種種種種，壓得喘不過氣來，哪有餘裕去把這鋪上不滿三年的地板全部翻開報廢。

據說殺白蟻不殺則已，一殺最好整棟公寓各樓層住户約好，同時掀地板喊「殺！」因爲白蟻可以穿行水泥鋼筋間的隙孔，像在一大型八仙樂園不同遊樂設施的各式水道間快樂泅泳。人類眼中的樓層、隔間、公寓單位、裝潢隔板、瓷磚牆面，對牠們一點意義也沒有。

於是他在深夜妻兒皆熟睡時分，總會幻聽一種四面八方將他包圍住的，沙沙沙沙的，海潮般的聲響。

牠們恬不知恥地讓他竊聽著牠們的集體私生活。

他開始相信世界有另一顛倒之境，也許遠較我們這個喧鬧國度靜默許多，是在，是在網路新聞上看到「濱崎步左耳失聰」的消息。濱崎步。日本流行教主、百變妖女、出入帶四十多個跟班、曾被傳染性病、爆出愛上牛郎店。

失聰消息傳出，日本艾迴唱片股價下跌，專輯冠軍紀錄喊卡，她被稱爲「澀谷辣妹教祖」，短髮天使，「Ayu的眼睛」、「Ayu的手機」、「Ayu的雪白肌膚」，她被批評冷血，曾在演唱會上斥罵殘障孩童……天秤座A型，討厭的人：說謊的人、不打招呼的人，尊敬的人：擁有自己所沒有東西的人、熱中的事：收集有關房間內擺設的白色飾品。

他記得曾在一座夢中汽車旅館，聽見這個娃娃臉進化美少女唱的一首：〈Will〉，上網找了中文翻譯歌詞：

人到底在旅途的途中
會有幾回注意到遭遇的歧路
在那裡又有多少可能

會聽從內心聲音的引導

在那片無人知曉名為明天的黑暗裡
用盡全力伸長了手我在你身旁發誓
有如飄啊飄啊飄啊飄的花瓣凋零
讓盪啊盪啊晃動的心帶著驕傲
可悲的是為了自己
反而迷失了自我

深信著那片從未有人看過的景色
讓不存在的那片地方依舊我在你身旁祈禱

有如閃啊閃啊閃的陽光普照
綻放晃啊晃啊耀眼的令人暈眩的光芒……

啊，那麼深的悲傷。

飄雪廢墟街上穿著公主裝的被棄美少女。或是桃花樹下萬蝶紛飛的昆蟲系妖姬。一條水藍光長廊她又變成時尚模特兒扭著台步不斷朝你走來。fairland 裡海灘夏威夷少男少女的迎神祭舞，重金屬演唱會舞台上金短髮皮圈金屬鍊項圈緊身短打的混音搖滾，或是眼珠翻白的無靈魂懸絲木偶的玩具女孩。犬夜叉卡通配樂時她的歌喉又像夜空永恆被漂流放逐的無形體女神化成極光裙幅的清冷悲鳴：「啊，在永遠長眠的那一天來臨前，請不要捨棄微笑的容顏。」

她像是千萬蟻塚般同樣幻美癡迷的美醜少女們的極域之夢，女童的無辜大眼被打上銀光系彩妝，變得無有衰老、無有悲憫、無有肉身，變成繁華夢境、末日人類滅絕後空曠場景的新人種，只啜飲「傷害—療癒」萃取花露的神姬，她的臉是城市高空上的巨幅液晶看板，靈魂則是上億個可瞬間翻跳畫素的晶片之叢……

這樣一張凍結時間的，像鈷、鈄等叫人耀目暈眩的放射線元素的妖麗之臉，上天卻在其中某處打了個洞，把全部聲音從那個洞裡抽空。像有人當著他的面對一台昂貴到無法想像的高級音響其中一個音箱開了一槍，那燎焦的小圓洞裡突然就嚇啞了，緘默了，再也不肯發出聲音了。

許多年後，他想起生命裡猶有妻兒的那段時光。他們第一次看到那間公寓的時候，整個空間雖然空蕩蕩的，卻充滿一種老人長住之後，連光線中的塵埃都緩慢翻動的灰暗寂寥。地板鋪著黑白棋盤的橡膠方格，多處浮凸鼓起，黏滿像鼻屎的霉斑。客廳放著一只鞋櫃，另兩個房間裡各放著一架灰漆鐵櫃，可能是原先屋主書房的空房間靠著前陽台鐵窗，是採光最好的一間，鐵櫃裡零落丟著老人和不同的老人在黃山、莫愁湖畔、商場到此一遊的合照。還有書法協會的獎狀。裡面那間房則大許多，但更陰濕許多，他們拉開嵌入壁中的衣櫥，發現有一格抽屜還上著鎖，衣櫥的木拉門根本就壞了。他走到後面L型陽台查看那鏽壞的熱水器和瓦斯管線，還有一個奇異地鑲拼著應該是舊昔年代浴缸才使用的七彩小圓瓷磚，只是那些小圓瓷磚的表面全褪色了，像糊上一層灰翳，再回到屋內時發現他的妻子在哭，那是唯二兩次他像撞見女人更衣，在這屋裡撞見他妻子落淚。另一次是他們搬進來後八年，一天夜裡他醒來，發現妻子獨自坐在客廳看《東尼瀧谷》的DVD，滿臉暗紫色光的淚痕。

他妻子對他說這屋裡曾有人死去。有人仍占據著這空間，她的胸口被壓得很悶。後來賃租仲介公司的那個傢伙坦承：確實這間老公寓之前是一對老夫婦所有，半年前屋主的老妻剛過世，老人獨自在這公寓裡待了兩、三個月，兒女不放心，把他接去住私人安養院了。是的之前沒把這情況向您交代清楚，但那位老太太完全是自然死亡，不是凶死……這部分我們絕對敢負責……

後來他們找來妻的大嫂的朋友的室內裝潢工作室，把那些生膠地板全部挖掉，在上面重鋪後來的這一整間的深色樹紋長木條地板，他們把原來的牆面結構全部敲了，重新裝管線，重新隔間。

公共浴室

那幢建築裡有一巨大像羅馬公共浴池的中庭，有一個比賽標準泳池大小的溫泉池，一旁高低階梯層次錯落著較深的圓形湧泉，另有兩眼井一般的熱水浴池。煙霧瀰漫——在這個空間裡，水從四面八方以各種型態出現：由上方金屬柱嘴噴湧的。沿著粗糲牆面如山泉潺潺流下的，在深藍長方大池中水光晃漾的、卵形小池中像沸騰之鍋噗噗翻滾的、甚至寫意地浸過黑色花崗石板小徑的……惟所有流泉飛瀑或科幻未來感之「水立方」者，所有的水皆從其表面像小孩撕開玻璃紙時流淌出早已溶化之蜂蜜夾心糖，弄混了固液氣態慣性，薄薄冒出一層又一層你以為是隱藏在這些水的內裡之白煙。

男人們裸著身，垂著纍纍陰囊，幾乎都有點屈腰駝背走著。他發現不穿衣物走動的人類，確實極像猿猴，腿部比例出乎意外的短。他曾聽聞此類三溫暖是同志們的極樂仙境，但放眼望去，俱是和他一般垂腴著難看肚腹和米其林輪胎橡皮腿的中年人，還有一些身形矮小恥毛區花白的老頭。他在淋浴區好奇擠弄著那一罐一罐免費供應之沐浴乳、洗髮精、男性洗面皂、牙膏，哇塞還有刮鬍膏和棉花棒，眞是把「洗澡」這件對中產階級男人來說只是日常生活的過場戲時光，誇張布置成我們第一次走進「吃到飽餐廳」的鄉愁場面：取之不盡、用之不竭、超乎你平日裡基本需求的體貼供應。在我們各自的私場所裡，衛浴間不是早被女人們瓶瓶罐罐的玫瑰薰衣草海鹽沐浴精油，像占卜師抽屜櫃裡的美麗形狀皀塊，或是美白霜、露、液、乳液、萃取液、膠、膜，銀瓶玻璃罐瓷瓶不愼會拿來挖一杓完全就是包裝成蜂蜜果醬的……這許許多多美得讓人割捹的昂貴醬糊們盤據。我們男性那結滿灰垢的禿毛牙刷蜷縮癟扁的牙膏管和密密麻麻沾滿鬍渣的便利刮鬍刀，全可憐兮兮地挨擠在最角落……

一個穿著他童年記憶中俄羅斯皇家騎兵制服模樣的年輕人來將他身旁的大浴巾收走。他抵抗拉扯著。那傢伙用獾一般的笑臉對他說：「那裡有一整櫃的小毛巾。」

他發現在這中庭上方的二樓環形走廊，三三兩兩站著同樣穿著這般筆直挺整制服的服務生，他們把對講機貼著唇前，像集中營的警衛俯瞰監視著下方裸著老二和光腚的他們這些客人，他心底嫌惡地想：這樣的設計似乎顚倒了他們之間的權力關係，爲何是這些穿制服的伺候者們，自在地用恬不知恥的嘲弄眼神觀賞著一從池中光身子爬出便內八腳忸怩走路的花錢大爺？

他像豆豆先生偷偷觀察著那些先後從池中爬上岸的人們，接下來的步驟。他發現他們走到一個櫃子前，像乖巧小學生拿著疊好的毛巾擦乾身子，穿上one size的大四角褲，披上浴袍，然後恢復澡堂大爺們的氣勢，走到甬道盡頭樓梯往不同樓層去了。

有一個傢伙（穿著制服）站在池邊他仰頭的正上方，問他要不要按按背？他問是男生按還是女生按？那傢伙像被冒犯般說：「當然是男生按。」

他拒絕了他。上岸穿上四角內褲披上浴巾後繼續在這偌大，水聲嘩嘩似乎有回音的三溫暖大廳亂跑，我們這一代，實在有太多，尚未進入眞實場景即塞滿記憶倉庫的電影經驗了。在這個水光晃漾人體謙卑又緩慢（如海獅）的澡堂裡，他穿過那些彎腰擦拭身子的男人裸臀，穿過那些有些金色鎖孔的衣物櫃，穿過鋪著紅地毯的樓梯……似乎該走進廁所，伸手進預藏在馬桶沖水箱裡油紙包裹的手槍，裸著身跑回大浴池的中庭，按著經過的每一個服務生擠眉弄眼的暗示，走到池邊，對著浸泡在白煙池水中的老大，碰！碰！碰！連開三槍，鏡頭特寫水池底暈開一團一團櫻桃紅的鮮血……

事實是，他走上那紅毯樓梯的盡頭，貼著皮革面暗紅燙金壁紙活像一只巨大LV皮箱的靜室，一個穿西裝禿頂戴著小蜜蜂長得極像蒙德里安的男人不知從哪走出來，問他：「是找莉莉嗎？」他聽到這名字便忍不住想落淚，但自己幾乎光著身子這點讓他更堅持男人間的尊嚴。他說：「我找二十二號。」男人說：「那不就是ㄌ一ˋ．ㄌ一（台語）？」

推開一扇暗門（原本假裝成牆壁一部分的這扇門上，掛著一幅雷諾瓦的朦朧乳房少女畫），走進這棟建築的暗黑腔體內部一格一格蟻巢般的小隔間，正中央擺著一張冷冰冰硬邦邦的按摩床。這就是夢境核心的審訊室嗎？貼牆極窄的一面梳妝枱、老舊但仔細地排放著菸盒、千暉打火機、摺好的小方塊衛生紙、棉花棒、保險套。光線非常暗，他對著鏡中那昏暗的另一個世界裡的自己噴煙，覺得這小隔間裡眞是冷，冷得背部胸口甚至手臂都泛起一層雞皮疙瘩。

那個叫莉莉的女人敲門後進來，捧著一個臉盆，毫不生分地坐在床沿，也點了根菸，和他像碼頭邊等船的偶遇之人那樣攀談起來。這一切似乎是他國中時趴在教室課桌午睡時的一個春夢，但等他在這個夢境裡意識到自己眞實實體的存在，他已是個四十歲的中年人了。女人讓他褪去浴袍和公共內褲，趴在按摩床上，臉埋在床上方的洞裡，似乎以再越過邊界便眞的傷害他了的那種疼痛捏、按、拗他的小腿肚、臂肌、大腿內側，一邊充滿感情地告訴他：自己年輕時愛玩，書沒念好，後來遇到一個男人，眞的非常疼她，連公婆都疼她。結果她才二十二歲那年，男人騎機車被違規的砂石車撞死了，她一滴眼淚都沒掉，自己帶唯一的女兒，現在那女兒已經念高中了，公公婆婆還是很疼她，當然沒有人知道她做這個……

手機響的時候，她正精赤地站在他的背上，那時他迷糊快睡著了，只感覺女人說話的聲音從極遙遠的上方飄來。他很困惑她爲何會像玩沖浪板那樣保持平衡地踩踏在他背上？「對不起，」女人翻爬下他的身體，拿起梳妝枱上的手機，「欸，欸，是啊……啊？我正在……喔？這樣不行啦，客人會生氣啦……」

掛斷手機向他道歉，「你，不是林哥喔？」他說不是，怎麼了，半惺忪地撐起身來，下意識仍是去摸根菸點上，女人像純情電影裡那些弄錯鴛鴦譜的女主角們，誇張地捂著嘴笑，「弄錯了啦……噯喲……那經理怎麼也放你進來？啊那你貴姓？」

他告訴她沒關係，她可以去招呼她本來在等的那位客人（林哥？），他抽完這根菸就出去，他和她聊得很開心（他謹慎地加了一句：這一節的錢我會照付。）他像個好友勸她不要得罪了客人，女人則一直像幹這行以來第一次遇上這樣好笑的事，捂著嘴，笑得眼淚都流出來……

像影片的倒帶，他離開那暗門後面的漆黑包廂小間，走下紅地毯樓梯，在排放了二、三十張皮沙發懸掛著幾台電視的休息區失神坐了約半小時吧。各張沙發暗影裡睡著一隻一隻海豹般發出巨大鼾響的中年男子們，電視則寂寞無聲地播放著各台不同人物的政論節目。然後他復下樓，經過那些煙霧如仙洞瑤池的泡湯區，交回號碼牌，把衣服穿上，走出玄關時，有一雙簇新的皮鞋擺在沙發座前，他對服務生說：「這不是我的鞋。」那男孩進去和另外的服務生一陣騷亂，復從鞋櫃區出來說：「但這是先生的鞋沒錯啊。」他發現那確是他的鞋，只是他們服務周到，替它擦了黑亮的鞋油，他認不出它了。

鬼打牆

他說那天傍晚，突然接到主管要他往南投埔里採訪一位學者，「其實那時忙了一整天，已非常累了」。但他還是先打電話訂好當地旅館，和駐南投的特約攝影約好，再把自己的PDA衛星導航設定好旅館位置座標，便上路了。

他開到快進埔里的那一段時已經十一點多了，黑夜公路上就他自己一台小車打著遠光燈束，非常寂寥蕭索，「埔里我去過幾趟，那一段路我算是熟的。」他說，但是到了一個岔路口，他的空間記憶應該是往右轉就進埔里鎮，但是他的衛星導航儀卻用箭頭指示他該往左邊那條明顯較荒僻漆黑的小山路上轉。他確實猶豫了半晌，但想：或許那是一間開在僻靜山裡的度假飯店吧?但照著那螢光綠的箭頭左轉。

但愈開愈不對哪!那是一條愈上坡愈覺得心裡發冷的荒路,夜闇裡他的右手邊出現一幢建築,立著一支紅色燈管的十字架。他靠近時發現那是一間基督教醫院,他大約又往前開了約半公里便確定那不可能是往他要去的旅館的路。也許是設定PDA到達目標時點錯了(但其實以他的精準謹慎,這近乎不可能),他在一處閃黃燈弧彎路口回車,恰好在路邊有一間 7-Eleven(多感人哪,簡直像那些日劇情調的廣告,荒山裡唯一的燈火,叮咚進門,裡頭飄著人間才有的茶葉蛋香和關東煮的氤氳白煙),他停車進去,想向櫃檯的工讀生問路。

一進去裡面竟然沒半個人!

這時我確定他是個會說故事的人,他的故事在一入夜後的山城,寂靜駕駛孤自一人的車內空間一幅濛渙著藍綠光的電子地圖……這樣「異鄉人迷路」的情調確實感染了我:並不是故事本身的懸疑,而是類似經驗的被喚起:啊,我曾同樣在那樣孤寂的夜裡疲憊又駭怕地在荒山裡開著車找路……結果是一間無人的便利超商,那確實讓人興起「那整個鎮出了事嚒?」某些好萊塢片,整座小鎮遭化武攻擊、外星人入侵或惡靈甦醒之類的恐怖……

他說,結果是那個工讀生在裡面吃泡麵,他問了他旅館的方位,但那年輕人沒聽過這間旅館的名字。不過可確定的是,他剛才所去之路(也就是PDA螢幕上指示之路)絕對沒有一間旅館。

他重新上路(他把衛星導航重新設定),往本來他認定的那個埔里鎮方向行駛。但是這時,駕駛座旁的導航系統不斷發出警告:「您行駛的方向錯誤!嗶,嗶,嗶,您行駛的方向錯誤!」

更恐怖的是，那是個女人的聲音（「當然我們都知道那是廠商找人來錄音的，但在那樣的黑夜裡，那女人的聲音，好像充滿一種不容違逆的意志。」）。他的車開進一座隧道裡，那個女人的聲音愈來愈急迫地對他說：「錯誤，錯誤，請立刻調車回頭……」箭頭游標並要他左轉，他想：隧道裡我如何能左轉呢？車窗外眞實的空間彷彿被PDA上虛擬的電子地圖給否決了（「你看到的並不爲眞。」）。在那樣的意志消耗中，最後他認輸，出了隧道便緊急回轉。

又回到剛剛那條山路。這次他注意到當車子靠近那座醫院時，車內的衛星導航系統便安靜下來。他把車停在急診室前一個地下停車場的坡道出口。一個警衛還跑步過來要他把車往前開，讓一輛閃著紅燈的救護車從下面開出來。

這時候，他車內的那個（住在電子儀器裡的）女人又說話了。螢幕上的箭頭要他往醫院的地下室右轉。

「會不會是……某個對你很重要的人……一個瀕死的女人，一個小孩，或一個你自己並不知道他存在的老人或老婦其實是你的親人？透過這種方式召喚你？」我說。

「我哪知道？我嚇得魂都飛了。在那樣的黑夜時分，那坡道下去是醫院的太平間吔。」他再一次重新設定，發現螢幕上原該標示他該往哪走的路線圖，變成地圖上一個發光的綠色的圓。

「鬼打牆。」我說。

我告訴他，我大學畢業前，有一個下雨的晚上，開車去找一個住在山裡的朋友喝酒。也是遇到鬼打牆，那段路我至少走幾十遍了，那個晚上卻在那兒裡打轉了快兩個小時怎麼樣也走不出來。眼前就是車頭燈貼近打光的芒草稈，和雨霧中驚飛起來的千百飛蟲。似乎原先可藉以辨識位標的元素（一棵大榕樹、一座土地公廟、一處坡坎……）全乾坤大挪移。我記得所謂「鬼打牆」其實是遇上一種叫「山魈」的鬼怪，有人曾看過那其實就是一條腿（人腿？或是被覆毛髮鱗甲的獸蹄？）孤伶伶、沒有身體，從山徑跑過。據說即使連深諳巫術或山地地形的原住民獵人在山裡遇見，也要原處打轉一、兩天才走得出去……

當然也可以解釋成，單純的衛星定位系統秀逗或受到什麼高頻波的干擾之類的。

但我記得我在聽他說這個故事時，心裡感染的幽微暗傷絕非年輕時聽鬼故事的心情（那種什麼一夥人騎機車上山，在陽明山公墓旁休息，轉頭看見一個陌生男的，幾乎將前胸貼在同伴一個坐著低頭的女孩背上，並伸長脖子，把臉湊到那女孩的臉前好奇端詳。他正覺奇怪，一回頭，滿山坡全是穿清裝的、男女老少，和那怪男子一夥之人……），他講述故事時快哭出來的慘然神情，亦遠不止「撞到鬼了呸呸呸」的認衰。那其中那一種恰好到某一年紀，上上下下，浮浮沉沉，昔時的夢想目標仍迢迢難達，而生命逐漸揭開的景觀地圖又崎嶇艱險讓人噤聲嘆息。你總會想：那個神祕地託寓於衛星導航儀裡的女人聲音，她想帶你去哪？或是，她爲何要阻撓你去本來設定要去的地方……

旅館 噩夢。

圖尼克醒來時，發現自己睡在烏島賓館，窗外是一片綠色草原，說是草原，其實多處像癩皮狗的粉紅癬一樣雜駁地露出紅土。

有一架藏人的「俄薄」在晨光中。

夢裡卻變成是妻子睡在這個房間，他憤怒地離開，在這間旅館的走廊甬道走著。

那是一間湖畔的小旅館。沒有電梯，大廳一樓中央是一天井，二樓以上以口字型環繞著，得自己扛行李上去。有熱水淋浴，但水壓不穩，忽冷忽燙。除此之外，是他這一路寄宿飯店中最合乎國際規格的一間：潔白如新摺疊好的大小浴巾，潔白的床單乾淨的被套床罩，連地毯的毛都清爽到可以赤足走，無有那些偏遠飯店的沙土觸感和噁心的油汙，隨手包的盥洗用具刮鬍刀吹風機棉花棒無一缺漏。一樓甚至有可眺望遠處湖景的咖啡座。據說這間旅館是二〇〇六年青海自行車環湖賽選手入住的賓館。

圖尼克在夢中，憤怒地（在這旅館裡）找一間類似中學校園裡教務處的房間，在那個房間裡，人群熙來攘往，各自忙著翻著桌上的文字，或接電話。但他不是在那文件鐵櫃中拿請假單或曠課單，而是一張空白的離婚證明書。這時辦公室中，被人群擋著，竟看見他妻子少女時曾私下戀慕的一位高中老師，她瘦瘦高高的，戴著導護媽媽的臂章。那群人似乎是圍著請她簽名。她看見了他手中的離婚證明書，眼睜睜得老大。圖尼克說：「這次我真的要和我妻子離婚了。」然後眼淚便流下來。

不對，在這之前，一定有發生什麼事，只是我們忘記了。

再一次。

圖尼克將那張文件簽了名，從門縫塞進妻子的房間。然後躲在旅館走廊轉角的柱子後面偷看。大約過了二十分鐘，他的妻子推門出來，臉色白如雪，急匆匆地向另一個方向走。他注意到她手上拿著那張紙。圖尼克心痛地發現：這樣看去，她眞是美得無與倫比。

後來在夢中圖尼克在那房間裡接到他母親的電話（所以，圖尼克，卑鄙地等妻子離開後又潛進那個旅館房間？）。他母親憤怒地問他怎麼回事？她說：我知影你一直在掩護伊，哪有做人媳婦的，我們一年就只看見她三、四次？你們到底是瞞著我在幹什麼？

圖尼克有點惶然，卻又有點偷偷的虛榮。這件事似乎被弄得像朝廷隱密風暴那樣人心惶惶。現在，他的妻子和他們共同的朋友們，他的岳母和母親，一定正電話熱線聯絡著。原來是他不見了。而且他的不見竟造成眾人如此大的騷亂。

他的妻子曾經說：我失去愛人的能力了。

什麼意思？圖尼克迷惘地問她：妳是指沒有能力愛任何人，還是指沒有能力愛「我」這個人？

從最開始的時候，他的妻子便不懂得翻他的抽屜、偷看他的日記或昔日情書、不查看他手機來電顯示或簡訊、不碰他的電子郵件信箱，甚至從來，沒有一次，如其他女孩若無其事探問一下你以前的情人或風流帳啦之類的。連他和某個女性友人調笑打屁講了兩三小時電話，走出房間她只是一臉專注看著電視HBO的情節。

所以，她從未感興趣，有一絲絲好奇，想打開門窺看翻尋一下他不被她看見的那個祕密房間？

他們像一對沒有生小孩而過了中年彼此間無話可說的夫妻，從一開始便沒有在身體銜接的暗影處，豢養一只可以讓對方不安或痛苦的惡魔。他完全無法從她身上學習到「被嫉妒者是什麼感覺」。有一天他被一群昔日哥們約去喝酒，喝到醉茫茫又跟著續攤去一間KTV唱歌。誰想到燈光一暗一群辣妹進來各尋其主坐在他們腿上扭擺脫衣。他醉翻了迷糊間發現自己的褲襠拉鍊被扯開，那玩意軟綿綿被含進那個連臉都沒看清的女孩嘴裡。啊，原來這麼容易就失了身，甚至到後來他頭痛欲裂都想不起自己有沒有被那女孩「騎上」而滑進陌生人的膣裡。

回家後他躺在妻子身旁，心裡悲慟地想：妳這個女人，我的陽具上沾滿別的女人的唾液妳都不知！

有一天早晨，也是這樣像整條街，街上的人形，那些原該造成陰影或切分層次的鬚根榕樹或椰子樹，或是那些原有石灰凹塌或裸露出紅磚的牆面，原可以在一些較溫和的光照時分，看見上面毛茸茸的青苔或爬牆虎的根鬚……全在那橫徵暴斂的強光下失去它們的細節，像在醫院走廊迎面見著那些顏面灼傷之人：沒有毛細孔、像蠟一樣不會呼吸的皮膚，多餘的細節全不見了，沒有眉毛、睫毛、鼻翼和嘴唇——只有必要的、眼眶裡的眼球、兩個鼻洞、牙齒和關節可控制打開闔上的一個深喉嚨的入口。

那天早晨，他和妻子在強光中開著車——她把自己像皮膚灼傷病患那樣包起來，戴著養樂多阿姨帽，手臂戴袖套、Gucci墨鏡、防曬係數高達六十像石膏糊一樣稠的防曬霜——，突然她的手機響了，她卻任著那音樂鈴聲演奏，他說，爲什麼不接？她說，不曉得是那裡打來的怪電話。你不在的這段時間，常有一些怪怪的號碼打來，我都不敢接，有一天接了，是那個越南阿姨，她們的麵包工廠暑假沒開工，她的意思是想來幫我們當短期幫傭，我們現在哪請得起？

後來他們回到家，他把每個房間的冷氣打開，她則不斷地說：好熱，好熱。他在浴室洗臉的時候，她突然說：我下去車上拿電腦線，就開栓拉門地出去了。

他走進書房，打開電腦，隨意看了一下當天新聞。電話響了，是她的母親打來，他說她剛出去，說要到車上拿電腦線，她的母親問他他們臥房床墊和牆邊那個洞隙的尺寸，他支吾說不出個所以然，他岳母笑著說：等她回來叫她打給我好了。

是啊，他說，我對這些事完全是白癡。

似乎是她總在抱怨，他們的床在她睡的那一側有個坑陷，她每每睡睡便會卡到那個坑陷裡，他岳母想去找做榻榻米的師傅，訂做一個大小合允的床墊塞進那坑陷。

他掛了電話。看見飯桌上，她適才脫下的墨鏡、袖套和帽子。

他突然疑惑：她下去好久了。

圖尼克後來想：這就是代價，或者說是懲罰好了。他清楚地記得那一刻，像神蹟突然降臨那些苦思且困蹙的藝術家腦中，那些聖樂，或環場全景的巨大教堂拱頂壁畫，還未開始動工便有人把完成品檔案投遞到你腦袋裡了，無比清晰，一目了然。

從此他便只能被禁錮在這間強酸、烈焰、濃煙包圍的火宅之中了。

他幾乎可以看見，他的妻子，正坐在另一個男人的車上，那車的引擎還發動著，「我告訴他下來拿個東西。」也許他們正激烈地擁吻著，所以她憂急的微弱話語馬上被那男人的舌給融化，她的眼睛且瞄著擋風窗外，以防他何時下樓，出現在他們的車前。

任性的傢伙。他憤怒地想：居然把車開到我家樓下。而他的妻，竟一通電話，也不怕破綻百出，就蹬蹬蹬地跑出門了……

他讀過一本小說，裡頭曾這麼說：「情夫的妒火比丈夫的有想像力多了。」當然他是丈夫。不過婚前，她是他從另一個男人那兒硬生生奪過來的。

像潮水退去的沙灘，那些不被當回事的垃圾、樹枝、死魚、死蝦、沾了一半汙油的礁石……如今卻得努力把它們當作重描記憶的定位標的物。他太——像古代刻在奴隸或戰犯臉上的刺青——太清楚那些偷人家老婆的男人心裡惦掛些什麼了。他記得他曾不只一次站在他的妻（那時還是年輕的戀人）宿舍窗外一整夜，自憐自艾幻想著她正和她的男人在廝磨交歡，好像女人偷情得付出的代價，便是白日得和情人宣淫；夜晚又得加倍用自己的肉體犒賞補償那個被戴綠帽的丈夫。

事實上，他現在酸苦地知道：女人一旦偷情，她的身體，對於原來的男人，就像靈魂被吸走的化石一樣，徹底地死了。所有的奧祕、濡濕、意外驚喜、淫詞蕩語，或是瀕死的劇烈痙攣——這些彷彿上帝贈予男人色欲的神祕禮物，無論她們在你面前展演多少次，你仍會驚訝、震動、眼睛濕潤且靜默地感激著——但如今那一切都會對你關閉了。

他現在知道：那時，當他和妻子的前任男友重疊的那一段時光，在隱密的黯影世界，那個男人承受著多麼悲慘的待遇。完全不是他當年想像的，是一場發生在他們共同（在不同時刻）親狎撫愛的女體的肉搏戰、拉鋸戰。

偷情發生的那一瞬，無辜的舊情人便徹底地全盤失守了。因爲這個身體上全部的淫蕩、狂歡神經，再也，再也不會對你起反應了。

他記得那個烈焰將整個世界燒得一片平板熾白，他卻無比孤單的白日，他神魂顚倒地踩了拖鞋，開門，走下樓去，像傀偶乖乖照著腦海中靈光一現早已清晰無比的劇本演，他會站在那個偷情者的汽車前面，盯著他的妻子和那個男人。

但是當他走下樓，在睜不開眼的強光中猶豫不決該往街道的那一端找起（那一整排停靠在路邊，反射著五顏六色耀眼鈑金的車輛），卻突然看見，他的妻子，像一個讓周遭這一切炎夏強光景物俱黯滅的發光體，笑吟吟地朝他走來，她的手中眞的拿了一團電線類的物事。

（你怎麼跑下來了？）

（我去買包菸。妳怎麼拿個東西拿那麼久？）

（我看車後行李箱髒亂得要命，就整理了一下。）

（對了，妳媽打電話來找妳。）

《西夏旅館 上冊》‧情節小引

Room	篇名	引言	情節
Room 01	夏日旅館	那時他那麼年輕，年輕到孤自一人登記房間，獨臥一室	「他」入住那旅館，現實場景微盪輕晃，回憶即將如滿月之潮襲來。
Room 02	夏日煙雲	那個夜晚的火車車廂像他這一生宿命的、注定的，隨機組合不同遭遇的故事	「他」回顧流轉半生，所從來處，與自稱殺死妻子的「青年」圖尼克交遊。通向西夏旅館與消逝胡人血裔的奧幻之門陡然開啓。
Room 03	洗夢者	不知爲何，房間裡的燈都不會亮了	我，圖尼克，發現父親遺留的小說「如煙消逝的兩百年帝國」書寫材料，如墜入一連串迷段顛倒孤寂夢境中。
Room 04	殺妻者	那背負了一整座「敗德愛情故事博物館」規模負面品格的男人，夢中夢的人類投影	圖尼克開始敘述，西域古國西夏王朝創建者李元昊殘虐本性與殺妻故事，並非僅有悲憤哀沮，掀開故事影影幢幢的很久很久以前。
Room 05	美蘭嬤嬤	沒有人確知這間旅館的完整形狀。但你可以想像……	西夏旅館裡，以青春擲換時間、看過一切也看透一切的管理者美蘭嬤嬤，述說在旅館裡穿行的歷史，以及人們不爲人知的痛苦。
Room 06	夢中老人	老人說：那時我已經兩百多歲了。李元昊被殺的那年，我已經是個孩子了	在那男孩夢中，老人以劫餘者姿態現形，哀嘆大逃亡之初慘酷景況與無有終結的潰滅。男孩旁觀，由不知老人的敘述與自己命運的關聯。

Room			
Room 07	改名	他記得，樓下的居酒屋的老闆娘母女仨咕咕咕咕笑得像發情期的鴿子	圖尼克在旅館房間與樓下居酒屋之間的隨意晃蕩。跟居酒屋老闆娘與倆女兒閑扯淡或是迷離身世的懺情告白？他自己也分說不清。
Room 08	那晚上	他看著妻子那恍如安詳熟睡的頭顱，突然想起另一另一段不相干的往事	老范老人與安金藏同時出現在居酒屋中。搞什麼鬼？安金藏對圖尼克傾倒光怪陸離花花世界奇景，老人誘動他跌墜回憶、身世與旅館秘密盤根錯節的疑竇裡。
Room 09	父親（上）	我發現自己被一種超出想像的純潔、熱望、一種別的形式難以替代的強烈情感支配著，愛著你父親	圖尼克與老范獨處時刻，老人訴說圖尼克父親宛如任意跨越時空之魔法師的幻異冒險故事片段。那裡或許有圖尼克想一一追尋的失落事物之線索……？
Room 10	父親（下）	抱歉，我昨晚對你說的，可能全部說錯方向	老范以新的圖尼克父親「脫漢入胡」因由之敘述覆蓋舊的故事：關於老人自己對於圖尼克父親腿上無端生出的「人面瘡」莫名妒恨情結。
Room 11	城破之日	話說帝釋天和他的三十三天住的善見城座落在須彌山頂，四面山腰有四大天王……	（夢中）老人述說關於西夏帝國覆滅瞬間的歷史。自彼刻起，他們注定「變成」另一種人；最後一支西夏騎兵也將消逝於歷史中，復魅影般出現於虛構敘事與少年的迷夢中。
Room 12	鐵道	他記起那個下午他走在鐵道旁的光景，綠草如茵。光天化日，他想著這個詞，多好的一個詞哪	關於一個殺妻者以及一段鐵道旅程的故事。黨項後裔的殘影。圖尼克與西夏旅館出現於彼殺妻者的網路虛擬世界終端……
Room 13	迦陵頻伽鳥	在此，圖尼克的敘事裂爲兩股，不祥的雙頭蛇：一個蛇頭與修築鐵路有關，蜿蜒擺動爬進漫天飛沙之中	進入大陸西北蠻荒之域，另一個老人，圖尼克祖父參隨的鐵路修築隊漫長跋涉遷徙故事。他們一點一滴泯滅人性，成爲「胡人」；圖尼克父親於此際遭到遺棄，竟不可思議遇見傳說中有著人頭鳥身怪貌的神鳥。

Room			
Room 14	少年	整座旅館空無一人。恐怖片一樣，大廳暈染著金黃光霧；遠處如悶雷炸響的海浪聲	在圖尼克父親的晚年病榻時光中，有位少年出現在他夢裡。少年在一博物館或迷宮般龐大且充滿魔幻色彩的旅館中迷了路，父親透過隱晦的方式傳達迫切地希望圖尼克展開行動救出少年。但該如何開始呢？如何進入父親的夢中旅館？這旅館將恆在父親的夢中嗎……
Room 15	神戲	微光中，一張木頭長凳上，站著一列七八只傀儡神祇，鮮衣怒冠，似嗔還笑	彷佛在大屠殺後的旅館裡醒來，那些神祇傀偶竟似屍體般撲朔難分。老范與安金藏竟也在其中？但那彷佛日日重複的清晨起床是怎麼回事？被困住了。在旅館中的酒吧，圖尼克從家羚處開始認識西夏旅館中的權力階層關係。
Room 16	酒店關門之前	這是最後一晚了。她們美麗的臉上浮著一種「這個爛地方的爛生活終於要告一段落」的歡快和茫然	酒店即將結束營業，老闆招呼熟客相聚最後一夜。那些彷佛從未出現的幽魂般客人，從前被按停的時光在這一晚有了重新展開的可能？還是平添幾許無處可去的煩惱。
Room 17	脫漢入胡	安金藏後來總是得意地拿出那本「古書」，不斷地說：「那就是我，我的名字在上面。」	安金藏必定是那早早就體驗過「越過邊境」之魔術時刻的脫漢入胡不幸者。所以他才能如此放浪形骸，不拘一格。他可以自由地讓有關自己的說法與故事擁有種多版本，並任意跨越其間，或是熟練地一再操演以傷害或消失（或再度出現）的魔術。
Room 18	螵蛸	他和那群人坐在一間極大的包廂，每座寬敞臥榻裡的男人竟像一尊一尊思索中的石雕	女孩們爭風吃醋，只是聊作被困時光的風景。我們都被困住了。像那些還沒來得及長大就死去的初生蟲卵般幼弱生命。想努力掙出路展現一番骨氣的，恐怕都像那高中男老師般遭硬生生拗折或被遺忘，他也有胡人血緣啊……

Room	篇名	引文	情節
Room 19	賣夢者	他醒來的時候，頭痛欲裂，想起一段話：「這正是夢：他們有畫面，但他們沒有自己。」	女孩、安金藏和圖尼克三人在旅館裡肢體纏疊地醒來，圖尼克悠悠忽忽聽到，旅館要被賣掉了？那麼那些旅館裡的居民們，那些老人，他們的夢將何去何從？這裡面包括了一位老太太穿越數十年的少年愛情故事的記憶碎片。
Room 20	圖尼克的父親爲何變成胡人	關於圖尼克父親第二次被遺棄的事件始末，有兩個版本	在圖尼克祖父與父親流亡故事這一站裡，另外有一對母女，她們的身體也成爲收容這對父子與更多流徙者的「場所」。羅密歐與茱麗葉或者更通俗的悲劇收場愛情故事。愛了就愛了。當時他們還不知道要以死亡或者永遠地遭放逐、作爲實踐青春之愛的巨大酷烈代價。
Room 21	外國	那時，他只覺得萬事萬物變得無比清晰	眞正的外國。在這「他者之國」裡，連抽菸這樣屬於一個人世界的是都不被允許。被監看。那些躲在角落的眼睛。那女孩的國度正發生不可思議慘絕人寰的事，他進入她的生活，能讓她變得比較不傷心嗎？但仍然不免有什麼誤會，甚至欺騙，成爲那個「外國」的必然風景角落。
Room 22	處女之泉	想不起那女孩的臉。一切就跟沒發生過一樣	人和他體內的黨項祖先們一起強暴著這女孩的時候，她卻用她那孱弱的骨架、小小的乳房，白鳥飛行翅翼那樣的手臂，以及近似宗教贖罪儀式朝天高舉的優美雙腿，承受著這一族人自己噩夢裡的顛倒恐怖。
Room 23	等等我（上）	那排櫥窗商店街，整個夢境的邊緣地帶，可能是老頭子掌控力量唯一的缺口	圖尼克愈來愈偏執地相信：也許妻子在那段被當成瘋子的時光，其實是和他現在重複一遍相同的迷宮玩家守則一樣，在找這個旅館的幻術破綻？或許她在留下訊息給他。她固執地等待的人正是他。

《西夏旅館　下冊》・情節小引

Room 24 等等我（下）

圖尼克的母親是漢人。但在她的這一生，角色卻像瘖啞人一般靜默

圖尼克的父親與母親，這兩個各自被自己世界遺棄的孤寂之人，他們的命運之所以交會乃至於繼續走下去，是因爲那晚上目擊的如夢幻魅影般巨大震驚，或是由於無法獨自面對那個對非我族類不友善的無情島國上的未來人生？

Room 25 解籤師

不服氣。再抽。終於對虛空中那一團控制這機率亂數的意志俯首低頭

有詩爲證。「圖尼克二號」（雷震子）荒謬少年穿越時空的變形青春故事。那是他的解籤師父親與留給他「黃金體驗」神異感受能力的祖父，無法以嫻熟預言與謊言定義的的脫逸時光。

Room 26 神龕

你像新死的鬼魂，看著已不置身其中的那座城

他在房間裡等那女人來。也許是召妓，也是只是想找個跟自己樣始終是一個人的女人共處一室，共度一個漫長的夜晚。彷彿在死者的房間醒來。自己騙自己也算是個騙局。

Room 27 騙術之城

接下來的戰爭場景，就全被李元昊那狡猾男童般的魔術手法給催眠了

西夏國主李元昊永遠離開他自己的歷史他的城他的子弟兵也離開的的夢。卻把圖尼克這樣和他留著相同蠻族殺妻者血脈的後裔留在夢中。一位魔術師、詐術高手，突然出現在西夏旅館中，以虛爲實，弄假成眞的演出，永遠顚倒、放逐了旅館旅客們的存在本質。

Room 28 養生主

圖尼克拖到第三輪才登上那艘快艇。那像是一場噩夢

在遊艇上，在海邊礫灘，在遊覽車上，那群無從分辨是死者或是殺人者的男男女女，玩起「殺手」遊戲，以屈辱或心機「殺人」，也進行扮演的操練。

Room 29	晚宴	那段日子，可謂旅館多事之秋	「貴客」出現在旅館中。連看盡一代代風華盛衰的美蘭嬷嬷的殷勤態度也大不尋常。是旅館流言蜚語中的「老頭子」要出現了嗎？晚宴上進行著一場場歡愉祥和卻貨眞價實的獸化變形，以及獸呑食獸的同類屠殺。
Room 30	神殺	老人對男孩說：我們終於變成不是人類的那種東西了	老人對男孩述說他們西夏騎兵軍大逃亡歷史最令他們後悔悲傷且最難忘的一刻：屠殺自己的同胞，並且以變成「不是人」的永劫命運，作爲承受詛咒的結果。
Room 31	觀落陰	我的世界一點一滴從這墨鏡下流走	那儀式裡或許有些她過去經歷過的或是未來也許可能經歷的什麼。但更像夢，或是那些記不全或是她想刻意遺忘的部份。就像她不能理解的圖尼克這個人和他展列給她的西夏旅館的景物與他的描述詮釋。那都太像她那些顚倒反覆的夢，以及那些不斷一點一滴流是無法挽留的時光。
Room 32	神之旅館	他恍惚如夢地牽著她，在入夜後輪廓模糊的迷宮巷弄間穿繞	那些神祇在自己頭上頂著自己的金碧輝煌的旅館。走神。移動中的移動。關於那些「女神」，自記憶和身體幽黯角落走出來，喚起他往昔諸般愛過傷害過她們的故事。他現在可以比較看清楚彼此的距離或用平等的語氣說話。讓女人們受傷的其實總是他們自己。
Room 33	他與她	過去的事如此美好，美好得像不曾發生過一樣	男人與女人重聚首眞是宛如穿越時空的魔術。也像是各自攜伴（那個更年輕許多的自己，那麼多年各自的經歷與回憶）聯誼。他們在漫談中逆轉時間，擠出故事，那些故事也都像他們困住走不出的旅館。

Room 34	老人	在那房間靠牆處垂掛著三、四條錫箔圓筒管，腔體內發出轟隆隆氣流漩渦的音爆	圖尼克在旅館裡轉悠。自己也無法確知自己是在尋找西夏旅館的密謀般的秘密、迷宮核心，或是脫逃的出口？也許他想要重回到那個傷害造成的最初當下、挽回些什麼，也許是想知道如何連結他人之夢。也許只是想搞清楚爲何自己與父親都遭到無法理解之被遺棄命運……
Room 35	圖尼克的父親遇見一群怪物	有一年，我到清邁去看潑水節。那些沾泥的手像一千隻翩翩飛舞的蝴蝶	圖尼克的朋友「小不點」在泰國旅遊時遇到一群形貌奇怪的傢伙，那與多年前圖尼克父親在遭祖父遺棄之後的日子，遇到的「姆米族」會是同一夥？那些怪物對他父親抱怨鐵路對他們生活帶來的巨大負面影響，並且在他面前打殺旱魃，那是變形者對另一變形者以暴力相加，卻極乖異荒謬……
Room 36	火車上	火車過了格爾木之後，他腦海裡浮現小學說話課聽過的一段童謠	穿越或是歸返？異鄉人的返鄉？昔日蠻族後裔今日造訪已覆滅的神之國度，對面不相識。
Room 37	沙丘之女	其實找女人何其容易。每晚九點，床頭櫃的電話必定響起	女人莫非不是漢人？在女人介紹賀蘭山諸羌文物的時候，她們親熱的時候，他總是想起自己的妻，並思及自己不斷流徙的原因。
Room 38	神棄	逃亡者踩踏的馬蹄如驟雨打在乾燥沙漠，沒有回音	老人在夢中對少年述說他們逃亡騎兵軍不可能會有終局的終局——他們進入不可思議遠古之境，所見盡是那些消失億萬年或是僅能虛構無法親睹的事物。如在某人的夢中。他們回到了李元昊以文字創造的毛髮文字之夢。

Room 39	災難	西夏朝由興而覆滅整二三〇年，其間經歷大小自然災害……	眞實歷史上的西夏朝子民從未在自己的土地上經歷足夠長時間的安恆詳和過日子的時光。黨項羌族人不明白：命運爲何老愛整他們讓他們卑賤如蟲蛆？
Room 40	神諭之夜	我第一次遇見圖尼克這個人，是在我父親的葬禮上	與圖尼克錯肩而過的連襟關係，並不是我們這些「外省人」所遭遇最荒繆無常的情況。「我」、圖尼克，或許還加上安金藏，跟自己的妻的關係，宛如對鏡互映。「喪妻者俱樂部」中，三人皆渴望重返一切的傷害之瞬，卻被迫長期以來在尋愛、狂愛、亂愛與失愛的循環中經歷永劫，那像是西夏旅館那長廊延伸不盡的樓層和房間……
Room 41	圖尼克造字	女孩問圖尼克：你在這旅館裡轉悠著做什麼？圖尼克說：「我在發明文字。」	圖尼克試著以文字畫出那些如暗夜迷宮的記憶路線，並且以其作爲路之盡頭、人界與神界邊境的建築。那裡有無限個通向西夏旅館，或是通向失落之夢的入口。

INK PUBLISHING 文學叢書 208

西夏旅館（下）

作　　者　駱以軍
總 編 輯　初安民
責任編輯　丁名慶
美術編輯　黃昶憲
校　　對　吳美滿　丁名慶　王文娟　駱以軍

發 行 人　張書銘
出　　版　INK 印刻文學生活雜誌出版股份有限公司
新北市中和區建一路249號8樓
電話：02-22281626
傳眞：02-22281598
e-mail：ink.book@msa.hinet.net
網　　址　舒讀網http：//www.inksudu.com.tw

法律顧問　巨鼎博達法律事務所
施竣中律師
總經銷　成陽出版股份有限公司
電　　話　03-3589000（代表號）
傳　　眞　03-3556521
郵政劃撥　19785090　印刻文學生活雜誌出版股份有限公司
印　　刷　海王印刷事業股份有限公司

港澳總經銷　泛華發行代理有限公司
地　　址　香港新界將軍澳工業邨駿昌街7號2樓
電　　話　852-27982220
傳　　眞　852-27965471
網　　址　www.gccd.com.hk

出版日期　2008年 9 月 30 日 初版
2024年 3 月 12 日 初版十一刷
ISBN　上冊 978-986-6631-28-3
下冊 978-986-6631-29-0
全套 978-986-6631-27-6
定　　價　320元　　套書定價　640元

財團法人|國家文化藝術|基金會 贊助出版

國家圖書館出版品預行編目資料

西夏旅館（下）／駱以軍著. - -初版. - -
新北市中和區：INK印刻文學,
2008.09.30 面； 公分.--（文學叢書；208）
ISBN 上冊 978-986-6631-28-3（平裝）
下冊 978-986-6631-29-0（平裝）
全套 978-986-6631-27-6（平裝）
857.7　　97017303